HEYNE <

SATU RÄMÖ

HILDUR

DAS GRAB IM EIS

KRIMINALROMAN

Aus dem Finnischen von
Gabriele Schrey-Vasara

WILHELM HEYNE VERLAG
MÜNCHEN

Die Originalausgabe *Rósa & Björk* erschien erstmals 2023
bei Werner Söderström Ltd (WSOY), Helsinki.

Die Übersetzung wurde gefördert von

FILI FINNISH LITERATURE EXCHANGE

MIX
Papier | Fördert gute Waldnutzung
FSC® C014496

Penguin Random House Verlagsgruppe FSC® N001967

5. Auflage
Deutsche Erstausgabe 04/2024

Redaktion: Sibylle Klöcker
Umschlaggestaltung: www.buerosued.de
unter Verwendung von mauritius images/Westend61/Kerstin Bittner
Satz: satz-bau Leingärtner, Nabburg
Druck und Bindung: GGP Media GmbH, Pößneck
Printed in Germany
ISBN: 978-3-453-42818-8

www.heyne.de

Am Ende meiner Reise finde ich dich.
Dich, meine große Liebe.
Ich bin heimgekommen.
Ich bin heimgekommen.

Ég er kominn heim
Text: Jón Sigurðsson (1960)

FRÜHER

1

1994 ÍSAFJÖRÐUR

Die großen nassen Schneeflocken klatschten mit zunehmender Frequenz auf die Windschutzscheibe. Es war November, Winteranfang. Auf dem Weg zur Arbeit war es dunkel, auf dem Heimweg war es dunkel. Die Sonne ging für einige Stunden am nördlichen Himmel auf, blieb aber hinter den Bergen rund um das Dorf verborgen. Die Dorfbewohner lebten den ganzen Winter hindurch im Schatten.

Das Kinn des Mannes zuckte, seine Finger umklammerten das Lenkrad. Ihm war klar, dass er spät dran war. Vor einer Stunde war sein Auto in einer Schneewehe stecken geblieben, und es hatte wertvolle Zeit gekostet, es wieder freizubekommen. Er hinkte seinem Zeitplan hinterher.

Das Auto bewegte sich zu langsam, doch er wagte nicht, schneller zu fahren. Er hatte noch keine Winterreifen aufgezogen und die Straße war glatt. Wenn er beschleunigte, käme er womöglich von der Straße ab, und dann ginge alles vollends schief.

Er hätte heute nicht hier sein sollen, in dieser Situation. Er verfluchte sich selbst, weil er zugesagt hatte, aber er hatte ja keine andere Wahl gehabt. Niemand gab einem alleinstehenden Mann ohne Schulabschluss eine feste Anstellung. Der Lieblingsspruch seiner verstorbenen Oma besagte, dass man die Karten nicht mitten im Spiel wechseln kann. Man musste mit den Karten spielen, die einem zugefallen waren. Die Oma war schon in jungen Jahren verwitwet und hatte ganz allein ihre Kinderschar großgezogen, die Kühe gemolken und Dorsch eingesalzen. Für ihr Geld hatte sie hart arbeiten müssen. So war es auch heute noch. Der Mann musste sich mit Handlangerdiensten begnügen. Mit legitimen und illegitimen. Für Letztere bekam man mehr Geld, und er brauchte Geld. Ein Auftrag wie dieser brachte einiges ein.

Der Mann zog den Ärmel seines hellen Pullovers hoch und warf einen Blick auf die Uhr. Es war erst vier, aber das Schneegestöber war bereits vom Meer über das Dorf gezogen. Verdammt. Der Wettervorhersage nach hätte der Sturm erst später am Abend einsetzen sollen. Hinter dem Kreisverkehr war die Straße allem Anschein nach bereits geräumt. Der Mann beschloss, ein etwas höheres Tempo zu riskieren. Der Schnee schien immer dichter zu fallen, aber die Straßenlaternen an der Hauptstraße des Dorfs halfen bei der Orientierung.

Dann sah er etwas, das den Hoffnungsfunken zum Erlöschen brachte. Den Schulbus. Das Fahrzeug kam ihm auf der Dorfstraße entgegen. Die Enttäuschung schmerzte. Er hatte sich verspätet.

An der nächsten Kreuzung bog der Mann nach links ab, in die Straße, in der er wohnte. Er parkte vor seinem Haus, stellte den Motor ab und überlegte.

Er rieb sich die Stirn, auf die Schweißtropfen getreten waren. Die Narbe juckte. Das tat sie immer, wenn er nervös wurde. Der Mann schrappte mit dem Nagel seines dicken Zeigefingers ein paarmal darüber. Was für ein Genuss! Der Mann seufzte. Er wusste zwar genau, dass es unvernünftig war, an der Narbe herumzukratzen, aber das Gefühl war so angenehm, dass er der Versuchung nicht widerstehen konnte.

Dann begriff er, was er tun musste. Der Schulbus fuhr viele Haltestellen an. Er könnte ihn überholen und an der richtigen Haltestelle warten. Natürlich, so würde er es machen.

Er wollte gerade den Schlüssel umdrehen, als er links von sich eine Bewegung wahrnahm. Dort waren sie ja! Die zwei kleinen Mädchen waren offenbar eben erst aus dem Haus herausgekommen. Sie standen an der Hausecke und redeten miteinander.

Wieso waren sie noch hier? Der Schulbus war ja schon abgefahren. Der Mann rieb sich wieder über die Narbe und dachte nach. Vielleicht hatten die Mädchen den Bus verpasst. Der Mann straffte sich, ließ den Motor aber nicht an. Noch nicht. Er wollte keine Aufmerksamkeit wecken.

Er musterte die Mädchen genauer. Ihr Aussehen entsprach der Beschreibung des Bestellers. *Besteller*. So nannte er alle, die ihm die verschiedensten bezahlten Aufträge erteilten. Die heutige Aufgabe war ihm seltsam erschienen, aber die angebotene Summe war so hoch, dass er seine Bedenken beiseitegeschoben und den Auftrag angenommen hatte. Es sollten drei Mädchen sein, doch er sah nur zwei. Wo war das Dritte? Der Mann blickte sich um, sah es aber nicht. Sei's drum. Er würde tun, was er versprochen hatte.

Zwei kleine Mädchen mit geringem Größenunterschied. Sie trugen Wintermützen aus Schafsfell, die Kleinere eine Winterjacke mit Pelzkragen. Die Größere hatte einen roten Pony-Rucksack auf dem Rücken. Sie redeten immer noch miteinander. Die Kleinere zeigte auf ihre Schuhe und weinte. Die Größere fasste sie an der Schulter und flüsterte ihr etwas ins Ohr.

Dann gingen die Mädchen los. Mit kleinen, sehr vorsichtigen Schritten machten sie sich auf den Weg zur Hauptstraße und schützten das Gesicht mit den Händen vor Kälte und Schnee.

Die Hauptstraße führte nur in eine Richtung: aus dem Dorfzentrum hinaus. Der Mann behielt die beiden gebeugt gehenden Gestalten im Blick. Er ließ den Motor erst an, als die Mädchen sich weit genug entfernt hatten. Die beiden blickten sich kein einziges Mal um. Sie gingen eine hinter der anderen am Straßenrand entlang. Der Mann fuhr los, als die Mädchen die Kurve bei der Kirche erreicht hatten.

Das schlechte Wetter hatte die Menschen in die vier Wände getrieben. Niemand ging nach draußen, wenn es nicht unbedingt nötig war. Folglich gab es nur wenig Verkehr. Der Mann sah nur einen grauen Pkw, der den Mädchen auf seiner Fahrt ins Dorf begegnete, aber nicht einmal das Tempo verringerte.

Prima. Einfach prima, dachte der Mann bei sich selbst. Der Besteller würde zufrieden sein, er selbst würde zufrieden sein. Der Auftrag wurde erledigt und alle profitierten. Außer, na ja, bei den Mädchen wusste er es nicht. Über sie wusste er eigentlich nichts. Er kannte sie ja gar nicht richtig und verstand den Gedankengang des Bestellers nicht.

Der Mann trommelte mit ruckartigen Bewegungen auf das Lenkrad. Verstehen gehörte nicht zu seinem Job. Deshalb hatte er wahrhaftig nicht vor, darüber nachzudenken, warum die Mädchen geholt werden mussten und wo sie landen würden. Er würde den Auftrag erledigen und den Rest der vereinbarten Summe bekommen. Danach würde er alles vergessen, als wäre es nie geschehen.

Einige Minuten vergingen, und der Schneefall ließ vorübergehend nach. Der Mann schaltete die Scheibenwischer aus. Er fühlte sich zufrieden und ließ seine Gedanken zu der Bezahlung wandern, die er bald bekommen würde. Was würde er sich von dieser Summe nicht alles leisten können! Er bekäme die Anzahlung für eine Eigentumswohnung zusammen. Er konnte eine Weile auf die mühselige Arbeit im Freien verzichten, die Handlangerjobs anderen überlassen und sich darauf konzentrieren, sein Leben zu genießen. Ein zufriedenes Lächeln legte sich auf sein vernarbtes Gesicht.

Der Mann lenkte den Wagen an den Straßenrand und hielt, um den Mädchen Vorsprung zu lassen. Die Größere der beiden fasste die Kleinere wieder an der Hand. Sie beschleunigten ihre Schritte.

Der Mann lächelte zufrieden, als ihm klar wurde, wohin die zwei unterwegs waren. Sie hatten nicht vor, auf der Autostraße im Hochland nach Hause zu gehen, sondern wollten in den neuen Tunnel. Der durch den Berg führende Tunnel, der drei Dörfer miteinander verband, war noch nicht für den Straßenverkehr geöffnet, aber fast alle Dorfbewohner wussten, dass die Bohrarbeiten abgeschlossen waren. Es war möglich, durch den Tunnel zu gehen.

Der Schneefall schien wieder zuzunehmen. Das Nachmittagslicht war spärlich geworden. Bald würde es draußen ebenso dunkel sein wie im Tunnel. Der Mann brummte zufrieden und kratzte erneut an seiner Narbe. Der Plan der Mädchen passte ihm bestens. Im Tunnel hielt sich niemand auf. Dort würde keiner sehen, was als Nächstes passierte.

Der Mann hielt ein paar hundert Meter Abstand von den Mädchen und beobachtete sie durch die Windschutzscheibe. Schritt für Schritt näherten sich die beiden dem Tunnel. Das Letzte, was der Mann von ihnen sah, war der rote Rucksack mit dem Ponymotiv auf dem Rücken des größeren Mädchens. Dann verschwanden sie im Berg.

Der Mann blickte sich noch einmal um. Nirgendwo rührte sich etwas. Keine Menschen, keine Autos. Die rasch zunehmende Nachmittagsdämmerung umgab ihn. In den gelben Plastiktüten auf dem Rücksitz befanden sich die vom Besteller verlangten Kleidungsstücke und ein paar Plüschtiere. Der Mann rieb mit dem Zeigefinger noch einmal über die Narbe, langsam und genießerisch. Dann gab er Gas. Das Auto rollte in die Tunneleinfahrt.

2

SOMMER 2008 ÍSAFJÖRÐUR

Das Jackett saß tadellos, obwohl der niedrige Stuhl den hochgewachsenen Mann zu einer unbequemen Haltung zwang. Es war ihm absolut unbegreiflich, wie man seine Wohnung mit diesen ungemütlichen dänischen Designerstühlen ausstatten konnte. Er versuchte, seine Beine unter dem Tisch auszustrecken. Die cognacfarbenen Möbel waren seiner Meinung nach nicht besonders schön, passten aber wohl zur minimalistischen Inneneinrichtung im skandinavischen Stil. Ein solcher Stuhl kostete sicher mehr als die Monatsmiete für eine Einzimmerwohnung im Zentrum von Reykjavík.

Man sollte meinen, dass man für so viel Geld einen bequemen Stuhl bekäme, dachte der Mann, rückte den Stuhl vom Esstisch zurück, straffte den Rücken und legte das rechte Bein über das linke.

»Diese Stühle sind einfach furchtbar«, sagte der Mann mit der Brille und goss ein dampfendes Getränk in die Tasse des hochgewachsenen Mannes. Der Einrichtungsstil seiner Frau gefalle ihm nicht, erklärte er, aber er habe gelernt, ihn zu ertragen. »Der Friede bleibt gewahrt, wenn sie im Haus schalten und walten darf, wie sie will. Und wenn meine Frau guter Laune ist, kann ich mir leichter meine Freiheiten nehmen.«

Der Brillenträger zwinkerte Verständnis heischend und stellte die verchromte Kaffeekanne an ihren Platz.

Der hochgewachsene Mann lachte zustimmend und griff nach dem Sahnekännchen. An seinem Arbeitsplatz füllten die Krankenschwestern den Kühlschrank im Pausenraum mit wässriger fettarmer Milch. Er rührte mit dem Silberlöffel im Kaffee, trank einen Schluck und schloss kurz die Augen. Die Sahne betonte den intensiven Geschmack des dunkel gerösteten Kaffees. Gerade jetzt erschien ihm das Leben perfekt.

Auch mit seinem alten Freund hatte das Leben es offenbar gut gemeint. Das Haus war prachtvoll – geräumig und hell, mindestens zweihundert Quadratmeter groß. Der Garten war gut gepflegt, und hinter dem Haus plätscherte ein Springbrunnen. An den Wänden hing zeitgenössische skandinavische Kunst, und die topmoderne Küchenausstattung entsprach den bis ins Letzte gestylten Fotos in den aktuellsten Inneneinrichtungsmagazinen.

»Ein schönes Haus. Ich war ja noch nie hier«, sagte er.

»Wir sind vor ein paar Jahren hier eingezogen. Wir brauchten mehr Platz«, erwiderte der Brillenträger, setzte sich an die andere Tischseite und schob seinem Freund eine Schale Pralinen hin.

»Greif zu, das ist belgische Schokolade. In Brügge gibt es eine fantastische Pralinenmanufaktur, die ich auf einer Dienstreise entdeckt habe. Wir bestellen die Produkte ab und zu auch nach Hause.«

Während der Brillenträger sich eine Praline auf der Zunge zergehen ließ, legte sich ein geheimnisvolles Lächeln auf sein Gesicht.

»Die Konditorin, die dieses Konfekt verkauft, ist übrigens selbst ein ziemliches Prachtstück«, sagte er und zeichnete mit den Händen üppige Kurven in die Luft. »Das Sonderangebot für Stammkunden ist so gut, dass ich ziemlich oft dort vorbeischaue und die Mitbringsel vor Ort hole.«

Der hochgewachsene Mann lachte kopfschüttelnd.

»Verflixt noch mal, du hast dich im Lauf der Jahre kein bisschen verändert.«

»Warum sollte ich? Was sich bewährt hat, sollte man doch beibehalten«, sagte der Brillenträger und nahm eine zweite Praline aus der Schale.

Eine Weile saßen sie schweigend am Tisch und konzentrierten sich auf den Schokoladengenuss. Dann beugte sich der hochgewachsene Mann vor. Er hatte nicht viel Zeit. In einer halben Stunde musste er wieder am Arbeitsplatz sein und Patienten empfangen. In dieser Woche war der todlangweilige nachmittägliche Bereitschaftsdienst ihm zugefallen. Kinder mit Ohrenschmerzen, Bauern, die von ihrem Pferd getreten worden waren, Blutdruckmessungen, Rezeptverlängerungen. Die Privatpraxis in Reykjavík war sein eigentlicher Broterwerb, aber um die staatliche Konzession zu erhalten, musste man von Zeit zu Zeit im öffentlichen Gesundheitswesen Dienst schieben. Das tat er am liebsten auf dem Land, denn dort wurde mehr dafür bezahlt.

»Nun sag mir mal, warum du mich mitten in der Alltagshektik zum Kaffeekränzchen einladen wolltest.«

Sein Gegenüber nahm die runde Brille ab, rieb sich mit Daumen und Zeigefinger die Augenlider und setzte die Brille wieder auf. Dann zog er eine blaue Aktenmappe aus dem Eckregal und legte sie vor sich auf den Tisch.

»In dieser Mappe ist ein Zettel, auf dem ein Name steht. Diese Person war in deiner Sprechstunde, und ihre Unterlagen sind versehentlich verschwunden.«

Der Mann schob die Mappe über den Tisch und sah seinem Freund scharf in die Augen. Er unterstrich seine Worte, indem er mit dem Zeigefinger dreimal auf die Mappe klopfte.

»Verstehst du? Verschwunden. Das ist bedauerlich, aber so etwas kommt gelegentlich vor.«

Der hochgewachsene Mann zögerte kurz, griff dann aber nach der Mappe. Er zog die Gummibänder von den Ecken und schlug die Mappe auf. Als er den auf Karopapier geschriebenen Namen sah, fuhr er zusammen. Natürlich erinnerte er sich an den Fall. Es war eine außerordentlich furchtbare Sache gewesen. Was ihm jetzt vorgeschlagen wurde, erschien ihm unmöglich. Er konnte doch nicht …

Der Brillenträger räusperte sich und sprach ein wenig lauter weiter.

»Ich merke, dass du zauderst. Das brauchst du nicht. Die Sache ist nicht so schlimm, wie sie auf den ersten Blick aussieht. Letzten Endes geht es hier nur um eine Kleinigkeit. Die ist schnell erledigt.«

Die Mappe fühlte sich klamm an, der Mann verspürte Übelkeit. Der Kaffee brachte seinen Magen zum Rebellieren.

»Es ist ganz einfach! Die Papiere verschwinden, und du bekommst das Grundstück, auf das du schon so lange scharf bist. Ich peitsche den Entschluss nächste Woche durch den Gemeinderat«, erklärte der Brillenträger resolut und verschränkte die Hände unter dem Kinn.

Das Grundstück. Der hochgewachsene Mann hatte schon seit Langem versucht, der Gemeinde ein Stück Land abzukaufen. Er hatte eine unglaublich lukrative Geschäftsidee. Die internationalen Geldgeber standen bereit und alle Vorarbeiten waren erledigt. Er brauchte nur noch das Grundstück, um anfangen zu können. Danach würde das Geld in Strömen fließen.

Der Fischzuchtbetrieb war sein Weg zum Reichtum. Er wollte nicht für den Rest seines Lebens die Körper Unbekannter abklopfen und sich ihre Wehklagen anhören. Das Monatsgehalt war gut, das bestritt er nicht, aber wirklich reich konnte man als Arzt nicht werden. Die Produktion von Zuchtlachs wäre eine ganz andere Sache. Sie würde ihm viel Geld einbringen. Er würde den Betrieb in Gang bringen und ihn nach ein paar Jahren an norwegische Investoren verkaufen. Die Vorverträge waren bereits unterschrieben. Sein langfristiger Plan sah vor, die ärztliche Tätigkeit ganz aufzugeben und Geschäftsmann zu werden. Er wollte in ganz andere Kreise aufsteigen und weg von dieser mickrigen Insel. In diesem Plan spielte der Fischzuchtbetrieb eine wichtige Rolle.

Der hochgewachsene Mann griff nach der Glaskanne auf dem Tisch und goss sich ein Glas kaltes Wasser ein. Er zwang sich, logisch zu denken. Jetzt war ein kühler Kopf gefragt. Plane sorgfältig, verwirkliche deinen Plan furchtlos. Zögere nicht. Schlage zu, wenn der Gegner es nicht erwartet. Diesen strategischen Ratschlag hatte er in seinem Lieblingsbuch gelesen, in Sunzis *Die Kunst des Krieges*. Genau so würde er handeln, denn es gab keine anderen Alternativen.

Er stellte das leere Wasserglas hin, stand auf, schob den unbequemen Stuhl unter den Tisch und nahm die Mappe an sich. Dann reichte er seinem Freund zur Bestätigung des Abkommens die Hand.

JETZT

3

FEBRUAR 2020 REYKJAVÍK

Der schwache spätwinterliche Wind fuhr durch die langen Haare der Kriminalermittlerin Hildur Rúnarsdóttir, die Haarspitzen flatterten in Richtung Norden. Hildur legte das Handtuch neben ihren Rucksack auf die Bank und schlüpfte in die weißen Badelatschen, die mit dem Logo einer Tankstellenkette bedruckt waren. Schuhwerk zu tragen, war hier durchaus sinnvoll, denn am Ufer lagen manchmal Glassplitter und anderer Abfall. Hildur ging über den weißen Sandstrand und am Bootssteg vorbei. Die rechts vom Steg gegrabene Lagune wurde gewärmt. Das aus einer heißen Quelle gepumpte Wasser hielt die Temperatur über fünfzehn Grad. Doch Hildur verschmähte die Warmwasserlagune und ging weiter zum offenen Meer. Sie streifte die Latschen ab und trat in das kalte Meerwasser.

Zuerst wurden die Knöchel kalt, dann die Knie. Der sandige Grund massierte die Haut an den Fußsohlen. Am gegenüberliegenden Ufer der Bucht waren die Reihenhäuser der Wohnsiedlung Kópavogur zu sehen. Als das acht Grad kalte Meerwasser über die Bauchmuskeln reichte, tauchte Hildur hinein und begann zu kraulen. Es ärgerte sie, dass sie nicht allein am Strand war. Das Meer war für sie immer schon ein Ort gewesen, an dem sie Stille und Einsamkeit genießen wollte, ohne sich mit anderen Menschen auseinandersetzen zu müssen.

Für die Jahreszeit war der öffentliche Badestrand von Reykjavík überraschend voll. In den letzten Jahren hatten viele ihre Begeisterung für das Kaltwasserschwimmen entdeckt, und das merkte man. Am Strand wimmelte es von Schwimmern in Neoprenschuhen und -handschuhen, die sich lauthals unterhielten.

Hildur verwendete keine besondere Ausstattung, wenn sie im kalten Wasser schwamm. Beim Surfen trug sie einen Nassanzug, aber Schwimmen war etwas anderes. Das kalte Wasser musste auf der Haut spürbar sein. Sie wollte sich von Zeit zu Zeit auskühlen. Wenn die Kälte von den Fußsohlen in die Bauchgegend und zum Brustkorb stieg, verlangsamte sich ihr Herzschlag. Das beruhigte sie.

Nachdem sie gut zweihundert Meter geschwommen war, hörte sie einen Ruf vom Ufer. Ein rundlicher Mann jenseits der mittleren Jahre in einem weißen Frotteebademantel hatte die Hände wie einen Trichter um den Mund gelegt und posaunte aus vollem Hals:

»Nicht so weit rausschwimmen!«

Es ärgerte Hildur, dass sie anhalten musste. Sie sah zu dem Mann hin, winkte ihm zu und hob den Daumen als Zeichen dafür, dass sie alles im Griff hatte. Das Meer war ihr Ein und Alles. Es heilte ihre Trauer und half ihr, Freude zu empfinden. Auf dem Meer durfte sie allein sein und gegen etwas kämpfen, das sie nie würde besiegen können. Sie liebte das Surfen. In Reykjavík war es schwierig, das Meer zu genießen, denn hier gab es nicht solche Wellen und nicht so leere Ufer wie zu Hause in den Westfjorden.

Hildur kannte Reykjavík aus ihrer Studienzeit. Sie hatte die Polizeischule besucht und danach einige Jahre in der Hauptstadt gearbeitet. Als die Polizeibehörde in ihrer Heimat einen Kriminalermittler und Leiter der Einheit für vermisste Kinder in den ländlichen Regionen suchte, hatte Hildur sich beworben und die Stelle bekommen. Die Rückkehr ins heimatliche Ísafjörður war wohltuend gewesen. In den letzten zehn Jahren hatte sie ein ziemlich ausgeglichenes Leben geführt. Zwischen den schroffen Bergen und dem stürmischen Meer fühlte sie sich heimisch. Die Naturgewalten und die dunklen Winter wirkten auf viele bedrückend, aber auf Hildur nicht. Für sie bedeuteten der ruhelose Wind und die gewaltigen Wellen, die gegen die Uferwege im Dorf schlugen, Klarheit und Frieden. Sie bildeten Grenzen, die sie zwangen, an ihrem Platz zu bleiben.

Mitunter erschien ihr das Dasein unerträglich. Wenn die Beklemmung zuschlug, zog Hildur sich in ihre eigene Blase zurück. Sie hatte das Gefühl, vom Rest der Welt getrennt zu sein, und die Klumpen in der Brust und im Magen wuchsen und raubten ihr den Atem. Dann hatte sie keinen anderen Wunsch, als sich in der Kälte des stürmischen Meeres zu verstecken.

In den letzten zwei Monaten hatte sie nur ein paar Mal surfen können; wahrscheinlich war sie auch deshalb in letzter Zeit so kribbelig.

Im Januar hatte Hildur vorübergehend wieder nach Reykjavík ziehen müssen. Tumi Einarsson, ihr Freund und Kollege aus ihrer Zeit in Reykjavík, hatte sich bei einem Einsatz das Knie verletzt. Er würde voraussichtlich zwei Monate krankgeschrieben sein. Hildur hatte sich bereit erklärt, die Vertretung zu übernehmen, weil er ihr wichtig war und weil er sie persönlich darum gebeten hatte. Tumi leitete die Einheit für vermisste Kinder in Reykjavík.

Hildur fühlte sich in der Stadt nicht wohl. Die Verkehrsstaus, der Lärm der Baustellen und die Flut immer neuer Aufgaben erschöpften sie. Sie sehnte sich in ihr Heimatdorf zurück. Zum Glück war die Vertretung in zwei Wochen zu Ende.

Bald konnte sie weg von hier. Vielleicht würde das gegen das widerliche Gefühl helfen, das sie in den letzten Tagen geplagt hatte. Diese Beklemmung war ihr schon seit ihrer Kindheit vertraut. Hildur wusste, dass ihre Urgroßmutter Hrafntinna zu ihrer

Zeit eine der bekanntesten Hellseherinnen Islands gewesen war, die über die Zukunft berichtete und Fragenden Rat erteilte. Der Überlieferung nach wurde die Sehergabe vererbt, aber nicht auf alle Nachkommen. Tante Tinna, bei der Hildur ihre Jugend verlebt hatte, war der Meinung, dass Hrafntinnas Gabe zwei Generationen übersprungen habe und auf Hildur übergegangen sei.

Hildur selbst war sich dessen nicht so sicher. Eigentlich hielt sie nicht viel von Geschichten über Hellseherei, Trolle und Ähnliches. Aber sie ahnte Unfälle und Gewalttaten in der näheren Zukunft voraus. So war es einfach, dagegen war sie machtlos.

Vor ein paar Wochen hatte sich in Island ein tragisches Flugzeugunglück ereignet. Ein Kleinflugzeug war kurz nach dem Start ins Meer gestürzt und der Pilot war ums Leben gekommen. Einige Tage vor dem Unglück hatte Hildur eine ungewöhnliche Unruhe verspürt. Als dann die Nachricht von dem Absturz kam, war sie nicht überrascht gewesen. Sie hatte etwas Schlimmes erwartet.

In jüngeren Jahren hatte sie sich inbrünstig gewünscht, dass sich mit ihren Ahnungen irgendwelche brauchbaren Informationen verbunden hätten. Dann hätten die bedrückenden Vorahnungen wenigstens einen Nutzen gehabt. Nun musste sie den Gedanken ertragen, dass bald etwas Schlimmes passieren würde, dass sie aber nicht wusste, was und wem. Die Machtlosigkeit angesichts der näher rückenden Trauer war etwas, wovor sie nicht fliehen konnte. Im Lauf der Jahre hatte sie lernen müssen, sie zu akzeptieren.

Hildur machte noch einige Armzüge und glitt weiter durch das kalte Wasser. Als sich das Ufer von Kópavogur mit seinen teuer aussehenden Reihenhäusern näherte, kehrte sie um. Sie holte tief Luft, tauchte unter und stieß sich mit den Beinen voran. Das Meer rauschte ihr in den Ohren, und aus ihrem Mund stiegen kleine Bläschen auf. In der Lunge spürte sie das vertraute Brennen.

Nach ein paar Zügen ließ sie ihren Körper aufsteigen. Sobald ihr Kopf über Wasser war, schnappte sie heftig nach Luft.

Hildur ging an Land, wrang ihre langen Haare aus und schlüpfte in ihre alten Badelatschen.

Der Mann im Bademantel hatte die Arme demonstrativ vor der Brust verschränkt und starrte Hildur missbilligend an.

»So eine Taucherei im Winter ist lebensgefährlich.«

Hildur hüpfte ein paarmal auf dem rechten Bein, um das Meerwasser aus ihrem rechten Ohr zu entfernen. Die vorgebliche Besorgnis des Mannes ging ihr auf die Nerven. Wenn sie selbst ein Mann mittleren Alters wäre, würde ihr niemand mit Ratschlägen zum Schwimmen kommen.

»Ich bin an kaltes Wasser gewöhnt, ich komme von den Westfjorden«, sagte sie nur und marschierte an dem Mann vorbei.

Das Blut rauschte in ihren Adern. Auf die Unterkühlung folgte ein behagliches Wärmegefühl. Das Schwimmen im Meer hatte den Druck in ihrem Inneren gemildert. Sie faltete das Handtuch zusammen, legte es auf die Holzbank und setzte sich für einen kurzen Moment in die kalte Luft. Der Wind strich angenehm über ihre ausgekühlte Haut.

Hildur überlegte. Normalerweise ließ das bedrückende Gefühl nach, wenn das Schlimme geschehen war, aber nach dem Flugzeugunglück war es nicht so gekommen. Immer noch spürte sie eine leichte Unruhe. Sie erinnerte sich, dass sie dieses Gefühl zum ersten Mal am Morgen des Tages erlebt hatte, an dem ihre Schwestern auf dem Heimweg von der Schule spurlos verschwanden. Sie waren nie gefunden worden.

Dass sie im Fall von Rósa und Björk nicht weitergekommen war, setzte Hildur zu. Als sie im letzten Herbst während einer komplizierten Mordermittlung auf neue Informationen über ihre kleinen Schwestern gestoßen war, hatte in ihr eine leise Hoffnung gekeimt. In einer alten Erdgrube waren die Kleider, die

die Mädchen am Tag ihres Verschwindens getragen hatten, und einige Knochen gefunden worden. Ein Bekannter von Hildur, Axt-Hákon, hatte den Fund untersucht und festgestellt, dass es sich nicht um Menschenknochen handelte. Seinen seltsamen Spitznamen hatte der in Reykjavík tätige Pathologe und Rechtsmediziner Hákon Bjarnason in seiner Studienzeit bekommen. Er hatte in einem Stück des Studententheaters über das Leben des isländischen Serienmörders Axt-Björn im 16. Jahrhundert die Hauptrolle gespielt und sich so intensiv in seine Rolle eingelebt, dass man ihn seither nur noch Axt-Hákon nannte.

Hildur war ihrem Bekannten dankbar für die Untersuchung der Knochen. Sie hatte gehofft, mithilfe der Fundstücke weitere Hinweise auf das Schicksal ihrer Schwestern zu bekommen, doch diese Hoffnung hatte sich nicht erfüllt. Die Spuren hatten in der Grube geendet, und es war ihr nicht gelungen, weitere zu entdecken.

Hildur betrachtete die miteinander plaudernden Menschen und spürte, wie langsam, langsam der Frühling nahte. Bald würden die Tage länger werden, und dann kam auch schon der Sommer. Dennoch fühlte sie sich trübselig. Die erbärmlich schwachen Wellen hatten ihr nicht ausreichend geholfen, sie musste sich etwas anderes einfallen lassen. Hildur stand auf und ging in die Umkleide. Nachdem sie sich angezogen hatte, nahm sie ihr Handy aus der Seitentasche ihres Schwimmbeutels und suchte nach der App.

4

FEBRUAR 2020 WESTFJORDE

Der Holzboden knarrte unter den Füßen, als die Person sich in ihrem Hinterhalt ein wenig vorbeugte und durch das Fenster die verschneite Landschaft betrachtete. Am Himmel kreisten ein paar Vögel, aber sonst war alles ruhig. Es war früher Abend. Die Sonne, die bald hinter den Bergen versinken würde, warf noch ein zartes Licht auf die Umgebung. In der kleinen Hütte waren rasselnde Atemzüge zu hören. Es roch nach Öl und Metall.

Die rote Hütte stand mitten im offenen Gelände. Drinnen war es ebenso kalt wie draußen, doch die Wände schützten vor dem Wind, der über die Hochebene blies.

Die Gestalt strich über ihre Jagdbüchse und lächelte zufrieden. Der Schaft der Sako 85 hatte einen warmen Farbton und war aus geöltem Nussbaum gefertigt. Er fühlte sich gut an.

Von der Arbeitsfläche an der längsten Wand der Hütte nahm die Gestalt einen schwarzen zylinderförmigen Gegenstand. Ihre Finger legten sich mühelos darum. Der Schalldämpfer verringerte das Schussgeräusch, hatte aber auch noch weitere gute Eigenschaften: Das Mündungsfeuer war kleiner und die Treffsicherheit größer.

Schließlich lud die Person durch, setzte sich auf ihren Stuhl und stützte das Gewehr auf das Fensterbrett. Im Stehen zu schießen, wäre zu schwierig gewesen.

Bald war es so weit. Sie beugte sich vor, blickte durch das Zielfernrohr und wartete. Einige Zeit verging, dann war im Zielfernrohr endlich das zu sehen, worauf sie lauerte. Sie entsicherte die Waffe, überprüfte das Ziel, hielt den Atem an und kniff die Lippen zusammen. Der Finger glitt auf den Abzug. Eine Sekunde verging, dann drückte die Person ab.

Nachdem sie mit dem Fernglas nach draußen geblickt hatte, wusste sie, dass ihr ein Volltreffer gelungen war. Es war genauso gelaufen, wie es sollte.

5

SOMMER 2016 REYKJAVÍK

DÍSA

»Im Zentrum von Reykjavík werden heute Nachmittag bis zu 30 000 Feiernde erwartet. Die Ankömmlinge werden gebeten, zu beachten, dass die Innenstadt für den Autoverkehr gesperrt ist. Der Busverkehr wird bis dreiundzwanzig Uhr umgeleitet. Es folgt der Wetterbericht …«

Die Stimme des Radiosprechers drang aus dem Lautsprecher der Würstchenbude auf die Straße. Dísa kniff sich in die mageren Oberschenkel. Sie versuchte sich zu beruhigen. Die Umleitung des Busverkehrs hatte auch sie betroffen. Die Tafel der Familienhilfe befand sich einige Kilometer östlich von der alten Innenstadt, in der Nähe eines großen Einkaufszentrums. Dísa war mit dem Bus hingefahren und hatte ihren Rucksack mit Brot und Konserven gefüllt, aber auf dem Rückweg hatte der Bus sie nicht wie gewohnt zum Busbahnhof gebracht, sondern war stadtauswärts gefahren. Sie hatte mit ihrem schweren Rucksack mehr als eine halbe Stunde von der Haltestelle zu der Kellerwohnung an der Nönnugatan laufen müssen.

In der Wohnung war alles schiefgegangen. Wenn sie es früher nach Hause geschafft hätte, wäre ihr die Begegnung mit ihren Vermietern Palli und Eiríkur erspart geblieben. Die Männer hatten versprochen, dass sie gegen eine geringe Miete bei ihnen wohnen dürfe, bis der dritte Bewohner, Hilmar, Ende des Sommers aus dem Gefängnis käme und das Zimmer wieder brauche.

Das zehn Quadratmeter große Zimmer war ein ehemaliger Lagerraum im hinteren Teil der Wohnung. Es hatte kein Fenster, und die Tür ließ sich nicht von innen abschließen. Dísa hatte gewusst, dass Eiríkur und Palli komplette Arschlöcher waren, aber sie hatte keine andere Wahl gehabt. Auf der Straße hatte sie nicht mehr leben wollen.

Dísa hatte sich geschworen, nie mehr obdachlos zu sein, ganz gleich, was geschah. Es war zu gefährlich. Außerdem ertrug sie es nicht, angestarrt zu werden. Es war beschämend, von Tag zu Tag all seine Habseligkeiten mit sich herumzuschleppen.

Im Spätwinter war Dísa aus ihrer vorigen Unterkunft geflogen, weil in dem Haus Airbnb-Wohnungen für Touristen entstehen sollten. Das Haus davor, in dem sie fast zwei Monate mit einigen anderen friedlichen Stadtstreichern gewohnt hatte, war durch einen Brand beschädigt worden.

Nach dem Rauswurf war sie Palli und Eiríkur begegnet. Sie gehörten zu den Typen, die immer an der Busstation in Hlemmur abhingen und Drogen vertickten. Wer Geld hatte, kaufte den Stoff. Wenn man Schulden machte, musste man sie pünktlich zurückzahlen oder es erging einem wirklich schlecht. Frauen erging es immer schlechter als Männern, wie Dísa aus eigener Erfahrung wusste.

So war es auch heute gewesen. Vor zwei Wochen hatte sie von Eiríkur Stoff auf Pump bekommen. Sie hätte spätestens gestern zahlen sollen, konnte es aber nicht. Sie hatte überhaupt kein Geld. Vor ein paar Tagen hatte sie in einem Touristencafé zwei Handtaschen geklaut, doch das hatte nichts gebracht. In den Handtaschen war kein Bargeld gewesen und auch sonst nichts, was man auf die Schnelle hätte verscherbeln können.

Als Dísa mit den Lebensmitteln nach Hause gekommen war, hatten die Männer in der Küche auf sie gewartet. Eiríkur war wütend gewesen. Zu Recht. Dísa hatte Schulden bei ihm, und Schulden musste man am vereinbarten Tag zurückzahlen. Die Regeln waren klar.

Zuerst hatte Dísa um Aufschub gebeten, obwohl sie wusste, dass die Bitte erfolglos bleiben würde. Eiríkurs Wut war nur noch heftiger geworden, und er hatte sie mit der flachen Hand ins Gesicht geschlagen. Daraufhin hatte Dísa beschlossen, nicht weiter zu betteln. Sie würde die Folgen auf sich nehmen und alles ertragen. Eiríkur hatte sie geschubst und ihre Taschen durchwühlt, dann hatte er sie in sein Zimmer gezerrt und ihr die Kleider vom Leib gerissen.

Palli hatte wiehernd gelacht und die Tür von außen abgeschlossen. Die Misshandlung hatte lange gedauert. Dísa hätte nicht sagen können, wie lange, aber das spielte auch keine Rolle. Sie hatte in der ganzen Zeit keinen Mucks von sich gegeben, sondern nur stumm darauf gewartet, dass es vorbei war. Als Eiríkur sich die Hose wieder hochzog, hatte er so beiläufig, als ginge es um das Wetter, gesagt, damit seien die Zinsen abgegolten. Die Schulden müssten noch bezahlt werden.

Die frühabendliche Sonne schien Dísa direkt in die Augen. Sie starrte auf ihre Beine und konzentrierte sich darauf, ruhig zu atmen. Der langärmlige Hoodie verbarg die Prellungen an den Armen. Beim Verlassen der Wohnung hatte sie die Kapuze über den Kopf gezogen, damit die geschwollene Wange nicht zu sehen war. Von den Leuten angestarrt zu werden, konnte sie jetzt am allerwenigsten brauchen. In der halbdunklen Wohnung hätte sie aber auch nicht bleiben können, sie musste nach draußen. Im Freien würden sich ihre Gedanken vielleicht klären und sie würde einen Weg finden, ihre Schulden abzuzahlen. Vorsichtshalber hatte sie ihren Rucksack mit den Lebensmitteln mitgenommen, denn sie war sich nicht sicher, wann sie in die Wohnung zurückkehren konnte.

Die Innenstadt füllte sich zusehends. Die kleine Fußgängerzone war voll von Menschen, die isländische Fahnen schwenkten und sich wie eine einzige wellenförmige Masse zu dem Hügel neben dem Konzerthaus bewegten, wo bald gefeiert werden sollte.

Es herrschte ein Gewimmel wie in einem Ameisenhaufen. Dísa wurde ganz kribbelig davon. Sie zog die Ärmel noch weiter herunter und ballte die Hände zu Fäusten. Das rastlose Prickeln war bis in die Fingerspitzen zu spüren, und ihr Kopf schmerzte.

Wenn sie nicht bald an Stoff kam, würde es sie zerreißen. Sie musste irgendwo die nächste Dosis auftreiben, sonst ertrug sie diese Scheiße nicht. Ihre Füße stießen gegen den Rucksack unter der Bank. Die Konservendosen von der Tafel steckten immer noch darin.

Vielleicht hatte sie Glück, und in Hlemmur war irgendwer bereit, die Dosen gegen eine Pille zu tauschen. Das war die erste gute Idee des Tages, und ihre Stimmung hob sich ein wenig.

Der zunehmende Lärm schreckte Dísa auf. Die Fußballtröten ertönten jetzt ganz in der Nähe. Die Menschenmenge auf der Straße wuchs und wuchs. Dumpfe Anfeuerungsrufe erschallten, dazu wurde rhythmisch in die Hände geklatscht. *Hú! Hú! Hú!* Die feiernde Menschenmasse näherte sich, und die Jubelrufe wurden lauter. Jemand hupte ausdauernd.

Die harte Parkbank drückte plötzlich fürchterlich gegen die kaputte Haut. Dísa beschloss aufzustehen und jetzt gleich zur Busstation zu gehen. Die meisten Bekannten waren jetzt am frühen Abend unterwegs, bevor die Notunterkünfte für Obdachlose ihre Türen öffneten.

Da bemerkte Dísa das näherkommende Fahrzeug. Das einzige,

das heute auf den Straßen der Innenstadt fahren durfte. Seinetwegen war man ja hier.

Der große schwarze Laster funkelte, als die Strahlen der Abendsonne ihn trafen. An der Kirche bog er nach unten ab und fuhr auf die lange, von Handwerksgeschäften und Juwelierläden gesäumte Straße. Er rollte feierlich langsam die Straße hinab, während der Fahrer auf die Hupe drückte.

Die isländischen Fußballer waren aus Frankreich heimgekehrt. Dísa interessierte sich nicht für Fußball, aber der Fußballrausch um sie herum war auch ihr nicht entgangen. In den letzten Wochen hatte die isländische Nationalmannschaft der Männer bei der EM zuerst Österreich und dann England besiegt. Nach jedem Spiel hatten sich die Straßen im Zentrum von Reykjavík mit jubelnden Menschen gefüllt. Heute waren die Spieler nach Hause gekommen.

Der Laster rollte die Straße hinunter und näherte sich Dísa. Die Spieler standen hoch aufgerichtet auf der Ladefläche, auf dem Weg zur Festtribüne im Stadtzentrum, vor der Zehntausende Fans warteten.

Dieser Schar wollte sich Dísa nicht anschließen. Sie hatte vor, in die entgegengesetzte Richtung zu gehen. Die Busstation Hlemmur lag am anderen Ende der Innenstadt.

Auf ihrer Höhe bog der Wagen nach links ab, um zum Konzerthaus weiterzufahren. Gerade in dem Moment blickte Dísa auf.

Ein kurzer Blick genügte. Dísa stockte der Atem. Die Welt begann sich zu drehen, sie musste sich an der Bank festhalten.

Sie erkannte den Mann. Er stand in der zweiten Reihe, hinter dem Mannschaftskapitän. Dísa sah ihn nicht vollständig, aber der Anblick seines Gesichts genügte. Sie würde es nie vergessen. Nie. Sie merkte, dass der über die begeisterte Menschenmenge schweifende, wachsame Blick des Mannes für den Bruchteil einer Sekunde bei ihr verharrte. Dísa war sich nicht sicher, ob sie es sich nur einbildete oder ob in seinen Augen Wiedererkennen und Entsetzen aufgeflackert waren, als ihre Blicke sich kreuzten. Die starre Miene verschwand so schnell von seinem Gesicht wie sie gekommen war, jetzt lächelte der Mann wieder breit und winkte der jubelnden Menge zu wie ein König auf seinem Thron.

An die Bank gelehnt, beobachtete Dísa, wie der Mann den Arm hob und die Fans zu Jubelrufen anspornte. *Hú! Hú! Hú!*

Ihre Gesten und Mienen verrieten, wie ausgelassen und glücklich die Spieler waren. Sie wussten, dass sie verehrt wurden. Unglaubliche Talente. So hatte es ja in den letzten Tagen in allen Zeitungen geheißen. Die Wunder Islands. Hervorragende Spieler. Die großen Helden eines kleinen Landes.

Dísa spürte einen bitteren Geschmack im Mund. Sie kehrte den jubelnden Fans den Rücken zu, griff nach ihrem Rucksack und ging mit langsamen Schritten in die entgegengesetzte Richtung. Zum Glück hatte sie die Konserven. Viele Dosen in unterschiedlicher Größe und Farbe, die im Takt ihrer Schritte im Rucksack klapperten. Thunfisch, Bohnen, Mais. Wenn sie besonders viel Glück hatte, enthielt die flache Dose Büchsenfleisch. Das wäre ein echter Hauptgewinn, Büchsenfleisch war gefragt. In Gedanken spürte sie bereits, wie sich die Pille auf der Zunge anfühlte, bevor sie sie herunterschluckte. Sie beschleunigte ihre Schritte und vergaß den stattlichen Mann, der so selbstbewusst auf der Ladefläche gestanden hatte.

6

FEBRUAR 2020 REYKJAVÍK

Hildur ließ ihre Schultern ein paarmal kreisen und kostete von dem Caffè Latte mit dreifachem Espresso-Shot, den sie bestellt hatte. Er schmeckte vorzüglich. In den Armen spürte sie das angenehm vertraute Brennen. Das Krafttraining im Trainingssaal der MMA-Kampfsportler von Reykjavík hatte ihren Oberkörper ausgelaugt, und das war ein gutes Gefühl.

Die Frühlingssonne schien in das Café, das sich an der Fußgängerstraße Laugavegur befand, in bester Lage zwischen zwei Hotels und einem Geschäft für isländische Streetwear. Die Menschen spazierten langsamer als gewöhnlich die Straße entlang. Sie liefen nicht vor dem Wetter davon, sondern genossen es. Der überraschend helle Sonnenschein zauberte ein Lächeln auf ihre Gesichter.

Der Winter war jedoch noch nicht gewichen. Er saß einem auch hier im Süden des Landes noch im Nacken, aber heute wirkte das Wetter beinahe frühlingshaft.

Aus dem hinteren Teil des Cafés drang fröhliches Stimmengewirr. Die Baristas schäumten Hafermilch auf. Der Kuchen duftete. Im Café herrschte eine ausgelassene und erwartungsvolle Stimmung. Es war ja Freitag.

Auf den ersten Blick schien in Reykjavík alles in bester Ordnung zu sein, aber Hildur wusste, dass das nicht die ganze Wahrheit war. Sie hatte einen besonders harten Arbeitstag hinter sich. Der heutige Fall war ungewöhnlich schwierig gewesen. Ein siebzehnjähriger Junge war Opfer eines Sexualverbrechens geworden. Er musste im *Barnahús* befragt werden, dem »Kinderhaus«, das sich an einem geheimen Ort am Stadtrand von Reykjavík befand. Alle minderjährigen Opfer und Augenzeugen wurden im Kinderhaus befragt, wo die Polizei und die Staatsanwaltschaft durch ausgebildete Traumatherapeuten und Psychologen unterstützt wurden.

Wenn sie Kindern und Jugendlichen half, hatte Hildur das Gefühl, etwas ganz besonders Wichtiges zu tun. Vielleicht versuchte sie, wiedergutzumachen, was in ihrer Familie vor langer Zeit geschehen war. Sie glaubte wohl, sich zugleich auch selbst zu helfen, indem sie Kindern half.

Nach dem Arbeitstag hatte sie sich unbedingt auf andere Gedanken bringen müssen. Am liebsten wäre sie gesurft, doch die Wellen waren ungünstig. Das gestrige Schwimmen im Meer hatte ihr gutgetan, aber freitags herrschte am Strand zu viel Andrang. Also war sie vor ihrem Date zum Krafttraining gegangen.

Hildur verbrachte kaum Zeit in den sozialen Medien. Sie hatte ein Profil auf Facebook, aber nur aus beruflichen Gründen. Sie verwendete nicht ihren vollen Namen und gab keine Einzelheiten über sich preis. Das Profil war für sie ein Mittel, sich Informationen zu verschaffen. Die Menschen erzählten in den sozialen Medien verblüffend viel über sich, und viele hatten immer noch ein uneingeschränkt öffentliches Profil. Mit ein paar Klicks erfuhr man einiges über Freunde, Reisen und Interessengebiete. Bei der Arbeit als Kriminalermittlerin war das nützlich.

Hildur lud Tinder nur dann auf ihr Handy, wenn sie sich nach Gesellschaft sehnte. Nach dem Date löschte sie ihren Account und die ganze App. Sie hatte auch noch weitere Regeln: Sie verabredete sich nur in der Hauptstadt und nur mit Ausländern, damit das Ganze unkompliziert blieb. Zu Hause wäre ein One-Night-

Stand nicht in Frage gekommen, und es hätte sie peinlich berührt, in der App bekannte Gesichter zu sehen, vom Nachbarn bis zum Bibliothekar. In ihrem Heimatdorf Ísafjörður mit seinen zweitausend Einwohnern kannten sich alle, und es war schwierig, neue Bekanntschaften zu schließen, ohne dass das ganze Dorf davon erfuhr. In der Regel machte Hildur sich nichts aus dem Gerede der anderen, aber in ihrer jetzigen Lebenssituation hatte sie nicht die Nerven dafür, sich mit Gerüchten über sich selbst konfrontiert zu sehen.

Der Winter war schwierig gewesen. Hildur hatte einen wichtigen Menschen verloren, ihren Nachbarn Freysi. Sie hatten eine Zeit lang ein Verhältnis gehabt und waren sich allmählich immer nähergekommen, aber dann war Freysi ermordet worden. Es war ein gewaltiger Schock gewesen.

Jetzt, einige Monate nach Freysis Tod, fühlte Hildur sich wieder zu Dates bereit. Manche mochten eine viermonatige Trauerzeit für kurz halten, aber sie empfand es anders. Sie dachte immer noch oft an Freysi. Trotz ihrer Trauer war sie fähig, sich auf die guten Erinnerungen zu konzentrieren, die ihr von ihm geblieben waren. Irgendwann würde sicher der Tag kommen, an dem genug Zeit vergangen war und die Trauer sie nicht mehr auffraß.

Hildur wollte keinen festen Lebenspartner, geschweige denn einen Ehemann. Sie war sich ziemlich sicher, dass sie zu einer solchen Bindung längerfristig nicht fähig wäre. Sie wäre nicht imstande, die Verantwortung für das Glück des Partners zu tragen oder ständig Rücksicht auf ihn zu nehmen. Früher oder später hätte sicher einer von ihnen beiden das Ganze satt. Warum den komplizierten Weg wählen, wenn es auch einen einfachen gab?

Hildur stand an dem hohen Fenstertisch des Cafés und drehte den kleinen Löffel in ihrer Kaffeetasse. Sie löffelte Milchschaum und biss ein Stück von ihrem Gebäck ab.

Bei Tinder war sie auf einen nett aussehenden Mann gestoßen, der sich als ein finnischer Feuerwehrmann erwiesen hatte. Er hieß Jari und hatte geschrieben, er komme zu einer kurzen Studienreise nach Reykjavík.

Sie hatten sich in diesem Café verabredet. Der Mann hatte erwähnt, er komme direkt vom Flughafen. Jetzt ging die Eingangstür auf und ein kurzhaariger Typ in einem schwarzen Trainingsanzug kam herein. Er trug eine braune Ledertasche locker über der Schulter und blickte von einem Tisch zum anderen. Was sie sah, gefiel Hildur: Der Mann sah mindestens so gut aus wie auf den Fotos, und sein Auftreten verriet, dass er wusste, was er wollte.

Als der Mann sich zu Hildurs Fenstertisch umdrehte, lächelte er erfreut und ging direkt auf sie zu.

Hildur trank einen Schluck aus ihrer Tasse und deutete mit einem Kopfnicken auf den Barista an der Espressomaschine.

»Für dich auch einen Kaffee?«

Der Mann sagte nichts. Er stand nur da. Hildur amüsierte sich darüber. Sie dachte an ihren Kollegen, den finnischen Polizeipraktikanten Jakob, der auch keine unnötigen Worte brauchte. Sind alle finnischen Männer so wortkarg?, überlegte sie. Jari rückte die Tasche zurecht, die ihm von der Schulter gerutscht war, und fragte lächelnd:

»Für den Kaffee haben wir wohl später noch Zeit?«

Hildur nickte und schob ihre Tasse von sich. Sie bückte sich, zog ihre Sporttasche unter dem Tisch hervor und warf ihren Zopf zurück.

»Klar. Mein Hotel ist gleich nebenan.«

Sie blinzelte in die Sonne und fühlte sich übermütig und leicht. So kann das Leben also auch manchmal sein, dachte sie. Sie wollte es genießen, zumindest in den nächsten Stunden.

7

FEBRUAR 2020 WESTFJORDE

Hermann Hermannsson stieg leichtfüßig aus seinem Jeep und straffte seinen sehnigen Körper. Die frische Bergluft tat der Lunge gut. Im Sommer würde er seinen 65. Geburtstag feiern, und er fühlte sich immer noch in bester Form. Vital und kräftig, ohne Bauchansatz. Vieles im Leben beruhte letztlich auf der eigenen Entscheidung.

Hermann holte die schwarzen windfesten und warmen Handschuhe aus der Tasche seiner Skijacke und setzte sich eine dünne Mütze auf. Der Skiträger auf seinem Wagen klappte auf. Er klemmte sich die Skier und die Skistöcke unter den Arm und ging zur Skihütte.

Im Langlaufgebiet schien niemand unterwegs zu sein. Die Hütte, in der sich ein Café und der Infoschalter befanden, lag im Dunkeln, und auf dem Parkplatz waren keine anderen Wagen zu sehen. Hermann drückte auf den Schalter an der Außenwand der Hütte, um die Außenbeleuchtung einzuschalten. Noch war es nicht dunkel, aber wenn er eine lange Runde lief, würde die Dämmerung anbrechen, bevor er zurückkäme. Natürlich hatte er eine Stirnlampe, aber deren Schein reichte nicht allzu weit.

Am Start der Loipen waren orange Plastikkegel und blaue Leinen zu sehen. Sie lagen bereit für den morgigen Langlaufwettbewerb. Hermann wusste, dass er bei seiner Kondition im Fünfzig-

Kilometer-Lauf mit Leichtigkeit unter die ersten zehn käme. Er konnte jedoch nicht teilnehmen, denn er hatte andere Pläne für das Wochenende. Die Freitagsrunde musste diesmal reichen.

Hermann steckte die Stöcke in den Schnee und lief die einen Kilometer lange Aufwärmstrecke ohne sie. Seiner Meinung nach fand man sich am besten in den Rhythmus des klassischen Stils hinein, indem man beim Aufwärmen nur die Kraft der Beine und der Bauchmuskeln einsetzte. Man kam anschließend besser voran, wenn man sich am Anfang kurz Zeit nahm, nach dem richtigen Rhythmus des Unterkörpers zu suchen.

Nach dem Aufwärmen schnappte er sich die Stöcke und machte sich auf den Weg zur ersten Steigung. Es war schönes Wetter. Der Sonnenuntergang färbte den Himmel hellviolett, und der Horizont flammte orangefarben.

Ein knapp einen Kilometer hoher Berg mit flacher Kuppe beherrschte die Landschaft. Die Strecke zum Fuß des Berges war grandios, und oben auf der Kuppe hatte man einen Moment lang das erhabene Gefühl, völlig über den Dingen zu stehen. Der Gedanke brachte Hermann zum Lachen. Gerade auf ihn traf das ja zu! Er war jemand, der Dinge ins Rollen brachte.

Er warf einen Blick über die linke Schulter auf die Landschaft hinter ihm. Vom Meer war immer mehr zu sehen. Das Dorf Ísafjörður unten am Ufer des Fjords sah aus der Vogelperspektive winzig aus. Im Dorf war der Schnee bereits geschmolzen, aber hier oben in den Bergen würde er bis weit in den Frühling liegen bleiben.

Mit ihrem grellen Orange stach Hermanns Skijacke wie ein Ausrufezeichen aus der weißen Umgebung hervor. Er war ein leuchtender Fleck, der sich in gleichmäßigem Tempo vorwärts bewegte.

Abstoßen, gleiten. Abstoßen, gleiten. Als der leichte Abhang begann, stieß er sich mit beiden Stöcken ab und ging in die Hocke.

Bei der Abfahrt wanderten seine Gedanken zum bevorstehenden Wochenende. Es gab viel zu tun.

Er würde den ganzen morgigen Tag im Büro verbringen müssen, um die Gemeinderatssitzung in der nächsten Woche vorzubereiten. Er musste eines der Mitglieder überreden, für sein Projekt zu stimmen. Es war unbedingt notwendig, eine Mehrheit für sein brillantes Projekt zu gewinnen, oder viele würden eine Menge Geld verlieren – auch er selbst.

Wenn das Bauprojekt im Herbst anliefe, wäre er Ende nächsten Jahres ein reicher Mann. Er lächelte. An Geld mangelte es ihm ja auch jetzt nicht, aber ein rollender Stein durfte nicht zum Stillstand kommen. Man brauchte kontinuierliches Wachstum, und das Geld musste zirkulieren.

Der Plan war bereits fertig. Es würde ihm gelingen, den Waschlappen im Gemeinderat auf seine Seite zu ziehen. Er brauchte ihm nur eine sorgfältig überlegte, treffende Mail zu schicken. Der Plan vereinigte Nutzen und Vergnügen wie kein anderer. Aus seiner Sicht war die Situation einfach großartig.

Hermann warf einen Blick auf seine Sportuhr und war zufrieden: Er brauchte deutlich unter fünf Minuten pro Kilometer. Wenn er so weitermachte, würde er die 20 Kilometer vor Einbruch der Dunkelheit schaffen.

Er beschleunigte das Tempo. Noch ein paar Kilometer, dann könnte er eine Trinkpause machen, wenden und auf dem gleichen Weg zurückkehren.

Plötzlich war ihm, als hätte sich irgendwo jemand oder etwas bewegt. Ein Polarfuchs? Er blickte zur Seite und bremste, hielt mitten auf der Loipe an. Nein. Ein Polarfuchs konnte es nicht sein. In dieser Gegend hatte man seit Jahren keine mehr zu Gesicht bekommen. Sie hielten Abstand von bewohnten Gebieten und vom Lärm der Skilifte. Etwas höher am Abhang, etwa zweihundert Meter entfernt, stand eine kleine, nur einige Quadratmeter große

Wartungshütte. Vielleicht hatte sich dort etwas bewegt. Jemand hatte das kleine Fenster der Hütte geöffnet. Sicher bereiteten die Organisatoren des morgigen Skiwettlaufs Tische und Geschirr für die Trinkstellen vor. Allerdings zu einer seltsamen Zeit. Warum fuhrwerkten sie im Halbdunkel herum?

Hermann sah es als kleines Wunder an, dass man überhaupt beschlossen hatte, den Wettlauf zu veranstalten. In den letzten Tagen war viel von dem Corona-Virus die Rede gewesen, das sich im Ausland verbreitete. Die Vertreter der Gesundheitsbehörde hatten erklärt, es sei nur eine Frage der Zeit, wann das Virus auch nach Island käme. Einer von ihnen, der große angegraute Typ, hatte das Verbot großer Publikumsveranstaltungen und Versammlungsbeschränkungen angedeutet. Na, was auch immer auf uns zukommt, irgendwie wird sich alles regeln, überlegte Hermann und lief weiter. Inzwischen war sein Gesicht schweißnass, seine Brille kam ins Rutschen. Er musste daran denken, nächste Woche bei seiner Dienstreise nach Reykjavík zum Optiker zu gehen und die Bügel korrigieren zu lassen.

Es war noch nicht sehr spät. Er beschloss, bei der Wartungshütte vorbeizufahren und die Aktiven des Skivereins zu begrüßen. Ein Kommunalpolitiker brauchte gute Beziehungen auf allen Ebenen. Hermann hob grüßend die Hand, wandte die Skispitzen zur Hütte und fuhr mit Doppelstockschüben darauf zu. Die Skier glitten leicht rauschend über den Schnee.

Plötzlich ertönte ein dumpfes Geräusch. Die Skistöcke hatten gerade den Schnee berührt, als Hermann links im Brustkorb einen scharfen Schmerz spürte. Rote Spritzer trafen den weißen Boden. Die kleinen Tropfen wurden zu breiten Flecken, als das warme Blut in den kalten Schnee sickerte.

Hermann sah ungläubig an sich herunter. Auf seiner orangefarbenen Skijacke war ein dunkler Fleck erschienen, der immer größer wurde. Alles war ganz schnell passiert, doch zugleich schien die Zeit sich auszudehnen. Irgendwo aus der Tiefe seines Körpers stieg ein heftiges Röcheln auf, Blut quoll ihm aus dem Mund und auf die Jacke. Dann fiel Hermann seitlich in den Schnee und blieb liegen, die Skier an den Füßen. Der eine Skistock war unter ihm gelandet, die harte Metallspitze drückte schmerzhaft gegen sein Schienbein. Für Hermann spielte das jedoch keine Rolle mehr.

Eine Stunde verging, dann huschte ein Schatten zu der Wand der Skihütte am Parkplatz. Eine Hand in einem schwarzen Handschuh streckte sich nach dem Lichtschalter aus. Ein Finger legte sich auf den roten Knopf und drückte darauf. Ein seufzendes Geräusch war zu hören, als die Lampen eine nach der anderen erloschen. Zuerst verschwand die Beleuchtung der Trainingsloipe vor der Skihütte. Danach wurden die Scheinwerfer weiter oben am Abhang dunkel. Zum Schluss gingen auch ganz oben im Skigebiet die Lichter aus. In den Bergen war es stockdunkel.

Vom Himmel rieselte Schnee. Bald bedeckte die weiße Schicht auch die blutige Leiche von Hermann Hermannsson, dem einflussreichsten Kommunalpolitiker der Westfjorde.

8

1986 WESTFJORDE

ACHT JAHRE VOR RÓSAS UND BJÖRKS VERSCHWINDEN

Ein schrilles Kreischen weckte Rakel, es kam vom Meer. Sie war offenbar eingeschlafen, aber das konnte noch nicht lange her sein, denn draußen war es immer noch hell. Das laute Geräusch war erneut zu hören. Es drang durchs Schlafzimmerfenster herein, das einen Spaltbreit offen stand. Bald schloss sich eine zweite Stimme an, dann eine dritte.

Rakel setzte sich behutsam im Bett auf und reckte sich, um durch das Fenster auf den Hof zu blicken. Sie bewegte sich vorsichtig und vermied schnelle Bewegungen, denn sie wollte das neben ihr schlafende Baby nicht wecken.

Rakels Blick wanderte über den Hof. Jetzt im Frühjahr sah alles so furchtbar hässlich aus. Wo der Schnee geschmolzen war, kam schlammiger, unebener Boden zum Vorschein, und die Felder grünten noch nicht. Die Schneehaufen, die die matschige Erde sprenkelten, hielten die Erinnerung an den Winter wach. Rakel wusste aus Erfahrung, dass die Haufen noch lange nicht schmelzen würden. Im vorigen Jahr war der letzte Schnee erst Anfang Juni verschwunden.

Der Wind bewegte den grau gepunkteten Vorhang und brachte frische Luft ins Zimmer. Rakel hätte das Fenster gern noch offen stehen lassen, aber das laute Kreischen störte sie. Wieso waren sie schon jetzt gekommen?

Die Küstenseeschwalben waren in diesem Jahr früher eingetroffen als gewöhnlich. Sie hätten noch nicht bis hierher fliegen sollen. Normalerweise ließen sich die kleinen weißen Vögel erst im Mai am Meeresufer nieder und begannen im Juni zu nisten. Jetzt war gerade mal Anfang April.

In jedem Sommer eroberten einige dieser im Süden Afrikas überwinternden flinken Zugvögel ihren heimatlichen Fjord. Nach ihrer Ankunft hatte am Strand keiner mehr etwas zu suchen. Die lautstarken Vögel verteidigten ihr Revier aggressiv.

Rakel richtete den Blick auf das Baby, das immer noch schlief und sein kleines Händchen vor das Gesicht gelegt hatte. Beim Anblick des leise schnaubenden Kindes wurde ihr warm ums Herz. Sie hatte sich schon lange ein zweites Kind gewünscht, war endlich schwanger geworden, und die Schwangerschaft war gut verlaufen. Die Geburt war lang und schmerzhaft gewesen, aber letzten Endes war alles so gut gegangen, dass sie zur Entbindung nicht nach Reykjavík musste. Das Kind hatte in der Klinik der Gemeinde zur Welt kommen dürfen. Ein paar Tage nach der Geburt hatte der Arzt sie nach Hause entlassen. Rakel hätte gern mit dem Zeigefinger die Wange des Babys gestreichelt, tat es aber nicht. Stattdessen streckte sie die Hand aus, um das Fenster zu schließen. Sie wollte das Kreischen nicht mehr hören. Es verschlimmerte ihre pochenden Kopfschmerzen.

Als sie das Fenster schloss, sah sie, dass sich zwischen den Vögeln noch etwas anderes bewegte. Die Vögel kreischten, weil jemand am Strand entlangging. Auf dem dunklen Sand bewegte sich mit kurzen, schnellen Schritten eine kleine Gestalt, die eine weiße Mütze trug und deren offener Mantel im Wind flatterte. Sie beugte sich energisch vor. In der einen Hand hielt sie einen roten Plastikeimer, in der anderen einen langen, dicken Stock. Hildur! Wieso war das Kind schon wieder dort unten?

Wenn Küstenseeschwalben am Strand waren, durfte man dort nicht spielen, das hatte Rakel oft genug gesagt. Aber das Kind gehorchte ihr ja nicht immer. Hildur widersprach nie, sondern sah ihrer Mutter in die Augen und nickte gehorsam, aber sobald sie ins Freie kam, vergaß sie alle Abmachungen. Rakel hätte das Fenster wieder öffnen und das Kind ins Haus rufen können, doch das wollte sie nicht. Stattdessen beobachtete sie es aus der Ferne.

Ihre Tochter ging weiter über den Strand, zum Wasser hin. Rakel sah, dass die Vögel sich zu nähern begannen. Sie versammelten sich einige Meter über dem Kind und formierten sich zum Angriff. Küstenseeschwalben verteidigten ihr Revier, indem sie Eindringlingen auf den Kopf hackten und lauthals kreischten.

Die Bewegungen des Kindes ließen jedoch keine Angst oder Unsicherheit erkennen. Hildur kümmerte sich nicht um den Krawall, den die Vögel veranstalteten. Sie bückte sich, grub etwas aus dem Sand und legte es in den Eimer. Das Meer hatte in der Nacht Schätze an den Strand getragen, und die Ebbe brachte sie zum Vorschein. Hildur war also ausgezogen, um Muschelschalen zu sammeln.

Rakel beobachtete, wie ihre Erstgeborene ihre ganze Willenskraft nach oben richtete und losbrüllte. Gleichzeitig hob sie den Stock über den Kopf und schlug damit nach den Vögeln. Sie schrie erneut.

Die Vögel wichen zurück. Sie flogen höher und wirkten irgendwie verwirrt. Hildur beruhigte sich, kniete sich wieder in den Sand und grub weiter. Eine Muschelschale nach der anderen landete in dem roten Eimer.

Die Küstenseeschwalben schlugen eine Weile mit den Flügeln. Nachdem sie sich erneut formiert hatten, unternahmen sie einen zweiten Versuch mit lautem Gekreische und Sturzflug, aber wieder gelang es Hildur, sich zu verteidigen.

Rakel beobachtete Hildur. Ihre Handbewegungen, ihr ausdrucksvolles Gesicht und ihre energische Erscheinung. Als der Eimer voll war, machte Hildur sich auf den Heimweg. Dabei hielt sie den Stock über den Kopf, um die Angriffe der Schwalben abzuwehren. Dieses Kind würde überall zurechtkommen. Es fürchtete sich weder vor Vögeln noch vor dem Meer, half auf dem Nachbarhof bei den Schafen und konnte sogar schon auf ihrem zahmsten Pferd reiten.

Rakel legte die Hände an die Fensterscheibe und betrachtete ihr näherkommendes Kind. Sie sah, wie Hildur sich auf das breite Hofmäuerchen setzte und zufrieden ihre Muscheln zählte.

Dann entdeckte Hildur ihre Mutter am Fenster, und ihr Lächeln erstarrte. Rakel zuckte zusammen und trat vom Fenster zurück. Sie legte sich wieder zu ihrem Baby ins Bett. Rakel wusste, dass Hildur ihre Gemütsverfassung spürte und sie selbst durchlebte. Das machte ihr Angst.

Rakel hörte ein Geräusch. Als hätte irgendwo in der Nähe ihres Hauses eine Tür zu laut geknarrt, sie hatte es schon viele Male gehört. Etwas näherte sich ihnen. Etwas, das ihren Frieden störte. Es kam ihr vor, als hätte ein bedrückendes, kaltes Gefühl von dem ganzen windgepeitschten Tal Besitz ergriffen.

Rakel versuchte, möglichst leise zu sein und sich zu entspannen. Die Federn des alten Bettes drückten unangenehm gegen ihre linke Seite. Als sie vorsichtig ihre Lage veränderte, nahmen die Kopfschmerzen zu, und aus ihren prallen Brüsten tröpfelte Milch. Die warme Flüssigkeit bildete auf dem rosaroten Laken einen dunkelroten Fleck, wie eine große Blutlache. Rakel hätte ihr Baby gern gestillt, wagte aber nicht, es zu berühren. Noch nicht.

9

FEBRUAR 2020 · REYKJAVÍK

Hildur tastete nach dem Handy auf dem Nachttisch ihres Hotelzimmers, um auf die Uhr zu sehen. Erst halb sieben. Keine eingegangenen Mitteilungen. Sie hatte versprochen, gegen Mittag mit einem alten Kollegen zu joggen, aber sonst hatte sie heute keine Verpflichtungen. Ein ganzer freier Tag lag vor ihr. Sie könnte gut noch ein oder zwei Stunden schlafen.

Oder auch nicht. Hildur wusste, dass der Versuch sinnlos war. Sie würde keinen Schlaf mehr finden. Wenn die Gedanken nach der Nacht in Bewegung kamen, ließen sie sich nicht mehr beruhigen. Trotzdem wollte sie noch nicht aufstehen, um ihren Gast nicht zu wecken.

Der Feuerwehrmann schien fest zu schlummern. Gut so. Hildur brachte es nicht übers Herz, ihn aus dem Schlaf zu reißen. Ein Lächeln legte sich auf ihr Gesicht, als sie an den gestrigen Abend dachte. Jari und sie waren aus dem Café direkt in ihr Hotelzimmer gegangen, das ihr als provisorisches Zuhause diente. Es war schwierig, in Reykjavík eine Mietwohnung zu bekommen, die Einwohnerzahl der Stadt wuchs schneller als der Baubestand. Außerdem waren die meisten Wohnungen in der Innenstadt heutzutage bei Airbnb gelistet, und die Tagesmieten konnte sich bei längerem Aufenthalt niemand leisten. Daher hatte ihr Arbeitgeber sie in einem Hotel untergebracht, mit dem der Staat einen

Vertrag hatte. Das war ganz angenehm, sie konnte sich jeden Morgen an den gedeckten Frühstückstisch setzen, und während sie bei der Arbeit war, putzte jemand ihr Zimmer.

Jari war ihr zweites gelungenes Date nach Freysis Tod. Das erste war ein deutscher Tourist gewesen, den sie im Dillon kennengelernt hatte, einer Musikkneipe. Seinen Namen hatte sie vergessen, aber sie erinnerte sich, dass sie Spaß miteinander gehabt hatten. Sie hatten sich durch verschiedene Whiskysorten probiert und waren ordentlich beschwipst in seiner Airbnb-Wohnung im Westteil der Innenstadt gelandet. Bevor Hildur am nächsten Morgen aufbrach, hatte der Typ gesagt, er sei Physiotherapeut, und Hildur, die über Kopfschmerzen klagte, Nacken und Schultern massiert. Danach hatten sie sich noch etwas über Sport unterhalten und sich dann verabschiedet.

Hildur warf einen Blick auf den Mann in ihrem Bett. Die weiche Bettdecke war nach unten gerutscht und ließ seinen muskulösen Rücken frei. Sie waren zwar kaum dazu gekommen, sich zu unterhalten, doch Jari hatte rücksichtsvoll und anständig gewirkt.

Überraschend viele Menschen sind letzten Endes nett, dachte sie und drehte sich wieder auf den Rücken. Die Lichter der Stadt, die zwischen den Vorhängen ins Zimmer spähten, zeichneten helle Streifen an die Decke. Die Zimmerdecke war dunkler gestrichen als die Wände. Angeblich schuf das eine beruhigende Stimmung.

Bei Hildur blieb diese Wirkung aus. Irgendetwas plagte sie. Gut möglich, dass ihre Unruhe von dem Mann in ihrem Bett herrührte. Es war seltsam, die ganze Nacht neben einem Fremden zu schlafen. Doch das immer wieder aufwogende beklemmende Gefühl hatte sie schon in den letzten zwei Tagen gepeinigt, es konnte also nicht nur an Jari liegen.

Hildur beobachtete das Spiel des Lichts an der Zimmerdecke. Das Licht vibrierte und bewegte sich hin und her. Hildur war daran gewöhnt, dass ihr Gemüt empfindlich auf ihre Umgebung reagierte. Wenn dieses Gefühl der Erwartung aufkam, bedeutete es immer etwas Unangenehmes. Es verhieß ihr etwas Schlimmes, nichts Gutes. Vielleicht fühlte sie sich deshalb am wohlsten, wenn sie etwas tat, was ihre ganze Aufmerksamkeit in Anspruch nahm. Beim Surfen zum Beispiel musste sie sich restlos auf die Wellen, das Meer und ihr Brett konzentrieren. Während sie sich den Bewegungen der Wellen anpasste, konnte sie weder an die Vergangenheit noch an die Zukunft denken. Es bedrückte sie, dass sie fast zwei Monate keine Gelegenheit zum Surfen gehabt hatte. Sie wollte bald wieder nach Hause.

Aber der Gedanke an zu Hause stimmte sie auch wehmütig. Nachdem damals ihre kleinen Schwestern verschwunden waren, hatte ihr Leben sich verändert. Ihre Mutter hatte sich in sich selbst verkrochen, und ihr Vater war noch stiller geworden als zuvor. Dann waren ihre Eltern mit dem Auto tödlich verunglückt, und Hildur war bei Tinna, der Schwester ihrer Mutter, aufgewachsen.

Zum Glück hatte sie Tante Tinna. Sie standen sich immer noch sehr nah. Hildur ging jeden Montag zum Essen zu ihrer erblindeten Tante, und dann redeten sie über alles zwischen Himmel und Erde. Sobald sie wieder zu Hause wäre, würde sie Tinna besuchen.

Hildur zuckte zusammen, als sie eine Berührung an der Schulter spürte. Sie war tief in ihrer eigenen Welt versunken.

»Entschuldigung, ich wollte dich nicht erschrecken«, sagte eine schlaftrunkene, weiche Stimme neben ihr.

Jari war aufgewacht. Seine Augen waren noch halb geschlossen, und er lächelte müde. Hildur rollte sich auf die Seite und sah ihn an.

»Woran denkst du?«, fragte er und kniff Hildur zärtlich in die Wange.

Hildur wich der Frage aus, indem sie seine Hand ergriff und sich näher an seinen warmen Körper schob.

»Du scheinst ziemlich viele Geheimnisse zu haben.«

»Du aber auch. Erzähl mir was über dich«, umging Hildur die Frage erneut.

Jari kapitulierte lächelnd.

»Ich gehe viermal wöchentlich zum Fitnesstraining und spiele abends Schach. Hier nehme ich an einer gesamtskandinavischen Schulung zum Thema Sicherheitswesen teil. Ich kannte keinen in diesem Land, bis ich gestern Nachmittag bei Tinder vorbeigeschaut habe und in diesem Hotel gelandet bin, mit einer aufregenden Frau, die größere Bizepse hat als ich.«

In dem Moment klingelte Hildurs Handy. Sie warf dem Mann, der sich genüsslich neben ihr ausstreckte, einen bedauernden Blick zu und griff nach dem Telefon. Der Anruf kam von Elísabet Baldursdóttir, genannt Beta, ihrer Chefin bei der Polizei der Westfjorde. Ohne gewichtigen Grund würde Beta sie nicht am Wochenende anrufen. Hildur schwante Böses. Sie tippte auf das Symbol mit dem grünen Hörer und hielt sich das Handy ans Ohr.

Schweigend hörte sie zu. Ihr Unterbewusstsein hatte wieder einmal recht gehabt. Das ungute Gefühl hatte sie vorgewarnt.

»Alles klar. Ich fahre gleich zum Flughafen«, sagte sie, legte auf und sah Jari nachdenklich an. »Ein Anruf von der Arbeit. Die Pläne haben sich geändert, ich muss sofort los.«

Sie zogen sich wortlos an. Hildur sah, dass Jaris Portemonnaie unter das Bett gerutscht war, hob es auf und reichte es ihm.

»Was wären jetzt die richtigen Worte …«, überlegte er laut. Er steckte das Portemonnaie in seine Schultertasche und nahm den Mantel von der Stuhllehne.

Hildur lehnte sich locker an den Türrahmen und strich sich eine Haarsträhne hinter das Ohr.

»Danke und auf Wiedersehen.«

Dann drückte sie ihn noch einmal fest an sich, und sie umarmten einander zum Abschied. Jari öffnete die Tür und verschwand, den Wintermantel über dem Arm, im halbdunklen Hotelflur.

Hildur blickte auf ihre Armbanduhr und begann, ihre Sachen in den Koffer zu werfen. Ihr Einsatz als Tumis Vertretung endete früher als geplant, denn sie musste sofort in die Westfjorde zurückkehren. Der Hubschrauber wartete am Flughafen, sie würde zusammen mit den Kriminaltechnikern in ihr Heimatdorf fliegen.

Beta hatte ihr gerade am Telefon berichtet, dass der Fahrer des Loipenspurgeräts im Skigebiet von Ísafjörður einen gewaltsam umgekommenen Mann entdeckt hatte. Das Opfer war nicht irgendwer, sondern Hermann Hermannsson, ein altgedienter Kommunalpolitiker, der sich im Lauf der Jahre zum inoffiziellen Dorfsheriff aufgeschwungen hatte. Und jetzt hatte ihn jemand erschossen.

10

FEBRUAR 2020 REYKJAVÍK

DÍSA

Aus dem Mülleimer stieg widerlicher Gestank auf. Dísa entfernte den Deckel und wandte das Gesicht ab. Sie spürte einen stechenden Schmerz im Nacken. Im Winter plagte ihr Körper sie immer besonders stark. Im Sommer war es leichter. Sie ignorierte den Schmerz, stützte sich mit der rechten Hand am Rand der Tonne ab und steckte die in einen blauen Einweghandschuh gehüllte Linke bis nach unten hinein. Eigentlich sollten sich dort nur Papier und Pappe befinden, aber es gab immer wieder faule, gleichgültige Leute, die ihren sämtlichen Abfall in den nächstbesten Eimer warfen.

Ihre Finger stießen auf einen Stapel dicke, matschige Pakete. Dísa wusste sofort, worum es sich handelte, und zog die Hand schnell zurück. Schmutzige, nicht einmal zusammengerollte Windeln. Die fanden sich fast jede Woche in den Mülleimern.

Dísa hatte nicht die Absicht, anderer Leute Abfall zu sortieren. Mit einer raschen Bewegung hob sie den Müllbeutel aus dem Behälter und warf ihn in den großen Restmüllsack, der am Rand ihres Karrens hing. Sie schob den Karren an den anderen Rand der Halle und leerte als Nächstes die Abfalleimer neben dem Eingang.

Die Deckenlampen des Flughafens Reykjavík verbreiteten ein fahles Licht. Durch die fast bodentiefen Fenster des Terminals war der Parkplatz zu sehen. Am Taxistand lehnte ein Taxifahrer an seinem Wagen und rauchte. Auf dem Parkplatz war niemand. Die meisten Passagiere der Morgenflüge waren bereits gekommen und gegangen. Am Schalter der Autovermietung in der Mitte des Terminals blickten sich zwei verloren wirkende Touristen unsicher um.

Die nächsten Flüge würden erst in ein paar Stunden abgehen. Der Vormittag war die beste Zeit zum Putzen. Dísa konnte sich die Arbeitszeit flexibel einteilen. Einmal täglich mussten die Fußböden im Terminal gewischt und die Mülleimer geleert werden. Die Toiletten wurden zweimal am Tag geputzt. Normalerweise erschien Dísa um acht Uhr zur Arbeit, aber heute war sie erst um zehn gekommen. Der gestrige freie Tag hatte sich bis nach Mitternacht hingezogen. Am Morgen war sie furchtbar müde gewesen und hatte sich noch ein paar Stunden Schlaf gegönnt.

Dísa stand über ihren Karren gebeugt da, als sie plötzlich einen heftigen Stoß am Knöchel spürte. Sie richtete sich auf, tat es aber zu hastig. Ihr Rücken mochte keine schnellen Bewegungen, und bestrafte sie mit einem stechenden Schmerz. Sie fluchte in Gedanken und drehte sich um.

Ein Mann in einer roten Regenjacke hatte sie mit seinem Koffer angerempelt, und der Flegel entschuldigte sich nicht mal. Offenbar hatte er das Papier gelesen, das er in der Hand hielt, und nicht nach vorn geschaut. Dísa fiel der Pullover auf, der unter seiner offenen Jacke zu sehen war. Auf dem blauen Sweatshirt stand in den Farben der isländischen Flagge *Iceland Football*, daneben prangte das Bild eines Mannes mit Wikingerhut. Die zierliche Frau hinter dem Mann mit dem Koffer trug einen gleichartigen Fußballpullover, allerdings in einer anderen Farbe. Sie starrte neugierig auf den Putzkarren. Dísa ärgerte sich.

»Entschuldigung, könnten Sie uns helfen?«, fragte der Mann auf Englisch und blickte wieder auf den Ausdruck in seiner Hand. »Wir haben ein Auto gemietet, aber am Schalter ist niemand. Wir warten schon seit einer ganzen Weile. Hier ist eine Telefonnummer, bei der ich anrufen könnte, aber Auslandsgespräche sind vom eigenen Handy so teuer. Könnten Sie mir kurz Ihres leihen?«

Der Mann hielt Dísa das Papier hin. Er sah sie erwartungsvoll an und trat von einem Bein aufs andere. Die hinter ihm stehende Frau ließ ihre kleine Lederhandtasche baumeln und starrte Dísa an. Ihr neugieriger Blick war fordernd geworden.

Dísa schaute das Papier an, ohne es in die Hand zu nehmen. Sie stellte fest, dass es sich um eine Mail der Autovermietung handelte, in der die Reservierung bestätigt wurde. Darin war auch der bestellte Wagen abgebildet: ein silbergrauer Land Rover Discovery. Dafür musste man mindestens fünfzigtausend Kronen pro Tag zahlen.

Dísa wurde wütend. Das Telefonieren war zu teuer? Die Typen hatten sich den langen Flug geleistet und ein Auto gemietet, das pro Tag so viel kostete, wie sie für eine ganze Woche Putzen verdiente.

»Nein.«

Der Mann sah sie ungläubig an. Er zog die Augenbrauen hoch, und sein Mund klappte auf.

»He, *come on.* Ich will doch nur Ihr Handy leihen, um die Autovermietung anzurufen.«

Dísa schüttelte den Kopf. Die Frau fasste ihren Mann am Arm und stellte sich neben ihn.

»Nein. Ich bin keine Telefonzentrale«, sagte Dísa und griff nach ihrem Putzkarren.

Das Kinn des Mannes zuckte. Er wedelte mit den Papieren der Autovermietung herum und schien einen Moment lang nicht zu wissen, was er sagen sollte.

»Was soll denn das, zum Teufel? Ihr müsstet doch froh sein, dass Touristen herkommen!«

»Ist mir schnurzegal«, sagte Dísa und schob ihren Karren zur Glasfront des Terminals, die zur Startbahn hinausging. Dort mussten die Scheiben mindestens zweimal wöchentlich geputzt werden. Die Kinder, die Starts und Landungen verfolgten, klebten meist buchstäblich an den Fensterscheiben, die auch jetzt von fettigen Handabdrücken übersät waren.

Dísa presste die Finger fest um die Griffe des Karrens. Ihr Leben war nicht leicht gewesen. Sie war tief abgesackt, und es hatte sie viel Kraft gekostet, sich wieder hochzukämpfen. Nach vielen Fehlschlägen war es ihr tatsächlich gelungen, ihr Leben wieder in den Griff zu bekommen. Die feste Anstellung als Putzfrau war ein wichtiger Schritt.

Dísa griff zu der Flasche mit dem Reinigungsmittel. Nach Ansicht der anderen Isländer war die Putzarbeit am Flughafen von Reykjavík etwas für Migranten ohne Isländischkenntnisse und begrenzt Arbeitsfähige. Der Lohn war lächerlich niedrig, die Aufgaben waren nicht anspruchsvoll, und mit einem Bonus konnte man schon gar nicht rechnen, aber Dísa war zufrieden, wenigstens so weit gekommen zu sein. Der Flughafen war ein wichtiger Ort für sie geworden.

Dísa blickte noch einmal kurz zu dem Paar hin, das sie gerade angesprochen hatte. Sie war sauer. Touristen warfen sich in Fan-Shirts, die den isländischen Fußball beweihräucherten, und setzten voraus, dass die Einheimischen für ihre kindische Begeisterung dankbar waren. Dísa biss die Zähne zusammen und verzog abschätzig den Mund. Reiche Geldsäcke wie diese beiden würden nie verstehen, was sie durchgemacht hatte.

Dísa nahm eine Bewegung auf der Startbahn wahr, obwohl nach dem Monitor an der Wand der nächste Flug erst in einigen Stunden starten sollte. Sie trat näher an das Fenster heran und blickte zwischen den Fettflecken an der Scheibe nach draußen. Mitten auf dem Flugplatz stand ein Hubschrauber mit geöffneter Tür. Zwei Menschen gingen auf ihn zu. Auf ihren Rücken prangte das Logo der Polizei. Am Check-in ordneten zwei Angestellte ihre Unterlagen und unterhielten sich miteinander. Dísa hörte, dass sie über den Abflug des Hubschraubers nach Ísafjörður sprachen.

Als sie den Namen des Dorfes hörte, wurde Dísa schlecht. Diesen Ort würde sie nie vergessen. Die Polizisten scheinen es eilig zu haben, dachte sie und sprühte das blaugrüne Reinigungsmittel großzügig auf die Fensterscheibe. Ja, jetzt hatten sie es eilig, verdammt noch mal. Während das Putzmittel einwirkte, trommelte Dísa mit den Fingern auf den Rand des Karrens und beobachtete, wie die beiden im Hubschrauber verschwanden. Ein kaum merkliches Lächeln stahl sich auf ihr Gesicht. Sie griff nach dem Putzlappen und wienerte die Flecken energisch weg.

11

FEBRUAR 2020 ÍSAFJÖRÐUR

Hildur setzte die Gehörschützer auf und blickte durch das Fenster des Hubschraubers auf den leeren Flugplatz von Reykjavík. Er grenzte im Süden an das Meer, im Norden lag das alte Zentrum der Stadt, im Osten und Westen erhoben sich hinter den Zäunen die Eigenheimsiedlungen der Besserverdienenden. Hildur hätte einen Linienflug in ihren Heimatort nehmen können, aber die Maschine startete erst am späten Nachmittag, und sie wollte auf keinen Fall Zeit vergeuden. Deshalb hatte sie unbedingt in dem Hubschrauber mitfliegen wollen, der die Kriminaltechniker aus Reykjavík nach Ísafjörður brachte.

In den Westfjorden fehlten die Ressourcen für eigene Kriminaltechniker. Wenn sie gebraucht wurden, mussten sie aus der Hauptstadt einfliegen. Zum Glück herrschte heute günstiges Flugwetter, sie würden bestimmt ohne Verzögerung starten können. Es war ratsam, möglichst bald zum Tatort zu gelangen. Hildur wollte ihn in Augenschein nehmen, bevor die Kollegen sich an der Leiche zu schaffen machten.

Hildur war die einzige Kriminalermittlerin in dem dünn besiedelten ländlichen Gebiet. Die meisten Fälle, die ihre kleine Polizeistation beschäftigten, waren Alltagsgeschäft: die Klärung von Verkehrsunfällen, die Jagd auf betrunkene Fahrer und die Vernichtung von Cannabisanpflanzungen. Fälle, die mit familiärer

Gewalt und der Vernachlässigung von Kindern zu tun hatten, kamen ebenfalls häufig auf den Tisch, sie waren es, die am meisten unter die Haut gingen.

Zwei Männer mit Ausrüstungskoffern kamen mit langen Schritten auf den Hubschrauber zu. Hildur erkannte sie sofort. Sveinn Þórsson und Hörður Arnarsson arbeiteten bei der kriminaltechnischen Abteilung in Reykjavík. Sie waren auch im letzten Herbst in den Westfjorden gewesen, um die Opfer einer Serienmörderin zu untersuchen.

Sveinn und Hörður waren erstaunt, Hildur im Hubschrauber vorzufinden.

»Ich war dienstlich im Süden«, erklärte sie.

Hörður setzte sich neben Hildur und suchte routiniert nach den Gehörschützern. Sveinn, der sich auf die Vorderbank gesetzt hatte, drehte sich zu Hildur um.

»Der Tod des einen ist das Brot des anderen. Wir fliegen wieder in den Westen und kriegen Tagegeld. Weißt du, was uns diesmal erwartet?«

Hildur zuckte die Achseln.

»Mindestens ein höllischer Zirkus. Ein Kommunalpolitiker wurde auf der Loipe erschossen, mit Skiern an den Füßen. Mehr konnte Beta mir auch noch nicht sagen.«

»Aha. Klingt ziemlich seltsam. Bei uns werden doch keine Politiker ermordet«, meinte Sveinn stirnrunzelnd.

Auch für Hildur war die Situation fremd. War das Opfer wegen seiner politischen Tätigkeit getötet worden? Politisch motivierte Gewalt hatte bisher bedeutet, Eier an die Wand des Parlamentsgebäudes zu werfen und den Lack an den Autos der Minister zu zerkratzen. Mord und Totschlag kamen selten vor und waren im Allgemeinen die Folge von Schlägereien unter Besoffenen oder von Auseinandersetzungen unter Kriminellen. Andererseits hatte Hildur im letzten Herbst eine komplizierte Mordserie aufklären müssen.

Der Pilot betätigte einige Schalter im Cockpit und hob den Daumen. Bald darauf stieg der Hubschrauber leicht schaukelnd in die Höhe.

Von oben betrachtet wirkte die Insel wie ein großer weißer Schneehaufen, um den das dunkel wogende Meer schwarze Konturen gezeichnet hatte, indem es die vulkanischen Sandstrände freilegte. Die großen Flüsse, die das Schmelzwasser der Gletscher ins Meer trugen, gefroren nicht einmal im Winter. Von oben sahen sie aus wie brausende Blutadern.

Die Häuser verwandelten sich in Streichholzschachteln. Der Wind hatte den Schnee von den Blechdächern geweht und ihre Farbe freigelegt. Fast jeder Bauernhof hatte ein rotes Dach, so war es schon seit Ende des 19. Jahrhunderts, als Torf und Heu als Dachbelag vom Wellblech verdrängt wurden. Zum Schutz vor Rost wurde das Blech mit einer Bleimischung bestrichen, die rot war. Der Anstrich hatte sich im Lauf der Zeit weiterentwickelt, aber die Farbe war geblieben. Die roten Dächer ließen die Häuser in der schneebedeckten Umgebung wie kleine Blutspritzer aussehen. Hildur richtete den Blick auf die Landstraße Nr. 1, die an der Küste entlangführte. Mit steigender Flughöhe schien sich die wichtigste Verkehrsader der Insel in ein schmales, sich windendes Band zu verwandeln. Sie sah gleichzeitig zerbrechlich und schön aus.

Autos waren aus dieser Höhe nicht mehr wahrzunehmen. Hildur dachte an ihren eigenen alten Wagen, den sie auf den Namen Brenda getauft hatte. Er war in Reykjavík zurückgeblieben. Bevor sie zum Flughafen fuhr, hatte sie mit einer Bekannten gesprochen, die als Schichtleiterin bei einer Autovermietung arbeitete. Sie hatte Hildur versprochen, den Wagen nach Ísafjörður zu bringen, denn sie musste ohnehin vor dem Wochenende an die Fjorde reisen, um einen Wagen der Firma in die Hauptstadtregion zurückzuholen. Wenn sie Hildurs Auto für den Hinweg nutzte, blieb ihr die verhasste Flugreise erspart.

Der Hubschrauber verringerte seine Höhe. Sie hatten den letzten Berg vor dem heimatlichen Fjord passiert. Das vertraute Dorf lag wartend zwischen den Bergen am Meer. In der konkursreifen Krabbenfabrik brannte noch Licht. Der Krebsbestand war abgewandert, und die riesigen Investitionen der Fabrik hatten sich als unrentabel erwiesen. Es war nur noch eine Frage der Zeit, wann sie ihre Pforten endgültig schließen würde. Hildurs Blick wanderte über das Dorf. Vor der Feuerwehrstation parkten zwei Feuerwehrautos. Am Anleger des kleinen Hafens lagen Fischtrawler Seite an Seite. Der Anblick rührte Hildur. Sie war nur einige Wochen weg gewesen, doch es kam ihr vor wie eine Ewigkeit.

Auch als sie wieder auf festem Boden stand, fühlte Hildur sich wacklig auf den Beinen. Das Schaukeln des Hubschraubers würde noch eine Weile in ihrem Körper nachschwingen. Sie hörte, wie ihr Name gerufen wurde. Jakob lehnte an seinem Škoda Octavia und winkte.

Hildur ging mit ein paar raschen Schritten zu ihrem Kollegen. Er roch nach einem neuen Rasierwasser und nach Schafswolle. Unter seiner Steppjacke lugte ein grauer Pullover hervor.

»Schön, wieder nach Hause zu kommen«, flüsterte sie so leise, dass Jakob es wahrscheinlich nicht hörte. »Du hast dir ja den Bart abrasiert!«, stellte sie dann mit lauterer Stimme fest.

Jakob strich sich mit zufriedener Miene über das Kinn und schien zu überlegen, was er darauf erwidern sollte.

»Das war Guðrúns Wunsch. Sieht doch ganz gut aus, oder?«

Guðrún war die Flugbegleiterin gewesen, als Jakob zum ersten Mal nach Ísafjörður geflogen war. Sie hatte sofort ein Auge auf den Neuankömmling geworfen. Neben ihrer Tätigkeit als Flugbegleiterin führte sie ein Wollgeschäft im Zentrum des Dorfes, was dem Hobbystricker Jakob besonders gefallen hatte. Die beiden wohnten zwar noch nicht zusammen, aber wenn nun schon der Bart gefallen war, hatte die Beziehung sich offenbar rasant entwickelt, schätzte Hildur.

Sie öffnete den Kofferraum und warf ihre Tasche hinein. Sveinn und Hörður verstauten ihre Köfferchen und nahmen auf dem Rücksitz Platz. Hildur setzte sich neben Jakob.

Jakob lenkte den Wagen gekonnt vom Areal des Flughafens auf die Straße, die am Fjord entlangführte. Als sie die Straße zum Skigebiet erreichten, blinkte er nach links.

Hildur sah ihn fragend an. Sie wusste, dass die Leiche auf der Loipe am höchsten Punkt des Langlaufgebiets lag. Auf der Straße würde man dort nicht hinkommen.

»Das Skigebiet ist gesperrt, und die Skilifts sind nicht in Betrieb. Wir kommen mit Motorschlitten hin.«

Hildur nickte. Jakob war nach Island gekommen, um das Praktikum zu absolvieren, das zu seiner Polizeiausbildung gehörte. Er hatte sich schnell in den Alltag der Polizeiarbeit hineingefunden und war nützlicher als manche fest angestellten Kollegen. Außerdem waren sie beide im Lauf einiger Monate gute Freunde geworden. Das wusste Hildur zu schätzen.

Jakob hielt auf dem Parkplatz vor dem Skiverleih. Dort war es merkwürdig still. Im Spätwinter herrschte auf den Pisten des kleinen Zentrums an den Wochenenden Hochbetrieb. Die Kinder machten immer den meisten Lärm. Sie kamen auch unter der Woche mehrmals zusammen, um unter Anleitung der Skilehrer die Benutzung der Lifts und die Bremstechniken zu üben. Jetzt war niemand hier. Ein schwacher Wind wehte aus dem Tal und wirbelte den in der Nacht gefallenen Pulverschnee zu leichten weißen Wolken auf.

Zwei Mitarbeiter des Skizentrums, die abseits gewartet hatten, winkten die Kriminaltechniker zu ihren Motorschlitten. Jakob startete den dritten Schlitten. Hildur setzte sich hinter ihn. Sie überließ ihrem Kollegen das Steuer, denn sie wusste, dass er sich mit Motorschlitten besser auskannte als sie. Jakob hatte ihr von seiner Jugend in Finnisch-Lappland erzählt.

Nachdem sie das obere Ende der Piste erreicht hatten, fuhren sie noch ein Stück weiter nach Süden. Hildur kannte die Gegend. Sie lief gelegentlich auf der präparierten Strecke ins Gebirge. Der klassische Stil war nicht nach ihrem Geschmack, aber sie genoss es, auf der Skatingbahn neben den Loipen dahinzugleiten.

Durch ihr dunkles Visier hindurch betrachtete Hildur die Umgebung. Die Schneedecke wirkte glatt. Offenbar war in der Nacht so viel Schnee gefallen, dass die Loipen verschwunden waren. Etwas weiter weg standen ein paar Leute, unter denen die zierliche Beta mit ihrem Lockenschopf leicht zu erkennen war. Neben der Chefin warteten zwei hochgewachsene Männer. Hildur begrüßte Beta mit einer raschen Umarmung und winkte den Streifenbeamten neben ihr zu.

Beta deutete mit einem Nicken auf einen einige Meter entfernten weißen Haufen. Wenn man es nicht gewusst hätte, hätte man ihn auf den ersten Blick vermutlich übersehen. Die frische Schneeschicht ließ die Leiche in der weißen Umgebung verschwinden.

»Der Fahrer des Loipenspurgeräts hat den Toten heute früh gefunden«, begann Beta und berichtete von dem Skiwettkampf, der heute stattfinden sollte. Wegen des Rennens hatte man schon früh um sechs Uhr angefangen, die Loipen zu präparieren.

Hildur warf einen Blick auf ihre Uhr.

»Das ist vier Stunden her. Wie lange hat die Leiche hier gelegen?«

Beta runzelte die Stirn. Sie wusste es nicht.

»Ich habe gerade Hermanns Sekretärin erreicht. Sie sagt, in Hermanns Kalender steht für heute Nachmittag ein Termin, aber gestern Abend hatte er frei. Außer der Sekretärin haben wir noch niemanden befragen können.«

»War der Arzt schon hier? Und der Hund?«, fragte Hildur rasch.

Beta nickte. Der Arzt hatte Hermanns Tod festgestellt. Der Suchhund hatte nicht eingesetzt werden können, weil der Hundeführer erkältet war.

»Hoffentlich ist es nicht Corona«, meinte der eine der beiden Streifenpolizisten und schwenkte die Arme, um sich warm zu halten. Seine Nasenspitze war weiß und sein Blick verriet Müdigkeit. Das war nicht verwunderlich. Die Streifenbeamten hielten schon seit mehreren Stunden Leichenwache an dem windgepeitschten Abhang.

Beta hatte Mitleid mit den beiden und schickte sie zum Aufwärmen in die Polizeistation. Sie selbst würde mit Hildur, Jakob und den Kriminaltechnikern weitermachen.

Sveinn und Hörður hatten inzwischen Schutzoveralls über ihre Winterkleidung gezogen. Zuerst fotografierten sie den Fundort. Dann näherten sie sich der Leiche vorsichtig aus verschiedenen Richtungen, fotografierten sie und sammelten Proben in kleine Beutel.

»Die Leiche ist stocksteif«, sagte Sveinn, der sich über den Toten beugte.

Hildur wusste, was das bedeutete: Der Tod lag mindestens vier Stunden, aber weniger als zwei Tage zurück. Nach dem Tod drang Calcium in die Muskelzellen ein, was zur Folge hatte, dass die Muskeln sich zusammenzogen und verhärteten. Am steifsten war eine Leiche üblicherweise zwölf Stunden nach dem Tod, nach etwa zwei Tagen verschwand die Starre wieder. Das passt also zur Fundzeit, überlegte Hildur.

»Was hattest du noch über die Sekretärin gesagt?«

»Sie hat gestern Nachmittag gegen fünf Uhr mit Hermann telefoniert, und er hat ihr erzählt, er würde gleich zum Skilaufen gehen«, antwortete Beta.

Hildur, Jakob und Beta sahen sich eine Weile schweigend um. Der Kommunalpolitiker war während seiner Skitour erschossen worden, und man hatte seine Leiche einfach liegen gelassen. So etwas passierte in Island eigentlich nicht. Auf der Insel, die gut eine Drittelmillion Einwohner hatte, kamen Straftaten gegen das Leben äußerst selten vor, höchstens ein- oder zweimal im Jahr. Hildur schüttelte den Kopf. Erst im Herbst hatten sie es mit einer komplizierten Mordserie zu tun gehabt, und nun das. Sie zitterte. Die Kälte schien durch ihre Kleider zu dringen.

»Ja, er hat eindeutig eine Schusswunde in der Brust. Die Kugel ist am Rücken ausgetreten«, erklärte Sveinn. Dann richtete er sich auf und warf einen Blick in Betas und Hildurs Richtung. »Wenn man die Position der Leiche berücksichtigt, hat es den Anschein, dass die Kugel von da gekommen ist, von schräg oben«, fügte er hinzu und zeigte auf ein kleines rotes Gebäude, das aus dem Schnee ragte.

Hildur wusste, dass dort die Loipenmarkierungen aufbewahrt wurden.

»Glaubst du, der Schütze hat da oben gewartet?«

Sveinn atmete durch die Nase aus und nickte nachdenklich. Sein Atem dampfte. Der Frost nahm wieder zu.

»Vielleicht. Wir müssen die Hütte genauer untersuchen. Aber zuerst sehen wir uns die Leiche an und machen sie transportfertig.«

Hildur stemmte die Hände in die Hüften und sah sich um. Einige graue Berggipfel, von denen der Wind den Schnee weggeweht hatte, stachen aus ihrer Umgebung hervor. Die schroffen Felswände wirkten wie Bastionen der Dunkelheit in einer weißen Welt. Ebenso düster sah das mit Wellblech verkleidete kleine Gebäude aus, in dem der Schütze möglicherweise gelauert hatte.

»Das muss allerdings ein ziemlicher Meisterschütze sein, wenn er von da oben geschossen hat. Das sind mindestens hundert Meter«, sagte Hildur.

Beta zog ihre Mütze tiefer über die Ohren.

»Hermann war ein eifriger Skiläufer. Der Täter muss gewusst haben, dass er oft hier unterwegs war. Bei dieser Kälte verirrt sich niemand zufällig mit einem Gewehr ins Skigebiet.«

Hildur kickte mit der Spitze ihres Winterstiefels in den Schnee.

»Über den Kerl gehen allerhand Gerüchte um. Wenn auch nur die Hälfte davon stimmt, hatte er mehr als genug Feinde.«

Beta nickte und blickte wieder zur Leiche hinüber.

»Zweifellos. Jetzt müssen wir die Zähne zusammenbeißen und den Fall so schnell wie möglich klären. Wir fangen sofort an, das Umfeld des Mannes zu durchkämmen, und auch die Sekretärin muss unverzüglich noch einmal befragt werden. Das kannst du übernehmen, Hildur.«

Da kam eine neue Böe vom Meer und ließ den Schnee aufstieben. Einen Augenblick lang verschwammen die Konturen der näheren Umgebung unter dem Gestöber. In den Westfjorden war vom Frühling tatsächlich noch nichts zu spüren. Die Kälte hatte sie immer noch im Griff.

»Irgendwer ist so richtig wütend auf Hermann geworden. Zum letzten Mal«, sagte Hildur.

12

Hildur goss Kaffee in die Becher, die mit dem Logo des örtlichen Sportvereins geziert waren. Sie gehörten zu Betas großer Kaffeetassenkollektion, die sie in ihrer Zeit als Polizeichefin gesammelt hatte. Hildur ließ in ihrer und Betas Tasse Platz für die Milch, in Jakobs Kaffee gab sie vier Teelöffel Zucker und rührte lächelnd um.

»Eine rasante Heimkehr. Mit Hubschrauber und allem Drum und Dran«, meinte Beta. Sie hatte am Fenster in der Ecke des Besprechungsraums Platz genommen.

»Das Leben überrascht einen immer wieder«, sagte Hildur, stellte die Tassen mitten auf den Tisch und zog eine Packung Schokokekse unter dem Arm hervor.

Jakob saß auf seinem üblichen Platz an der Wand und strickte. Er hatte eine Tasche an die Stuhllehne gehängt, aus der dicke naturweiße Wolle zum Vorschein kam.

»Diesmal war es der Tod, der einen überrascht …«, sagte er und zog die Rundstricknadel näher heran.

Hildur konnte ihr Lächeln nicht unterdrücken. Je besser sie Jakob kennengelernt hatte, desto netter war er ihrer Meinung nach geworden.

»Ich habe gerade mit Sveinn telefoniert. Die Jungs haben die Untersuchungen im Gelände abgeschlossen und die Leiche eingepackt«, berichtete sie.

Die beiden Kriminaltechniker würden später am Abend nach Reykjavík zurückfliegen. Dort würde die Leiche im Pathologischen Institut genauer untersucht werden. Die Ergebnisse würden vermutlich erst nach dem Wochenende vorliegen, am Montag oder Dienstag.

Die Kollegen hatten sich geärgert, weil sie die Kugel, die Hermann durchbohrt hatte, nicht gefunden hatten.

»Sie haben ziemlich lange im Schnee danach gesucht.«

Wenn der Schütze in der Wartungshütte gewesen war, hatte er sich oberhalb seines Ziels befunden. Da die Kugel das Opfer von schräg oben getroffen hatte, war es einigermaßen wahrscheinlich, dass sie ziemlich bald nach dem Austritt in den Boden gefahren war. Sie befand sich also vermutlich nicht weit von der Leiche. Sveinn hatte die Schusswunde oberflächlich inspiziert und den Eindruck gewonnen, dass sie nicht durch eine kleine Waffe verursacht worden war. Nach dieser Zusammenfassung legte Hildur eine kleine Pause ein und trank einen Schluck Kaffee.

Jakob unterbrach seine Strickerei.

»Meinst du, es war ein Jagdgewehr?«

Hildur nickte, trank noch einen Schluck und fuhr fort:

»Die Wartungshütte durchsuchen sie, sobald der Suchhund dort fertig ist. Sie wollen die Witterung nicht verwischen.«

Im Gebiet der Westfjorde gab es etwa ein Dutzend Dörfer. Einige hatten nur um die zweihundert Einwohner, aber jedes Dorf verfügte über einen eigenen Suchhund, der dazu ausgebildet war, nach vermissten oder unter dem Schnee begrabenen Menschen zu suchen. Ein freier Hund hatte sich in Hólmavík gefunden, zwei Stunden Fahrzeit entfernt. Der Hund und sein Führer hatten sich sofort nach dem Anruf auf den Weg gemacht und waren gerade im Dorf angekommen.

Jakob betrachtete seine Stricknadel genauer und zählte die

Maschen. Als er am Ende der Runde angekommen war, sah er Hildur an.

»Was für ein Mann war dieser Hermann Hermannsson eigentlich?«

Jakob wohnte erst seit einem halben Jahr im Dorf, solche Hintergrundinformationen waren noch nicht bei ihm angekommen. Hildur überließ Beta das Wort.

»In kleinen und auch in etwas größeren Ortschaften gibt es ziemlich oft zwei Machtpole. Einen offiziellen und einen inoffiziellen.«

Hermann gehörte zur zweiten Gattung. Er saß seit Jahren als Mitglied der Rechtspartei im Gemeinderat, hatte aber nie den Posten des Bürgermeisters oder ein anderes wichtiges Amt angestrebt. In den offiziellen Beschlussfassungsgremien hatte er zwar eine Rolle, aber er setzte seine Macht vorwiegend auf inoffiziellen Wegen ein.

»Er war einer von der schlimmsten Sorte. Er hat die Informationen, die ihm in seiner offiziellen Rolle zu Ohren kamen, genutzt, um seine eigenen Geschäfte zu fördern«, sagte Beta und führte auch gleich ein Beispiel an:

Vor einigen Jahren hatte der Gemeinderat beschlossen, die kommunale Altenpflege zu verbessern. Die Bevölkerung des Dorfes alterte, und in einigen Jahren würden die Heimplätze nicht mehr ausreichen. Hermann hatte sofort auf den Namen seiner Firma ein Grundstück gekauft, das sich neben dem bestehenden Altenheim befand. Da das Pflegepersonal direkten Zugang zu allen Räumen brauchte, verstand es sich von selbst, dass das neue Heim unmittelbar neben dem alten gebaut werden musste.

»Hermann kaufte das Grundstück zum Spottpreis, und bis die Kommunalverwaltung die Einzelheiten der Erweiterung ausgearbeitet hatte, war die Pacht auf das Dreifache des Voranschlags gestiegen. Ein gutes Geschäft für Hermann, aber die Gemeinde hat dabei Geld verloren.«

Und das Altenheim war nicht der einzige Fall. Auch bei mehreren anderen Projekten hatte Hermann Steuergelder in seine eigene Tasche geleitet.

»Aber kann es wirklich sein, dass ein wütender Steuerzahler zur Waffe gegriffen hat?«

Viele reagierten ihre Wut in den sozialen Medien ab, einige sogar ausgesprochen aggressiv, aber es war doch etwas ganz anderes, statt zum Smartphone zum Gewehr zu greifen. Einen Menschen zu töten war keine Kleinigkeit. Selbst wenn der Täter fähig gewesen wäre abzudrücken, wäre lebenslängliche Haft ein hoher Preis gewesen. Wobei »lebenslänglich« es natürlich nicht ganz traf. Das isländische Gesetz kannte zwar die lebenslängliche Gefängnisstrafe, doch sie war noch nie verhängt worden. Einige Male hatten Richter der unteren Instanz Angeklagte wegen Mordes zu lebenslänglicher Haft verurteilt, aber gegen die Urteile war Einspruch erhoben worden, und die höhere Instanz hatte die Strafe jedes Mal zeitlich begrenzt, meistens auf ungefähr 16 Jahre.

Sie dachten eine Weile schweigend über den Fall nach. Hermann war gestern Nachmittag um fünf Uhr zuletzt gesehen worden. Er war auf dem Weg zum Skilaufen gewesen, aber da es im Langlaufgebiet keine speichernden Überwachungskameras gab, konnten die Uhrzeiten nicht überprüft werden. In der Nacht war Schnee auf die Leiche gefallen und die Leichenstarre hatte eingesetzt, also musste der Tod irgendwann zwischen fünf Uhr nachmittags und fünf Uhr früh eingetreten sein. Bei der Obduktion würde die Todesursache präzisiert werden, aber es schien ziemlich klar, dass ein Schuss zum Tod geführt hatte.

Betas Handy klingelte. Sie wischte über den Touchscreen, strich sich eine Haarsträhne hinters Ohr und meldete sich. Sie hörte aufmerksam zu und schob ab und zu ein paar Worte ein. Hildur saß still auf ihrem Platz und beobachtete interessiert die Bewegung der Stricknadeln in Jakobs Händen. Sie bewegten sich so schnell, dass es ihr schwerfiel, sie auseinanderzuhalten.

Beta beendete das Gespräch und legte ihr Handy auf den Tisch.

»Der Hund hat eine Spur aufgenommen. Sie führte von der Wartungshütte direkt zum Parkplatz, und dort endete sie. Offenbar ist der Täter mit einem Auto weggefahren.«

»Und da es heute Nacht geschneit hat, sind keine Reifenspuren mehr zu sehen«, stöhnte Hildur enttäuscht.

Als Nächstes wollte sie die Anwohner befragen. Vielleicht hatte jemand einen Wagen bemerkt, der am späten Abend weggefahren war. Außerdem wollte sie auch von Angesicht zu Angesicht mit Hermanns Sekretärin sprechen. Das würde sie heute noch erledigen.

»Noch etwas, und das ist keine gute Nachricht«, sagte Beta und blickte von Hildur zu Jakob. »Auf dem Fußboden in der Hütte wurde eine Patronenhülse gefunden. Sveinn hat sie sofort erkannt. Eine Sako-Patrone, Kaliber .308.«

Hildur drehte ihre leere Kaffeetasse in den Händen und seufzte schwer.

»Verdammter Mist. Diese größeren Gewehre hat jeder zweite Isländer in seinem Waffenschrank. Die braucht man im Herbst bei der Rentierjagd.«

Jakob sah Hildur verwundert an.

»Rentiere? Schießt ihr hier auf Rentiere?«

Hildur klärte ihn darüber auf, dass die Rentierjagd ein beliebtes Volksvergnügen war. Jedes Jahr im Herbst vergab der Staat ein paar Dutzend Abschussgenehmigungen. Da es mehr Jäger als Genehmigungen gab, veranstaltete man eine Lotterie. Wer Glück hatte, durfte unter Aufsicht eines offiziellen Jagdhüters ein Rentier erlegen. Das Rentierfleisch war eine besondere Delikatesse.

Es wurde eingefroren und zu Weihnachten oder für die Silvesterfeier zubereitet. Im Laden wurde kein einheimisches Rentierfleisch verkauft, man konnte es nur bekommen, wenn man jemanden kannte, der die Genehmigung erhalten hatte.

Auf Island hatte es nie Großwild gegeben, das größte wild lebende Säugetier war der Polarfuchs. Um Abhilfe zu schaffen, hatte man Rentiere auf die Insel geholt. Soweit Hildur sich erinnerte, waren die ersten im 18. Jahrhundert aus Norwegen eingetroffen. Wie durch ein Wunder überlebten sie von einem Winter zum anderen, von einem Jahrzehnt zum nächsten.

»Die Nachkommen dieser Importrentiere leben immer noch in den östlichen Teilen der Insel.«

Jakob rieb sich belustigt die Stirn.

»Zum Teufel auch, ihr habt seltsame Hobbys.«

Hildur zuckte die Schultern. »Die Jagd auf kleine Vögel ist wohl nicht motivierend genug. Die Jäger wollen größere Beute.«

13

Hildur parkte am Straßenrand. Sie war in ein Reihenhausgebiet gefahren, das einige Kilometer außerhalb des Dorfzentrums lag. Unterwegs hatte sie gemerkt, dass sie hungrig war. Das Hotelfrühstück – Ei und Porridge –, das sie am Morgen hastig heruntergeschlungen hatte, hielt offenbar nicht vor. Zum Glück fand sie im Handschuhfach noch einen leicht plattgedrückten Schokoriegel. Hildur riss die gelbe Verpackung von der Lakritzschokolade und vertilgte den Riegel mit zwei Bissen. Dann steckte sie das Papier in die Tasche und fletschte vor dem Rückspiegel die Zähne. Sie sahen sauber aus.

Das Reihenhaus war ziemlich neu. Die Wände waren aus schwarz gestrichenem Holz, die Fenster groß, und im geschützten Vorgarten stand ein Heißwasserbecken mit sechs Sitzplätzen.

Hildur ging zur Tür und suchte den Klingelknopf. Als sie den neben der Tür befestigten vergoldeten Hundekopf abtastete, entdeckte sie die Klingel zwischen den Ohren. Innen war ein dumpfer Klingelton zu hören, und gleich darauf wurde die Tür geöffnet. Agnes Axelsdóttir hatte sie erwartet.

Die schätzungsweise sechzigjährige, in einen wadenlangen karierten Rock, einen grauen Rollkragenpullover und eine rote Strickjacke gekleidete Frau winkte Hildur herein. Sie setzte ihre Brille auf und betrachtete ihre Besucherin prüfend.

»Sie trinken wohl Kaffee?«

Hildur zog in der Diele ihre Schuhe aus und folgte der Frau in die Küche. Auf dem Herd blubberte ein altmodischer Kaffeekessel. Agnes stellte zwei verzierte Kaffeetassen auf die Kücheninsel und legte Silberlöffel daneben. Das Festgedeck, dachte Hildur.

»Mein Beileid zum Tod Ihres Vorgesetzten«, sagte sie. Sie hatte Agnes am Vormittag angerufen und ihr mitgeteilt, dass sie im Mord an Hermann ermittelte. Die Medien waren noch nicht über das Verbrechen informiert worden. Hildur hatte zuerst mit Agnes sprechen wollen, denn die Sekretärin war vermutlich die Person, die Hermann am nächsten gestanden hatte. Oder jedenfalls diejenige, die ihn am häufigsten gesehen hatte. Hermanns Ex-Frau war vor Jahren mit ihrem neuen Mann ins Ausland gezogen. Seitdem hatte Hermann allein gelebt. Ihr gemeinsamer Sohn wohnte ebenfalls im Ausland. Sobald die nächsten Angehörigen die Trauerbotschaft erhalten hatten, würde eine Pressemitteilung veröffentlicht werden.

Agnes füllte auch ihre eigene Tasse und setzte sich an die andere Seite der Kücheninsel, Hildur gegenüber.

»Ich kann es einfach nicht glauben«, sagte sie leise und blickte durch das Küchenfenster auf die Straße.

Hildur wollte mit einfachen Fragen beginnen. Es interessierte sie, ob Agnes lange für Hermann gearbeitet hatte.

Agnes nickte nachdenklich.

»Ungefähr zwanzig Jahre.«

Agnes erzählte, die Stelle als Sekretärin sei ihre erste gewesen. Sie hatte den Haushalt geführt, und ihr Mann, der vor zwei Jahren an einem Herzinfarkt gestorben war, hatte im Dorf als Lehrer gearbeitet.

»Hausfrau zu sein ist heute nicht mehr so üblich, aber für mich war es eine Frage der Werte. Ich habe erst Arbeit gesucht, als unser jüngstes Kind einen Studienplatz bekam und nach Reykjavík zog.«

Sich als Hausfrau um zwanzigjährige Kinder zu kümmern, war ziemlich ungewöhnlich. Hildur äußerte sich jedoch nicht dazu. Sie war nicht hier, um sich nach der Aufteilung der Care-Arbeit zwischen Agnes und ihrem verstorbenen Mann zu erkundigen.

Agnes erzählte, sie habe keinerlei Berufserfahrung gehabt, als sie sich um die Stelle bewarb, aber Hermann habe traditionelle Werte geschätzt. Er fand es schön, dass sie sich ganz ihrer Familie gewidmet hatte.

»Später hat er mir verraten, dass meine Hausfrauenjahre der Grund waren, weshalb er mich eingestellt hat.«

Agnes lächelte. Sie schien in ihren Erinnerungen zu versinken. Hildur wollte das Gespräch vorantreiben.

»Wann haben Sie Hermann zum letzten Mal gesehen?«

Agnes rückte ihre Brille zurecht und dachte kurz nach. Hermann war am Freitag vormittags in sein Büro gekommen.

»Gestern Abend nach fünf habe ich ihn angerufen und ihm gesagt, dass die Papiere, um die er mich gebeten hatte, auf seinem Schreibtisch bereitliegen. Danach bin ich zum Abendessen mit meinen Freundinnen gegangen, wie ich schon am Telefon gesagt habe.«

Agnes sprach schnell, und ihr Blick irrte umher. Sie war ganz offensichtlich nervös. Hildur vermutete, dass es an der Situation lag. Sie hatte Agnes' Alibi bei der Gastgeberin und zwei Gästen überprüft.

Sie war sicher, dass die Telefonleitungen zwischen den Frauen heiß liefen. Bestimmt wollten sie alle wissen, warum die Polizei sie angerufen und nach Agnes gefragt hatte. Bald würden sie noch mehr Gesprächsstoff bekommen, wenn in den Nachrichten über Hermanns Tod berichtet wurde.

Hildur erkundigte sich genauer nach dem Inhalt der Papiere. Agnes war über die Frage verblüfft, denn in den Unterlagen ging es um rein geschäftliche, interne Angelegenheiten. Sie hob abwehrend die Handflächen, wie um ihre Worte zu unterstreichen.

»In dieser Situation können Sie ruhig darüber sprechen. Für die Polizei kann jede Information hilfreich sein«, versicherte Hildur.

Agnes richtete den Blick wieder zum Fenster. Die kahlen Büsche im Garten wiegten sich leicht im Wind. Die Sekretärin holte ein paarmal tief Luft.

»Es waren Papiere des Bauausschusses. Hermann hat beiläufig irgendeine Überredungssitzung erwähnt, die am Wochenende stattfinden sollte. Es ging um den geplanten Ausbau des Hafens.«

Hildurs Interesse erwachte. Sie wollte wissen, worum es bei dem Projekt im Einzelnen ging und warum in aller Welt deshalb Termine am Wochenende erforderlich waren.

Der Ton der Sekretärin verschärfte sich schlagartig.

»Hören Sie mal, Mädchen. Ich habe über zwanzig Jahre in Hermanns Diensten gestanden. Ein Grund für das lange Arbeitsverhältnis war, dass ich nie zu viele Fragen gestellt habe.«

Hildur hasste es, als Mädchen angesprochen zu werden, überhörte die Bemerkung aber geflissentlich.

Agnes verschränkte die Hände unter dem Kinn und musterte Hildur streng.

»Haben Sie Kinder?«

Hildur zuckte zusammen und schüttelte den Kopf. Nein, sie hatte keine Kinder. Sie mochte Kinder, hatte aber nie eigene gewollt. Agnes' harter Blick wirkte stechend.

»Zuerst kommen die Kinder, danach die Arbeit. Und erst dann die eigenen Einfälle. Ich habe Hermanns fixe Ideen zwar nicht immer verstanden, aber ich habe immer getan, worum er mich gebeten hat, weil es mein Job war. Es war meine Aufgabe, ihm zu dienen. Über Hermanns Projekte weiß ich absolut nichts.«

Hildur stellte ihre Kaffeetasse ab, sah Agnes direkt in die Augen und senkte ein wenig die Stimme.

»Hatte er Feinde? Bekam er in letzter Zeit viel Besuch?«

Agnes lachte trocken auf.

»Der Sheriff war nicht besonders beliebt. Jedenfalls nicht bei denen, die sich seinen Plänen widersetzten. Hermanns geradliniges Vorgehen hat gelegentlich Unmut erregt.«

Nacht einer kurzen Pause sagte sie betont langsam:

»Er war ein zielstrebiger Mann. Ich finde so eine engagierte Haltung lobenswert.«

Hildur fiel auf, dass auch Agnes für ihren toten Chef den Spitznamen Sheriff verwendete, genau wie die Dorfbewohner, die Hermann kritisch gegenüberstanden.

»Er hat mein Gehalt immer pünktlich gezahlt und mich gut behandelt. Ich habe meine Arbeit getan und das Büro jedes Mal verlassen, wenn die Situation es erforderte.«

»Die Situation?«, hakte Hildur rasch nach.

Das trockene, faltenreiche Gesicht der Sekretärin hatte sich leicht gerötet. Sie verdrehte die Augen und schüttelte den Kopf. Dann zog sie die Strickjacke enger um sich und schnalzte mit der Zunge.

»Na, diese Frauen.«

Hildur spürte, dass Agnes es vorgezogen hätte, nicht weiter über das Thema zu sprechen. Ihre Berufserfahrung hatte sie jedoch gelehrt, dass das, worüber ein Mensch schweigen möchte, meist besonders wichtig ist. Sie sah Agnes mitfühlend in die Augen und bat sie fortzufahren. Auch kleine, unbedeutend erscheinende Einzelheiten konnten nützlich sein. Agnes lockerte ihren Griff um die Strickjacke.

»Zu Hermann kamen manchmal Leute, also Frauen, die nicht in den Terminkalender eingetragen werden durften«, begann sie. Sie legte die Hände vor sich auf den Tisch und schloss kurz die Augen. »Dann hat er mich auf so eine spezielle Art angesehen und sein Arbeitszimmer von innen abgeschlossen. Im Lauf der Zeit war zwischen uns so ein stilles Abkommen entstanden, dass ich dann irgendwelche Angelegenheiten im Dorf erledige oder eine lange Mittagspause mache.«

Agnes' Stimme war knurrig geworden. Ihre rechte Hand fuhr im Takt ihrer Worte über den Tisch.

»Haben Sie eine Ahnung, worum es ging?«

Agnes schüttelte lächelnd den Kopf.

»Ich mische mich nicht in Dinge ein, die mich nichts angehen.«

Hildur bat Agnes, sich an die letzten Wochen zurückzuerinnern. Hatte Hermann merkwürdige Besucher gehabt? Hatte er sich seltsam verhalten?

»Hätte ich die Weiber etwa alle erkennen sollen?«, fauchte Agnes.

Hildur betonte, dass jede Information nützlich sein könne. Es gehe schließlich darum, den Mord an Hermann aufzuklären, und Agnes sei ihrem verstorbenen Chef gegenüber loyal, wenn sie alles erzählte, was sie wusste.

»Na, ein bekanntes Gesicht war darunter … Linda. Linda Jónsdóttir. Verheiratet mit Björn Ísaksson.«

Björn war Hildur bekannt. Er war der starke Mann der Fortschrittspartei im Dorf, also der politische Gegner von Hermann, der in der Rechtspartei aktiv gewesen war. Hildur notierte sich den Namen seiner Frau. Sie musste so bald wie möglich mit ihr sprechen. Sie fragte noch nach einigen Einzelheiten und machte sich Notizen. Dann stand sie auf und stellte ihre Kaffeetasse ins Spülbecken. Sie legte ihre Visitenkarte auf die Kücheninsel.

»Danke für den Kaffee. Rufen Sie mich an, wenn Ihnen noch etwas einfällt?«

Agnes brummte zustimmend und blickte wieder zum Fenster hinaus.

Hildur schloss die Haustür hinter sich und trat auf die Straße. Im Garten des Nachbarhauses formten zwei Mädchen in Steppoveralls Schneebälle aus dem noch verbliebenen Schneematsch. Hildur kam auf dem Weg zu ihrem Wagen an ihnen vorbei. Die Mädchen lächelten sie an, und sie lächelte zurück. Kleine miteinander spielende Mädchen, denen man an den Augen ansah, dass sie sich zusammen in ihrer ganz eigenen Welt befanden.

Sie erinnerte sich, wie Rósa und Björk in dem Alter gewesen waren. An vielen Wintertagen hatten sie zu dritt so lange draußen im Schnee gespielt, bis ihre Kleider völlig durchnässt waren. Bei Schneeballschlachten hatten die kleinen Schwestern sich immer gegen Hildur verbündet. Danach hatten sie dann im Flur miteinander geflüstert und über Hildur gekichert, die am meisten Schnee abgekriegt hatte. Hildur hatte das nie als Hänselei empfunden, sondern im Gegenteil als Vertrauensbeweis.

Bei ihrem Wagen angelangt, musste Hildur kurz die Augen schließen. Der Gedanke an ihre Schwestern löste einen stechenden Schmerz in der Brust aus. Sie war älter gewesen. Ihre Schwestern hatten sich auf sie verlassen. Und dennoch hatte sie nichts tun können. Sie war nicht fähig gewesen, die Katastrophe zu verhindern.

Hildur trat mit der Spitze ihres Turnschuhs gegen den Reifen. Der kleine Schmerz in den Zehen brachte sie in die Gegenwart zurück. Sie holte den Autoschlüssel aus der Tasche.

Da fuhr sie plötzlich auf. Was hatte Agnes über Hermanns Pläne für das Wochenende gesagt? *Überredungssitzungen.* Was in aller Welt hatte der Mann getrieben?

14

Es zischte laut, als Jakob die Flasche entkorkte. Der erste Schluck von dem kalten Bier tat gut. Jakob stand in seiner halbdunklen Küche und blickte durch das Fenster hinaus in die Abenddämmerung. Im Dorfzentrum lag wenig Schnee, unter der dünnen Schneedecke lugten braune Grasbüschel hervor. Die Fenster des Nachbarhauses auf der anderen Seite des Hofs waren immer noch dunkel. Jakob erinnerte sich, dass die Familie vor einer Woche nach Reykjavík gefahren war, um Verwandte zu besuchen. Offenbar waren sie immer noch dort.

Verwandtenbesuche. Es stimmte ihn immer traurig, wenn Menschen von Reisen zu ihren Familienmitgliedern erzählten. Zu seiner Familie gehörte eigentlich nur ein Mensch, Matias, sein bald sechsjähriger Sohn, der in Norwegen wohnte, dem Heimatland von Jakobs Ex-Frau Lena. Sie hatte das Jugendamt auf ihre Seite gezogen, hatte das alleinige Sorgerecht bekommen und tat alles, um Jakobs Kontakt zu seinem Sohn zu erschweren.

In letzter Zeit hatte Jakob sich im Internet über die Erfahrungen anderer Elternteile in entsprechender Lage informiert. Er hatte in anonymen Blogs und Chatforen gelesen, wie andere Väter und Mütter in internationale Fürsorgestreitigkeiten geraten waren, wie sie ihr Kind verloren hatten und für teure Prozesskosten aufkommen mussten. Mit einigen hatte er eine private

Korrespondenz begonnen, die sich als sehr hilfreich erwiesen hatte. In Gedanken hatte er sich einen Plan zurechtgelegt. Es war nicht sicher, dass er seine Situation so würde lösen können, aber er wollte es zumindest versuchen.

Am tiefblauen Himmel funkelten die Sterne. Er würde sie nicht mehr lange durch das Küchenfenster betrachten können, denn die Tage wurden nun immer länger. Der Frühling nahte.

Jakob war froh über seine neue Wohnung. Als er im vergangenen Herbst in das kleine Dorf gezogen war, hatte er ein Einzimmerapartment am Rand des Zentrums gefunden. Die Wohnung war in schlechtem Zustand gewesen, hatte ihm in den ersten Monaten aber genügt. Im Lauf der Zeit war sie ihm zu klein geworden, zumal Guðrún und er immer mehr Zeit gemeinsam verbrachten. Es waren jedoch so wenige Mietwohnungen im Angebot, dass er nichts Besseres gefunden hatte.

Dann war etwas Furchtbares passiert, das ihn in die Hälfte dieses alten Doppelhauses gebracht hatte. Hildurs Freund Freysi war umgebracht worden. Bei der Testamentseröffnung hatte Hildur erfahren, dass Freysi ihr sein gesamtes Eigentum hinterlassen hatte, einschließlich dieser Dreizimmerwohnung. Hildur gehörte bereits die andere Hälfte des Hauses. Sie hatte Freysis altes Zuhause nicht verkaufen wollen, sondern es lieber an Jakob vermietet. Es ist angenehmer, wenn man den Nachbarn kennt, mit dem man Wand an Wand wohnt, hatte sie gesagt und ihm die Schlüssel in die Hand gedrückt.

Draußen waren Schritte zu hören. Gleich darauf wurde die Haustür geöffnet. Jakob eilte zum Lichtschalter, schaffte es aber nicht rechtzeitig.

»Warum wandelst du hier in der Finsternis?«

Jakob versuchte zu erklären, dass er die Sterne betrachtete, musste aber plötzlich rülpsen. Hildur schaltete das Licht im Flur an.

»Magst du ein Bier?«, fragte Jakob, wartete die Antwort nicht ab, sondern ging zum Kühlschrank, öffnete eine Flasche und reichte sie Hildur. Sie setzten sich nebeneinander auf das Sofa.

Jakob merkte, dass seine Kollegin auf den Holztisch starrte. Er wusste, dass Freysi ihn selbst getischlert hatte.

»Ich habe überlegt, die Möbel auszutauschen«, sagte er.

Hildur sah ihn eindringlich an.

»Vergiss es.«

Hildur trank einen Schluck aus der Flasche. Sie nahm einen Untersetzer aus Pappe aus dem Korb auf dem Tisch und stellte die Flasche darauf.

»Er ist tot. Das hier sind nur Sachen. Du wirst keine neuen Möbel kaufen, nur weil die alten Freysi gehört haben.«

Sie saßen eine Weile schweigend da und tranken Bier. Dann beschloss Jakob, das Thema zu wechseln, und bat Hildur, ihm die Stricktasche zu reichen, die neben dem Sofa stand.

»Ich brauche die Meinung einer Frau«, erklärte er und nahm eine angefangene Arbeit aus der Tasche, einen Pullover aus heller dicker Álafosslopi. Ungefähr zehn Zentimeter waren bereits fertig.

Hildur betrachtete den Garnhaufen wie eine exotische Schlange.

Jakob strich das Pulloverstück glatt.

»Sag ehrlich, ist es geschmacklos, wenn ich für Guðrún und mich die gleichen Pullover stricke?«

Hildur musste lachen.

»Im Lauf der Zeit werden Paare sich ähnlich. Du hast offenbar beschlossen, die Metamorphose ein bisschen zu beschleunigen.«

Jakob warf mit einem Knäuel nach ihr.

»Nein, das ist nicht geschmacklos. Es ist richtig süß«, sagte Hildur und erkundigte sich, ob zwischen den beiden alles gut lief.

Jakob meinte, alles würde sehr gut laufen, abgesehen von einem Vorfall mit zwei dummen Tratschtanten.

»Zwei ältere Damen haben mich angesprochen, als ich mit Guðrún zum Einkaufen war.«

Am Milchregal hatten die Frauen es für nötig befunden, Jakob vor seiner Begleiterin zu warnen. Guðrún sei sehr lebhaft und fühle sich in Männergesellschaft allzu wohl. Hildur erklärte, das sei nichts als neidisches Geläster, und legte ein Bein auf den Tisch, wie um ihren Worten mehr Gewicht zu verschaffen.

Natürlich hatte Jakob gewusst, dass er nicht Guðrúns erster Freund war. Und es war ihm völlig egal, wie viele Vorgänger er gehabt hatte.

»Guðrún war doch nicht etwa beleidigt?«, fragte Hildur und erkundigte sich, ob Jakob noch ein Bier für sie hatte.

»Natürlich nicht. Ich habe ihr erzählt, dass es in Finnland eine fantastische Redewendung für solche Situationen gibt. *Vom Rudern wird der See nicht schlechter.* Das ist dann zu unserem privaten Witz geworden«, sagte Jakob lachend und holte zwei Lager aus dem Kühlschrank.

»Wie hast du es in Reykjavík ausgehalten?«, fragte er, als er Hildur die eine Flasche reichte.

Hildur erzählte. Je länger sie sprach, desto besser verstand Jakob, wie anstrengend die letzten Wochen für sie gewesen waren. In der Hauptstadtregion schienen die sozialen Probleme schnell besondere Brisanz zu gewinnen. Jugendliche, die auf die schiefe Bahn geraten waren, fanden in den sozialen Medien mit ein paar Klicks illegale Drogen. Nach einer Weile stiegen die Preise und die Schulden wuchsen. Dann kam es zu Diebstählen, und Schulden wurden gewaltsam eingetrieben. Probleme gab es in allen Gesellschaftsschichten. Die Wohlhabenderen konnten sie länger verbergen, aber irgendwann kamen sie doch ans Licht. Am schlimmsten waren die Jugendlichen dran, deren Eltern sich überhaupt nicht um sie kümmerten.

Hildur erzählte auch von Tryggvi, einem Siebzehnjährigen, der von einem Mitarbeiter des Jugendschutzes missbraucht worden war. Jakob sah, dass die Geschichte Hildur naheging. Er hörte ihr zu, ohne sie zu unterbrechen. So hatten sie es gehalten, seit sie ein Team geworden waren. Krisenhilfe oder Coaching wurde in ihrer kleinen Polizeistation kaum geboten, weil die Ressourcen fehlten. Die vertraulichen Gespräche unter vier Augen halfen beiden durchzuhalten.

Tryggvi war wochenlang vor der Polizei davongelaufen. Das konnte Hildur gut verstehen. Der Junge hatte kein Vertrauen zu Amtspersonen. Wieso hätte er der Polizei trauen sollen, nachdem ein Mensch, der ihn von Berufs wegen hätte schützen müssen, sein Vertrauen auf die schlimmste denkbare Art verletzt hatte?

»Jetzt erzähl du mal was. Hast du nach den Weihnachtsferien wieder Kontakt zu Matias bekommen?«

Jakob spürte, dass sich sein Körper anspannte. Ja, die Weihnachtsferien … Laut Gerichtsbeschluss hätte Jakob Matias im Dezember an fünf aufeinanderfolgenden Tagen treffen dürfen. In Anwesenheit eines Mitarbeiters des Kinderschutzes, aber immerhin – fünf Tage. Der erste Tag war gut verlaufen, ebenso der zweite. Am Morgen des dritten Tages hatte Lena mitgeteilt, Matias sei krank und könne seinen Vater nicht treffen. Jakob hatte versucht, Einspruch zu erheben. Er war an Lenas Wohnungstür erschienen, um Matias zu sehen. Jakob wusste, dass das ein Fehler war, aber er hatte nicht anders gekonnt. Er hatte durch den Briefschlitz gespäht und gehört, wie Matias spielte. Der Junge hatte kein bisschen krank gewirkt, obwohl Lena behauptet hatte, sie hätte ein ärztliches Attest. Jakob hatte an die Tür geklopft und versucht, durch den Briefschlitz mit Lena zu sprechen. Dann hatte Lena eine Polizeistreife alarmiert, die Jakob aus dem Treppenhaus holte. Die Polizisten hatten gedroht, ihn zu verhaften, wenn er das Haus nicht freiwillig verließe. Jakob hatte klein beigegeben und war erschöpft in sein Hotel gegangen. Die Reise hatte ein schreckliches Ende genommen.

In dem Moment klopfte jemand an die Haustür. Jakob blickte durch das Fenster und freute sich, als er Guðrún sah. Er ging ihr entgegen, und sie umarmten sich in der engen Diele.

»Hildur ist zu Besuch«, flüsterte er ihr ins Ohr.

Guðrún trat einen Schritt zurück. Ein schelmisches Lächeln legte sich auf ihr Gesicht. Ihre Lippen bildeten zwei lautlose Worte: *Okay. Später.*

Jakob holte ein drittes Bier aus dem Kühlschrank. Hildur hatte sich auf den Sessel gesetzt, Guðrún und Jakob nahmen nebeneinander auf dem weichen Sofa Platz. Sie plauderten eine Weile über dies und das, über das Wetter und ihre Pläne für den nächsten Tag.

Nach einer kurzen Pause kam Guðrún zur Sache:

»Übrigens, ich hab gerade die Nachricht über den Toten gelesen.«

Die Polizei hatte kurz zuvor eine Pressemitteilung über den Leichenfund auf der Loipe veröffentlicht und den Namen des Opfers bekannt gegeben. Die Todesursache war noch nicht publik gemacht worden. Die Polizei hatte es für sinnvoll gehalten, möglichst bald von dem Mordverdacht zu berichten, da sich die Gerüchte ohnehin schnell verbreiten würden.

»Hermann Hermannsson wurde heute früh tot aufgefunden. Der Fall wird gerade untersucht. Ich kann nicht …«, begann Jakob.

Guðrún warf ihre dichten blonden Haare zurück und sagte beschwichtigend: »Ich weiß, ich weiß, Süßer. Du darfst nicht darüber reden. Aber ich muss schon sagen, dass es hier im Dorf massenhaft Leute gibt, die als Täter in Frage kämen.«

»Wie meinst du das?«, fragte Hildur interessiert.

Guðrún arbeitete einige Tage pro Woche in der Kita des Dorfes.

Im Winter gab es nämlich weniger Inlandsflüge, und es lohnte sich auch nicht, ihr Handarbeitsgeschäft jeden Tag geöffnet zu halten, da heutzutage viele Bestellungen online gemacht wurden. Daher hatte sie eine Teilzeitstelle in der Kinderbetreuung angenommen.

Sie trank einen Schluck Bier und rülpste.

»In der Kita hört man den besten Klatsch.«

Die Kinder erzählten bekanntlich den Erwachsenen in der Kita alles Mögliche, was sie zu Hause gesehen oder gehört hatten. Die geschwätzigsten Klatschbasen waren jedoch einige Mitarbeiterinnen der Kita. Für viele war es der Höhepunkt des Tages, im Pausenraum des Personals saftige Stories auszutauschen. Jakob und Hildur warteten gespannt.

»Die Cousine unserer Köchin hatte mal ein Verhältnis mit Hermann. Außerdem habe ich gehört, dass er mindestens noch mit der Besitzerin der Pizzeria, einer Schichtleiterin der Krabbenfabrik und der Trainerin der Volleyball-Juniorinnen ein Techtelmechtel hatte. Bei so einem Treiben kann man sich leicht die Finger verbrennen. Es würde mich nicht wundern, wenn eine der Frauen – oder ihr Mann – sich verletzt gefühlt und Rache geübt hätte«, erklärte Guðrún.

Jakob hörte seiner Freundin interessiert zu. Ein Mord aus Leidenschaft? Das kalte Ende einer heißen Affäre? Das war natürlich ein mögliches Motiv, auch wenn es nicht allzu häufig vorkam. An der Polizeischule hatten sie die Statistiken studiert. Das häufigste Gewaltverbrechen mit tödlichem Ausgang in Finnland war eine Messerstecherei in einer Säuferclique. Inzwischen hatte Jakob erfahren, dass die isländischen Statistiken dasselbe Bild lieferten. In Hermanns Fall handelte es sich jedoch um etwas anderes. Der Tatort und die lange Schussdistanz zeugten von präziser Planung.

Jakob prägte sich alle Einzelheiten ein. Hildur und er würden spätestens morgen darauf zurückkommen, wenn sie Hermanns Haus durchsuchten. Nach dem, was er gerade gehört hatte, würde es ihn nicht wundern, gleich mehrere Leichen im Keller zu finden.

15

Hildur fühlte sich voller Energie. Sie hatte am Morgen Zeit gehabt, zu joggen und ihren Wagen bei der Autovermietung abzuholen, wo ihre Bekannte ihn abgestellt hatte. Nach einem schnellen, frühen Mittagessen in der Pizzeria hatte sie einen Abstecher in Hermanns Büro gemacht, der sich jedoch als enttäuschend erwiesen hatte. Dort hatte sich praktisch nichts Interessantes finden lassen. Im Regal standen reihenweise Aktenordner mit Buchhaltungsmaterial aus den letzten Jahren, dessen Durchsicht viel Zeit in Anspruch nehmen würde. Sie hatten nicht genug personelle Ressourcen, um sich jetzt gleich durch die Quittungen zu arbeiten. Das würden sie erst tun, wenn sie keine anderen Hinweise fanden. Sie mussten Prioritäten setzen.

Im Büro gab es auch einige Jahrgänge der Zeitschrift *The Economist* und eine Sammlung von Weingläsern. Hermanns Arbeitszimmer war überraschend geräumig, enthielt aber eher wenig Dinge, die mit der Arbeit zu tun hatten. Der breite Schreibtisch aus Massivholz, der Schreibtischstuhl mit der hohen Rückenlehne, das Bücherregal, zwei Hocker und der riesige Diwan ließen den Raum eher wie ein Wohnzimmer wirken. Es war offensichtlich, dass Hermann sein Büro genutzt hatte, um Gäste zu bewirten. Das hatte ja auch die Sekretärin erwähnt. In dem massiven Schrank hinter dem Schreibtisch hatten sich mehrere ungeöffnete

Weinflaschen befunden. Hermann hatte nicht einmal einen Computer in seinem Büro. Das einzige Detail, das Hildur interessierte, hatte auf dem Schreibtisch gelegen. Es waren die Sitzungsprotokolle des Bauausschusses, die die Sekretärin am Freitag gebracht hatte. Hildur hatte sie mitgenommen, um sie sich später anzusehen. Zuerst würde sie mit Jakob Hermanns Wohnhaus durchsuchen.

Hildur versuchte ihr Glück und griff nach der Messingklinke an der massiven Holztür, um festzustellen, dass sie den Schlüsselbund, der sich auf der Mittelkonsole in Hermanns Auto befunden hatte, nicht brauchte. Die Haustür des Ermordeten war nicht abgeschlossen. Nur wenige Dorfbewohner verriegelten tagsüber ihre Haustür. Der Schlüssel wurde in der Regel nur umgedreht, wenn man für mehrere Tage verreiste.

Das Licht ging automatisch an, als sie die Diele betraten. Jakob folgte Hildur auf dem Fuß. Die Kriminaltechniker hatten im Haus Proben genommen, um sie mit den Fasern zu vergleichen, die am Opfer und in der Wartungshütte gefunden worden waren. Aber da das Haus nicht der Tatort war, hatte man eine genauere kriminaltechnische Untersuchung nicht für nötig gehalten.

Sie zogen blaue Schutzüberzüge über ihre Schuhe. Hildur reichte Jakob Einmalhandschuhe. Sie hatten vor, in allen Winkeln und Schubladen nach Hinweisen auf die Ereignisse der letzten Tage zu suchen.

Sollte sich im Haus etwas finden, das genauer untersucht werden musste, würden sie die Kriminaltechniker noch einmal hinzurufen.

Jakob nickte und ließ den Rand des Gummihandschuhs laut gegen sein Handgelenk schnappen. Er sollte die Diele samt den Schränken und anschließend die beiden Badezimmer durchsuchen. Hildur wollte mit den Zimmern in der oberen Etage beginnen. Die Küche im Erdgeschoss stand als Letztes auf dem Programm.

Es war Sonntag, aber für die praktische Ermittlungsarbeit spielte das keine Rolle. Die Ergebnisse der rechtsmedizinischen Obduktion und der Untersuchungen im kriminaltechnischen Labor in Reykjavík würden vermutlich erst Anfang der Woche vorliegen. Bis dahin galt es, möglichst viele Informationen aus anderen Quellen zusammenzutragen.

Jakob öffnete den Schuhschrank in der Diele und begann, die Schuhe und Schachteln durchzusehen. Er leuchtete mit der Taschenlampe jeden Winkel aus.

»Die größten Geheimnisse der Menschen finden sich oft bei ihnen zu Hause«, murmelte er und bückte sich zur Bodenleiste.

Hildurs Hand rutschte vom Treppengeländer ab. Sie blieb auf der ersten Stufe stehen, weil ihr plötzlich schlecht wurde. Eine bittere Flüssigkeit brannte in ihrer Speiseröhre. Zum Glück war es nicht weit zur Haustür. Hildur rannte nach draußen, sie brauchte frische Luft. Sie lehnte sich an die Hauswand und schluckte heftig, um den Brechreiz zu unterdrücken.

»Alles in Ordnung?« Jakob war an der Haustür aufgetaucht.

Hildur antwortete nicht gleich. Sie konzentrierte sich auf ihre Atmung und blickte auf das Meer. Hermanns Haus stand am Rand der Eigenheimsiedlung auf einer Anhöhe, nur einen Steinwurf vom Ufer entfernt. Die Aussicht war grandios. Der überdachte Grillplatz im Garten war leer bis auf einige zusammengeklappte Holzstühle an der Rückwand.

»Ich weiß nicht. Mir ist auf einmal furchtbar schlecht geworden. Vielleicht war irgendwas in der Pizza ...«

Jakob rieb sich mit dem Handgelenk über die Stirn und sagte, er könne allein weitermachen.

»Kein Stress, das Haus läuft uns nicht weg.«

Hildur erkannte das Gefühl. Es war Ekel. Ekel machte sich als Erstes im Verdauungstrakt bemerkbar. Wenn sie die Leiche eines Mordopfers sah oder die Aussagen von Gewaltopfern hörte, verspürte sie oft Brechreiz. Sie verstand nur nicht, warum er sie gerade jetzt befiel. Außer ihnen beiden war doch niemand im Haus.

Hildur lehnte immer noch an der Hauswand. Sie schloss kurz die Augen, holte ein paarmal tief Luft und holte die rot-weiße Schachtel mit den Opal-Pastillen aus der Tasche. Der intensive Lakritzgeschmack überdeckte das bittere Aroma der Galle. Ich schaffe das, beschloss sie, ging wieder ins Haus und zog einen neuen Einmalhandschuh an.

Jakob war inzwischen mit den Schränken und Schubladen in der Diele fertig. Den Geräuschen nach untersuchte er gerade die Badezimmerschränke.

»Hast du was Interessantes gefunden?«, fragte Hildur und blieb an der Tür zum Bad stehen.

Jakob hatte sich über eine Schublade unter dem Waschbecken gebeugt. Während er den Inhalt beäugte, gab er Hildur einen kurzen Bericht.

»In der Diele sind viele teuer aussehende Lederschuhe und Jacketts, alle in derselben Größe. Hier im Bad gibt es ebenfalls nichts Besonderes. Außer Viagra, aber das ist wohl auch nichts Spezielles.«

Hildur spähte in die Schublade, in der mehrere blau-weiße Packungen lagen. Sie nahm eine heraus und öffnete sie.

»Da hatte jemand ein lebhaftes Liebesleben …«

Hildur legte die leere Schachtel zurück und erklärte, sie gehe jetzt nach oben.

Die mit Teppichboden belegten Treppenstufen gaben nicht das leiseste Knarren von sich. An der Wand hingen einige geschmacklose Aquarelle mit Motiven von der Insel Santorini. Im Obergeschoss blieb Hildur kurz stehen. Durch das große Dachfenster fiel schön gefiltertes Licht herein, das eine friedliche Stimmung schuf. An der längsten Wand des geräumigen Flurs standen ein schwarzes Ledersofa und ein weißer Hocker mit einem Polster aus Schafsfell. Zu der Sitzgruppe gehörten außerdem zwei grellrote Ledersessel und ein zierlicher kleiner Beistelltisch. In der Ecke des einen Sessels bemerkte Hildur ein schwarzes Stückchen Tuch. Sie griff danach und hielt es sich vor die Augen: Ein kleiner Slip aus Spitze, mit mehr Löchern als Stoff. Hildur steckte ihn in einen verschließbaren Plastikbeutel.

Auf dem Beistelltisch lagen drei zerknüllte Papiertaschentücher. Hildur legte auch sie einzeln in Plastikbeutel. Möglicherweise fand sich an ihnen DNA. Wenn nötig, können wir sie zur Untersuchung nach Reykjavík schicken, überlegte sie und durchsuchte den Rest des Flurs.

Dann betrat sie das spärlich möblierte Arbeitszimmer. Ein schwarz gestrichener Schreibtisch und zwei Lederstühle. An einer Wand ein deckenhohes Bücherregal. Hildur verschaffte sich einen raschen Überblick über den Inhalt: Eine Schachtel mit Ladegeräten und Kabeln. Islandsagas, Biografien, Vogelbücher und alte Atlanten. Nichts, was auf den ersten Blick ihr Interesse geweckt hätte.

An der Ecke des Schreibtischs standen ein kabelloser Drucker und ein Kästchen mit Stiften. Mitten auf dem Schreibtisch lag etwas Interessantes: ein silbergraues MacBook. Das Lämpchen am Ladegerät leuchtete grün und durch das Apfel-Logo schimmerte Licht. Der Laptop war eingeschaltet. Hildur klappte den Bildschirm auf. Auf dem Monitor erschienen eine exotische Unterwasserlandschaft und ein kleines Fenster für das Passwort.

Auf gut Glück gab Hildur das erste aus vier Ziffern bestehende Passwort ein, das ihr in den Sinn kam. 1234. Das Bild vibrierte: falsches Passwort. Sie machte einen neuen Versuch. 1111. Das Gerät schien einen Augenblick lang nachzudenken, doch dann vibrierte das Bild wieder. Falsches Passwort. Dann 0000. Wieder falsch. Soweit Hildur sich erinnerte, war die Zahl der Versuche bei den Laptops von Apple nicht begrenzt.

Das Passwortfenster starrte sie fordernd an. Als Passwort kam alles Mögliche in Frage. Wenn es sich nicht um eins der offensichtlichsten handelte, war es unmöglich, die richtige Ziffernfolge zu erraten. Hildur dachte nach.

Hermann hatte großen Einfluss besessen. Er war sozusagen die Wunderlampe des Dorfs gewesen, ein Mensch, der viele Wünsche erfüllen konnte, wenn er wollte. Vielleicht hatte er geglaubt, unverwundbar zu sein? Jemand, dem keiner zu trotzen wagte. Er hatte ja auch seine Haustür nicht abgeschlossen.

Hildur drückte die Leertaste und Enter.

»Verdammter Mist«, fauchte sie. Das Bild vibrierte erneut. Ihre Vermutung, Hermanns Laptop hätte gar kein Passwort, hatte sich als falsch erwiesen.

Die IT-Spezialisten in Reykjavík würden das Passwort vielleicht knacken können, doch das würde Zeit kosten. Hildur durchsuchte jede Schreibtischschublade in der Hoffnung, eine Passwortliste zu entdecken. Überraschend viele Menschen schrieben ihr Passwort auf Papier und bewahrten es griffbereit auf. In den Schubladen fand sich jedoch nichts dergleichen. Nicht einmal ein Kalender oder ein Adressbuch. Hildur dachte über ihre eigenen Passwörter nach und hatte eine Idee. Sie überprüfte in ihren Notizen Hermanns *kennitalan*, eine Serie aus zehn Ziffern, die aus dem Geburtsdatum und einer vierstelligen Kennnummer bestand.

Bingo! Hildur lächelte zufrieden. Das Passwort war Hermanns Geburtstag, der vierte Juni.

Sie würde den Inhalt des Computers an ihrem Arbeitsplatz genauer überprüfen, konnte es sich aber nicht verkneifen, einen Blick auf die offenen Fenster zu werfen. Allem Anschein nach war der Laptop nämlich in aller Eile zugeklappt worden. Hermann hatte offenbar vorgehabt, bald wieder an seinen Computer zurückzukehren, denn viele Programme waren geöffnet geblieben, darunter das Mailprogramm und das Messenger-Fenster bei Facebook. Auch das Fenster des Preview-Programms, mit dem man Fotos anschauen konnte, war aktiv. Hildur klickte es an und schreckte zusammen.

Auf dem Monitor erschien eine Fotoserie, bei der es sich keineswegs um ein normales Ferienalbum handelte. Hildur blätterte die Aufnahmen schnell durch, es waren etwa zwanzig. Alle Fotos waren am selben Ort gemacht worden und zeigten denselben Menschen, nur der Bildwinkel wechselte.

Hildur kannte die Frau auf den Fotos von den Joggingpfaden im Dorf, sie waren sich einige Male begegnet und hatten gelegentlich ein paar Worte miteinander gewechselt. Die Frau war Linda Jónsdóttir. Daran konnte kein Zweifel bestehen. Erst gestern, nach ihrem Besuch bei Hermanns Sekretärin Agnes, hatte Hildur sich ihr Profilbild bei Facebook angesehen. Darauf saß Linda mit ihrem Mann und ihrem Kind lächelnd auf der Terrasse eines Sommerhauses am Ufer irgendeines Fjords. Die Sonne strahlte am wolkenlosen Himmel.

Auf den Fotos, die nun auf dem Bildschirm zu sehen waren, saß dieselbe Frau in freizügigen Stellungen auf dem grellroten Ledersessel und präsentierte ihren Körper. Hildur erkannte den zur Seite gezogenen Slip. Er hatte dasselbe Spitzenmuster wie der, den sie gerade sichergestellt hatte.

16

FEBRUAR 2020 REYKJAVÍK

DÍSA

Die Schiebetür des Lebensmittelgeschäfts glitt quietschend zur Seite. Dísa wich der Pfütze im Windfang des Ladens aus und ging zielstrebig zu den Kühlregalen an der hinteren Wand. Hinter der Fleischtheke hing eine gelbe Uhr. Der Minutenzeiger war gerade über die Neun gekrochen, der Laden würde bald schließen. Sie war genau zur rechten Zeit gekommen. Natürlich kam sie zur rechten Zeit. Sie besuchte den Laden jeden Sonntag um dieselbe Uhrzeit. Am Montagmorgen trafen die neuen Warenlieferungen ein. Vorher wurden Lebensmittel, deren Verfallsdatum sich näherte, erheblich billiger verkauft. Diese rot ausgezeichneten Produkte fanden sich in dem Kühlregal an der linken Ecke und in dem Warenkorb davor.

Dísa musterte das Angebot des heutigen Abends. Magermilch zum halben Preis, vakuumverpackte Fischklößchen mit siebzig Prozent Rabatt. Eine Filzstiftmarkierung auf dem roten Aufkleber besagte, dass an der Kasse ein Drittel vom Preis der Leberpastete abgezogen würde. Dísa griff nach der Milch. Dann sah sie auf der Packung nach, bis wann die Leberpastete mindestens haltbar war. Bis morgen. Das Mindesthaltbarkeitsdatum war nicht so wichtig. Das Essen war noch mehrere Tage, manchmal sogar

Wochen nach dem aufgedruckten Datum genießbar. Sie legte die Pastete in ihren Einkaufskorb und rechnete sich aus, dass sie damit ihr Pausenbrot für vier Tage belegen konnte. Für frische Ciabatta reichte ihr Geld nicht. Sie nahm stattdessen das billigste Knäckebrot.

Es gab Zeiten, in denen sie sich erlaubte, von sonnengetrockneten Tomaten zu träumen, von duftendem, frisch gebackenem Brot, der reichen Auswahl an der Käsetheke und von Saft mit reichlich Fruchtfleisch. Sie hatte jedoch gelernt, ihre Augen vor den Dingen zu verschließen, die sie nicht bekommen konnte. Im Laden blickte sie nicht zur Seite und ignorierte die verlockend präsentierten Delikatessen.

An der Kasse reichte Dísa dem Jungen, der dort arbeitete, einen Tausendkronenschein und eine Handvoll Münzen. Der Junge nahm das Kleingeld widerwillig entgegen.

»Haben Sie es wirklich nicht größer? Dauert ja ewig, das Klimpergeld zu zählen.«

Dísa stand an der Kasse und sah den Jungen an. Ihr Magen krampfte sich zusammen. Sie grub ihre Fingernägel in die Handflächen, fest entschlossen, vor diesem Pickelgesicht nicht zu flennen. Stumm schüttelte sie den Kopf und blickte dem Jungen in die Augen. Er murmelte etwas vor sich hin, doch Dísa versuchte gar nicht erst, seine Worte zu verstehen. Sie zog einen Baumwollbeutel aus ihrer Manteltasche, packte ihre wenigen Einkäufe ein und verließ den Laden mit pochendem Herzen.

Sie spürte, wie die Wut in ihr zu brodeln begann. Natürlich hätte sie gern einen glatten Zehntausendkronenschein aus ihrer Brieftasche gezogen! Sie hätte ihn der Person an der Kasse gereicht und sich beiläufig entschuldigt, dass sie es diesmal leider nicht kleiner hatte. Noch toller wäre es, eine Kreditkarte zu besitzen, die sie mit eleganter Ausdruckslosigkeit an das Lesegerät halten könnte. Eine silbergraue Karte, auf die ihr Name geprägt wäre. Aber so eine konnte sie ja nicht bekommen. In schlechteren Zeiten hatte sie Dummheiten gemacht und ihre Kreditwürdigkeit verloren. Vorläufig würde ihr keine Bank eine Kreditkarte bewilligen.

Dísa drückte den Baumwollbeutel an sich und bog an der Kreuzung nach links ab. Die Bushaltestelle war schon zu sehen. Ihre Einkäufe waren mager, aber mehr konnte sie sich im Moment nicht leisten. Wenn sie ihre bescheidenen monatlichen Kosten – die Miete für ihre winzige Kellerwohnung, die Busfahrkarte und die Telefonrechnung – bezahlt hatte, blieb ihr nur noch sehr wenig Geld. Zur Tafel zu gehen, wollte sie um jeden Preis vermeiden, denn es erinnerte sie zu sehr an die Vergangenheit. Sie hatte beschlossen, für sich selbst zu sorgen, und wusste, dass sie dazu fähig war.

Dísa trat gegen einen Stein. Er knallte gegen die Glaswand der Bushaltestelle und flog auf die Straße.

Der picklige Junge hätte freundlich zu ihr sein können, er hätte ihre Münzen höflich und ohne Widerspruch annehmen können. Sie musste ihm eine Lehre erteilen, die er nicht vergessen würde. In Dísas Kopf nahm eine Idee Gestalt an. Sie war sich schon ziemlich sicher, wie sie vorgehen würde. Sie würde so handeln, wie sie es in diesen Situationen immer tat. Zuerst würde sie einen Plan machen und ihn dann Schritt für Schritt verwirklichen. Der Junge würde sein Verhalten noch bereuen. Alle, die ihr Unrecht getan hatten, sollten es noch bereuen.

17

FEBRUAR 2020 ÍSAFJÖRÐUR

Am nächsten Morgen betraten Beta, Hildur und Jakob die wackligen Stufen der Metalltreppe, die über den gut einen Meter hohen Steinwall zum Sandstrand führte. Die aus großen Felsbrocken bestehende Barriere war vor zwanzig Jahren am Nordufer des Dorfes errichtet worden, um die Gebäude und die Geh- und Radwege vor starkem Seegang zu schützen. Heute war es windstill. Das Wetter wirkte so schön, dass sie beschlossen hatten, ihre Morgenbesprechung im Freien zu halten.

»So komme auch ich mal an die frische Luft«, sagte Beta. Mit zwei Kindern im Vorschulalter, dem Job als Polizeichefin und einem berufstätigen Ehemann blieb ihr kaum Zeit für Freizeitaktivitäten. Vielleicht später einmal, wenn die Kinder größer waren.

Beta stieg als Erste von der Treppe auf den Strand. Die Gezeitenunterschiede an den Fjorden waren riesig. Bei Ebbe ließ es sich auf dem zweihundert Meter breiten Sandstrand gut spazieren gehen. Kleine Wellen spülten über den hellen Sand.

»Ich habe mit Axt-Hákon gesprochen. Die Ergebnisse der kriminaltechnischen Untersuchung und der Obduktion kommen frühestens morgen.«

Hildur sah ihre Chefin fragend an. »Frühestens?«

»Ja. Er musste zuerst die Leiche des Mannes untersuchen, der mit seinem Kleinflugzeug abgestürzt war.«

Die Maschine war in Reykjavík gestartet und hatte Kurs nach Westen genommen, auf die Gemeinde Rif an der Nordküste der Halbinsel Snæfellsnes. Schon nach kurzem Flug hatte die Maschine plötzlich Höhe verloren und war ins Meer gestürzt. Beta berichtete, das Wetter sei nach dem Absturz so schlecht gewesen, dass die Taucher sich dem Wrack erst einige Tage nach dem Unglück hätten nähern können.

»Axt-Hákon sagt, in all seinen Jahren als Rechtsmediziner hätte er noch nie etwas so Entsetzliches gesehen. Aller Wahrscheinlichkeit nach hieß der Pilot Guðlaugur Emilsson. Das Dumme ist nur, dass die Fische Löcher in die Leiche gefressen haben. Vom Gesicht war praktisch nichts mehr übrig«, erklärte sie.

Die Identität des Piloten musste dennoch eindeutig festgestellt werden. Emilsson hatte weder Tätowierungen noch große Muttermale gehabt, an denen man ihn erkennen konnte, und in den Datenbanken der Polizei waren unter seinem Namen keine Fingerabdrücke oder DNA registriert. Axt-Hákon musste den Toten wahrscheinlich anhand seiner Zähne identifizieren, und das kostete Zeit.

Beta merkte, dass Hildur zurückgeblieben war, und drehte sich nach ihr um. Hildur sah Jakob und Beta frustriert an.

Das Wetter hatte plötzlich umgeschlagen. Vom Meer wehte heftiger Wind.

»Muss man inzwischen auch die Toten priorisieren?«, schnaubte Hildur.

Beta erklärte achselzuckend, es gehe eben nicht anders, aber sie könnten die Wartezeit nutzen, um andere Punkte zu klären.

»Ihr wart gestern in Hermanns Haus?«

Jakob zählte auf, was sie dort gefunden hatten. Viagra und Amateurpornografie. Hildur schilderte ihren Besuch in Hermanns Büro und berichtete, dass sie die Anwohner an der Straße zum Skigebiet befragt habe.

»Dabei hat sich nichts Neues ergeben. Niemand hat ein Auto bemerkt, das spät am Freitagabend vom Skigebiet heruntergekommen ist.«

Beta dachte über das Gehörte nach. Freitags trafen sich die Leute, um den Abend miteinander zu verbringen. Zum Essen trank man ein bisschen Wein und danach vielleicht auch ein Glas Cognac. Die Häuser lagen ein wenig abseits von der Straße. Dass niemand etwas bemerkt hatte, musste also nichts heißen.

Hermanns Laptop würde zur genaueren Untersuchung an die IT-Spezialisten in Reykjavík geschickt werden, aber vor der Morgenbesprechung hatten Jakob und Hildur sich einen groben Überblick über den Inhalt verschafft. Außer den Fotos hatten sie hauptsächlich Sitzungsprotokolle und Notizen gefunden.

»In den Mails gab es eine verdammt interessante Sache«, sagte Jakob.

Sie gingen dicht nebeneinander am Strand entlang, damit sie sich gegenseitig hörten. Das Meer war zumindest vorläufig noch ruhig, aber selbst eine kleine Bewegung des Wassers verursachte ein Rauschen, das alle anderen Geräusche übertönte. Jakob erzählte von einer unvollendeten Mail, die Hermann geschrieben hatte.

»Die Mail im Entwürfe-Ordner war am Morgen desselben Tages geschrieben worden. Im Anhang waren diese selbstgemachten Pornobilder, und in der Nachricht stand … wie hieß es noch …« Jakob sah Hildur um Hilfe bittend an.

»›In unserem gemeinsamen Interesse könnte Zusammenarbeit das Beste sein‹«, zitierte Hildur den Text.

»Für wen war die Mail bestimmt?«, fragte Beta rasch. Sie hielt die Information für äußerst wichtig.

»Der Name des Empfängers stand noch nicht da, aber vermutlich sollte die Mail an Björn gehen, den Mann von Linda, die auf den Fotos posiert«, meinte Hildur.

Beta dachte kurz nach. Die Mail war ein Erpresserbrief. Hermann schien dergleichen erstaunlich sorglos zu verschicken. Von einem normalen gmail-Account ohne jeden Schutz. Jakob nickte und berichtete, dass Hermann sich seinem Browserverlauf nach nicht einmal die Mühe gemacht hatte, ein Inkognito-Fenster für privates Surfen zu verwenden.

»Er hat ziemlich viel auf Pornoseiten gesurft. Allerdings auf ganz normalen.«

Nichts, was Beta gerade zu hören bekam, überraschte sie. Sie wohnte schon so lange im Dorf, dass sie alle, die in öffentlichen Funktionen tätig waren, vom Namen und vom Gesicht her kannte. Die meisten kommunalen Entscheidungsträger, Unternehmenschefs und Instagram-Promis des Dorfes waren ihr zumindest entfernt bekannt. Hermann hatte sie gleich nach ihrem Umzug nach Ísafjörður kennengelernt. Er hatte sie auf der Polizeistation hofiert, ihr Blumen geschickt und sie zum Essen eingeladen. Beta war jedoch auf der Hut gewesen, denn man hatte sie bereits vor Hermann gewarnt. Es hieß, man würde sich schnell in seinem Netz verfangen und darin krepieren. So hatte Beta alle Annäherungsversuche höflich, aber resolut abgewehrt. Sie hatte viele Geschichten gehört, wonach man in der Region kein Unternehmen gründen konnte, wenn man die Sache nicht zuerst mit Hermann besprach. Andernfalls hätte er Firmen, die er für schädlich hielt, notfalls mit schmutzigen Tricks vom Markt gefegt. Beta erzählte weitere Einzelheiten über Hermann. Hildur als Ortsansässige kannte sie sicher schon, aber für den finnischen Praktikanten waren sie neu.

Hermann war in Ísafjörður geboren. Er hatte ein Elite-Gymnasium in Reykjavík besucht und danach in London Betriebswirtschaftslehre studiert. Beta erinnerte sich an einen alten Zeitungsbericht, in dem es hieß, Hermann habe einige Jahre bei Investmentbanken in der Londoner City gearbeitet und sei dann mit einer Menge Geld in sein Heimatdorf zurückgekehrt.

Dem Reporter hatte Hermann erzählt, er habe sich nach der Ruhe der ländlichen Umgebung und nach seinem wunderschönen Heimatland Island gesehnt. Beta hatte kein Wort von seinen klischeehaften Ausschweifungen geglaubt. Sie war überzeugt, dass Hermann nach Ísafjörður zurückgekehrt war, um ein großer Fisch in einem kleinen Teich zu werden. In einer Großstadt war es erheblich schwieriger, eine einflussreiche Position zu gewinnen.

Die drei blieben am anderen Ende des Strandes stehen und beobachteten die Fischtrawler auf dem Meer. Am blauen Himmel waren völlig überraschend graue niedrig dahinziehende Wolken aufgetaucht. Beta spürte den aufkommenden Ostwind und ein paar Regentropfen.

»Die Frau auf den Fotos, die ihr auf Hermanns Laptop gefunden habt – seid ihr euch ganz sicher?«, fragte Beta.

»Ja. Es ist Björns Frau.«

»Und die Papiere des Bauausschusses in Hermanns Büro?«

Hildur fasste den Inhalt der Papiere, die sie am Morgen gelesen hatte, kurz zusammen. Das Projekt der Hafenerweiterung war schon in mehreren Sitzungen durchgekaut worden. Man hatte neue Berichte in Auftrag gegeben und Kostenvergleiche angestellt. In der letzten Sitzung hatte Björn eine abweichende Meinung zu Protokoll gegeben. Die Ausbaufläche war in der Planung absichtlich auf knapp unter fünf Hektar bemessen, damit man keine Umweltgenehmigung zu beantragen brauchte. Björn hatte solche Trickserеien für unnötig gehalten. Seiner Meinung nach wäre es besser, die Genehmigung zu beantragen.

»Wenn Björn von seinem Standpunkt abgerückt wäre, hätte der Ausschuss in der nächsten Sitzung für das Projekt stimmen und es danach vom Gemeinderat absegnen lassen können. Die Unterlagen erwecken den Eindruck, dass Björn das Projekt blockiert hat. Darüber hat Hermann sich vermutlich geärgert.«

Beta nickte langsam und überlegte. Sie fragte Jakob, was er von der Sache hielt.

Im Wind wurde es allmählich kühl. Jakob klappte den Pulloverkragen hoch, um seinen Hals zu schützen.

»Björn hatte sich gegen Hermann gestellt. Dann finden sich auf Hermanns Computer Aktfotos von Björns Frau. Das dürfte kein Zufall sein.«

Beta nickte. Sie war derselben Meinung.

»Wir müssen die beiden so bald wie möglich befragen. Björn natürlich auch, aber zuerst Linda.«

»Ist schon in Arbeit. Linda kommt …«, sagte Hildur und warf einen Blick auf ihre Sportuhr, »in einer Stunde zur Befragung.«

Beta starrte auf das Meer. Sie durfte nicht vergessen, ihre Kinder heute früher als sonst aus der Kita zu holen, damit sie es rechtzeitig zur musikalischen Früherziehung schafften. Die Musikschule war eine Idee ihres Mannes gewesen, aber sie war diejenige, die sich um den Transport der Kinder kümmern musste.

Außerdem würde die Fahrerei zu den Freizeitaktivitäten künftig nur schlimmer werden. Davon war sie überzeugt. Hoffentlich begeistern die Kinder sich nicht für Fußball, dachte sie. An sich hatte Beta nichts gegen Fußball, aber bei den betroffenen Familien verschlangen die sommerlichen Turniere mit den dazugehörigen Reisen einen Löwenanteil der Sommerferien. Auf dem Land zu wohnen, bedeutete endlose Fahrerei. Beta dachte an ihre Nachbarin, deren Kinder schon in die Sekundarstufe gingen und mit Leib und Seele Fußball spielten. Die Nachbarin hatte ihr von den Fahrten erzählt, die im Sommer anstanden. Zuerst im Juni für eine Woche in den Norden, danach achthundert Kilometer weit nach Osten, ein paar Turniere in der Hauptstadtregion und ein einwöchiges Turnier auf den Westmännerinseln, die nur mit dem Schiff zu erreichen waren.

Beta war schon beim Zuhören der Schweiß ausgebrochen. Gedankenverloren blickte sie auf den Sandstrand.

»Was bedrückt dich?«

Beta schrak auf. Sie hatte gehört, dass Hildur etwas gefragt hatte, war sich aber nicht sicher, worum es ging. Sie sah Hildur entschuldigend an.

»Alles in Ordnung«, antwortete sie.

Sie hätte damit rechnen müssen, dass Hildur nachfragen würde. Hildur konnte Situationen unglaublich schnell einschätzen. Schon wenige Tage nach ihrer Rückkehr aus Reykjavík hatte sie gespürt, dass etwas nicht stimmte. In Betas Privatleben war eine große Veränderung eingetreten. Ihr Mann musste beruflich oft verreisen, und im Dezember war Beta der Verdacht gekommen, dass bei den Reisen nach Reykjavík mehr auf dem Programm stand als Sitzungen und Projektentwicklungsbesprechungen.

Zum ersten Mal war der Verdacht erwacht, als Beta Rechnungen von ihrem gemeinsamen Konto bezahlt hatte. Dabei hatte sie gesehen, dass ihr Mann seine Debitkarte häufig in ein und demselben Lokal verwendet hatte: in dem eleganten Steakrestaurant Grillmarket im Zentrum von Reykjavík. Beta hatte die relativ hohen Summen mit den Preisen auf der Speisekarte des Restaurants verglichen und war bald zu dem Schluss gekommen, dass sie einem Abendessen für zwei Personen entsprachen. Sie hatte ihren Mann nicht gleich danach fragen wollen. Anfangs dachte sie, er sei vielleicht mit Kollegen essen gegangen. Im Januar wurden die Dienstreisen länger und häufiger. Ihr Mann hatte erklärt, in der Endphase der Projektentwicklung gehe es hektisch zu. Es gab nur einfach zu viele Zufälle. Sein Handy war abends oft ausgeschaltet, angeblich, weil der Akku leer war. Er schaffte sich neue Kleidungsstücke an, die von seinem bisherigen Stil abwichen.

Sie hatten zwei lebhafte Söhne, waren beide beruflich sehr eingespannt und hatten kaum gemeinsame Freizeit. Beta hielt das, was passiert war, nicht für verwunderlich. In ziemlich vielen langjährigen Beziehungen kam es so. Manche Paare trennten sich, andere blieben trotz der Seitensprünge zusammen. Es fiel ihr nur schwer, die Sache zur Sprache zu bringen. Wenn man darüber sprach, wurde sie wirklicher. Also hatte Beta beschlossen, den leichteren Weg zu wählen und das Ganze vorläufig auf sich beruhen zu lassen.

Jetzt konnte sie ohnehin nicht darüber nachdenken, denn sie musste sich auf die Ermittlungen im Mord an Hermann konzentrieren. Nach der gestrigen Pressemitteilung hatte sie fast pausenlos Anrufe von Reportern bekommen, inzwischen auch aus dem Ausland. Die Fragen, die der Korrespondent des schwedischen Fernsehsenders SVT ihr am Morgen gestellt hatte, ließen darauf schließen, dass er an einem spekulativen Artikel über das Aufkommen politischer Gewalt in dem bisher als Idylle geltenden Island arbeitete. Beta hatte sich bemüht, seine unnachgiebigen Fragen vorsichtig und diplomatisch zu beantworten. Sie wollte kein Öl ins Feuer gießen, aber lügen durfte sie auch nicht. Und mit allzu vagen Antworten hätte der Journalist sich nicht zufrieden gegeben.

Beta blickte ein Stück über die Uferlinie hinaus. Um den Abfluss des Kanalisationsrohrs hatte sich ein rastloser Möwenschwarm versammelt. Das Abwasser des Dorfes wurde immer noch direkt in den Fjord geleitet, und die Vögel lauerten auf Essensreste, die manche Bewohner achtlos in die Toilette kippten. Die kommunale Abwasserentsorgung war nicht gerade rühmenswert.

»Wann bekommen wir wohl eine Kläranlage?«, überlegte sie.

Auch Hildur warf einen Blick auf den Vogelschwarm.

»Nie. Für die Scheiße, die nicht im eigenen Garten stinkt, interessiert sich keiner.«

Beta schüttelte den Kopf. Hildur hatte recht, auch wenn sie sich manchmal ziemlich grob ausdrückte. Um Wählerstimmen zu gewinnen, war es sinnvoller, eine neue Sporthalle zu versprechen als eine Kläranlage.

Leichter Nieselregen fiel ihnen schräg ins Gesicht. In diesem Teil der Welt fiel der Regen äußerst selten senkrecht. Oft blies der Wind die Tropfen waagerecht durch die Luft.

Vor der alten Krabbenfabrik standen einige Arbeiter. Sie hatten ihre Schutzmasken unter das Kinn gezogen und rauchten. Beta nickte ihnen zu.

In der Fabrik wurden offenbar weiße Hygienemasken verwendet, auch wenn keine offizielle Maskenpflicht bestand. Aber die würde vermutlich bald eingeführt werden. Beta vermutete, dass das Corona-Virus, das sich von China aus in der Welt verbreitet hatte, noch viel Schaden anrichten würde. Bestimmt gab es mehr Erkrankte als die wenigen, von denen bisher berichtet worden war. Wenn sich die Lage verschlechterte, würden vermutlich auch die Dienstreisen ihres Mannes weniger werden. Beta wusste nicht, ob das gut oder schlecht war. Sie schüttelte den Gedanken ab.

Plötzlich merkte Beta, dass sie Hildurs Schritte nicht mehr hinter sich hörte.

»Hey, wartet mal«, rief Hildur. Sie war stehen geblieben und starrte Beta und Jakob an. »Mir ist gerade etwas eingefallen.«

Beta warf einen Blick auf den Berg, der hinter Hildur aufragte. Hier im Dorf fiel der Niederschlag in Form von Regen, aber oben im Gebirge war es bestimmt kälter. Sie hatte sich schon über den nahenden Frühling gefreut, doch vielleicht war ihre Freude verfrüht.

Hildur sah zuerst Beta und dann Jakob in die Augen. Anschließend wanderte ihr Blick nach oben und blieb an etwas haften, was Beta nicht sah.

»Das Flugzeug, das ins Meer gestürzt ist. Ich habe so ein seltsames Gefühl. Was, wenn es gar kein Unfall war?«

18

1987 WESTFJORDE

SIEBEN JAHRE VOR RÓSAS UND BJÖRKS VERSCHWINDEN

Es zischte laut, als Rakel ein Stück zimmerwarme, weiche Butter in die Pfanne gab. Mit der Spitze des Holzspatels schob sie das Butterstück über die glatte Fläche. Ein leichter Fettgeruch füllte die Küche.

Rakel goss die geschmolzene Butter zum Abkühlen in eine Schüssel. Dann nahm sie den Haferbrei, der vom Frühstück übrig geblieben war, und knetete ein paar Handvoll mit Backpulver vermischtes Mehl und eine Prise Zucker hinein. Sie beugte sich vor, um einen Löffel aus der Küchenschublade zu nehmen.

Die Katze, die ihr um die Beine gestrichen war, wich sofort aus. Sie ahnte die Bewegungen ihres Frauchens voraus. Die schwarze Katze hatte rund um die Schnauze einen weißen Fleck, deshalb wurde sie *Rjómi* – Sahne – genannt. Sie hatten Sahne vom Nachbarhof bekommen. Die Nachbarin Helga hatte mit ihren Schafen alle Hände voll zu tun gehabt, und Rakel war mehrere Tage nacheinander zu ihr gegangen, um beim Scheren der Frühjahrswolle zu helfen. Rósa hatte im Pausenraum des Schafstalls geschlafen, und Hildur hatte geholfen, die Wolle in Säcke zu packen. Als Hildur das Katzenjunge mit der weißen Schnauze gesehen hatte, das in einem Korb im Pausenraum spielte, hatte sie es sofort ins

Herz geschlossen. Helga hatte gesagt, das Kätzchen dürfe zu den Nachbarn ziehen, wenn Rakel nichts dagegen hatte. Rakel hatte gelächelt und das Kätzchen unterm Kinn gestreichelt. Es war gut, einen Mäusefänger im Haus zu haben.

Rakel steckte den Holzlöffel mit dem schmalen Stiel in die Teigschüssel und begann zu rühren. Rundherum, rundherum, rundherum. Die Sonnenstrahlen des Spätsommers wärmten die Arbeitsfläche. Die Butter duftete, die Katze schnurrte, Rakel bereitete Pfannkuchen zu. Sie fühlte sich so ruhig wie schon lange nicht mehr.

Die Küchentür ging auf, und Hildur war im Begriff, hereinzulaufen. In ihren Schuhen – natürlich.

»Lass die Schuhe in der Diele.«

Hildur breitete die Arme aus und spielte die Verblüffte.

»Aber ich bin nur fünf Sekunden hier, ich bleibe nicht drinnen.«

»Trotzdem. Du bringst Dreck ins Haus, und ich habe gerade gefegt.«

Hildur trat ein paar Schritte zurück und bat um etwas zu trinken.

Rakel nahm ein kleines Glas aus dem Schrank und füllte es mit kaltem Wasser aus dem Hahn. Hildur hatte den ganzen Vormittag draußen verbracht. Ihre Wangen waren rot und ihre Haare windzerzaust. Sie trank das Wasser und wollte das Glas zurückgeben, überlegte es sich aber im letzten Moment anders.

»Kann ich das mitnehmen? Ich möchte Würmer darin sammeln.«

»Solange du sie nicht nach drinnen bringst«, rief Rakel ihr nach.

Hildur sah ihre Mutter von unten herauf an und schüttelte den Kopf über diese offenbar völlig abwegige Idee.

»Natürlich nicht. Die sind für die Vögel.«

Rakel musste lächeln. Wenn Hildur nicht am Strand bei den Vögeln war, verbrachte sie ihre Zeit bei den Pferden auf der Weide oder buddelte auf dem Hof Steine aus. Rakel hatte sich gelegentlich gefragt, ob es gut für das Kind war, immer allein zu spielen. In ihrem Tal gab es nur zwei Bauernhöfe. Das Dorfzentrum war weit entfernt, sie fuhren nur zum Einkaufen hin oder um in die Bibliothek zu gehen. Bald, wenn ihr drittes Kind zur Welt kam, würde sich das Leben im Haus wieder ändern.

»Ich backe gleich Pfannkuchen, also geh nicht zu weit weg. Ich rufe dich, wenn sie fertig sind.«

Von der Haustür kam ein Jubelschrei. Rakel wusste, dass Hildur die *lummur* liebte, die dicken kleinen Pfannkuchen, über die man Sirup goss und Zucker streute.

Rakel wartete darauf, dass die Haustür zufiel. Sie rührte den Teig, einige Sekunden verstrichen. Es war kein Geräusch zu hören. Hatte Hildur die Tür offen gelassen? Plötzlich spürte Rakel das vertraute Stechen im Kopf. Der Schmerz ließ sie auch diesmal nicht in Ruhe. Er fand immer einen Weg, sich anzuschleichen, an seine Existenz zu erinnern.

19

FEBRUAR 2020 ÍSAFJÖRÐUR

Hildur saß auf der vorderen Kante ihres Bürostuhls und biss von ihrem mit Thunfischpaste und Mayonnaise gefüllten Sandwich ab. Sie wartete darauf, dass sich am Telefon jemand meldete. Die nervige, betont muntere Warteschleifenmusik lief schon seit einer ganzen Weile. Ihr Brot war bald alle.

Beim letzten Bissen hörte sie, wie endlich jemand an den Apparat ging.

»Róbert«, brummte eine tiefe Stimme.

»Bei der Unfalluntersuchungsstelle, nehme ich an?«

Die isländische Sitte, sich am Telefon nur mit dem Vornamen zu melden, führte manchmal zu Verwechslungen. Nachdem sie eine bejahende Antwort erhalten hatte, erklärte Hildur ihr Anliegen. Sie wollte nähere Auskünfte über das Kleinflugzeug, das in der vorigen Woche ins Meer gestürzt war.

Beta hatte skeptisch reagiert, als Hildur über mögliche Gründe für den Absturz gesprochen hatte, und darauf hingewiesen, dass der Unfall sich weit weg von den Westfjorden ereignet hatte und sie sich deshalb nicht damit befassen sollten. Also hatte Hildur beschlossen, sich auf eigene Faust um die Sache zu kümmern. Von Axt-Hákon würde sie die Ergebnisse der Obduktion des Piloten bekommen, aber die näheren Umstände des Unglücks, eventuelle Schäden an der Maschine und andere Dinge, die möglicherweise zu dem Absturz beigetragen hatten, wurden von der Unfalluntersuchungsstelle überprüft, wie alle tödlichen Unfälle in Island.

»Ach Mädchen, das dauert noch wer weiß wie lange. Die Jungs haben den Leichnam erst vorgestern aus dem Wasser gefischt.«

Der Mann nuschelte, Hildur musste sich anstrengen, ihn zu verstehen. Sie presste das Handy ans Ohr und hoffte, Róbert würde den Mund ein bisschen weiter aufmachen. Ihr war klar, dass sie auf ihre nächste Frage keine Antwort bekommen würde, stellte sie aber trotzdem.

»Was ist mit der Maschine denn passiert?«

Der Mann lachte los. In das laute Gewieher mischte sich heftiger Husten. In ihrer Vorstellung sah Hildur Speicheltropfen durch die Luft fliegen. Unwillkürlich hielt sie das Handy ein wenig vom Ohr ab.

»Eine überraschende Böe. Oder vielleicht ein Herzinfarkt des Piloten. Vorläufig können wir nur raten.«

Dann legte der Mann eine kurze Pause ein und stellte eine deutlich artikulierte Frage.

»Wie war das noch, aus welchem Polizeibezirk rufen Sie an?«

Hildur antwortete und beeilte sich hinzuzufügen, ihr sei klar, dass die Sache ihren Bezirk nicht unmittelbar betraf, da das Flugzeug im Gebiet von Westisland abgestürzt war. Aber es gebe Gründe für ihre Fragen. Sie bemühte sich, mit ruhiger Stimme zu sprechen und dabei freundlich zu lächeln.

»Ich weiß, dass Sie viel zu tun haben und Anrufe von einer neugierigen Polizistin nicht unbedingt willkommen sind. Aber könnten Sie mich zurückrufen, wenn Sie mehr über den Fall wissen? Ich würde die Gedanken eines erfahrenen Ermittlers sehr schätzen.«

Nach einigen Sekunden Stille war ein schleimiges Hüsteln zu hören.

»Na klar, das mache ich gern. Hildur, richtig? Ein hübscher Name. Unter welcher Nummer erreiche ich Sie denn direkt?«

Hildur nannte ihm ihre Nummer, verabschiedete sich höflich von Róbert und wünschte ihm noch einen schönen Tag. Sie lächelte zufrieden. Es hatte sich offenbar gelohnt, die hilflose Frau in Not zu spielen.

An der offenen Tür räusperte sich jemand.

Die blasse, in eine langärmlige geblümte Tunika gekleidete Linda Jónsdóttir war fünf Minuten zu früh gekommen.

»Ich wusste nicht, wo man sich hier anmelden soll«, sagte sie mit dünner Stimme.

Hildur stand auf, stellte sich vor und führte Linda in den Besprechungsraum. Die kleine Polizeistation hatte keine separaten Vernehmungsräume, alle Gespräche wurden am runden Tisch im Besprechungszimmer geführt. Nur wenn der Befragte als gewalttätig bekannt war oder man damit rechnen musste, dass er fliehen würde, benutzte man die Zellen im Erdgeschoss.

Hildur dankte Linda für ihr Kommen und erklärte ihr, dass kein Verdacht gegen sie vorlag. Es gehe also nicht um eine Vernehmung, sondern um ein formloses Gespräch. Dennoch wirkte Linda weiterhin ausgesprochen nervös. Sie zupfte unruhig am Saum ihrer Tunika und atmete in kurzen, flachen Zügen.

»Ich kann uns Kaffee holen. Oder trinken Sie lieber Tee?«, fragte Hildur und bat Linda, am Tisch Platz zu nehmen.

»Kräutertee wäre gut, ohne Zucker. Danke.«

Hildur ging in die Küche und sah, dass Jakob gerade frischen Kaffee gekocht hatte. Sie hatten abgemacht, dass Hildur Linda allein befragen würde. Jakob konnte inzwischen Hermanns Bilddateien und Social-Media-Kanäle genauer untersuchen.

Hildur griff nach der braunen Teeschachtel, die im Regal über der Kaffeemaschine stand und bereits von einer dünnen Staubschicht bedeckt war. Tee wurde hier so gut wie nie getrunken.

Sie nahm ein gelbliches Päckchen heraus und inspizierte es skeptisch.

»Ist das Kräutertee?«

Jakob lachte auf, nahm ihr die Schachtel ab und holte einen einzeln verpackten roten Teebeutel heraus.

»Nein. Aber das hier.«

Hildur bedankte sich, machte in der Mikrowelle Wasser heiß und legte den Rooibos-Beutel in die Tasse. Tee- und Kaffeetasse in den Händen, ging sie in den Besprechungsraum zurück. Linda schwenkte den Teebeutel langsam in der Tasse hin und her. Ihre Hände zitterten leicht.

Es war schwer zu glauben, dass diese zitternde Kräuterteetrinkerin und die hemmungslose Frau auf den Fotos ein und dieselbe Person waren.

»Ich möchte Sie im Zusammenhang mit dem Tod von Hermann Hermannsson sprechen. Sie haben sicher schon davon gehört?«

Linda nickte und kniff die Augen zu.

»Eine traurige Geschichte, mein Beileid.«

»Was … aber was hat das mit mir zu tun?«, fragte Linda leise, beinahe flüsternd.

Hildur hob die Kaffeetasse langsam an den Mund und trank einen Schluck. Sie wollte Linda auf ihre Antwort warten lassen. Manchmal brachte eine kurze drückende Stille einen Menschen eher zum Reden als scharfe und exakte Fragen. Linda knetete unruhig ihre Finger. Ihre Mundwinkel hingen ein wenig herab. Sie fühlte sich sichtlich unwohl.

Hildur trank noch einen zweiten Schluck und spürte die Wärme des Kaffees in ihrer Speiseröhre. Dann stellte sie die Tasse ab.

»Unseres Wissens nach haben Hermann und Sie sich gekannt.«

Linda legte die Hände um die Teetasse und antwortete eine Spur zu schnell.

»Hier im Dorf haben ihn doch alle gekannt.«

Lindas Kinn hob sich ein wenig und ihre Augen wurden größer. Hildur nahm ihre wachsende Anspannung wahr. Einen Augenblick lang wirkte Linda wie ein fluchtbereites Pferd.

Hildur holte ein paarmal tief Luft und setzte eine verständnisvolle, aber unnachgiebige Miene auf. Sie wollte keine direkten Ja-oder-Nein-Fragen stellen, sondern Linda dazu bringen, ausführlicher über die Sache zu reden.

»Unseren Informationen nach hatten Sie eine intime Beziehung. Deshalb wollten wir mit Ihnen sprechen.«

Als die mühsam aufrechterhaltene Schutzmauer endlich nachgab, fiel sie schnell. Hildur sah, wie Linda zusammenbrach: Ihre Schultern sackten nach unten, und ihr fiel der Unterkiefer herunter. Sie wurde bleich. Dann schnappte sie nach Luft, legte beide Hände vor den Mund und beugte sich abrupt vor.

Geistesgegenwärtig griff Hildur nach dem Papierkorb und schob ihn der Frau hin.

Linda übergab sich. Ihr Mageninhalt platschte in den Papierkorb, aus dem ein stechender Geruch aufstieg. Hildur holte ein Päckchen Papiertaschentücher hervor, faltete ein Tuch auf und reichte es Linda. Nach einer kurzen Pause fragte sie, ob Linda sich auf der Toilette frisch machen wolle.

Linda nickte. Beim Hinausgehen sah sie Hildur an. Ihr Blick verwirrte Hildur. Sie hatte der Frau mit ihren Fragen wehgetan, las in ihren Augen aber neben Scham auch Dankbarkeit.

Fünf Minuten später kam Linda zurück, noch blasser als zuvor, die Finger um ein Papierhandtuch gekrampft.

»Herrgott. Ich dachte, niemand wüsste davon«, stammelte sie.

Hildur schwieg und sah die Frau ermutigend an. Sie vermutete, dass Linda bereit war, von sich aus alles zu erzählen.

»Wir sind uns vor ein paar Monaten beim Weihnachtsdinner

des Bauausschusses begegnet. Es ist ein alljährlicher Brauch, dass die Mitglieder des Ausschusses mit ihren Ehepartnern zum Essen ausgehen und das vergangene Jahr feiern. Ich war mit meinem Mann dort. Mein Mann und Hermann sitzen schon seit vielen Jahren in dem Ausschuss …«

Linda schilderte den Verlauf des Abends in allen Einzelheiten. Hildur hörte sich ihren Redestrom an, ohne sie ein einziges Mal zu unterbrechen.

Sie hatten im Hotelrestaurant zu Abend gegessen und dann in der Bar gegenüber weitergefeiert.

»Björn hatte zu dem Zeitpunkt schon ziemlich viel getrunken, und er beschloss, nach Hause zu gehen. Ich wollte noch eine Weile bleiben. Die Weile zog sich in die Länge, und ehe ich es merkte, waren alle anderen gegangen, außer Hermann und mir. Und dann führte eins zum anderen …«

Während Linda ihre Erinnerungen ausbreitete, wirkte sie jämmerlich und glücklich zugleich. Auf ihre blassen Wangen war ein wenig Farbe zurückgekehrt. In ihrer Stimme lag jedoch Reue, vielleicht auch Trauer.

»Hermann war so anders als alle anderen. Das heißt, ich habe ja keine anderen außer Björn gehabt, aber als Frau verstehen Sie vielleicht, was ich meine.«

Hildur war sich nicht ganz sicher, was sie verstehen sollte, sagte aber nichts, sondern lächelte nur ermutigend.

»Er war so … so unglaublich höflich und charmant. Abends hat er mir Gute-Nacht-Wünsche geschickt. Immer hat er mir die Tür aufgehalten, mir in den Mantel geholfen und gefragt, wie es mir geht. Er hat mir Blumen an den Arbeitsplatz geschickt, natürlich anonym, aber ich wusste, dass sie von ihm waren.«

Linda verstummte kurz. Dann begann sie leise zu schluchzen.

»Er hat mich wirklich *gesehen*. Er fand mich anziehend.«

Sie versuchte sich zusammenzureißen, atmete ein paarmal

ruhig ein und aus und trank einen Schluck Tee. Mit dem Papierhandtuch wischte sie sich die Tränen von den Wangen.

»Wann haben Sie sich zum letzten Mal getroffen?«

Linda überlegte kurz.

»Am Dienstag. Ein paar Tage vor ... vor seinem Tod. Björn hatte eine Sitzung in Reykjavík, war an dem Abend also nicht zu Hause.«

»Wo waren Sie?«

»Wir haben den Abend und die Nacht bei Hermann verbracht. Er wohnte allein, in seinem Haus waren wir ungestört. Er hat mir versprochen, dass wir uns ein paar Tage später wieder treffen würden.«

Linda schien in ihren Erinnerungen zu versinken. Ein leises Lächeln flog über ihr Gesicht, verschwand aber rasch, als ihr etwas aufging.

»Woher wussten Sie von unserer Beziehung?«

Hildur entschloss sich, offen zu sprechen. Sie erzählte, dass sie nach dem Mord Hermanns Haus durchsucht hatten.

»Dort haben wir sehr ... hmm ... persönliches Bildmaterial gefunden. Die Fotos sind Ihnen sicher bekannt.«

Linda wurde knallrot. Dann brach sie wieder in Tränen aus.

»Das kann nicht wahr sein! Es kann einfach nicht sein.«

Unter Tränen berichtete sie, dass Hermann ihr versprochen hatte, die Fotos wären nur für ihn selbst. Für einsame Abende, hatte er gesagt und geschworen, die Bilder in einer geschlossenen Datei auf seinem Handy aufzubewahren.

Hildur verschwieg ihr, dass sie die Fotos im Mailprogramm auf Hermanns Computer gefunden hatten.

Linda weinte trostlos. Sie schnäuzte sich geräuschvoll in das Papierhandtuch.

»Was denken die Leute jetzt ...? Was denken Sie jetzt von mir?«, seufzte sie.

Hildur ergriff die Hand der Frau und sagte mit möglichst fester Stimme:

»Ich denke nicht schlecht von Ihnen, glauben Sie mir. In meinem Job sieht man alles Mögliche, und manches davon ist ganz furchtbar. Sie hatten Spaß miteinander, und das ist nichts Böses. Außer mir und meinem Kollegen hat niemand die Bilder gesehen. Wir versuchen nur herauszufinden, was Hermann zugestoßen ist.«

Linda nickte, hielt die Augen aber immer noch fest geschlossen.

»Worüber haben Sie miteinander geredet? Hat Hermann Ihnen irgendwelche speziellen Fragen gestellt?«

Linda putzte sich erneut die Nase, setzte sich auf ihrem Stuhl zurecht und überlegte kurz, bevor sie antwortete. Sie hatten sich oft über Kochrezepte und Weine unterhalten. Im Gegensatz zu Björn hatte Hermann sich für solche Dinge interessiert.

»Vielleicht habe ich mich gerade deshalb in ihn verliebt.«

»Haben Sie jemals über Ihren Mann gesprochen? Beide waren ja politisch aktiv, aber in verschiedenen Parteien.«

»Er wollte immer mal über Björn reden, aber das hat mir nicht so gefallen.«

Linda wirkte zusehends unruhig. Sie wand sich nervös auf ihrem Stuhl und hatte die Augen wieder geschlossen. Ihre Hände lagen zu Fäusten geballt auf dem Tisch.

»Es ist mir ein bisschen peinlich, aber … Er sprach oft über Björn, wenn wir im Bett waren. Vielleicht hat ihn das besonders erregt – also, die Tatsache, dass ich gerade Björns Frau bin. Das war mir unangenehm, aber ich habe nichts gesagt, weil er ansonsten so nett und aufmerksam war.«

Hildur nickte und fragte, ob Hermann auch in anderen Situationen über Björn gesprochen habe.

»Nein, eher nicht. Sie kannten sich ja aus der Kommunalpolitik, und ich interessiere mich überhaupt nicht für Politik. Ich glaube nicht, dass ich irgendetwas über Björn weiß, was Hermann interessieren würde … oder interessiert hätte.«

Hildur überlegte. Linda wirkte herzensgut, aber vielleicht ein wenig naiv. Hildur hatte den Verdacht, dass sie ohne ihr Wissen zur Schachfigur im Kampf zwischen den beiden Männern geworden war. Es war natürlich ärgerlich, dass bei der Nachricht, die sie in Hermanns Mail gefunden hatten, der Empfänger fehlte, aber die Situation wirkte auch so ziemlich klar: Hermann hatte vorgehabt, Björn zu erpressen.

»Es tut mir leid, dass ich Ihnen diese Frage stellen muss. Wir stellen sie jedem, der auch nur das Geringste mit dem Fall zu tun hat. Wo waren Sie in der Zeit zwischen Freitagabend und Samstagmorgen?«

Linda blinzelte verdutzt. Sie strich sich die Haare hinter die Ohren und dachte kurz nach.

»Ich war zum Nähkreis bei einer Freundin. Irgendwann nach eins bin ich nach Hause gekommen.«

Linda nannte die Namen der Mitglieder des Nähkreises und erwähnte, dass sie ihm schon seit mehreren Jahren angehörte. Die Gruppe traf sich alle zwei Wochen, reihum bei einer der Frauen. Hildur gehörte selbst keinem Nähkreis an, wusste aber, worum es ging: Auch wenn man aus dem Namen etwas anderes hätte schließen können, bestand der Sinn und Zweck solcher Nähkreise vor allem darin, sich zu treffen, zu plaudern und den neuesten Klatsch und Tratsch auszutauschen. Hildur notierte sich die Kontaktdaten der anderen Frauen. Sie würde die Sache später überprüfen.

»Und Ihr Mann Björn?«

»Was ist mit ihm?«

»Wissen Sie, wo er an dem Abend war?«

»Er wollte ins Kino, in die Vorstellung um acht.«

Hildur nickte, trommelte mit dem Kugelschreiber auf den

Tisch und starrte auf ihre Notizen. Plötzlich schoss ihr etwas durch den Kopf.

»Sie haben gesagt, dass Björn am Freitag im Kino war?«

Linda sah Hildur ins Gesicht und nickte.

»Das hat er mir erzählt. Er wollte zu der Vorstellung um acht Uhr.«

Hildur nickte, sagte aber nichts. Sie musste Björn so bald wie möglich befragen. Im Dorfkino fanden nämlich seit Jahren freitags um acht keine Vorführungen mehr statt.

20

Nachdem Linda gegangen war, hatte Hildur ihren Ehemann telefonisch erreicht. Björn hatte sich in Hólmavík gemeldet. Er hatte gesagt, er sei bei einer Besprechung im Gemeindehaus des kleinen Dorfes und komme erst spät am Abend nach Hause. Das Küstendorf, das ein paar hundert Einwohner hatte, war nur ungefähr hundert Kilometer Luftlinie von Ísafjörður entfernt, aber da die Straße sich an den Fjorden entlangschlängelte, war der Weg mehr als doppelt so lang. Hildur hatte die Strecke unzählige Male zurückgelegt. Im Sommer brauchte man für die Fahrt zwei Stunden, auf den vereisten dunklen Straßen im Winter musste man mit drei Stunden rechnen. Daher hatten sie vereinbart, sich am nächsten Tag zu treffen. Es wunderte Hildur, dass Björn überhaupt nicht nach dem Grund ihres Anrufs gefragt hatte. Im Allgemeinen wurden die Menschen wachsam, wenn die Polizei anrief.

Na, morgen würde sie klüger sein. Hildur probierte ihre neuen Laufschuhe an. Sie hatte sie vor zwei Wochen beim Ausverkauf in einem Sportgeschäft in der Innenstadt von Reykjavík erstanden, nachdem ihr altes Paar bereits heillos zerschlissen war. Heute wollte sie die neuen Schuhe auf einer kurzen geruhsamen Joggingrunde einlaufen. Jakob hatte versprochen, ihr Gesellschaft zu leisten. Sie wollten zu Hildurs Tante Tinna joggen, die einige Kilometer außerhalb des Dorfzentrums wohnte.

Hildur liebte Hausmannskost, war aber keine großartige Köchin. Sie bekam es hin, ein Ei zu kochen und Kabeljau in der Pfanne zu braten, aber es gelang ihr selten, sich auf die Arbeit am Herd zu konzentrieren. Für eine einzige Person zu kochen, erschien ihr ohnehin zu mühsam. Da war es bequemer, fertige Fischklößchen zu kaufen und im Ofen aufzuwärmen oder zum Essen in die Pizzeria zu gehen.

Jemand klopfte zweimal an die Haustür. Dann wurde die Klinke heruntergedrückt und die Tür ging auf. Bei Bekannten blieb man nicht wartend vor der Tür stehen, sondern kam einfach herein. Der breitschultrige Jakob füllte den Türrahmen fast aus. Er hatte seine langen Haare im Nacken zusammengebunden und eine dicke Daunenweste über sein dünnes schwarzes Trikot gezogen.

Draußen war es noch nicht völlig dunkel, aber die Straßenlaternen an der Dorfstraße brannten bereits. Nur wenige Autos begegneten ihnen. Die meisten Dorfbewohner waren schon von der Arbeit nach Hause gekommen und konzentrierten sich gerade darauf, das Essen zuzubereiten und bei ihren Kindern die Hausaufgaben abzuhören.

Hildur warf einen Blick auf Jakob und beschleunigte ihre Schrittfolge ein wenig.

»Hat Axt-Hákon schon angerufen?«, fragte Jakob und erhöhte sein Tempo, um mit Hildur Schritt zu halten.

Hildur antwortete nicht gleich. Das zwei Wochen zurückliegende Flugzeugunglück ließ ihr keine Ruhe. Sie hatte beim Meteorologischen Institut die Wetterverhältnisse am Tag des Unglücks nachgeprüft und erfahren, dass es an dem Tag weder windig noch regnerisch gewesen war. Der Himmel war nicht einmal bewölkt gewesen. *Sahnewetter* war wohl die treffendste Bezeichnung für die Witterungslage an jenem Tag.

Sie näherten sich dem Schuppen, der zum Trocknen von Fischen diente. Seine löchrige Wand erinnerte an das Skelett eines großen

Tieres. Aus Kabeljau, Schellfisch und Gestreiftem Seewolf wurde im Winter der beliebte Stockfisch hergestellt. Die Fische wurden in den kalten Monaten getrocknet, in denen sie von Insekten verschont blieben. Unmittelbar unter freiem Himmel konnte man sie nicht trocknen, denn die Vögel hätten die Gelegenheit genutzt, sich satt zu fressen. Die beste Lösung war ein Schuppen mit löchrigen Wänden.

»Ich habe ihn angerufen, aber nicht wegen Hermann. Ich wollte ihn nach dem toten Piloten fragen.«

Jakob sah Hildur fragend an, sagte aber nichts.

Da der Pilot tödlich verunglückt war, musste die Todesursache rechtsmedizinisch untersucht werden. Axt-Hákon hatte Hildur berichtet, dass er keine Hinweise auf Gewalttätigkeit gefunden hatte. Über oberflächliche Hautverletzungen hatte er nichts sagen können, da Fische an der Leiche genagt hatten.

»Und was hat er über Hermann gesagt?«, fragte Jakob und wischte sich Schweißtropfen von der Stirn.

»Nichts.«

Axt-Håkon schätzte, dass er gleich morgen etwas berichten konnte. Sobald die Ergebnisse der Laboruntersuchungen vorlagen. Hildur war frustriert.

»Verdammt, wie lange man hier warten muss! Wenn wir in irgendeinem größeren Land wären, bräuchte sich nicht eine einzige Person um alles zu kümmern.«

Axt-Hákon war der einzige Pathologe und Gerichtsmediziner in Island und führte rechtsmedizinische Obduktionen an Toten durch, die einem Verbrechen zum Opfer gefallen oder unter unklaren Umständen gestorben waren. Wenn innerhalb einer Woche zwei Leichen angeliefert wurden, musste die eine warten, bis sie an der Reihe war.

Hildur schlug Jakob einen kurzen Endspurt vor. Sie wartete seine Antwort nicht ab, sondern legte so viel Tempo zu, wie sie nur konnte.

In ihren Beinmuskeln machte sich ein genüsslicher Druck bemerkbar. Das vertraute Brennen in der Lunge fühlte sich gut an. An der letzten Kurve der Straße, die in die Eigenheimsiedlung führte, war Jakob immer noch neben ihr. Seine Miene war gequält, aber er wollte offenbar nicht aufgeben. Sie kamen gleichzeitig ans Ziel und blieben eine Weile stehen, um Luft zu holen. Hildur bedankte sich für den guten Endspurt.

»Während du in Reykjavík warst, habe ich jeden Abend trainiert.« Jakob öffnete den Reißverschluss seiner Weste und ließ den Schweiß von der kühlen Brise trocknen.

»Machen wir im Sommer beim Marathon in Reykjavík mit?«

Jakob musste lachen.

»Ich dachte, du hasst große Sportveranstaltungen.«

Jakob hatte recht. Hildur wusste selbst nicht recht, warum sie ihm den Vorschlag gemacht hatte. Mit Jakob war vieles angenehmer als allein. Vielleicht würde sie bei dem Marathon eine Ausnahme machen, wenn sie zu zweit teilnähmen.

Hildur lehnte sich an einen Laternenpfahl und dehnte ihre Beinmuskeln. Sie merkte, dass Jakob sie anders ansah als zuvor. Er wirkte ein wenig verlegen.

»Woran denkst du?«

Jakob sagte nichts. Hildur ließ ihr Bein los und beendete die Dehnübung. Sie wartete auf Jakobs Antwort.

»Wie bist du eigentlich mit Freysis Tod fertiggeworden? Wir haben nie so richtig darüber geredet.«

Hildur stemmte die Arme in die Seiten und starrte Jakob an. Eine Weile stand sie schweigend da.

»Ich kann eigentlich nichts dazu sagen.«

Sie machte eine kurze Pause, bevor sie fortfuhr:

»Ich versuche nur, jeden Tag daran zu denken, dass er gestorben ist. Mir bewusst zu machen, dass er tot ist – tot, tot, tot.«

Hildur merkte, dass Jakob sie verwundert ansah.

»Je mehr ich daran denke, desto normaler wird es. Wenn ich ganz viel daran denke, werde ich es irgendwann leid, darauf herumzukauen, und dann tut es nicht mehr ganz so weh.«

Jakob nickte. Er schien sie zu verstehen.

»Aber pass auf, dass auch noch Platz für andere Gedanken bleibt.«

Hildur nickte lächelnd. Sie gingen auf Tinnas Haus zu.

»Es gibt etwas, das du wissen solltest, bevor wir hineingehen.«

Hildur blieb stehen.

»Während du in Reykjavík warst, bin ich an deinem Besuchstag ziemlich oft bei Tinna gewesen.«

»Das ist doch schön. Aber warum erzählst du mir das jetzt?«

Hildur drehte abwechselnd ihre Knöchel und machte kleine Sprünge, damit ihr vom Laufen warmer Körper nicht zu sehr auskühlte.

»Tinna erwähnt es bestimmt, und ich wollte nicht, dass du es zuerst von ihr hörst. Natürlich unterstelle ich dir nicht, dass du deshalb eifersüchtig bist, aber … Na ja, ich wollte es dir nur sagen.«

Jakob murmelte noch etwas vor sich hin, was Hildur nicht verstand. Seine Einfühlsamkeit rührte sie. Sie wussten wohl beide, wie es war, kaum einen Menschen um sich zu haben. Dann befiel einen leicht die Angst, auch das wenige zu verlieren, was man hatte.

»Danke. Ich weiß deine Aufmerksamkeit sehr zu schätzen«, sagte Hildur, klopfte Jakob leicht auf die Schulter und fuhr fort: »Ich freue mich, dass du meiner Tante Gesellschaft geleistet hast. Aber eins verstehe ich nicht.«

Jakob drehte rasch den Kopf und sah sie fragend an.

»Was ist das eigentlich für ein Quatsch mit diesen Steppwesten, warum sollte man so was tragen wollen? Das ist eine

Winterjacke ohne Ärmel. Ein seltsames Mittelding, wenn man sich nicht entscheiden kann, ob man ein T-Shirt oder eine Daunenjacke anziehen soll.«

Jakob lachte auf dem ganzen Weg zur Tür.

Tinna erwartete sie in der Diele wie immer. Die lange rote Schürze, die sie über ihrem Hausanzug trug, war an der Seite mit einer säuberlichen Schleife gebunden. Tinna breitete die Arme aus, zog Hildur an sich und drückte sie.

»Ich freue mich so, dass du wieder zu Hause bist«, seufzte sie. Dann legte sie die Hände um Hildurs Gesicht und küsste sie zweimal auf die linke Wange.

»Kind, du bist ja genauso mager wie vor deiner Reise. Hattest du da in der Hauptstadt denn gar keine Zeit zum Essen?«

Tinna wuselte um ihre Nichte herum, strich ihr über die Haare und über den Rücken.

Dann umarmte sie Jakob und klopfte ihm auf die Schultern.

»Und du, mein derzeitiger Lieblingsjüngling.«

»Na, na, schickt sich das?«, warf Hildur ein, während sie ihre Jacke aufhängte.

Tinna lachte nur.

Hildur und Jakob folgten ihr in die Küche und setzten sich an den Tisch, auf dem eine Tageszeitung lag. Das Kreuzworträtsel auf der Rückseite war zur Hälfte gelöst.

»Hattest du Besuch? Das Kreuzworträtsel ...«

Tinnas Wangen röteten sich. Sie machte sich noch emsiger als zuvor in der Küche zu schaffen, öffnete eine Schranktür nach der anderen und holte Geschirr hervor.

»Na ja. Ein Bekannter kommt manchmal vormittags vorbei. Ívar bringt die Zeitung mit und liest mir daraus vor.«

Nach Tinnas Miene zu schließen, handelte es sich um einen willkommenen Besucher. Das Kreuzworträtsel war sorgfältig ausgefüllt worden. Ívar hatte am oberen Rand angefangen und systematisch weitergemacht. Hildur entdeckte keinen einzigen Fehler, jeder Buchstabe stand exakt in seinem Kästchen, und jedes Wort war mit anderen Wörtern verknüpft. Sie wollte weitere Fragen stellen, doch ihre Tante unterbrach sie, indem sie die gekochten Kartoffeln auf den Tisch stellte.

Für Tinna war es Ehrensache, das Essen zu kochen und zu servieren, also überließen Hildur und Jakob es ihr, die Schüsseln auf den Tisch zu stellen. Kartoffeln, Rhabarbergelee, Soße und grüne Bohnen. Als Letztes holte Tinna einen knusprig braun gebratenen Lammbraten aus dem Ofen.

»Jakobs Leibspeise«, verkündete sie. Sie erzählte, sie habe Jakob eines Tages nach den Weihnachtsferien angerufen und zum Essen eingeladen. Sie hätten sich gut unterhalten, und Jakob habe viele lustige Geschichten aus Finnland auf Lager.

Hildur steckte die Gabel in den Braten und schnitt dicke Scheiben davon ab. Das Messer fuhr mühelos durch das hellbraune Fleisch.

Tinna schob ihnen das Glas mit dem Rhabarbergelee und die Schüssel mit den Bohnen hin. Sie sollten von allem nehmen, und zwar reichlich. Hildurs Tante kochte gern, Hildur aß gern – eine Win-win-Situation. Tinna tunkte ein Stück Fleisch in den Rhabarbergelee.

»Nun erzähl mal, wie es da im Süden war.«

Hildur berichtete von den zu flachen Wellen und den ständigen Verkehrsstaus im Hauptstadtgebiet. Ihre Tante nickte und verkündete mit der Gewissheit einer Frau im Rentenalter, das Leben sei wohl nirgendwo so schön wie hier an den Fjorden.

Vermutlich hatte sie recht. Hildur fühlte sich wohl. Sie betrachtete Jakob, der aufmerksam das Lammfleisch auf seinem Teller zerschnitt. Dann sah sie ihre Tante an, die immer zu ihr gehalten hatte. Das hier war ihre Familie. Für Familienbande brauchte man nicht immer die Biologie, gemeinsames

Tun und das Gefühl, zum selben Stamm zu gehören, waren viel wichtiger.

In diesem Stamm pflegte man nicht vom Tisch aufzustehen, ohne den Teller mindestens noch einmal nachgefüllt zu haben. Hildur schnitt routiniert weitere Scheiben vom Braten ab.

Tinna rutschte auf ihrem Stuhl herum und legte ihr Besteck auf den Teller. Hildur merkte, dass ihre Tante sich um einen sorglosen Ton bemühte, ihre Anspannung aber nicht ganz unterdrücken konnte.

»Hast du etwas über Rósa und Björk herausgefunden?«

Hildur schluckte einen Bissen herunter und erzählte ihrer Tante dann das, was sie auch Jakob schon berichtet hatte: Die Kleidung der Mädchen war noch genauer untersucht worden, doch dabei hatte sich nichts Neues ergeben.

Eine Weile saßen sie schweigend am Tisch. Aus dem Wohnzimmer waren die Fernsehnachrichten zu hören. Neues über die Corona-Fälle in Norditalien, über die weltweit sinkenden Börsenkurse und die aus dem Norden anrückende Sturmfront. Sie aßen ihre Teller leer und lauschten mit halbem Ohr der beruhigend gleichmäßigen Stimme des Nachrichtensprechers.

Als alle aufgegessen hatten, begann Hildur, das Geschirr abzuräumen.

Tinna winkte ab und forderte sie auf, sich wieder hinzusetzen.

»Es gibt noch Nachtisch.« Sie stand auf, um eine Kuchenplatte vom Beistelltisch zu holen.

Hildur erkannte den Nachtisch am Geruch. Ihre Tante hatte *hjónabandssæla* gebacken – Eheglück –, einen Streuselkuchen mit Rhabarberfüllung. Tinna stellte den Kuchen auf den Tisch und reichte Jakob den Tortenheber.

»Möchtest du das Rezept? Du könntest ihn bei passender Gelegenheit für deine Flugbegleiterin backen«, neckte sie.

»Wundere dich nicht, Jakob, alle wissen ja, dass ihr ein Paar seid, du und Guðrún. Meine Tante fragt durch die Blume, ob ihr schon über eure Verlobung gesprochen habt.«

Jakob hielt den kleinen Tortenheber in seiner großen Pranke, schnitt ein Stück Kuchen ab, schnaubte und schüttelte mit gespielter Erschütterung den Kopf. Hildur merkte jedoch, dass ihm das Thema nicht unangenehm war.

»Du brauchst nicht sofort zu antworten. Ich schlage erst die Sahne«, sagte Tinna und holte den Elektroquirl aus dem Schrank.

Bald hatten sie alle ein Stück Rhabarberkuchen und einen Berg Schlagsahne vor sich. Jakob schien in Gedanken versunken.

»Hör mal, Tinna. Als du den Rhabarber erwähnt hast, ist mir etwas eingefallen, das mir schon länger durch den Kopf geht«, sagte er.

Tinna wandte ihm das Gesicht zu. Wenn man sich mit ihr unterhielt, konnte man den Eindruck gewinnen, dass sie ihrem Gesprächspartner in die Augen blickte. Der Eindruck täuschte jedoch. Da Tinna erst in höherem Alter erblindet war, richtete sie den Blick aus alter Gewohnheit immer noch direkt auf ihr Gegenüber.

»Erinnerst du dich, dass wir im Herbst die alten Fotos angesehen haben?«

Tinna hatte damals Einzelheiten aus der Vergangenheit zu berichten gewusst, die sie auf die Spur einer Mörderin geführt hatten. Sie hatten hier am Tisch gesessen und sich Fotos aus Hildurs Jugendzeit angesehen.

»Damals hatten wir solche Eile und es passierte so vieles auf einmal, dass ich etwas vergaß, was mir auf einem der Bilder aufgefallen war. Es war das Foto, auf dem ihr beiden mit anderen Leuten zusammensitzt und Rhabarber klein schneidet.«

Tinna nickte.

»Könnte ich es mir noch einmal ansehen?«, bat Jakob und schob seinen Stuhl zurück. Tinna bedeutete ihm, sitzen zu bleiben, und stand selbst auf. Sie ging ins Wohnzimmer zum Fernseher. Dort begann gerade ein alter Abenteuerfilm. Tinna drehte die Lautstärke herunter und zog die oberste Schublade am Fernsehtisch auf. Das Fotoalbum, auf dem die Jahreszahl 2000 eingeprägt war, lag obenauf.

Tinna brachte das Album in die Küche und reichte es Jakob, der es Seite für Seite durchblätterte. Hildur wischte mit dem Zeigefinger den letzten Sahnerest vom Tellerrand und leckte den Finger ab.

Jakob pfiff zufrieden.

»Na also, da ist es ja!«

Hildur betrachtete das Foto. Vier Frauen saßen auf einer Bank vor einem Sommerhaus. Dicke grüne Rhabarberblätter lagen säuberlich aufgehäuft neben der Bank. Die bunten Plastikeimer waren bis obenhin mit Rhabarberstücken gefüllt.

Hildur begriff nicht, was Jakob auf dem Bild entdeckt hatte.

»Guck dir die Klamotten an.«

Hildur musterte ihr zwanzig Jahre jüngeres Ich. Sie trug ein Flanellhemd mit aufgerollten Ärmeln und dunkle abgenutzte Jeans.

»Das Hemd mit dem blassen Karomuster oder was? Das war damals total in.«

»Nein, nein. Ich meine den Pullover, den Tinna anhat«, erklärte Jakob und tippte auf das Bild.

Der Pullover sah handgestrickt aus. Er war weiß und hatte ein auffälliges Muster: dünne schwarze Linien und darüber ungleichmäßige Punkte, die Sternen glichen. Jakob beschrieb den Pullover in allen Einzelheiten und fragte Tinna, ob sie sich an ihn erinnerte.

Hildur beobachtete, wie die Miene ihrer Tante weich wurde. Ein Lächeln stahl sich auf ihr Gesicht, als sie nickte.

»Das war mein Lieblingspullover. Leicht und warm. Irgendwann war er allerdings an so vielen Stellen durchgescheuert, dass man ihn nicht mehr stopfen konnte. Ich habe ihn vor ein paar Jahren weggeworfen.«

Tinna schien für eine Weile in ihren Erinnerungen zu versinken. Dann fuhr sie an Hildur gerichtet fort:

»Der Pullover war mir ganz besonders wichtig. Deine Mutter hat ihn gestrickt. Drei ganz gleiche für uns drei Schwestern: für sich selbst, für mich und für Hulda.«

Hildur spürte, wie Jakob, der neben ihr saß, sich anspannte.

»Es ist total verrückt, aber wisst ihr was? Genau so einen Pullover habe ich schon mal gesehen.«

Hildur wusste, dass Jakob sich mit isländischen Pullovern bestens auskannte. In Jakobs kleinem Bücherregal hatte sie nur wenige Bände gesehen: Kriegsbücher und Werke über isländische Strickmuster.

»Jóns Tod im Herbst, weißt du noch …«

Natürlich erinnerte Hildur sich daran. Wie hätte sie den Tod des widerwärtigen Pädophilen auch vergessen können. Und wie hätte sie vergessen können, dass sie in einer Erdgrube hinter Jóns ehemaligem Haus Sachen gefunden hatte, die ihren kleinen Schwestern gehört hatten.

Jakob hüstelte. Er holte tief Luft, schließlich sagte er:

»Jón hatte so einen Pullover an, als er starb.«

Hildur starrte eine Weile schweigend vor sich hin und versuchte, die Information zu verarbeiten.

»Bist du dir ganz sicher?«

»Absolut. Es war exakt dasselbe Muster.«

Tinnas Teelöffel fiel klirrend auf ihren Kuchenteller.

»Was hast du da gesagt?«

Von Tinnas sanfter Miene war nichts mehr zu sehen. Ihre Stimme klang erschrocken, und sie presste die Lippen fest zusammen.

Es blieb Hildur überlassen, das auszusprechen, was völlig unbegreiflich klang und dennoch die einzige mögliche Erklärung zu sein schien:

»Meine Mutter hat Jón gekannt.«

21

Das kalte Meerwasser prickelte an den Händen. Hildur hatte ihre Neoprenhandschuhe diesmal absichtlich im Kofferraum ihres Wagens gelassen. Endlich hatte sie nach langer Pause wieder Gelegenheit, zu surfen. Sie wollte das kalte Wasser auf ihrer Haut spüren.

Es roch nach Salz. Die Wasseroberfläche war aufgewühlt. Die über dem Meer kreisenden nachtschwarzen Raben kreischten zu der Gestalt hinunter, die auf ihrem grünen Surfbrett lag und weiter hinaus aufs Meer paddelte.

Die Raben schienen in angeregter Unterhaltung Nachrichten auszutauschen. Die Schreie, die sie ausstießen, klangen seltsam polternd. Das lag an der benachbarten Fischfabrik. Von der Fabrik her waren oft hämmernde Geräusche zu hören, wenn die Schiffe im Hafen ihre Fracht löschten und die Gabelstapler große Kisten auf die Lkws luden. Raben waren Meister darin, sich ihrer Umgebung anzupassen. Sie wussten genau, wo offene Mülltonnen zu finden waren, und sie konnten sich wiederholende Geräusche in ihrer Umgebung nachahmen.

Das Salz brannte an den Fingerknöcheln, deren dünne Haut an einigen Stellen eingerissen war. Handcreme hätte Abhilfe schaffen können, aber im Badezimmerschrank gab es keine. Hildur war eine Drei-Produkte-Frau: Um sich frisch zu machen, genügten ihr Deodorant, Zahnpasta und Gesichtswasser.

An diesem Morgen hatten auch sie allerdings nicht geholfen. Hildur war mit demselben unangenehmen Gefühl aufgewacht, mit dem sie nach dem Abend bei ihrer Tante eingeschlafen war. Sie hatte sich noch weitere alte Bilder angesehen. Hildur selbst besaß praktisch keine Fotos aus ihrer Kindheit und Jugend. Das einzige Foto von ihren kleinen Schwestern, das ihr gehörte, hing an der Wand ihres Dienstzimmers. Alle anderen Aufnahmen waren in Kotsdalur zurückgeblieben, auf dem Hof ihrer Eltern, den sie nach deren Tod geerbt hatte. Hildur hatte ihn seitdem nicht mehr besucht und wusste nicht, ob Tinna irgendetwas von dort geholt hatte. Sie hatte nicht danach fragen wollen. Die Wunde war vor langer Zeit vernarbt, und sie hatte keine Lust, sie wieder aufzukratzen.

Gestern war ihr Interesse an Tinnas Fotos jedoch so groß gewesen, dass sie alle Alben eingepackt hatte, die sich in den Schubladen fanden. Jakob und sie waren mit schweren Baumwolltaschen nach Hause gegangen.

Am Abend hatte sie sich die Fotos angesehen. Porträts von Tinnas ehemaligen Gesangsschülerinnen, Naturaufnahmen von Geysiren und Wasserfällen. Fotos von weihnachtlich gedeckten Esstischen. Hildur hatte auch die Aufnahmen von sich selbst gesehen, die Tinna über all die Jahre aufbewahrt hatte. Auf dem Konfirmationsfoto umrahmte ein Bubikopf ihr rundes Gesicht. Als sie Abitur machte, war bereits alles Runde verschwunden. Die schwarz gefärbten Haare waren zu einem festen Knoten aufgesteckt, das ärmellose Kleid legte ihre muskulösen Arme frei, und ihr Blick wirkte erschütternd teilnahmslos. Der Eindruck täuschte jedoch. Es war nicht Teilnahmslosigkeit, sondern Angst. Nach dem Abitur hatte Hildur nicht gewusst, was sie werden oder wohin sie gehen wollte. Sie hatte irgendeinen Studienplatz angenommen und das Beste gehofft. Auf der Polizeischule war sie gelandet, nachdem sie ein paar Jahre an der humanistischen Fakultät der Universität herumgeirrt war. Das physische Training an der Polizeischule und der Gedanke, anderen zu helfen, hatten sie in ihren jetzigen Beruf gelockt.

Während sie in den alten Erinnerungen grub, war sie immer müder geworden. Sie hatte einige Alben durchgeblättert, aber keine weiteren Aufnahmen von den Pullovern entdeckt. Daher hatte sie beschlossen, sich die Fotos später anzusehen, wenn sie sich frischer fühlte.

Die Wettervorhersage am Morgen hatte so gute Surfbedingungen versprochen, dass Hildur unbedingt aufs Meer gewollt hatte. Sie war schon vor sechs Uhr aufgebrochen und eine Stunde nach Süden gefahren. Zwei Fjorde weiter waren die Voraussetzungen heute perfekt. Die symmetrischen Wellen, die auf den schwarzen Sandstrand rollten, waren etwa einen Meter hoch und herrlich lang. Das war typisch für die Ebbe. Während der Flut war das Meer oft unruhiger und die Wellen rollten weniger gleichmäßig.

Je weiter Hildur sich vom Ufer entfernte, desto stärker wurde der Gegenwind. Ihre Arme begannen zu schmerzen, aber sie paddelte weiter. Sie wollte weit hinaus und eine Welle erwischen, auf der sie sich weit über das Meer bewegen konnte. Oder vielleicht bewegte das Meer sie. Die Raben, die gerade noch über ihr gekreist waren, schlugen einen scharfen Bogen nach links und flogen zum Ufer zurück.

Die Gedanken fuhren in ihrem Kopf Karussell, obwohl sie versuchte, sich ganz auf das Meer, den Wind und die Richtung der Wellen zu konzentrieren. Jakobs Bemerkung über den Pullover, den Jón getragen hatte, war so verstörend gewesen, dass Hildur am späten Abend noch einmal zur Polizeistation gegangen war. Sie hatte sich in die LÖKE, die Datenbank der isländischen Polizei, eingeloggt und ihre Aufzeichnungen über Jón aus dem letzten Winter und die Fotos von seiner Leiche überprüft. Jakob hatte sich richtig erinnert: Der Pullover, den der im Schnee verschüttete

Mann trug, sah haargenau so aus wie der, den Tinna vor langer Zeit von Rakel bekommen hatte.

Das erschien Hildur unbegreiflich. Welche Verbindung konnte es zwischen ihrer Mutter und dem Pädophilen Jón gegeben haben? Als Polizistin hatte Hildur wiederholt mit Jón zu tun gehabt, aber er hatte nie angedeutet, dass er Rakel gekannt hatte. Wenn zwei Isländer sich begegneten, begannen sie immer nach einer Verbindung zu suchen. Verwandte, Kindergarten, Studienplatz … Irgendein Berührungspunkt fand sich immer. Jón hätte bestimmt etwas gesagt, wenn er Hildurs Eltern gut gekannt hätte.

Plötzlich hörte Hildur ein lautes Geräusch. Es ähnelte dem Brausen einer Stromschnelle oder dem Rauschen der alten analogen Fernseher nach Ende der Sendezeit. Der Gedanke an den Fernseher erinnerte Hildur daran, dass es in ihrer Kindheit donnerstags überhaupt kein Fernsehprogramm gegeben hatte. Der Donnerstag war im ganzen Land sendefrei gewesen.

Die mangelnde Konzentration rächte sich sofort. Hildur sah, wie sich eine Welle über ihr erhob. Sie war überraschend groß und sah aus, als würde sie im nächsten Moment brechen. In den Strudel einer brechenden Welle durfte man nicht geraten. Hildur spannte ihre Muskeln aufs Äußerste an, um ihren Bewegungen mehr Kraft zu verleihen. Sie drückte das Surfbrett mit aller Kraft nach unten. Dann holte sie tief Luft und stürzte sich ins Wasser – eine Sekunde zu spät. Sie schaffte es nicht, unter der Welle hindurchzutauchen, sondern geriet in ihren dunklen, nassen Schlund. Alles passierte blitzschnell: Die Kraft des Wassers drehte das Brett um, und Hildur fiel auf den Rücken. Die wirbelnden Wassermassen überfluteten sie. Sie versuchte mit aller Kraft, sich auf den Bauch zu drehen, um schwimmen zu können, schaffte es aber nicht. Das Meer hatte sie in seiner Gewalt, schleuderte sie herum wie eine Stoffpuppe. Hildur hustete das

Wasser aus, das ihr in die Lunge gedrungen war, und spürte, wie sich die Leine, mit der das Surfbrett an ihren Knöchel gebunden war, aufs Äußerste spannte und dann schlagartig lockerte. Da wusste sie, was passieren würde. Die tobenden Fluten hatten das Brett und die Surferin in verschiedene Richtungen gezogen. Nun schnellte das Brett zurück. Sie sah noch, wie das aus grünem Polyurethan bestehende Brett ihr Blickfeld füllte.

Hildur konnte nichts tun. Sie schmeckte Salzwasser, spürte einen Schlag an ihrer Stirn. Dann wurde alles dunkel.

22

1988 WESTFJORDE

SECHS JAHRE VOR RÓSAS UND BJÖRKS VERSCHWINDEN

Die Tür des Schultaxis ging auf und Hildur stieg ein. Es war ihr erster Schultag. Sie trug einen roten Pullover und eine dünne weiße Mütze und winkte ihrer Mutter durch das Seitenfenster zu.

Es war ein besonderer Tag, doch Rakel ärgerte sich. Sie hatte gerade eine Laufmasche an Hildurs Pullover entdeckt. Sie hatte ihre Erstgeborene in einem löchrigen Pullover zur Schule geschickt. Was würde die Lehrerin von ihr denken? Rakel hätte sich die Kleider gestern Abend genauer ansehen müssen. Sie hätte gründlicher sein müssen. Es ärgerte sie auch, dass sie Hildur nicht selbst zur Schule bringen konnte, weil Rúnar mit dem Auto unterwegs war. Er musste Ersatzteile für den Traktor besorgen und wollte bei der Gelegenheit noch einiges andere erledigen.

Hildur würde allein zurechtkommen, und es war ja auch besser, wenn sie von Anfang an lernte, mit dem Schultaxi zu fahren, wie Rúnar gestern Abend erklärt hatte. So ist es, hatte Rakel zugestimmt. Die Mutter wurde nicht immer gebraucht.

Rakel blickte dem Wagen nach. Die zweijährige Rósa stand neben ihr und winkte ihrer großen Schwester fröhlich lächelnd hinterher. Ihr Arm wedelte durch die Luft, bis das Auto nicht mehr zu sehen war.

Rakel hatte Rósa versprochen, nach der Abfahrt des Taxis einen kleinen Morgenspaziergang mit ihr zu machen. Sie würden nachsehen, ob die Krähenbeeren auf den Mooshügeln schon reif waren. Die beiden jüngeren Mädchen waren schon um sechs Uhr früh aufgewacht. Björk, die erst ein halbes Jahr alt war, wurde nachts ungefähr alle zwei Stunden wach. Gegen sieben Uhr stand Rakel mit ihr auf, und meistens kroch dann auch Rósa aus ihrem Kinderbett. Hildur hätte bis mittags geschlafen, wenn man sie nicht geweckt hätte.

Jetzt lag Björk friedlich unter der gehäkelten Wolldecke im Kinderwagen. Unter ihrer Mütze ragten ein paar Haarsträhnen hervor. Ihre Mundwinkel bogen sich zu einem zufriedenen Lächeln. Sie schlummerte, während der Wagen auf dem Sandweg sanft schaukelte.

Rakel hatte nicht gut geschlafen. Kopfschmerzen hatten sie mitten in der Nacht geweckt und immer noch nicht nachgelassen. Vielleicht würde ein ruhiger Spaziergang an der frischen Luft helfen.

Das Schlimmste an den Kopfschmerzen war, dass sie unangenehmen Gedanken Tür und Tor öffneten; alles erschien mit einem Mal in düsteren Farben. Eine Sache, die Rakel geplagt hatte, ließ ihr immer noch keine Ruhe. Bei der letzten Kontrolluntersuchung hatte die Krankenschwester gesagt, Björks Blick sei geheimnisvoll. Der Satz war Rakel tagelang durch den Kopf gegangen. Hatte die Frau gemeint, dass mit Björks Augen irgendetwas nicht stimmte? War im Kopf des Kindes etwas, was nicht dort sein sollte? Rakel hatte die Augen ihrer Jüngsten tagelang immer wieder prüfend betrachtet, bis sie schließlich zum Telefon gegriffen und die Krankenschwester angerufen hatte.

Anfangs hatte die Frau gar nichts gesagt. Rakel hatte den Hörer umklammert und erneut gefragt – diesmal etwas lauter –, ob im Kopf ihres Kindes irgendetwas nicht in Ordnung sei. Die

Krankenschwester hatte ihr versichert, das Kind sei völlig gesund. Sie habe nur gemeint, dass die Kleine einen lebendigen Blick habe und ihre Umgebung aufmerksam verfolge. Sie hatte Rakel ermahnt, sich nicht zu überanstrengen und sich auszuruhen, wenn die beiden Jüngsten Mittagsschlaf hielten. Mit freundlicher Stimme hatte sie vorgeschlagen, Rakel solle sich bei ihr melden, wenn sie das nächste Mal im Dorf sei. Rakel hatte sich bedankt und aufgelegt. Sie wollte keine weiteren Beobachter.

Rakel legte die Hände auf Björks warmes Gesicht und betastete mit Daumen und Zeigefinger ihre Augenlider. Sie fühlten sich normal an. Unter den dünnen Lidern waren glatte Kugeln zu spüren. Sie legte die Hände auf ihre eigenen Augen. Sie fühlten sich ganz genauso an, doch das hieß ja noch gar nichts. Das Kind war erst ein halbes Jahr alt. Man konnte noch nicht wissen, wie es sich entwickeln würde. Sie musste seine Entwicklung also weiter im Auge behalten.

Rósa zupfte sie an der Jacke und sah sie fragend an. Rakel wandte den Blick ab, im Moment war sie nicht fähig, irgendwem in die Augen zu sehen.

»Mama?«

Rakel antwortete mit einem beruhigenden Brummen und schob den Kinderwagen wieder an. Sie ging langsam, damit das Tempo nicht zu anstrengend wurde. Zwischendurch blieben sie stehen und bewunderten die Marienkäfer an den Grashalmen.

Plötzlich entdeckte Rósa etwas Interessantes am Wegesrand.

»Mama, Mama, steck's an die Jacke, steck's an die Jacke«, rief sie und zeigte auf einige grüne Pflanzen.

Rakel trat die Bremse am Kinderwagen herunter und sah nach, was Rósa gefunden hatte.

Am Wegrand wuchsen zartviolette Blümchen. Rósa hatte sich erinnert! Die Blumen hießen *gleym-mér-ei*. Acker-Vergissmeinnicht. Ihr zottiger Stiel haftete leicht an Kleidern und Haaren, und Rakel hatte ihren Kindern im Sommer gezeigt, wie man die Blume als Schmuck am Jackenaufschlag befestigen konnte.

Rakel pflückte eine Blume ab und steckte sie an Rósas Pullover. Rósa betrachtete sie zufrieden.

Sie gingen einige hundert Meter weiter zu den Mooshügeln, doch die Beeren waren noch nicht reif. Rakel wendete den Kinderwagen.

»Wir sehen nächste Woche wieder nach.«

Sie machten sich auf den Heimweg. Die kleinen Steine knirschten unter den Rädern des Kinderwagens. Die Sonne schien bereits und färbte die nahen Berge goldbraun. Rakel blieb stehen, um den Reißverschluss ihrer Strickjacke hochzuziehen. Es war erst acht Uhr, kein Wunder also, dass die Luft noch kühl war.

Auf dem Hof packte Rúnar Sachen in den Kofferraum des Autos. Er hielt inne und sah Rakel an.

»Wo wart ihr?«, fragte er, dann schloss er den Kofferraum.

»Ich habe Hildur zum Schultaxi gebracht.«

Rúnar ging auf sie zu und blieb einen halben Meter vor ihr stehen. Er roch nach Kaffee und Zigaretten.

»Ist das Schultaxi nicht längst weg?«

Rakel umklammerte die Stange des Kinderwagens und bemühte sich, nicht an die Augen des Babys zu denken. Rúnar durfte auf keinen Fall von ihren Sorgen erfahren. Sie schickte Rósa ins Haus und versprach, gleich nachzukommen.

»Wir haben einen kleinen Spaziergang gemacht und nachgesehen, ob die Beeren schon reif sind.«

»Warst du bei den Nachbarn? Hallgrímur ist ja diese Woche allein zu Hause, weil Helga im Krankenhaus liegt.«

Rakel konzentrierte sich darauf, tief ein- und auszuatmen. Sie krallte die Finger noch fester um die Stange des Kinderwagens, damit Rúnar nicht sah, dass ihre Hände zitterten. Sie wollte ihre Angst nicht zeigen. Sie wollte nicht, dass ihr Mann in den Kinderwagen blickte.

»Bis da schafft man es nicht in einer Viertelstunde.«

Wenn Rúnar sich nur nicht vorbeugen und die Mütze sehen würde, die das Gesicht des Kindes einrahmte.

»Du wirkst irgendwie seltsam. Was ist denn los mit dir?«, fragte Rúnar und kam noch einen Schritt näher.

Eine große Wolke glitt vor die Sonne und warf einen Schatten über das Tal. Die Luft wurde sofort kühler. Rakels ganzer Körper spannte sich an. Ihr Kopf wurde von einem einzigen Wunsch ausgefüllt: Wenn ihr Mann nur nicht in den Kinderwagen schaute. Wenn er nur nicht …

Rúnars dunkle Augen starrten Rakel fordernd an. Seine Nasenflügel zitterten, als er den Kopf hin und her wandte und seine Frau abschätzend betrachtete, wie eine Katze eine Maus fixiert, die auf den tödlichen Biss wartet.

Rakel spürte plötzlich, dass sie aufs Klo musste. Sie sah ihren Mann an und begnügte sich damit, vorsichtig zu nicken.

»Versuch um Himmels willen, dich zusammenzureißen«, sagte ihr Mann, stieg in den Wagen und fuhr davon.

23

FEBRUAR 2020 ÍSAFJÖRÐUR

Eisige Kälte weckte Hildur. Ihre Zähne schlugen aufeinander, im Mund spürte sie den Geschmack von Eisen. Sie wollte ausspucken, um zu sehen, ob es Blut war, schaffte es aber weder, sich aufzurichten, noch die Augen zu öffnen. Ihr rechter Arm prickelte schmerzhaft. Er war zwischen ihrer Seite und dem nassen, steinigen Untergrund eingeklemmt. Ihre Beine bewegten sich ruhig im Takt der kalten Brandung. Wenn das Wasser durch den groben Ufersand floss, war ein leises Blubbern und Zischen zu hören.

Nach einigen Versuchen gelang es Hildur, sich auf den Rücken zu rollen. Sie hatte keine Ahnung, wie lange sie in der Brandung gelegen hatte. Mühsam öffnete sie ihre vom Salzwasser brennenden Augen. Der Himmel war hellgrau. Es war heller als am frühen Morgen. Ging die Sonne noch auf oder schon wieder unter? Durch ihr Blickfeld flogen zwei Raben. Sie waren auf dem Weg zum Meer. Dahin, woher sie selbst gekommen war.

Hildur stützte sich auf den linken Arm und kämpfte sich in eine sitzende Position hoch. Das Surfbrett war immer noch an ihren Knöchel gebunden und bewegte sich langsam im Uferwasser. Die Wellen hatten sich beruhigt.

Hinter dem hellgrauen Wolkenvorhang nahm sie eine gelbe Scheibe wahr. Die Sonne stand im Osten, es musste also noch Vormittag sein. Hildurs Magen krampfte sich zusammen, sie erbrach sich heftig. Meerwasser. Sie spuckte und spuckte. Zum Schluss kamen rote Blutklümpchen heraus, die auf die nassen schwarzen Steine fielen und mit dem Meerwasser in die Erde sickerten. Mit der Zunge betastete Hildur vorsichtig ihre Zähne. Bei jedem einzelnen dankte sie stumm. Alle Zähne waren noch vorhanden. Die Zahnärzte berechneten riesige Summen für Implantate. Mindestens eine halbe Million Kronen pro Zahn. Hildur musste lachen. Wieso kam ihr ausgerechnet das jetzt in den Sinn? Ihr Lachen verwandelte sich in würgendes Husten, und sie übergab sich wieder.

Ihre Glieder bewegten sich. Der rechte Arm erholte sich allmählich. Links an der Stirn spürte sie einen starken, pochenden Schmerz. Hildur legte die Hand an die Stirn und befühlte sie. An der linken Seite hatte sich eine große Beule gebildet, und die Haut schien aufgerissen zu sein.

Hildur legte ihre nackten, vor Kälte weiß gewordenen Handflächen auf das Gesicht, sie zitterte. Dann rappelte sie sich hoch, band das Surfbrett los und stieg den kleinen Pfad vom Ufer zu ihrem Wagen hoch. Im Meer war ihr heute etwas widerfahren, das sie nicht ganz verstanden hatte.

Hildur ließ den Motor an und drehte die Heizung voll auf. Erst danach befestigte sie das Surfbrett auf dem Dach ihres Wagens, schälte sich mit eiskalten Fingern aus dem Neoprenanzug und zog die trockene Kleidung an, die auf dem Rücksitz bereitlag. Im Seitenspiegel sah sie ihr blutiges Gesicht. Der Anblick erschreckte sie nicht, denn sie war sich ziemlich sicher, dass die Wunde eher harmlos war. Kopfwunden bluteten einfach nur besonders stark.

Sie spuckte auf den Ärmel ihrer schwarzen Fleecejacke und wischte die Blutspuren mit dem feuchten Ärmelrand ab. Sie hatte richtig vermutet, die Wunde war klein, aber der Bluterguss würde groß werden. Sie strich die Haare vor ihr linkes Auge. Die Beule, die sich allmählich bläulich verfärbte, und die kleine Wunde waren unter den Haaren verborgen. Niemand würde etwas bemerken, wenn sie es nicht wollte.

Hildur saß auf ihren Händen auf dem Fahrersitz und wartete darauf, dass ihre Finger wieder funktionsfähig wurden. Kalte Schauder liefen durch ihren Körper. Die Autofenster beschlugen, doch das störte sie nicht. Die Landschaft war ohnehin hässlich. Voll von schweren Grautönen. Sie hatte Angst. Das Meer hatte ihr zum ersten Mal etwas Böses angetan.

24

»Zweimal mit allem«, bat Hildur und stellte die Limonadedosen, die sie aus dem Kühlschrank geholt hatte, auf die Theke.

Sie hatten beschlossen, in der Grillstube neben der Polizeistation Hotdogs zu holen, bevor sie zu Björn fuhren.

»Für mich ohne Remoulade«, korrigierte Jakob.

Hildur schmunzelte.

»Hältst du Diät?«

»Ich mag diese Mayonnaisesoße nicht«, sagte Jakob und ging zum Kühlschrank, um seine Orangenlimonade gegen eine zuckerfreie Version auszutauschen.

Hildur zahlte achselzuckend. Wegen des Zwischenfalls beim Surfen hatte sie sich eine gute Stunde verspätet, doch das hatte Jakob offenbar nicht gestört. Während der Heimfahrt hatte sie über Jón und ihre Mutter nachgedacht. Je mehr Gedanken sie sich über die beiden machte, desto stärker schien das Meer in ihrem Inneren anzuschwellen. Irgendetwas an der Geschichte machte ihr Angst. Sie wusste aber auch, dass sie ihre Angst nur in den Griff bekommen würde, indem sie sich ihr stellte. So unangenehm es war, in alten Erinnerungen zu wühlen, sie musste es wagen zurückzublicken. Sie musste mehr Informationen über das Leben ihrer Mutter ausgraben.

Zwischen Jón und ihrer Mutter musste es eine Verbindung

geben. Jeder Mensch hatte Geheimnisse. Zum Teil waren es Kleinigkeiten: Auslassungen in der Steuererklärung. Ausreden, um ein Treffen mit einem unsympathischen Verwandten aufzuschieben. Gefühle, die man nicht aussprechen konnte. Eine lange Ehe, in der es nie Liebe gegeben hatte.

Hildur war klar, dass sie das Schicksal ihrer jüngeren Schwestern nie ganz verstehen würde, wenn sie es nicht wagte, sich dem zu nähern, wovon sie noch nichts wusste.

Sie nahm die Hotdogs entgegen und verdrängte die Familienangelegenheiten aus ihren Gedanken. Jakob und sie hatten einen langen, anstrengenden Arbeitstag vor sich. Beta war am Morgen ungewöhnlich angespannt gewesen. Sie hatte geschimpft, weil die Ermittlungen so langsam vorangingen, und sich über die Reporter beklagt, die pausenlos bei ihr anriefen. Natürlich verstand Hildur, dass der Mord an Hermann so schnell wie möglich aufgeklärt werden musste, aber Hektik und Drängelei halfen dabei nicht weiter.

Hildur entsperrte ihren Wagen per Fernbedienung, setzte sich auf den Fahrersitz und zog die Halterung für den Trinkbecher hervor.

»Wusstest du, dass die Fahrschullehrer hierzulande ihre Schüler zur Grillstube dirigieren, Hotdogs bestellen und sie dann sofort weiterfahren lassen?«

Jakob schüttelte nur den Kopf, denn er hatte gerade ein großes Stück von seinem Hotdog abgebissen.

»Es ist besser, das einhändige Fahren unter Aufsicht zu lernen«, erklärte Hildur und ließ den Motor an.

Der Geruch der Hotdogs füllte das Wageninnere. Im Radio lief der Seewetterbericht. Nebelwarnung für die östlichen Meeresgebiete. Windstill im ganzen Land vom Nachmittag bis zum nächsten Morgen. Hildur lenkte das Auto in den Kreisverkehr und an der zweiten Ausfahrt wieder hinaus.

Björn war am frühen Morgen von seiner Dienstreise nach Hólmavík zurückgekehrt und direkt in sein Büro gegangen. Seine Einmannfirma erstellte Festigkeitsberechnungen für das Baugewerbe und bot Hilfe in baurechtlichen Fragen.

Hildur parkte vor einem weißen Haus mit großen Fenstern.

Jakob betrachtete das Haus prüfend.

»Das Baugewerbe scheint zu florieren.«

»Das Büro ist da hinten«, sagte Hildur und ging auf dem mit Natursteinen gepflasterten Gartenweg am Haus vorbei.

Hildur klopfte an die Holztür des Bürogebäudes und stieß sie dann auf. Ein stämmiger dunkelhaariger Mann stand an seinem höhenverstellbaren Schreibtisch und sah die Ankömmlinge über seinen großen Computerbildschirm hinweg an.

»Hildur Rúnarsdóttir, Kriminalbeamtin. Das hier ist mein Kollege Jakob Johanson, Polizeipraktikant aus Finnland.«

»Soso, Verstärkung aus dem Ausland. Na, wie kann ich Ihnen helfen?«, fragte Björn in fließendem Englisch mit starkem amerikanischem Akzent.

Hildur und Jakob standen in der Mitte des Büroraums. Hildur blickte sich um. Der Schreibtisch war groß und modern, und der Bürostuhl sah bequem aus. Auf dem Steinfußboden lagen zwei runde hellrote Teppiche. An der Decke hing eine große Designerlampe Oder vielleicht stammte sie auch von Ikea. Am Regal in der hintersten Ecke lehnte eine Golftasche mit Schlägern.

»Ich bin meistens allein hier, daher habe ich leider keine Sitzgelegenheit für uns alle«, sagte der Mann und kam hinter seinem Arbeitstisch hervor. Er trug eine schwarze Hose und ein flachsfarbenes Hemd.

»Das macht nichts, wir können stehen. Wir haben auch nur ein paar Fragen. Es geht um den Tod von Hermann Hermannsson. Sie haben sicher davon gehört?«

Björn nickte kurz und strich sich über die gepflegten, kräftig aussehenden Haare, die nur einen leichten Grauschimmer aufwiesen. Lässt er sich die Haare färben?, überlegte Hildur zu ihrer eigenen Überraschung. Sie verdrängte den sinnlosen Gedanken und versuchte, sich auf das Wesentliche zu konzentrieren.

An den Wänden hingen viele Jagdfotos. Ein Bild, auf dem Björn breit lächelnd mit einigen anderen Männern neben einem erlegten Rentier stand, fesselte Hildurs Aufmerksamkeit.

»Sie jagen?«

Björn nickte wieder.

»Mit was für einer Waffe?«, fuhr Hildur fort, obwohl sie bereits wusste, für welche Waffen Björn einen Waffenschein hatte.

Falls Björn sich über die Frage wunderte, wusste er es gut zu verbergen.

»Ich habe zwei Sako-Gewehre. Das sind die besten. Sie wissen das sicher«, sagte er an Jakob gewandt.

Jakob schwieg und überließ es Hildur weiterzureden.

»Wo waren Sie am Freitagabend?«

Björn nahm die Brille ab und legte sie auf den Tisch. Er rieb sich das Gesicht.

»Zu Hause, soweit ich mich erinnere.«

Björn war nicht gerade gesprächig, beantwortete aber immerhin Hildurs Fragen.

»Ihrer Frau haben Sie erzählt, Sie würden ins Kino gehen.«

Mehr sagte Hildur vorläufig nicht. Sie wollte Björns Reaktion abwarten. Er legte eine Hand auf den Schreibtisch und trommelte mit den Fingerspitzen darauf. Die Tischplatte vibrierte so sehr, dass eine vergessene Büroklammer bedrohlich nah an den Rand rutschte.

»Nun, das habe ich ihr wohl erzählt.«

Björns Art, zu reden, ohne wirklich etwas zu sagen, ging Hildur allmählich auf die Nerven. Ihr Tonfall wurde schärfer.

»Welchen Film haben Sie sich angesehen?«

Die Büroklammer fiel zu Boden. Das Geräusch, das dabei entstand, war erstaunlich laut. Björn bückte sich, hob sie auf und legte sie in einen Plastikbehälter. Er nahm eine Pastillenschachtel vom Tisch, steckte sich wortlos ein Hustenbonbon in den Mund und lutschte konzentriert, während er Hildur und Jakob anstarrte.

»Hören Sie. Wenn Sie sich die Mühe gemacht hätten nachzusehen, wüssten Sie, dass es im Dorfkino freitagabends schon seit einer Ewigkeit keine Vorführungen mehr gibt. Ihre Frau Linda war an dem Abend im Nähkreis, und Ihr gemeinsames Kind Orri hat bei einem Freund übernachtet. Linda hat ausgesagt, dass das Haus leer war, als sie ging und als sie zurückkam. Wo waren Sie also in der Zeit von Freitagabend bis in die frühen Morgenstunden am Samstag?«

Hildur merkte, dass die Fassade des Mannes Risse bekam. An seinem Hals bildeten sich rote Flecken, die sich deutlich von seinem hellen Hemd abhoben.

»Ich hatte persönliche Dinge zu erledigen, damit basta.«

Und damit basta. Was für eine Antwort sollte das bitte sein?! Hildur warf Jakob einen Blick zu und las im Gesicht ihres Kollegen dieselbe Frage.

»Wenn ich frage, sollten Sie antworten. Wir können auch zur Polizeistation gehen, wenn Sie meinen, das wäre der bessere Ort für unser Gespräch«, versetzte Hildur.

Björn stand reglos an seinem Tisch und starrte sie an.

»Mehr habe ich nicht zu sagen«, erklärte er schließlich.

Hildur holte tief Luft. Ihre Geduld war allmählich erschöpft. Sie baute sich vor Björn auf und sprach ein wenig lauter.

»Unseren Informationen nach kannten Ihre Frau und Hermann sich gut. Das hat Ihnen sicher nicht gefallen, zumal Sie beide ja auch politische Gegner waren.«

Björns Hals rötete sich noch mehr. Über seinen dichten Augenbrauen waren ein paar Schweißtropfen erschienen. Seine Stimme blieb jedoch fest.

»Das ist doch nichts Neues. Den Scheißkerl kannten ja alle im Dorf.«

Hildur ärgerte sich über die Ausflüchte des Ingenieurs.

»Jetzt hören Sie mal. Ich weiß, dass die Beziehung zwischen Linda und Hermann kein nettes Geplauder über die Parteigrenzen hinweg war, sondern eine ausgesprochen körperliche Geschichte. Soll ich in die Einzelheiten gehen, oder antworten Sie mir?«

Das war zu viel für Björn. Ohne Vorwarnung machte er zwei schnelle Schritte auf Hildur zu und hob die rechte Hand.

»Verdammte Fotze«, keuchte er, als er zuschlug.

Der Schlag überraschte Hildur, doch sie konnte ihren Kopf noch rechtzeitig zurückwerfen. Sie veränderte rasch ihre Position und griff den Mann an. Der misslungene Schlag hatte ihn aus dem Gleichgewicht gebracht. Hildur packte seinen rechten Arm und drehte ihn nach hinten. Dabei stieß sie mit ihrer verletzten Stirn gegen seine Schulter. Der schneidende Schmerz strahlte in ihren ganzen Kopf aus und versetzte sie derart in Rage, dass sie noch härter zupackte. Nun mischte sich auch Jakob ein. Gemeinsam überwältigten sie Björn, der bäuchlings auf dem weichen Teppich zu liegen kam.

Hildur saß auf ihm und drückte seine Arme gegen den Rücken. Jakob hockte auf Björns Beinen und zückte die Handschellen. Hildur war ihrem Kollegen dankbar. Sie selbst hatte ihre ganze Ausrüstung in der Polizeistation gelassen. Ein dummer Fehler, dachte sie jetzt. Der Unfall am Morgen hatte sie aus der Fassung gebracht, und sie hatte auch nicht damit gerechnet, dass es zu einem Ringkampf kommen würde.

Sie legte Björn die Handschellen an und half ihm auf die Beine.

»Wir reden auf der Station weiter.«

Hildur erklärte Björn, dass er unter dem Verdacht des Mordes an Hermann Hermannsson verhaftet sei. Sie informierte ihn über seine Rechte und führte ihn dann zu ihrem Wagen.

Jakob setzte sich neben Björn auf die Rückbank und schnallte sie beide an. Hildur befestigte ihren eigenen Sicherheitsgurt und ließ den Motor an. Sie vergewisserte sich noch mit einem Blick in den Rückspiegel, dass alle abfahrbereit waren. Jakob schien die Lage unter Kontrolle zu haben. Björn starrte ihr im Spiegel direkt in die Augen. Sein Blick war stechend und zugleich wachsam. So leicht würde der Mann nicht nachgeben. Ich aber auch nicht, dachte Hildur und nahm einen großen Schluck von ihrer Orangenlimonade, die noch im Becherhalter stand.

25

Beta beendete das Gespräch und legte ihr Handy auf den Tisch. Sie kniff die Augen zusammen, überflog noch einmal rasch ihre Notizen und betrachtete ihr kleines Team. Jakob strickte konzentriert, Wolle in zwei Farben lief durch seine Finger. Hildur trank Kaffee; aus ihren zum Teil noch nassen Haaren tropfte Wasser auf den Tisch des Besprechungsraums. Beta wusste, dass Hildur keinen Fön verwendete, weil sie davon ein seltsames Gefühl auf der Kopfhaut bekam. Beta verstand Hildurs Überempfindlichkeit zwar nicht, doch das war auch nicht nötig. Jeder hatte seine Eigenheiten.

»Nun sag schon«, drängte Hildur und wischte die Tropfen mit dem Ärmel vom Tisch.

Es gab zweierlei Nachrichten. Gute und schlechte. Die schlechten zuerst. Beta seufzte enttäuscht. Axt-Hákon hatte aus Reykjavík angerufen und bestätigt, was sie bereits vermutet hatten: Hermann war an der Schussverletzung gestorben. Die Leiche hatte einen Einschuss auf der Höhe des Herzens und eine Ausschusswunde am Rücken. Die Kugel hatte das Herz durchbohrt, und der Tod war schnell eingetreten. Der Schuss war zwischen neun Uhr abends und Mitternacht gefallen. Es handelte sich um einen Fernschuss. Der Hundesuchtrupp hatte das Skigebiet weiter durchkämmt, nachdem die technischen Ermittler abgezogen waren, und die Kugel schließlich gefunden.

»Die Hülse in der Wartungshütte passt zu der Kugel.«

Beta machte eine kurze Pause und blickte wieder in ihr Notizheft.

»Die guten Nachrichten betreffen die Waffe. Über sie wissen wir jetzt mehr. Axt-Hákon hat berichtet, dass Hermann tatsächlich mit einer Sako Kaliber .308 erschossen wurde.«

Jakob unterbrach seine Arbeit und legte das Strickzeug auf den Tisch.

»Björn hat so eins.«

Beta nickte. Es handelte sich um eine beliebte Jagdwaffe.

»Mein Vetter, der an den Ostfjorden wohnt, reist durch halb Europa, um größeres Wild zu jagen. Er lobt die finnischen Elchstutzen in den höchsten Tönen.«

Sie zog wieder ihre Notizen zu Rat. Die Patrone war eine Sako Blade 10,5 Gramm. Bei der Kugel handelte es sich um ein Kupfergeschoss. Das war an sich nichts Ungewöhnliches. Wegen ihrer speziellen Eigenschaften wurden bei der Jagd immer häufiger Kupfergeschosse verwendet.

»Die Ein- und Ausschusswunden waren außergewöhnlich glatt«, fuhr Beta fort und berichtete weiter, was sie von Axt-Hákon erfahren hatte.

Im Gegensatz zu den traditionellen Teilmantelgeschossen mit Bleikern zersplitterten Kupferprojektile nicht, wenn sie auf Knochen trafen. Daher gelangten keine giftigen Stoffe ins Fleisch, sodass die Beute dem Jäger mehr Essbares lieferte.

»Die Wahl der Kugel ist interessant. Warum teure Kupfergeschosse vergeuden? Man hätte Hermann auch mit einer Bleikugel umbringen können«, überlegte Jakob.

»Vielleicht ist der Täter ein Waffenfreak?« Hildur stand auf, um Kaffee aus der Küche zu holen. »Wir gehen die Unterlagen aller Waffenhändler durch und schauen, ob uns irgendein Name auffällt. Möchte noch jemand Kaffee?«

Beta nickte dankbar.

Ohne gültigen Waffenschein konnte man offiziell weder Patronen noch Waffen erwerben. Vor dem Verkauf mussten die Händler die Personalien und Waffenscheine der Kunden überprüfen. Aber der Waffenhandel war nicht ausnahmslos legal. Waffensammler durften mit einer Sammlererlaubnis Waffen nach Island importieren, und bei der Polizei wusste man, dass einige von ihnen sich außerhalb des Gesetzes bewegten. Manche besaßen über hundert Waffen, von Luftgewehren bis zu Maschinenpistolen. Manche Sammler modifizierten Waffen und verkauften sie auf dem Schwarzmarkt weiter, und zu guter Letzt war ihre Herkunft nicht mehr nachprüfbar.

Beta ärgerte sich maßlos über das Problem der illegalen Waffen, deren Anzahl von Jahr zu Jahr wuchs. Die Polizei wies die Gesetzgeber schon seit Jahren immer wieder auf die Problematik der Sammlererlaubnis hin, doch das Gesetz war bisher nicht verändert worden. Die Situation war unerträglich. Dennoch bat Beta Jakob, die legalen Händler zu kontaktieren. Vielleicht fanden sie auf diesem Weg etwas heraus.

Beta gähnte. Sie war müde. In der letzten Nacht hatte sie nur vier Stunden geschlafen. Kaffee würde ihre Müdigkeit nicht vertreiben, aber sie wollte trotzdem noch eine Tasse trinken. Ihr jüngerer Sohn hatte in der Nacht eine Magen-Darm-Grippe bekommen. Beta hatte mit dem Eimer an seinem Bett Wache gehalten und gleichzeitig versucht, den älteren Sohn wieder zum Einschlafen zu bringen. Ólivers Dienstreise in die Hauptstadt hatte sich wieder einmal um eine Nacht verlängert. Am Morgen hatte Beta eine Bekannte in der Nachbarschaft gebeten, sich um die Kinder zu kümmern, bis Óliver mit der Morgenmaschine aus Reykjavík zurückkam. Wegen der laufenden Mordermittlung war sie gezwungen, zur Arbeit zu gehen.

Hildur kam mit zwei randvollen Kaffeetassen zurück. Beta nahm ihre Tasse dankbar an.

»Hat die Obduktion sonst noch etwas Interessantes ergeben?«

»Keine Spuren von Alkohol oder Drogen. Dem Mageninhalt nach enthielt seine letzte Mahlzeit Fisch und Kartoffeln. Axt-Hákon hat sich bei der Kantine des Gemeindehauses erkundigt. Dort gab es am Freitag Fischauflauf.«

Sie schwiegen einen Moment. Beta nahm das Haargummi von ihrem Handgelenk und band ihre Lockenpracht im Nacken zusammen.

»Ihr beiden könntet als Nächstes Björn befragen. Vielleicht hat er sich über Nacht beruhigt.«

Hildur nickte. Sie hatte Beta und Jakob von ihrem Gespräch mit Björns Frau Linda berichtet. Nun schlug sie die Mappe auf, die vor ihr lag, und breitete die Fotos auf dem Tisch aus. Beta hatte sie noch nicht gesehen.

»Hermann wollte mit diesen Bildern irgendetwas bekommen.«

Beta beugte sich vor, um die Fotos genauer zu betrachten. Ihr entfuhr ein leiser Pfiff. Sie war überrascht. Bisher hatte sie Linda für still und schüchtern gehalten. Für ein gutmütiges graues Mäuschen, das mit den üblichen Alltagspflichten kämpfte. Beta spürte einen schmerzhaften Stich in ihrem Inneren und schloss kurz die Augen. Genau so war es wohl ihr selbst ergangen, und deshalb fühlte ihr Mann sich auf seinen Dienstreisen wohler als zu Hause mit ihr. Sie versuchte, diesen Gedanken für den Moment zu verdrängen. Jetzt musste sie sich auf die Mordermittlungen konzentrieren, nicht auf ihre eigenen Probleme.

Sie betrachtete die Fotos noch einmal. Der Kontrast zwischen der zurückhaltenden und ein wenig farblosen Linda und der rotwangigen Frau, die mit gespreizten Beinen hemmungslos posierte, war verblüffend. Beta schüttelte leicht belustigt den Kopf.

»Ziemlich klar, dass er etwas bekommen hat. Aber warum so eine Erpressung? Hätte normales Lobbying oder das Angebot von Gegendiensten nicht gereicht?«

»Das müssen Jakob und ich wohl herausfinden«, sagte Hildur und versuchte Jakob mit einem Blick zu signalisieren, dass er mitkommen sollte.

Der Versuch war erfolglos. Jakob hielt sein Smartphone in der Hand und starrte konzentriert auf das Display.

»Wartet mal kurz, bis ich zu Ende gelesen habe.«

Beta wurde aufmerksam. Sie spürte, dass ihre Müdigkeit ein wenig nachließ.

Als Jakob mit seiner Lektüre fertig war, wandte er sich an die beiden Frauen.

»Ich habe mich schon als kleiner Junge für Waffen interessiert«, erklärte er mit eifriger Miene und sah Beta an.

»Als du die bleifreie Patrone Sako Blade erwähnt hast, kam mir etwas in den Sinn. Ich habe es gerade überprüft und ja, ich hatte mich richtig erinnert.«

Jakob schob sein Strickzeug weiter weg und zeichnete mit dem Zeigefinger einen kleinen Kreis auf den Tisch.

»Ich habe den Newsletter von Sako abonniert, und Anfang des Jahres war darin die Rede von diesem neuen Kupfergeschoss. Es ist äußerst interessant, dass Hermanns Mörder gerade dieses Projektil verwendet hat.«

Jakob machte eine kurze Pause und warf einen Blick auf das Display, wie um sich zu vergewissern, dass er richtig gelesen hatte.

»Die Sako-Blade-Patrone kommt erst in zwei Wochen auf den Markt. Bisher ist sie noch in keinem einzigen offiziellen Waffengeschäft zu haben. Der Schütze muss einen ungewöhnlich guten Kontakt zum Hersteller haben.«

Hildur wirkte nachdenklich.

»Also obendrein auch noch ein seltenes Geschoss. Ziemlich merkwürdig. Aus irgendeinem Grund hat der Täter es also nicht für nötig gehalten, seine Spuren zu verwischen.«

26

»Haben Sie schlafen können?«, fragte Hildur und bot ihrem Gegenüber Kaffee an.

Björn saß auf der Bank der Zelle, blass, mit hängenden Schultern und wirrem Haar. Sein leerer Blick wanderte über die Wände. Sein ganzes Wesen verriet, wie unbehaglich ihm zumute war. Björn wäre bestimmt lieber irgendwo anders gewesen, egal wo, nur nicht hier. Hildur wiederholte ihr Angebot.

»Na ja, ziemlich wenig«, brummte er schließlich und griff nach der Tasse.

Da das vorige Gespräch mit Björn in einen Ringkampf ausgeartet war, hatte Hildur beschlossen, die Vernehmung in der Zelle im Erdgeschoss des Polizeigebäudes durchzuführen. Sowohl sie selbst als auch Jakob trugen ihren Ausrüstungsgürtel mit Schlagstock und Pfefferspray. Als sie den schlotternden Mann betrachtete, stellte Hildur fest, dass sie übertrieben hatte. Björn würde sicher keinen Widerstand leisten. Von seiner gestrigen Widerspenstigkeit war keine Spur mehr zu erkennen. Die Nacht in der Zelle hatte ihm zweifellos zugesetzt.

Hildur saß auf dem Stuhl, den sie mitgebracht hatte, und gab auf ihrem Laptop die notwendigen Vermerke und Formalien ein. Jakob stand wachsam hinter ihr an der Zellentür.

»Mord. Gewaltsamer Widerstand gegen eine Beamtin. Die

Liste ist kurz, aber umso gewichtiger. Was haben Sie zu diesen Verdachtsmomenten zu sagen?«, fragte Hildur und sah Björn streng an.

Hildur beschloss, kein Wort mehr zu sagen, bevor Björn den Mund aufmachte. Notfalls konnte sie den ganzen Tag hier sitzen. Sie starrte ihr Gegenüber wartend an. Die Sekunden vergingen. Irgendwo schlug eine Tür zu, dann waren schleppende Schritte zu hören. Björn blickte auf die Kaffeetasse in seinen Händen und atmete schwer. Hildur griff nach ihrer Handtasche, die über die Stuhllehne hing, und holte eine reife Banane heraus. Ihr kurzer Daumennagel bohrte sich mühelos in den Ansatz, die Schale platzte auf. Hildur schälte die Frucht betont langsam, ohne Björn aus den Augen zu lassen.

Björn hob den Kopf ein wenig. Seine Augen waren leicht gerötet.

»Es tut mir leid wegen gestern. Bei Ihren Fragen habe ich total die Nerven verloren.«

Hildur zuckte die Schultern und starrte ihn weiter an. Sie hatten abgemacht, dass sie das Gespräch führen und Jakob die Situation beobachten würde. In den letzten zwei Monaten hatte Jakob begonnen, Isländisch zu lernen, und er verstand allmählich immer mehr, auch wenn er es noch nicht flüssig sprach.

»Selbst für den Angriff auf mich kommen Sie mit einer bloßen Entschuldigung nicht davon, und Mord ist noch viel, viel ernster.«

Björn sah Hildur an. Sie entdeckte Anzeichen von Furcht auf seinem Gesicht. Er hatte die Augenbrauen hochgezogen, und sein Mund stand halb offen.

»Warum haben Sie Hermann getötet? Was hat er Ihnen getan?«, fragte Hildur unbarmherzig.

Die dichten Augenbrauen hoben sich noch mehr.

»Ich habe ihn nicht umgebracht. Ich schwöre es!« Björn brüllte beinahe.

Als er merkte, dass er zu laut geworden war, schloss er den Mund und rieb sich mit der Hand über den Haaransatz. Er machte eine kurze Pause und suchte nach den passenden Worten.

»Hermann war meiner Meinung nach ein totales Arschloch, das gebe ich zu. Er war skrupellos auf seinen eigenen Vorteil bedacht.«

Björn sprach langsam und überlegt. Allmählich kam er in Fahrt und begann schneller zu reden. Die Bebauungsplanung war für Hermanns Geschäfte das Allerwichtigste. Wenn es danach aussah, dass der Gemeinderat nicht so abstimmen würde, wie es für ihn am günstigsten war, brachte er seine Gegner dazu, ihre Meinung zu ändern.

»Er hat manchmal gedroht, ein Anruf von ihm würde genügen, dann käme eine Bande aus Reykjavík, die schon überzeugende Argumente vorbringen würde. Bei mir ist er nie so weit gegangen. Aber ich habe so allerlei gehört.«

Björn trank seinen Kaffee aus. Er stellte die leere Tasse auf den Fußboden, holte tief Luft und seufzte. Dann sprach er weiter über Hermann. Hildur stellte fest, dass er von Minute zu Minute munterer wurde. Entweder lag es am Kaffee, oder es tat ihm gut, offener über seine Angelegenheiten zu reden.

»Erinnern Sie sich an den Ausbau des Lachszuchtbetriebs?«

Hildur nickte. Bei diesem Projekt hatten sich vor einigen Jahren die Meinungen im Dorf geteilt. Zu guter Letzt hatte der Gemeinderat für die Baugenehmigung gestimmt.

»Ein Gemeinderatsmitglied, ein Feuerwehrmann, hatte kritische Fragen gestellt. Kurze Zeit später wurde der eine seiner beiden Hunde tot in seinem Garten aufgefunden.«

Der Tierarzt hatte festgestellt, dass der Hund an einer Vergiftung gestorben war. Bei der nächsten Sitzung hatte Hermann zu dem Hundebesitzer gesagt, hoffentlich werde nicht auch sein anderer Hund etwas Unpassendes fressen.

»Ein klarer Fall, aber man konnte Hermann natürlich nichts nachweisen. Er war verdammt geschickt darin, zu bekommen, was er wollte.«

Dann verstummte Björn. Er legte ein Bein über das andere und lehnte den Kopf an die Wand hinter der Bank.

»Welche Querelen gab es zwischen Ihnen und Hermann?«, fragte Hildur.

Björn seufzte wieder tief. Hildur war sich nicht sicher, was sie von ihm halten sollte. Er wirkte aufrichtig und war gesprächig, wenn er es wollte, aber sie hatte dennoch das Gefühl, dass er etwas verheimlichte.

Björn sprach weiter.

»Er wollte den Ausbau des Hafens durchsetzen, damit mehr Kreuzfahrtschiffe anlegen können. Gleichzeitig wäre der Wert der Grundstücke am Hafen gestiegen.«

Wie alle anderen im Dorf kannte auch Hildur die Problematik, die sich mit den Kreuzfahrtschiffen verband. Die Luxuskreuzer mit oft mehreren tausend Passagieren fuhren überall auf der Welt von Hafen zu Hafen. Neben tropischen Zielen war in den letzten Jahren weltweit das Interesse an Luxuskreuzfahrten in den nordischen Regionen gewachsen. Also erhielt nun auch das Dorf Ísafjörður seinen Anteil am Kreuzfahrttourismus. Die Schiffe legten jeweils für einen Tag an, und dann eroberten bis zu dreitausend Menschen die schmalen Gassen des kleinen Dorfes. Die Passagiere spähten durch die Hausfenster und fotografierten alles, was sie sahen. Andererseits brachten sie dem Hafen und den Busunternehmen, die Tagesausflüge anboten, Geld ein.

»War Hermann auch am Kreuzfahrtbusiness beteiligt?«, erkundigte sich Hildur.

Björn erzählte, dass Hermann Grundstückskäufe plante und dass er Anteile an einem großen Busunternehmen erworben hatte. Wenn es gelungen wäre, die Kapazitäten für die Kreuzschifffahrt zu verdoppeln, hätte das Busunternehmen viel Geld gescheffelt. Björn war zudem überzeugt, dass Hermann eine Baufirma an der Hand hatte, die bereit war, Hermanns Unternehmen als Minderheitsgesellschafter an dem Projekt zu beteiligen.

»Dann hätten sie den Baubestand am Hafen gemeinsam ausgebaut und teuer weiterverkauft. Das war Hermanns Methode. Sich etwas billig unter den Nagel zu reißen und mit gutem Gewinn weiterzuverkaufen.«

»Kennen Sie Hermanns Geschäftsfreunde beim Namen?«

Björn schüttelte den Kopf.

Hildur dachte über das Gehörte nach. Hatte Hermann womöglich einen seiner Geschäftspartner betrogen und der hatte sich auf die schlimmst mögliche Weise gerächt? Sie nahm sich vor, die Vertreter der größten Baufirmen Islands zu befragen, obwohl sie schon im Voraus wusste, dass dabei nichts herauskommen würde. Solche Deals wurden in der Regel mündlich vereinbart und nirgendwo schriftlich festgehalten.

»Ich habe nichts dagegen, dass jemand Geld macht, aber der Hafenausbau war meiner Meinung nach schlecht geplant. Ein Albtraum von einem Infrastrukturprojekt. Man hätte es sorgfältiger planen sollen. Es hätte unbedingt eine Begutachtung unter ökologischen Gesichtspunkten stattfinden müssen«, sagte Björn.

Er fügte hinzu, er habe im Ausschuss für die Aufschiebung des Projekts gestimmt.

»Hermann hat versucht, mich auf seine Seite zu ziehen, indem er mir Projekte mit hohen Stundensätzen versprach. Als ich nicht darauf einging, hat er gedroht, mir meine jetzigen Kunden abspenstig zu machen. Wer weiß, was er sich als Nächstes ausgedacht hätte.«

Hildur griff sofort nach dem Haken.

»Wussten Sie, dass er mit Ihrer Frau …«

Bevor sie den Satz zu Ende sprechen konnte, unterbrach Björn sie, indem er die Hand hob. Er stellte beide Füße auf den Boden und legte die Hände auf die Knie. Dann beugte er sich vor und senkte die Stimme.

»Natürlich wusste ich, dass Linda und Hermann sich trafen. Es hat mir nicht gefallen, aber es war für alle, besonders für unser Kind, leichter, dass ich mich unwissend stellte.«

Die direkte Antwort verblüffte Hildur. Sie blickte von ihrem Laptop auf und musterte Björns Gesicht. Björn wirkte nicht wütend oder traurig. Er sah nicht aus wie ein betrogener Ehemann.

»Hat Sie das etwa gar nicht gestört?«

Björn schnaubte.

»Gestört hat mich nur, dass sie sich Hermann ausgesucht hatte. Wenn es irgendein anderer gewesen wäre …«

Er unterbrach sich, als er merkte, was er gesagt hatte.

»Wegen so was würde ich doch keinen umbringen, verdammt noch mal.«

Hildur machte sich weiter Notizen.

»Soll ich Ihnen sagen, wie viele Morde aus Eifersucht begangen werden? Ziemlich viele.«

Björn zuckte zusammen. Einen Augenblick lang wirkte er verlegen, als wäre er bei einer Missetat ertappt worden. Er ließ den Kopf sinken.

»Ihre Frau hat mit Ihrem politischen Feind rumgemacht. Dann wird der Mann ermordet auf der Loipe gefunden, und Sie haben kein Alibi für die Tatzeit. Man muss kein besonders schlauer Detektiv sein, um zu begreifen, dass das Ganze nicht besonders gut für Sie aussieht. Außerdem …«, Hildur machte eine kurze Pause, bevor sie ihre letzte Bombe platzen ließ, »habe ich Ihren Waffenschein überprüft. Sie besitzen ein Gewehr vom selben Typ wie die Mordwaffe. Wir werden es zur genaueren Untersuchung nach Reykjavík schicken.«

Björn straffte den Rücken und kniff die Augen zusammen. Er schien mit sich zu kämpfen, ob er sich in das Unausweichliche fügen sollte oder nicht.

»Wenn in unserer Ehe jemand Grund zur Eifersucht hätte, wäre es Linda.«

Die Antwort überraschte Hildur. Sie beugte sich ein wenig vor, um Björn zu zeigen, dass sie ihm zuhörte. Endlich kam er zur Sache. Seine Ehe mit Linda bekam neue Schattierungen.

»Wir haben ein gemeinsames Kind, aber …«

Hildur wartete. Sie wollte Björn jetzt nicht unterbrechen. Er legte die Hände vor die Augen und strich sich mit den Zeigefingern über die Augenbrauen, während er nach den richtigen Worten suchte.

»… wir führen keine traditionelle Ehe. Eigentlich von Anfang an nicht. Ich bin nicht der Mann, für den Linda mich anfangs gehalten hat.«

Seine Stimme war immer leiser geworden, die nächsten Sätze flüsterte er beinahe.

Er erzählte, er habe versucht, eine normale Ehe aufrechtzuhalten, doch das habe sich im Lauf der Jahre als unmöglich erwiesen. Er interessierte sich nicht für Frauen. In Reykjavík hätte er sicher ein unbeschwerteres Leben führen können, aber er war geblieben und hatte hier seine Firma gegründet.

»Ich muss an meinen Ruf denken. Ich will kein Gerede …«

Hildur betrachtete ihn nachdenklich. War Homosexualität für manche Menschen immer noch etwas, worüber man nicht offen reden konnte? Sie fragte nicht nach, denn für die Ermittlungen war das unerheblich. Zum ersten Mal wirkte Björn ganz und gar aufrichtig. Es schien, als wäre eine große Last von seinen Schultern gefallen.

»Wo waren Sie also am Freitagabend bis gegen Mitternacht?«

Björn ließ das Kinn wieder auf die Brust sinken und fingerte an seinem Hemd herum.

»Können Sie die Sache diskret behandeln? Bitte.«

»Wir müssen unsere Arbeit tun«, erwiderte Hildur brüsk, lenkte aber gleich darauf ein und erklärte, sie wollten die Dinge natürlich nicht unnötig komplizieren.

»Also gut. Ich war beim Rabental-Bjarni. Ich bin in den frühen Morgenstunden nach Hause gefahren und habe an der Selbstbedienungstankstelle in Patreksfjörður getankt. Soweit ich weiß, gibt es dort Überwachungskameras, Sie können es also nachprüfen.«

Hildur dachte kurz nach. Der Rabental-Bjarni? Bjarni war ein bekannter Schafzüchter. Er hatte jahrzehntelang über dreihundert Schafe und rund zwanzig Pferde gehalten. Hildur erinnerte sich aus ihrer Kindheit an Bjarnis Hof. Er hatte immer allein gelebt. Im Frühjahr, wenn die Lämmer geboren wurden, und im Herbst, wenn die Schafe aus den Bergen wieder auf den Hof getrieben und einige geschlachtet wurden, hatten ihm Saisonarbeiter geholfen. In der übrigen Zeit hatte er sich ganz allein um seinen Hof gekümmert.

Hildur tippte eine Weile auf ihrem Laptop.

»Wir fahren zu Bjarni und befragen ihn«, sagte sie dann und erklärte die Vernehmung für beendet.

Sie klappte den Laptop zu und stand auf. Jakob klemmte sich ihren Stuhl unter den Arm.

»Bjarni ist schon ein alter Mann, und er hat nie jemandem davon erzählt. Seien Sie nett zu ihm. Er würde es bestimmt nicht ertragen, wenn im Dorf über ihn getratscht wird«, sagte Björn und sah Hildur und Jakob bittend an.

»Keine Sorge. Ich weiß schon damit umzugehen«, versicherte Hildur.

27

FEBRUAR 2020 REYKJAVÍK

DÍSA

Die rote Linie wurde mit der Präzision eines Skalpells über die helle Haut gezogen. Die Frau spitzte zufrieden ihre prallen, symmetrischen Lippen und verteilte dann mit einem Pinsel Lipgloss innerhalb der Konturen.

Dísa kippte Putzmittel in das Klobecken. Während es einwirkte, leerte sie den Abfalleimer und füllte die Halter neben den Waschbecken mit Papierhandtüchern auf. Um den äußersten Halter zu füllen, musste sie sich an der Frau vorbei recken. Die Frau rümpfte die Nase und trat einen Schritt zur Seite. Dísa bedankte sich, doch die Frau ignorierte sie.

Als Dísa sich wieder dem Klobecken widmete, hörte sie, wie die Frau geräuschvoll mit den Lippen schmatzte und dann weiter am Telefon sprach. Ihre Stimme klang sanft und überredend, als lächelte sie beim Sprechen.

»Du setzt ein paar Zehner ein. Ich weiß, dass es ein kluger Zug ist. Weil … Weil ich die Papiere gesehen habe! Der Staat gibt die Subvention für das Projekt nächsten Dienstag bekannt. Und in der Sekunde schnellt der Kurs der Muttergesellschaft in die Höhe wie der Schwanz eines jungen Mannes.«

Dísa begutachtete die saubere Kloschüssel. Sie betätigte die

Spülung und schloss die Tür der Kabine hinter sich. Dann begann sie die nächste Toilette zu putzen. Durch die offene Tür hatte sie freie Sicht auf die Frau vor dem Spiegel.

Die Frau betrachtete sich prüfend und beugte sich näher zum Spiegel, um ihr Augen-Make-up zu inspizieren. Plötzlich wurde ihr Tonfall herrisch.

»Ich kann bis dahin nicht mal den kleinen Finger rühren. Die Finanzaufsicht würde ihn sofort packen und abreißen. Aber dich können diese Affen von der Behörde nicht damit in Verbindung bringen. Außerdem hast du da in dem Flusstal doch Verwandte. Du kannst also immer behaupten, dass du aus reiner Heimatliebe in die Region investieren wolltest.«

Die Frau lachte auf und stellte fest, die Entscheidung sei gut und die Sache damit klar.

»Dieses Gespräch haben wir natürlich nie geführt«, fügte sie honigsüß hinzu, bevor sie das Smartphone in ihre schwarze Lederhandtasche steckte.

Dísa griff nach ihrem Putzkarren und schob ihn aus den Toilettenräumen hinaus. Sie hatte im Lauf der Zeit festgestellt, dass eine Putzfrau für die Leute Luft war. Die Arbeit der Putzkräfte wurde nur dann sichtbar, wenn sie ungetan blieb. Die Putzkräfte waren mit ihren Karren in den Geschäftsräumen von Unternehmen, auf Flughäfen und auf den Fluren der Banken unterwegs. Die Leute sprachen in ihrer Anwesenheit über Dinge, über die sie sonst auf keinen Fall im Beisein Außenstehender geredet hätten. Putzkräfte existierten sozusagen nicht.

Dísa sammelte vor dem Abfertigungsschalter Papierabfall auf und warf ihn in den Müllsack. Dann ging sie zu den großen Fenstern und beobachtete den Start der Maschine nach Akureyri. Das Flugzeug machte einen schönen Bogen Richtung Norden, wurde immer kleiner und verschwand schließlich ganz. Genau wie sie selbst. Im Schutz der Unsichtbarkeit konnte man so manches tun.

28

FEBRUAR 2020 ÍSAFJÖRÐUR

Hildur beendete den Anruf mit einer raschen Bewegung und knallte das Handy wütend auf ihren Schreibtisch. Der Knall war so laut, dass selbst Beta im Nebenzimmer ihn hörte.

»Läuft irgendwas falsch?«

Regentropfen trommelten an das Fenster der Polizeistation. Der Morgen war schön gewesen, aber jetzt herrschte wieder graues Wetter.

»Alles.«

Hildur hörte den Fußboden knarren, als Beta aufstand. Gleich darauf erschien die Chefin an der Tür zu dem Arbeitszimmer, das Hildur sich mit Jakob teilte.

»Wegen der Ohrenentzündung irgendeines Kindes verzögert sich alles.«

Hildur hatte gerade mit Róbert von der Unfalluntersuchungsstelle gesprochen, der erzählt hatte, einer der Ermittler sei zu Hause geblieben, um sein krankes Kind zu hüten. Die Untersuchung des abgestürzten Flugzeugs war immer noch nicht abgeschlossen. *Jæjja*, seufzte Hildur und fluchte in Gedanken darüber, dass ihr Heimatland so klein war. Eine Ohrenentzündung bei einem einzigen Schulkind legte die Tätigkeit einer ganzen Institution lahm.

Beta runzelte die Stirn.

»Die Untersuchung dieses Unfalls sollte dich doch gar nichts angehen.«

Das wusste Hildur, aber ihr Instinkt sagte ihr, dass nicht alles so war, wie es auf den ersten Blick aussah.

Beta wurde ein wenig lauter.

»Wir stecken mitten in unserer eigenen Mordermittlung. Unsere Ressourcen reichen einfach nicht, um irgendwelche anderen Fälle zu klären, die gar keine Fälle sind. Fahr jetzt mit Jakob zu diesem Schafzüchter. Ich gehe inzwischen Hermanns Telefondaten durch.«

Hildur ärgerte sich. Ihre Chefin ließ sie normalerweise in ihrem eigenen Takt arbeiten, wirkte jetzt aber ungewohnt stur. Sie hätte gern gefragt, wo der Schuh drückte, hielt es aber für besser zu schweigen, und zog sich die Jacke an.

Im selben Moment war das Klingeln eines Festnetztelefons zu hören. Beta machte auf dem Absatz kehrt und verschwand in ihrem Dienstzimmer.

Jakob schnappte sich den Autoschlüssel und erklärte, er könne fahren. Hildur und er gingen gerade über den Flur nach draußen, als Beta hinter ihnen herrief. Sie wirkte ernst.

»Ein Anruf aus der Kita. Klein-Kata ist gerade da aufgetaucht. Sie hat gesagt, sie wolle ihr Kind holen. Eine der Kindergärtnerinnen hat ein Messer in ihrer Hand gesehen.«

Hildur erinnerte sich an Klein-Kata. Die Frau war etwa Mitte dreißig, maß deutlich weniger als ein Meter sechzig und war der Polizei seit vielen Jahren bekannt. Wo immer Klein-Kata auftauchte, gab es Ärger.

Hildur hatte die Frau kennengelernt, als sie bei der Polizei in Reykjavík arbeitete. Viele Male hatte sie Klein-Kata, die an irgendeiner Bushaltestelle ihren Rausch ausschlief, zur Ausnüchterung aufs Revier gebracht. Sie hatte die Frau mehrfach verhaftet und vernommen. Einmal hatte sie Klein-Kata, die eine Kassiererin im Laden mit dem Messer bedrohte, dazu überreden können, ihre Waffe niederzulegen und sich zu ergeben.

Klein-Kata hatte zahlreiche Vorstrafen wegen Körperverletzung und Betrug. Sie hatte zwei Kinder, die beide in Obhut genommen worden waren. Ihr Sohn, der inzwischen schon das Teenageralter erreicht hatte, war vor rund zehn Jahren aus Reykjavík zu seiner Tante in den Osten Islands gezogen. Hildur hatte mit der Tante Kontakt gehalten, um sich zu vergewissern, dass es dem Jungen gut ging. Zum Glück war die Tante des Jungen aus ganz anderem Holz geschnitzt als ihre Schwester. Sie war eine verantwortungsbewusste Erwachsene, die ihrem Neffen ein sicheres Zuhause bieten konnte.

Nachdem ihr Sohn an die Ostfjorde gezogen war, hatte Klein-Kata die Hauptstadt hinter sich gelassen, war vorübergehend nach Ísafjörður gezogen und erneut schwanger geworden, von einem ausländischen Zeitarbeiter, der sich ziemlich bald verdrückt hatte. Klein-Kata hatte ihr Leben auch während der zweiten Schwangerschaft nicht in den Griff bekommen. Ihre Tochter war mit knapp zwei Jahren in Obhut genommen worden. Klein-Kata hatte immer wieder versprochen, sich zu bessern und auf Rauschmittel zu verzichten, doch daraus war nichts geworden. Dann war etwas passiert, was das Fass zum Überlaufen gebracht hatte: Das Mädchen, das auf dem Balkon im Kinderwagen geschlafen hatte, war aufgewacht, aber niemand hatte seine Rufe gehört. Es war aus dem Wagen gekrabbelt und über das Balkongeländer geklettert. Zum Glück lag die Wohnung im ersten Stock und das Mädchen war mit leichten Verletzungen davongekommen. Ein verstauchter Knöchel und eine leichte Gehirnerschütterung. Die Mutter hatte im Vollrausch auf dem Wohnzimmersofa geschlafen, die Balkontür war verriegelt gewesen. Nach diesem Vorfall hatte das Gericht die Inobhutnahme angeordnet.

Danach war Klein-Kata von den Westfjorden weggezogen. Soweit Hildur wusste, hatte sie sich vorwiegend in Reykjavík aufgehalten.

Beta sagte, die Polizeistreifen seien eine halbe Stunde Fahrtzeit entfernt.

»Wir müssen die Sache zu zweit erledigen, und zwar sofort. Euer Besuch bei dem Schafzüchter verschiebt sich ein bisschen.«

Im Dorf gab es zwei Kitas. Die ältesten Kinder aus beiden Tagesstätten waren zu einer eigenen Vorschulgruppe zusammengefasst worden, deren Räume sich hinter der Musikschule befanden, ein paar hundert Meter von der Polizeistation entfernt. Beta und Hildur beschlossen, sich zu Fuß dort hinzubegeben, das ging am schnellsten.

Unterwegs rief Hildur die Leiterin der Kita an. Sara war auch als Vizevorsitzende des Skivereins aktiv. Sie ging auf die sechzig zu und wurde von allen Kindern im Dorf vergöttert und von den Eltern geliebt. Sara hatte in der Kita gearbeitet, seit sie zwanzig war. Sie hatte Hunderten von Kindern beigebracht, wie man die Schnürsenkel band und Spaghetti Bolognese aß, ohne zu kleckern.

Hildur stellte sich vor und erkundigte sich nach der Situation. Sie hörte aufmerksam zu und ermutigte Sara.

»Bleibt im Haus, bis die Sache geklärt ist«, sagte sie und legte auf.

»Klein-Kata ist auf dem Hof hinter dem Gebäude, sie schlägt abwechselnd gegen Türen und Fenster und schreit.«

»Und das Messer?«, fragte Beta.

»Offenbar ein Taschenmesser.«

»Die Streife kommt so schnell wie möglich«, sagte Beta beruhigend.

In der Musikschule war kein Klavierspiel zu hören wie sonst. Zwei Lehrkräfte standen am Fenster und starrten mit ernster Miene auf die ankommenden Polizistinnen. Hildur und Beta gingen um die Musikschule herum und betraten den eingezäunten Hof hinter der Kita.

Sie sahen die Frau sofort. Die übergroße grüne Tarnjacke stand offen, die graue Jogginghose war mit Schmutzflecken übersät. Die Hosenbeine steckten in den Winterschuhen. Die magere Frau ging krumm, und ihr Gesicht war schlaff. Das von Drogen beherrschte Leben hatte sie deformiert, sie wirkte wie ein rückgratloses, verkrümmtes Wesen.

Als Hildur auf zwanzig Meter herangekommen war, rief sie: »Klein-Kata, was geht hier vor?«

Die Frau drehte sich um. Sie versuchte, ihren wirren Blick auf die Ankömmlinge zu fokussieren, was ihr jedoch offenbar Schwierigkeiten bereitete.

Obwohl Beta die Chefin war, übernahm Hildur die Führung, weil sie Klein-Kata von früher her kannte. Sie sprach ruhig auf die Frau ein und bat sie, das Messer fallen zu lassen.

Klein-Kata fauchte nur und trat gegen die Tür.

»Tür auf, ich will Sigga abholen. Meine kleine Sigga geht jetzt mit Mama nach Hause.«

Hildur bedeutete Beta, ihr den Rücken zu decken, während sie selbst sich von links anschlich. Gleichzeitig versuchte sie, der Frau gut zuzureden.

»Sigga geht es in der Kita gut. Du machst ihr Angst, wenn du hier solchen Krawall machst.«

»Red keinen Scheiß. Sie hat Angst, wenn sie bei fremden Leuten ist. Sie ist mein Kind, und sie gehört mir. Ich will da rein, jetzt geh ich …«

In der nächsten Sekunde schlug Klein-Kata ihre Faust durch das Fenster. Es krachte und klirrte, als die Glassplitter zu Boden fielen. Hildur wusste, dass ihre Chance gekommen war. Sie legte beide Arme um die Frau und drückte mit aller Kraft auf die Hand mit dem Messer. Klein-Katas Handgelenk war so schmal, dass es unter Hildurs Druck unheilverkündend knackte. Klein-Kata schrie gellend auf, und Hildur sah, dass ihre andere Hand blutete.

Hildur zwang die Frau in Bauchlage und setzte sich mit gespreizten Beinen auf sie, spannte dabei aber die Oberschenkel an, um die Frau nicht mit ihrem vollen Gewicht zu belasten. Sie legte ihr Handschellen an, nachdem sie die Wunden an der Hand überprüft hatte. Es schien sich zum Glück nur um oberflächliche Verletzungen zu handeln, die Blutung würde bald zum Stillstand kommen. Sie würden Klein-Kata zur Erste-Hilfe-Station bringen und anschließend in die Zelle. Als Hildur die Frau unter ihre Kontrolle gebracht hatte, ging Beta in die Kita, um das Personal zu beruhigen und mitzuteilen, dass die Gefahr vorüber war.

»Was zum Teufel geht in deinem Kopf vor?«, fragte Hildur mit gesenkter Stimme.

Die Frau zappelte unter ihr.

»Ich bin clean geworden. Ganz ehrlich. Diesmal für immer. Ich hab mich verändert. Wenn Sigga bei mir leben würde, wäre alles besser. Wir würden gut zurechtkommen. Sie ist doch mein Kind«, jammerte die Frau.

Hildur hielt sie fest und blickte sich um. Natürlich konnten Menschen sich ändern. Aber nach dem Geruch zu urteilen, war es bei Klein-Kata noch nicht so weit.

»Ich hab auch schon Klamotten und Spielzeug gekauft«, stammelte Klein-Kata schluchzend.

Hildur ärgerte sich über ihr verrücktes Treiben, spürte zugleich aber auch Mitleid mit der mageren traurigen Frau. Sie ertappte sich dabei, dass sie Klein-Katas Kopf streichelte. Ihre vom Meerwasser aufgeraute Hand strich einige Male vom Scheitel zum Nacken.

»Du musst dir noch ein bisschen mehr Mühe geben«, sagte sie leise.

Die Frau hörte auf zu zappeln. Hildur war sich nicht sicher, ob Klein-Kata wirklich zuhörte, als sie ihr sagte, der einzige Weg, mit ihren Kindern zusammen sein zu dürfen, sei es, ganz auf Alkohol und Drogen zu verzichten und sich beraten zu lassen. Letztlich könne nur sie selbst sich helfen.

»Wenn du hier herumtobst wie ein Troll, wird alles nur noch schlimmer. Mach das nicht noch mal, okay?«

Die Frau reagierte nicht. Sie lag auf dem kalten Boden und atmete keuchend.

Bald darauf näherte sich ein Wagen. Zwei uniformierte Polizisten stiegen aus und liefen auf sie zu. Hildur zog Klein-Kata hoch und übergab sie den Streifenbeamten.

»Über die Erste Hilfe in die Zelle. Ich vernehme sie morgen, wenn sie nüchtern ist.«

Nachdem die drei abgezogen waren, drehte Hildur sich um und ging zum Eingang der Kita. Ein paar Meter davor blieb sie stehen. Hinter der zerbrochenen Fensterscheibe stand ein kleines Mädchen, das sie anstarrte. Sein Blick war nicht ängstlich, aber voller Fragen. Und Hildur konnte keine einzige beantworten. Sie blickte nur zurück und versuchte zu lächeln. Die Kleine hielt den Blick noch eine Weile auf sie gerichtet. Dann machte sie so schnell kehrt, dass ihr Zopf herumflog, und lief zu den anderen Kindern zurück.

29

FEBRUAR 2020 BARÐASTRÖND

Jakob öffnete den Kofferraum und holte seine hohen Stiefel heraus. Der Hof vor dem Bauernhaus schien matschig zu sein, und es roch nach Mist. Vom nahenden Frühling war hier noch nichts zu spüren. Der Schnee war zwar zum größten Teil geschmolzen, aber es grünte noch nichts. Hildur hatte in der Eile vergessen, festes Schuhwerk mitzunehmen, musste also in ihren Turnschuhen über die Pfützen springen.

Während der Fahrt hatten sie sich darauf geeinigt, dass Jakob bei Bjarnis Befragung das Wort führen würde. Er war kein Hiesiger, nicht einmal Isländer, und möglicherweise fiel es Bjarni leichter, mit einem Außenstehenden zu reden. Sie wussten, dass er hervorragend Englisch sprach, obwohl er schon auf die siebzig zuging. Dasselbe galt für fast alle Isländer. Während des Zweiten Weltkriegs waren amerikanische Soldaten auf die Insel gekommen, um ihre Verteidigung zu sichern. Seitdem war der Einfluss der nordamerikanischen Kultur groß. Rockmusik, Strumpfhosen und die englische Sprache hatten in Island früh Einzug gehalten.

Jakob und Hildur waren mit einem Zivilfahrzeug unterwegs, um bei den Nachbarn keine unnötige Aufmerksamkeit zu wecken. Die Polizei von Ísafjörður hatte bei der Autovermietung im Ort mehrere gleichartige Autos langfristig gemietet.

In den dünn besiedelten, baumlosen ländlichen Gebieten blieb den Nachbarn nichts verborgen. Auch Björn hatte gesagt, er habe bei seinen Besuchen einen Mietwagen verwendet. Das hatte sich leicht nachprüfen lassen. Hildur hatte während der Fahrt die Angaben der Autovermietung durchgesehen und festgestellt, dass Björn Stammkunde war. Zuletzt hatte er von Donnerstag bis Samstag der vorigen Woche einen Wagen gemietet.

Vom Hauptgebäude des Bauernhofs blätterte die Farbe ab und das Dach sah renovierungsbedürftig aus. Neben dem Haus war kürzlich eine moderne Garage mit Vordach gebaut worden.

Am Rand der Weide standen die anderen Hofgebäude. Ein Schafstall, ein Unterstand für die Pferde und ein drittes Gebäude, das nach einem Maschinenlager aussah. Am Rand des Unterstands nahm Jakob eine Bewegung wahr.

An der Pferdekoppel machte Jakob Halt. Hildur blieb ebenfalls stehen. Ein langmähniges Pferd kam an die Einzäunung und tastete mit dem Maul nach Jakobs Hand. Seine Stirnfransen waren so lang und dicht, dass seine Augen kaum zu erkennen waren.

Bjarni hatte mit dem Gabelstapler einen großen runden Heuballen auf die Koppel gebracht und entfernte gerade mit einem Messer die Plastikumhüllung.

Der Mann, der einen blauen Daunenoverall trug, wirkte fit und stark. Der fast weiße dichte Bart und die ergrauten Haare waren die einzigen Anzeichen des Alters.

Die Pferde warteten unruhig auf ihr Futter.

»Guten Tag, Bjarni, Sie sprechen doch Englisch?«, rief Jakob. Er fügte hinzu, er arbeite bei der Polizei in Ísafjörður und habe ein paar Fragen. Dann stellte er auch seine Kollegin Hildur vor.

Bjarni winkte und forderte Jakob auf, auf die Koppel zu kommen.

»Von der Polizei, aha. Na, helfen Sie mir mal. Verteilen Sie das Heu hier ein bisschen«, sagte er, während er die Plastikhülle fest zusammenrollte.

»Der Zaun steht nicht unter Strom. Der ist nur pro forma da«, erklärte er und kraulte ein braun-weiß geschecktes Pferd am Hals.

Jakob griff nach dem Heu. Die Pferde folgten der Heulinie, die er auslegte, und begannen zu fressen. Es wurde ruhig auf der Koppel. Bald waren nur noch das Rascheln des Heus und das Schmatzen der Pferde zu hören.

Bjarni schob den Plastikabfall in die Kabine des Gabelstaplers und wandte sich dann Jakob zu.

»Also, worum geht es?«

»Wir untersuchen den Mord an Hermann Hermannsson.«

Das Lächeln auf Bjarnis Gesicht gefror. Seine Miene verhärtete sich, als er Hermanns Namen hörte.

»Sein Andenken sei nicht gesegnet«, knurrte er. Wie zur Bekräftigung seiner Worte räusperte er sich kräftig und spuckte einen großen Klumpen Rotz auf die Erde.

»Ich bin nicht von hier, aber nach allem, was ich gehört habe, war er in der Gegend nicht gerade beliebt«, erwiderte Jakob.

»Möchten Sie einen Kaffee? In der Kanne ist noch heißer«, sagte Bjarni und zeigte, ohne die Antwort abzuwarten, zum Hauptgebäude hin. Dann stieg er in den Gabelstapler und lenkte ihn von der Koppel herunter.

Jakob und Hildur machten sich auf den Weg zum Hauptgebäude. Sie ließen den Hausherrn zuerst hineingehen.

Auf der Küchenbank schnurrte eine mollige Katze. Jakob beugte sich zu ihr und kraulte sie am Kopf. Als er sich neben sie setzte, kroch sie ihm auf den Schoß. Jakob sah sich um. Auf der Arbeitsfläche lagen ein iPad und eine Landwirtschaftszeitung. Altmodische Tapeten mit einem ins Orange spielenden Blumenmuster bedeckten die Wände, an denen gerahmte Fotos von europäischen Großstädten hingen.

»Ich mache kaum noch Reisen. Es ist so schwierig, eine Urlaubsvertretung zu finden«, meinte Bjarni und stellte für sich und seine Gäste Kaffeetassen, Milch und Zucker auf den Tisch.

Jakob nahm zwei Zuckerwürfel und ließ sie in das dampfend heiße Getränk fallen. Bjarni lachte auf und bemerkte, hierzulande tue kaum noch jemand Zucker in seinen Kaffee.

»Na ja, aber ich bin aus Finnland«, sagte Jakob und berichtete kurz, wie er zu seinem Praktikum in Ísafjörður gekommen war. »Es geht um Folgendes: Wir haben den Mord an Hermann untersucht und einen möglichen Tatverdächtigen festgenommen.«

Bjarni wurde aufmerksam. Er schlürfte geräuschvoll seinen Kaffee und verschränkte dann die Hände unter dem Kinn.

»Tja, dieser Mann behauptet, er sei zur Tatzeit, also am Freitagabend, hier gewesen. Die Sache ist seiner Meinung nach ein wenig sensibel, deshalb wollte er zuerst nicht darüber sprechen.«

Ein schwaches Lächeln fuhr über Bjarnis Gesicht. Jakob war sich nicht ganz sicher, ob Verblüffung oder etwas anderes dahintersteckte. Deshalb beeilte er sich, hinzuzufügen:

»Also, unserer Meinung nach ist daran nichts Sensibles oder Problematisches, aber auf seinen Wunsch sind wir mit einem Zivilfahrzeug gekommen.«

Bjarni prustete los. Er lachte so herzhaft, dass Jakob seine Worte kaum verstand.

»Und jetzt sitzt Björn hinter Schloss und Riegel?«

Hildur bestätigte, so sei es. Der alte Mann schüttelte sich immer noch vor Lachen.

»Er ist ein toller Mann, aber es fällt ihm schwer, mit sich selbst ins Reine zu kommen. Dass er lieber unter Mordverdacht im Gefängnis sitzt, statt zu erzählen … Du lieber Himmel.«

Bjarni sprach lachend weiter.

»Ja. Björn war hier. Er ist am Nachmittag gekommen, gleich nach der Arbeit. Wir haben die Tiere versorgt, uns etwas Leckeres zu essen gekocht, auf die Schießscheibe geschossen und Zeit miteinander verbracht. Er ist erst spät weggefahren, es war wohl schon fast zwei Uhr nachts.«

Jakob notierte sich einige Sätze. Alles stimmte mit Björns Aussage überein.

Bjarni strich sich über die grauen Haare.

»Andererseits ist sein Schweigen verständlich, er hat ja Frau und Kind und einen tollen Beruf. Sein Mut reicht wohl nicht für eine größere Veränderung …«

Bjarni blickte eine Weile in seine Kaffeetasse und seufzte tief. Dann wechselte er das Thema.

»Wer arbeitet denn heutzutage bei euch auf der Polizeistation?«

Er schien darauf erpicht, das Gespräch fortzusetzen. Vielleicht ist er einsam, dachte Jakob.

»Beta ist die Polizeichefin. Ich bin für die Zeit meines Praktikums Hildurs Teampartner«, sagte er und nickte zu Hildur hin.

»Hildur? Sie surfen doch manchmal da drüben, oder?«, fragte Bjarni und zeigte auf das Küchenfenster, durch das man das Meer sehen konnte.

Er stand auf, nahm die Kaffeekanne vom Spültisch und hob sie fragend hoch. Jakob ließ sich nachschenken. Er starrte aufs Meer. Die Vorhänge am Küchenfenster hatten ein grünes birnenförmiges Muster. Auf dem Fensterbrett wuchs Basilikum. Bjarnis Zuhause war schön und gepflegt, aber still.

Bjarni erzählte, dass er vor siebzig Jahren hier geboren wurde. Als einziges Kind hatte er nach dem Tod seiner Eltern den Hof weitergeführt.

»Mir waren aus dem bekannten Grund keine Kinder vergönnt. Ich bin der letzte Bauer auf diesem Hof. Wenn ich die Arbeit nicht mehr schaffe, verkaufe ich die Pferde und schlachte die Schafe.«

Plötzlich wechselte Bjarni das Gesprächsthema. Er sah Hildur an.

»Sie habe ich übrigens schon gekannt, als Sie noch klein waren.«

Hildur wurde einige Jahre, nachdem Bjarni den Hof übernommen hatte, geboren. Das Anwesen ihrer Eltern war fast achtzig Kilometer von Bjarnis Hof entfernt.

»Aber hier an den Fjorden kennen sich ja alle. So war es schon damals, als wir noch wesentlich mehr waren als heute. Jetzt ist hier jeder zweite Hof leer und verlassen.«

Die ländlichen Gebiete leerten sich, und es war schwierig, einen Nachfolger für einen Hof zu finden.

»Ihre Mutter … Rakel. Friede ihrer Seele, aber sie war irgendwie seltsam.«

Hildur wirkte mit einem Mal angespannt, Jakob merkte, wie sie die Lippen zusammenpresste. Er hatte sie so gut wie nie von ihren Eltern sprechen gehört.

Bjarni seufzte und schüttelte den Kopf.

»Entschuldigung, ich will nicht aufdringlich sein. Aber ich erinnere mich, dass ich oft überlegt habe, was bei euch eigentlich vorging.«

Bjarni machte eine kurze Pause und trank laut schlürfend von seinem Kaffee.

»Ich bin daran gewöhnt, Menschen zu beobachten. Wenn man selbst am Rand des Kreises lebt, lernt man schnell, Situationen zu deuten. Zu erkennen, was im Kreis passiert. Aber Ihre Familie ist mir ein Rätsel geblieben.«

Jakob sah, dass Hildur unruhig wurde, und beschloss, dass es Zeit war, zu gehen. Die Wanduhr knackte und schlug viermal. Jakob bedankte sich für den Kaffee und stand auf. Hildur war bereits in die Diele gegangen, um sich die Schuhe anzuziehen. Bjarni zeigte jedoch keine Reaktion auf ihren Aufbruch. Er starrte aus dem Fenster und schien ganz in seine Gedanken versunken zu sein. An der Küchentür verabschiedete Jakob sich noch einmal von ihm und wollte sich gerade abwenden, da knarrte Bjarnis

Stuhl, und der alte Mann drehte sich schnell zu ihnen um. Seine Augen waren weit aufgerissen, und seine Stimme klang merkwürdig ruhig. Irgendwie gespenstisch.

»Ihre Mutter hatte etwas Seltsames an sich.«

30

FEBRUAR 2020 ÍSAFJÖRÐUR

Bjarnis Worte hatten Hildur nicht mehr losgelassen. Wieso meinte er, ihre Mutter sei seltsam gewesen? Sie war eine ganz normale, geduldige Frau gewesen, die zu Hause ihre Kinder großzog und das Essen zubereitete. Still war sie allerdings gewesen, zurückhaltend, vielleicht introvertiert, aber das waren ja viele.

Neben Bjarnis Worten ärgerte sie auch Klein-Katas verrückter Auftritt bei der Kita, der ihr viel Arbeit gemacht hatte. Die arme Frau war völlig durcheinander. Rauschmittel und Obdachlosigkeit. Psychisch war sie bereits kaputt, und es würde nicht lange dauern, bis auch ihr Körper streikte. Nächte in der Ausnüchterungszelle und Gefängnisaufenthalte würden sie nicht heilen. Man hätte sie in Behandlung schicken müssen, doch das war leichter gesagt als getan. Die Plätze im Entzug waren knapp, und auf Psychotherapie musste man endlos lange warten.

Klein-Kata war in der Zelle gelandet, Björn war freigelassen worden. Auf den Aufnahmen der Überwachungskamera an der Tankstelle war deutlich zu sehen, wie er am Samstag früh um zwei Uhr fünfunddreißig seinen Mietwagen tankte. Zumindest was die Uhrzeit betraf, stimmte Bjarnis Aussage also.

Sie waren mehr oder weniger wieder am Ausgangspunkt. Jakob hatte begonnen nachzuforschen, wie die Patronen, die Sako demnächst auf den Markt bringen wollte, bis nach Island gelangt sein konnten und wer sie sich möglicherweise verschafft hatte. Beta machte mit den Teledaten weiter. Hildur beschloss, frische Luft zu schnappen. Sie brauchte Zeit zum Nachdenken.

Sie verließ die Polizeistation und ging an der Pizzeria und dem Kino vorbei zu dem Gehweg, der an der Küste entlangführte. Auf dem Fuß- und Fahrradweg um das Dorfzentrum war nichts los. Das war kein Wunder. Es regnete. Der Nordwind brachte nasskaltes Wetter. Ein verletzter Rabe hüpfte auf einem Uferfelsen herum. Hildur erkannte ihn, es war Haken. Er saß oft allein auf den Uferfelsen. Einer der Dorfbewohner hatte den Vogel adoptiert und versorgte ihn täglich mit Futter. Haken hüpfte schon seit Jahren über die Uferfelsen, nur fliegen konnte er nicht mehr.

Seit dem Mord an Hermann war schon fast eine Woche vergangen, und sie hatten immer noch keinerlei Hinweise auf den Täter. Fast alle seine persönlichen und beruflichen Bekannten hatten den Freitagabend mit Freunden verbracht. Im Dorf hatten zur gleichen Zeit überraschend viele gesellige Abende stattgefunden. Vielleicht wollten die Leute den Einschränkungen zuvorkommen, die das Corona-Virus mit sich bringen würde und über die bereits gemunkelt wurde. Alle trafen sich, solange es noch möglich war. Das halbe Dorf hatte ein Alibi. Vielleicht war der Täter von außerhalb gekommen? Auch das war möglich. Hildur hatte die Buchführung von Hermanns Firmen durchgesehen und anhand der Kauf- und Verkaufsrechnungen seine größten Subunternehmer, Kunden und Partner herausgesucht. Keines dieser Unternehmen hatte momentan gemeinsame Projekte mit Hermanns Firmen. Es gab keine ausstehenden Rechnungen, und niemand war irgendwem etwas schuldig. Hildur hatte mit mehreren Geschäftsführern und Finanzleitern telefoniert, und niemand hatte sich negativ über Hermann geäußert. Alle wirkten erschüttert über seinen gewaltsamen Tod.

Da die jüngste Vergangenheit keine entscheidenden Hinweise zu liefern schien, galt es, tiefer zu graben. Hildur würde jeden erdenklichen Stein umdrehen, im Zweifelsfall von der Geburtsklinik an, um den Fall zu klären. Volldampf voraus, schnaubte sie. Jetzt musste sie irgendetwas tun, was sie weiterbrachte!

Mit regennassen Haaren betrat Hildur die Pizzeria, ging zur Kasse und bat den jungen Verkäufer, ihr die Pizzastücke einzupacken, die in der kleinen, sich drehenden Vitrine bereitlagen.

»Huhn oder Salami?«, fragte der Junge und desinfizierte seine Hände, bevor er zur Gebäckzange griff.

»Ich nehme alle.«

Ein langer Tag lag vor ihr. Sie würde im Dorfarchiv alle Akten bestellen, die mit der kommunalen Beschlussfassung zu tun hatten und in denen Hermanns Name auftauchte. Außerdem würde sie eine Suche im Zeitungsarchiv starten und alle Artikel abspeichern, in denen sein Name vorkam, von seiner Geburt an bis zum heutigen Tag. Es waren bestimmt viele. Sie würde erst schlafen gehen, wenn sie alle gelesen hatte.

Man findet immer etwas, wenn man genau genug hinschaut, dachte sie, als sie mit dem Pizzakarton zur Polizeistation ging. Man findet immer etwas.

Als es draußen dunkel wurde, war Hildur immer noch bei der Arbeit. Nach stundenlangem Sitzen am Computer hatte sie endlich dem heftigen Protest ihrer Schultern nachgegeben und eine kleine Pause eingelegt. Sie stemmte die Handflächen gegen die Wand, hielt den Körper in leichter Schräge und bewegte die Schulterblätter vor und zurück. Bei der Arbeit am Computer verspannten sich der Nacken und die Schultern. Diese Übung half dagegen. Hildur zählte bis zwanzig, schüttelte die Arme aus und wiederholte das Ganze noch dreimal.

Normalerweise hätte sie in dieser Situation davon geträumt, surfen zu gehen, aber aus irgendeinem Grund löste die Vorstellung diesmal keine Begeisterung oder andere positive Gefühle aus. Schon bei dem Gedanken an das Surfbrett spürte sie einen leichten Druck im Magen. Sie erschrak. Hatte sie etwa begonnen, sich vor dem Meer zu fürchten? Hildur verdrängte den unangenehmen Gedanken und kehrte an den Computer zurück. Sie hatte erst etwa die Hälfte des Materials durchgesehen.

Als Erstes hatte Hildur die Sitzungsprotokolle des Gemeinderats und des Bauausschusses gelesen und sie, nach den behandelten Themen geordnet, in verschiedene Mappen gelegt. Danach war sie die Artikel in den Medien durchgegangen und hatte sie den jeweiligen Mappen zugeteilt.

Hildur widmete sich den nächsten Dateien. Allmählich zeichneten sich interessante – genauer gesagt erschreckend interessante – Zusammenhänge ab. Was auch immer in der Gemeinde beschlossen wurde, Hermann oder eines seiner Unternehmen war beteiligt.

Im Gemeinderat hatte man darüber gesprochen, dass man ein neues Kita-Gebäude brauchte. Die Geburtenrate war gestiegen und viele Familien mit Kindern waren zugezogen. Auf Hermanns Vorschlag hatte die Gemeinde beschlossen, die Möglichkeit zu prüfen, ein altes, leer stehendes Ladengebäude für diesen Zweck zu sanieren. Die Renovierung käme billiger als ein Neubau. Etwa zwei Monate später hatte die Lokalzeitung über Immobilienkäufe berichtet, die Hermanns Unternehmen getätigt hatte. Das Unternehmen hatte das alte Ladengebäude zu einem äußerst günstigen Preis gekauft.

Nach einem halben Jahr beschloss der Gemeinderat den Ausbau der Kita und entschied sich – Hildur hätte darauf schwören können, noch bevor sie das Sitzungsprotokoll zu Ende gelesen hatte – für das alte Ladengebäude, das inzwischen Hermanns

Firma gehörte. Die Gemeinde kaufte es, und Hermann strich rund zwanzig Millionen Kronen Gewinn ein. Kopfschüttelnd las Hildur weiter. Es fanden sich weitere Zusammenhänge dieser Art. Kein Wunder, dass Hermann Jahr für Jahr zu den Spitzenverdienern der Gemeinde zählte. Bei der Lektüre der Dokumente wurde deutlich, dass die Menschen um Hermann herum im Lauf der Jahre gewechselt hatten, er selbst aber immer im Zentrum geblieben war. Hildur schüttelte enttäuscht den Kopf. Warum hatte sich niemand ernsthaft mit Hermanns Mauscheleien befasst? Viele Jahre lang hatte der Mann die Informationen, zu denen er dank seiner Vertrauensämter Zugang hatte, genutzt, um seine eigenen Geschäfte zu begünstigen.

Andererseits war Hildur nicht im Geringsten überrascht. Hermann hatte auf die landesübliche Art gehandelt. So waren die Dinge hier ja immer schon erledigt worden: Die Einflussreichen stärkten sich gegenseitig den Rücken. Der Graben zwischen ihnen und den Normalbürgern war so tief, dass es schwierig war, gegen diejenigen vorzugehen, die wirtschaftliche und gleichzeitig auch politische Macht ausübten.

Hildur stand auf und streckte sich. Sie trat an das Fenster ihres Dienstzimmers und betrachtete die von den Straßenlaternen beleuchtete Umgebung. Die Polizeistation befand sich in der Mitte einer Landzunge, die in den Fjord reichte. Von dieser Seite aus fiel der Blick auf den Hafen und die Fischfabriken. In Hildurs Kindheit gingen alle, die sich auf den Beinen halten konnten, auf Fischfang. Die Fischer fingen Fische und verkauften sie. Sie bekamen Geld und ernährten ihre Familien. In den 1980er-Jahren wollte der Staat den Fischfang begrenzen und schuf das System der Fischfangkontingente. Die Verhinderung der Überfischung und der Schutz der Fischbestände waren an sich gute Ziele. Nur fiel das Kontingentsystem leider sehr unfair aus. Hildurs

Meinung nach war der Aufbau des Quotensystems die größte Trickserei in der isländischen Wirtschaftsgeschichte. Diejenigen, die in den früheren Jahren gefischt hatten, bekamen Kontingente, mit denen sie ihr Gewerbe auch künftig betreiben konnten. Die Fischfangquoten wurden zu Wertpapieren, die man weiterverkaufen oder verpachten konnte. Der Fischfang wurde zu einer milliardenschweren Geldquelle, aus der das Geld in die Taschen von ein paar Dutzend Familien floss. Die Kontingente wurden aus den kleinen Dörfern in die großen Häfen verkauft, wohin man Arbeitskräfte aus Kuba und Polen holte, die für einen Hungerlohn Kabeljau zerschnippelten.

Als die Fischereimilliardäre profitablere Anlageobjekte suchten, kauften sie die staatlichen Banken. Hildur erinnerte sich nur zu gut an die zehn Jahre zurückliegende Bankenkrise. Irgendein junger Bankangestellter mit Gelfrisur hatte ihr einen an den Euro gebundenen Wohnungskredit empfohlen, bei dem die Zinsen deutlich niedriger waren als bei einem normalen Kredit. Hildur hatte – wie Tausende andere in Island – nichts von den Risiken eines Valutakredits gewusst, sondern war dem Ratschlag des jungen Mannes gefolgt. Als die Wirtschaft des Landes dann zusammenbrach, hatten sich ihre Schulden über Nacht verdoppelt. Sie zahlte sie immer noch ab. Dass sie Freysis Wohnung geerbt hatte, erleichterte ihre finanzielle Lage ein wenig, aber auf beiden Wohnungen lag immer noch für lange Jahre ein Kredit. Seit dem Bankrott des Finanzsystems vertraute Hildur keinem mehr, der bei einer Bank arbeitete.

Hermann war die personifizierte Landessitte. Ein Glied in der Korruptionskette, die sich durch die ganze Gesellschaft zog. Island war voll von Hermanns, doch davon wurde nicht viel Aufhebens gemacht.

Zwei kleine Segelboote verließen den Hafen, auf der Küstenstraße fuhren ein paar Autos. Hildur warf einen Blick auf die Uhr.

Es war bald sieben. Sie griff nach dem letzten, längst kalt gewordenen Pizzastück und setzte sich an ihren Monitor.

In den Zeitungsartikeln gab es etwas, das Hildur irritierte. Sie wusste aus Erfahrung, dass ihre Aufmerksamkeit praktisch nie völlig ohne Grund erwachte. Wenn auf einer glatten Oberfläche eine Falte auftauchte, war das eine Ausnahme, und Ausnahmen waren interessant. Wenn es mehrere Falten gab, erzeugten sie ein Muster.

Hildur hatte die Zeitungsausschnitte erneut durchgeblättert und bemerkt, dass in den Abbildungen zu den Berichten über Hermann oder seine Unternehmen immer wieder ein Mann auftauchte, dessen Name weder in dem Artikel noch im Bildtext genannt wurde. Die Artikel stammten von verschiedenen Reportern und waren in unterschiedlichen Medien erschienen, von Landwirtschaftszeitungen bis zu Lokalblättern. Der große, schlanke Mann im dunklen Hemd war auf vielen Fotos zu sehen. Er tat irgendetwas im Hintergrund oder befand sich auf Gruppenfotos in Hermanns Nähe. Als Hermann vor einem großen Fischtrawler fotografiert wurde, stand er in einiger Entfernung am Kai. Bei einer Veranstaltung der Bürgermeisterin posierte Hermann, ein Bierglas in der Hand, zusammen mit seinen Freunden. Der Mann war in der Clique fast immer dabei: bei den Festlichkeiten zum Unabhängigkeitstag, auf einer Baustelle, bei einer Wohltätigkeitsgala. Hildur studierte die Artikel und die Bildunterschriften sorgfältig, doch der Name des hochgewachsenen Mannes tauchte nirgendwo auf. Er war wie ein Dienstbote, der zur Stelle war, wenn man ihn brauchte, aber nie beim Namen genannt wurde.

Dann hörte es plötzlich auf. Ab 2016 fand sich kein einziges Foto mehr von dem Mann.

Was war passiert? Hildur startete eine visuelle Suche nach entsprechenden Bildern. Sie versuchte es zuerst mit Baustellenfotos.

Keine brauchbaren Ergebnisse. Mit dem Foto von der Veranstaltung der Bürgermeisterin landete sie dagegen einen Treffer. Hildurs Aufmerksamkeit verschärfte sich. Eine der Eingeladenen hatte das Foto auf ihrer Facebook-Seite veröffentlicht und einen Text dazu verfasst.

In Sommerlaune – Dank an Selma Gunnarsdóttir für die schöne Party! Hier heben wir einen mit Hermann Hermannsson, Ben Bjarnason und Gunnar Emilsson.

Das Update stammte offenbar von einer der Gemeindesekretärinnen. Hermann erkannte Hildur auf dem Foto natürlich. Selma war die Bürgermeisterin und Ben ein stellvertretender Abgeordneter der Unabhängigkeitspartei. Der hochgewachsene Mann hatte nun endlich einen Namen: Gunnar Emilsson.

Hildur tippte den Namen in das Suchfeld. Schon der erste Treffer verriet, warum Gunnar Emilsson 2016 aus den Fotos verschwunden war.

Der Arzt und Ultraläufer Gunnar Emilsson war im August 2016 zum CEO der in Zypern ansässigen Tochtergesellschaft des größten isländischen Fischereiunternehmens ernannt worden. Auf dem Zeitungsfoto lächelte er in die Sonne von Limassol, die Hände lässig in die Taschen seiner weißen Leinenhose gesteckt. Die beiden obersten Hemdknöpfe waren offen. Hildur rieb sich die Stirn. Ein Arzt als Unternehmensleiter? Der Bursche hatte offenbar die richtigen Kontakte.

Plötzlich spürte Hildur einen leichten Tritt in der Gegend ihres Herzens. Das kann nicht wahr sein, stöhnte sie in Gedanken, während sie das Foto betrachtete. In ihren Fingerspitzen machte sich das vertraute Prickeln bemerkbar. Sie ahnte, dass sie gerade auf etwas Wichtiges gestoßen war. Emilsson, Emilsson, Emilsson. Emils Sohn. Emil war ein ziemlich häufiger Name, also gab es auf Island bestimmt Hunderte Emilssons, wenn nicht sogar noch mehr. Sie griff rasch nach ihrem Handy und wählte Axt-Hákons Nummer. Zu Hildurs großer Erleichterung meldete sich der Pathologe bereits nach dem dritten Klingeln.

»Entschuldige, dass ich so spät anrufe, nach Feierabend.«

Axt-Hákon lachte vergnügt.

»Bin noch bei der Arbeit. Ich stochere in Gewebeproben.«

Zur Arbeit des Pathologen gehörten neben Obduktionen auch Untersuchungen bei Krebsverdacht. Er analysierte Gewebeproben, um die Art des Tumors und den möglichen Krebstyp abzuklären.

»Hör mal, der Pilot, der bei dem Flugzeugabsturz gestorben ist. Soweit ich weiß, ist sein Name bisher nirgendwo publik gemacht worden. Aber bei unserem letzten Gespräch hast du ihn erwähnt, glaube ich. Sein Nachname war Emilsson, oder?«

Eine Weile hörte sie nur Atemzüge und Schritte. Dann sagte der Pathologe, er schalte seinen Computer ein.

»Ja. Tatsächlich, Emilsson. Warum fragst du?«

Hildur spürte ein Kribbeln im Magen. Sie wusste, dass sie sich etwas Wichtigem näherte.

»Das sage ich dir, sobald ich kann. Wie hieß er mit Vornamen?«

Einen Augenblick lang war nur leises Tippen zu hören.

»Er hieß Guðlaugur Emilsson.«

Verdammt. Also doch nicht, dachte Hildur. Sie spürte, wie ihre Schultern vor Enttäuschung herabsackten. Das identische Patronym war Zufall. Was hatte sie sich nur eingebildet?

Sie warf einen Blick auf die blauen Ordner auf ihrem Computer. Vielleicht würde sie in dem Material noch etwas entdecken, was ihr bisher entgangen war. Ein paar Dutzend Zeitungsausschnitte warteten noch darauf, gelesen zu werden. Sie würde bis spät in die Nacht zu tun haben. Hildur wollte das Gespräch gerade beenden, als der Pathologe noch etwas hinzufügte.

»Genauer gesagt, er hatte zwei Vornamen. Mit vollem Namen hieß er Guðlaugur Gunnar Emilsson.«

Hildur straffte sich und umklammerte das Handy fester. Tschakka! Am liebsten hätte sie lauthals gejubelt. Sie hatte recht gehabt. Es gab eine Verbindung zwischen den beiden Todesfällen.

31

Jakob hörte, wie die Tür des Polizeigebäudes hinter ihm zufiel, als er in die frühabendliche Dämmerung hinaustrat. Hildur war noch geblieben, um alte Sitzungsprotokolle durchzusehen. Jakob hatte versucht, Mitarbeiter der Firma Sako zu erreichen, aber in Finnland war es schon so spät, dass niemand mehr am Arbeitsplatz war. Er würde es morgen wieder versuchen.

Jakob beschloss, auf einem längeren Umweg nach Hause zu gehen. Er wollte frische Luft und freien Raum um sich, um seine Gedanken zu klären. Es war ratsam, sich zügig zu bewegen, denn die kalte, feuchte Luft kroch einem schnell in die Knochen. Vom Meer her war Nebel aufgezogen. Die Umgebung hatte sich grau gefärbt, da eine dicke Wolkendecke das Licht filterte. Der Nebel bildete winzige Tropfen auf der Haut.

Trotz des unfreundlichen Wetters war Jakob guter Dinge: Der Besuch auf Bjarnis Hof war gut gelaufen, er hatte Informationen erhalten, die für die Mordermittlung wesentlich waren. Er war erfolgreich gewesen und hatte etwas Wichtiges zustande gebracht. Und es ging nicht nur um diesen einen Tag: Jakob hatte das Gefühl, dass es ihm überhaupt erheblich besser ging als vor einigen Monaten bei seiner Ankunft in Island.

Vielleicht lag es an den klaren, beruhigenden Landschaften. Oder daran, dass er von Anfang an etwas getan hatte, was für andere Menschen von Bedeutung war. Er hatte sich einen neuen Raum und eine neue Rolle geschaffen. Besonders froh stimmte ihn die Freundschaft zu Hildur. Jakob hatte sofort gemerkt, dass Hildur etwas Besonderes an sich hatte. Seine Kollegin war intelligent, fair und aufrichtig. Der Kummer, mit dem sie kämpfte, war für ihre Mitmenschen schwer zu erkennen. Jakob hatte darüber nachgedacht und war zu dem Schluss gekommen, dass Außenstehende hinter ihrer harten äußeren Schale auf den ersten Blick nichts sahen, was nicht in Ordnung war. Vielleicht konnte nur jemand, der mit ähnlich schwierigen Belastungen konfrontiert gewesen war, so etwas wahrnehmen. Auf jeden Fall waren sie beide schnell gute Freunde geworden.

Hildur schien vorhin so in ihre Arbeit vertieft, dass Jakob sie nicht stören wollte. Er würde es ihr morgen erzählen. Heute hatte er nämlich eine richtig gute Nachricht bekommen.

Der Nebel bildete über dem Meer eine so dichte Decke, dass man nicht erkennen konnte, wo die Grenze zwischen Himmel und Erde verlief. Es kam Jakob vor, als stünde er am Rand der Welt.

Er dachte an Matias, seinen Sohn. In einigen Monaten sollten sie sich wieder treffen. Er würde den Flug nach Oslo bald buchen müssen, um Geld zu sparen. Von Island aus waren alle Flüge teuer, und je später man buchte, desto mehr musste man blechen. Obwohl sein voriger Besuch wegen Lenas Manövern schiefgelaufen war, würde er den nächsten nicht ausfallen lassen. Das wäre einer Kapitulation gleichgekommen, und er hatte nicht vor, klein beizugeben.

Nach seinem Umzug nach Island hatte Jakob mehr Selbstvertrauen gewonnen. Er hatte beschlossen, sich gegen seine Ex-Frau zur Wehr zu setzen. Allzu viele Jahre hatte er es zugelassen, dass Lena ihn als Fußabtreter benutzte. Sie hatte es sogar geschafft, sich das alleinige Sorgerecht zu ergaunern. Im Urteil des norwegischen

Gerichts war jedoch ausdrücklich festgelegt worden, dass Jakob seinen Sohn treffen durfte. Er hatte beschlossen, für seine Rechte und die seines Kindes zu kämpfen.

Vor einigen Wochen hatte Jakob in einem Internetforum eine Frau kennengelernt, die ein ähnliches Problem mit ihrem Ex gehabt hatte. Sie hatte ihm die Telefonnummer von Pekka Jokinen gegeben, einem Experten für internationale Rechtshilfe in der Abteilung für Privatrecht und Rechtspflege beim finnischen Außenministerium, und ihm empfohlen, dort um Rat zu bitten.

Heute hatte er Jokinen angerufen, und es hatte sich gelohnt.

Mit seiner ruhigen Redeweise hatte Jokinen eine Gelassenheit ausgestrahlt, die Jakob dazu ermutigt hatte, seine ganze Geschichte von den Anfängen an zu erzählen. Nach Jakobs fast zehnminütigem Monolog hatte Jokinen erklärt, ein Fall wie der seine sei bedauerlich alltäglich. Das war natürlich ein trauriger Fakt, hatte Jakob aber Mut gemacht. Er war mit seiner unerträglichen Situation nicht allein.

Sie hatten mehr als eine halbe Stunde lang miteinander gesprochen. Jakob wollte wissen, was er tun könne, um Lena dazu zu bringen, sich an sein gerichtlich festgelegtes Besuchsrecht zu halten. Er kannte das norwegische Rechtssystem einigermaßen und sprach die Landessprache gut, dennoch war er auf Norwegisch immer im Hintertreffen. Deshalb wollte er sich zuerst in seiner Muttersprache informieren.

Jokinen hatte die wichtigsten Punkte in Jakobs Bericht zusammengefasst und sich vergewissert, dass er alles richtig verstanden hatte. Das Sorgerecht lag bei der Mutter des Kindes, Mutter und Kind wohnten in Norwegen und laut Gerichtsbeschluss hatte Jakob das Recht, sein Kind an festgelegten Tagen zu treffen und durch Videogespräche mit ihm in Verbindung zu bleiben, aber die Mutter erfand immer wieder Gründe, die Treffen einzuschränken. Anschließend hatte Jokinen erklärt, aufgrund internationaler Abkommen sei der finnische Staat verpflichtet, Jakob zu helfen.

Jakob hatte es als sehr wohltuend empfunden, wie klar Jokinen die Dinge darlegte. Es kam ihm vor, als hätte der undefinierbare Klumpen, der ihn seit Jahren belastete, nun zumindest deutliche Umrisse bekommen.

Als Erstes, hatte ihm der Rechtsexperte geraten, müsse Jakob einen Antrag auf Besuchsrecht bei Jokinens Abteilung einreichen. Die Beamten würden sich dann mit der entsprechenden norwegischen Behörde in Verbindung setzen, die sich um eine einvernehmliche Lösung zwischen Jakob und Lena bemühen würde.

Jokinen hatte ihm allerdings keine große Hoffnung gemacht. In aller Regel komme keine Einigung zustande, und dann bleibe Jakob keine andere Wahl, als vor Gericht zu gehen. Das müsse in Norwegen geschehen, weil das Kind dort wohnte. Und das wiederum bedeute, dass er sich dort einen Anwalt suchen müsse. Und wenn schon, dachte Jakob und beschleunigte seine Schritte. Er bog am alten Kapitänshaus nach rechts ab.

Wenn er einen Anwalt einschalten müsste, würde er auch das schaffen. Notfalls konnte er sich neben seinem Praktikum einen zweiten Job suchen. In Island schienen viele Leute in mehreren Berufen gleichzeitig zu arbeiten, warum also nicht auch er. Außerdem dauerte sein Praktikum ohnehin nur bis Ende des Frühjahrs. Danach würde er ins normale Arbeitsleben zurückkehren und ein anständiges Gehalt beziehen. Ob er als Polizist in Island oder in Finnland arbeiten würde, war noch ein wenig unklar. Eigentlich wollte er gern in Island bleiben. Hier hatte er Kollegen und Freunde. Er wollte in Guðrúns Nähe wohnen. Doch er versuchte, nicht allzu weit in die Zukunft zu denken.

Jakob wanderte noch eine Weile weiter, dann kehrte er in das kleine Dorfzentrum zurück. Er ging am Alkoholgeschäft vorbei und bog beim Kulturhaus nach rechts ab. Durch die großen

Schaufenster des Wollgeschäfts sah er Guðrún, die Wollknäuel in die Regale räumte. Er klopfte an die Scheibe und formte mit den Lippen die Frage *Sehen wir uns am Abend?* Guðrún nickte breit lächelnd und bewegte die Arme, als würde sie rudern.

Jakob strich sich über die Stirn, als wolle er sich den Schweiß abwischen, und lachte. Dann eilte er nach Hause. Ihm blieb noch Zeit, eine Runde zu joggen und das Abendessen zuzubereiten, bevor Guðrún kam. Jakob lächelte. Dieser Tag wurde immer besser.

32

1992 WESTFJORDE

ZWEI JAHRE VOR RÓSAS UND BJÖRKS VERSCHWINDEN

Rakel hängte Weihnachtslichter in die Fenster. Ein kleiner Lichtschimmer in der undurchdringlichen Finsternis des Dezembers. Die Kabel ließen sich leicht um die Haken drehen, die rund um das Jahr an den Fensterrahmen blieben. Im Sommer hängte sie Kräutertöpfe daran auf. Draußen war es zu windig und zu kalt, um Basilikum und Dill anzubauen, aber hier drinnen, am sonnigsten Platz in der Küche, gediehen sie. Am Abend würde sie mit den Kindern die alten Wichtelfiguren ihrer Mutter aufstellen, und die Schokoladenplätzchen waren bereits im Ofen, ihr Duft füllte die Küche.

Rakel warf einen Blick auf ihre Kinder. Rósa und Björk, jetzt sechs und vier Jahre alt, bastelten Schuhe aus Papier, die sie auf das Fensterbrett stellen wollten. Der Weihnachtsgesell, der jeweils an der Reihe war, würde ein kleines Vorweihnachtsgeschenk hineinlegen.

In der kommenden Nacht würde der erste der dreizehn Weihnachtsgesellen sich von seinem heimischen Berg zu den Menschen begeben. *Stekkjastaur*, der Zaunstangengesell, traf der Legende nach jedes Jahr in der Nacht zum 12. Dezember ein. Der nach Schafsmilch gierende Gesell wurde von seinem Instinkt zum nächsten Schafstall geführt. Zum Unglück des Weihnachtsgesells und der Schafe waren seine langen Beine aus Holz, sodass er sich nicht zu den Eutern beugen konnte. Der Zaunstangengesell ärgerte sich und übte Rache, indem er die Schafe die ganze Nacht über plagte.

Nachdem Rakel die Weihnachtslichter aufgehängt hatte, holte sie Schaufel und Besen aus dem Eckschrank in der Küche. Die Bastelarbeit an den Weihnachtsschuhen hatte die Phase erreicht, in der es am buntesten und unordentlichsten wurde: Kleine Holzperlen und bunte Papierschnipsel wurden an die Ränder der Schuhe geklebt. Hildur hatte die Pappe zugeschnitten und auch die Schuhe ihrer Schwestern in Form gebracht. Rakel merkte, dass sich ab und zu ein wissendes Lächeln auf das Gesicht ihrer ältesten Tochter stahl, die ihren Schwestern half. Hildur glaubte nicht mehr an die dreizehn Weihnachtsgesellen, hielt aber trotzdem den Klebestift in der Hand und verzierte ihren eigenen Schuh mit farbigen Papierstreifen.

Rúnar war am Morgen schon früh aufgewacht und zur Arbeit nach draußen gegangen. Der gestrige Sturm hatte das Dach am Unterstand der Pferde eingerissen. Es musste sofort repariert werden, bevor der Wind es davontrug. Rakel warf einen Blick auf die Wanduhr. Bald würde auch das letzte Licht des Nachmittags der langen Nacht weichen. Sie schaltete den Herd ein. Rúnar kam sicher gleich herein, dann würden sie Fleischsuppe essen.

Gerade jetzt fühlte Rakel sich glücklich. Die Kinder bastelten, und der Weihnachtsschmuck würde bald an seinem Platz sein. Es war ihr wichtig, dass Weihnachten bei allen schöne Erinnerungen hinterließ. Sie selbst hatte ihre schöne Erinnerung bereits bekommen. Sie musste lächeln, als sie an die vorige Woche dachte. Es war eine überaus schöne Zeit gewesen. Und zugleich überaus gefährlich. Das war ihr klar.

In Rakels Innerem ging es drunter und drüber, Scham und Freude wechselten sich ab. Sie hätte niemals geglaubt, dass sie zu so etwas fähig war. Wie hatte sie es nur geschafft, so mutig zu sein? Irgendetwas in ihrem Leben war tatsächlich im Begriff, sich zu ändern. Der Beobachter ängstigte sie nicht mehr so wie früher. Vielleicht würde sie eines Tages mit ihm abrechnen. Sich und ihre Familie retten. Sie spürte Wärme in ihren Fingerspitzen, als sie die Karte in den Händen drehte, die heute mit der Post gekommen war: Funkelnde Sterne am dunklen nächtlichen Himmel, eine weiße, verschneite Landschaft und in ihrer Mitte ein kleines rotes Haus, in dessen Fenster eine Weihnachtskerze leuchtete. In die untere Ecke war mit goldenen Buchstaben *Frohe Weihnachten* gedruckt.

Rakel drehte die Karte um und las sie zum wer weiß wievielten Mal.

Frohe Weihnachten und ein glückliches Neues Jahr.
Mit herzlichen Grüßen
Die lieben Nachbarn

Rakel sah durch das Küchenfenster, dass sich eine dunkle Gestalt dem Haus näherte. Sie zog die Schublade unter der Arbeitsfläche auf und wollte die Postkarte schon zwischen den anderen Papieren, Spielkarten und Gummibändern verstecken, besann sich aber eines Besseren und brachte sie zur Kommode. Sie legte sie zuoberst auf den Stapel der Weihnachtskarten, die in den letzten Tagen eingetroffen waren.

»Hallo, Papa«, sagte Hildur munter. Sie saß am Küchentisch und schnitt gerade mit der Bastelschere kleine Sternchen aus gelbem Karton. Sie zeigte ihren Schwestern, wie man die Sterne an die Spitze der Schuhe klebte, indem man sie auf das Papier drückte, bis der Klebstoff fest wurde.

Rúnar erwiderte den Gruß und warf einen Blick auf die bunt auf dem Tisch verstreuten Papierschnipsel.

»Die Mädchen haben den ganzen Tag Weihnachtsschmuck gebastelt«, sagte Rakel und bückte sich, um die Schokoladenplätzchen aus dem Ofen zu holen.

Rúnar trat zu ihr und schnappte sich einen Keks vom Blech. Er drehte das heiße Plätzchen in den Händen, pustete darauf und betrachtete es kritisch.

Rúnar wirkte verärgert. Er machte eine Bemerkung über die Bastelei der Kinder, doch Rakel tat, als hätte sie nichts gehört. Sie griff nach der Kelle und rührte die Fleischsuppe um, die schon dampfte. Rúnar klopfte ihr zärtlich auf die Schulter und flüsterte ihr leise etwas ins Ohr.

Der Schmerz in Rakels Kopf nahm wieder zu. Er gewann die Oberhand, und ihre Gedanken trübten sich. Trotzdem setzte sie ein sorgloses Lächeln auf und drehte sich langsam um. Der Fußboden knarrte. Die jüngeren Mädchen malten mit Filzstiften Muster auf die Weihnachtsschuhe. Hildur hatte ihre Bastelsachen weggelegt und starrte ihre Mutter aus ihren dunklen Augen an.

»Kinder, wollt ihr draußen spielen, bis das Essen fertig ist? Ihr könnt auch gleich den Pferden Heu bringen.«

Den Pferden Heu zu geben war die Lieblingsbeschäftigung der Kinder. Die beiden jüngeren Mädchen kreischten vor Freude. Sie standen auf und rannten zur Haustür. Hildur dagegen rührte sich nicht vom Fleck.

»Ich mag nicht«, sagte sie mit ernster Stimme.

Rakel seufzte.

»Geh ruhig, Schätzchen. Ich decke inzwischen den Tisch. Und am Abend holen wir alle zusammen die Wichtelfiguren aus dem Keller.« Rakel sprach ruhig und strich sich dabei eine Strähne hinter das Ohr, die sich aus ihrem Knoten gelöst hatte. Die Bewegung verstärkte ihren Kopfschmerz.

Rúnar stand neben Rakel und nickte zustimmend. Hildur gab nach. Langsam und widerstrebend stand sie auf, steckte die Schere in das Federmäppchen, legte das Federmäppchen auf das Regal an der Küchenwand und ging mit betont kurzen Schritten zur Haustür. An der Tür sah sie ihre Mutter noch einmal an, als wollte sie um Erlaubnis bitten. Rakel lächelte aufmunternd und versprach, die Kinder bald wieder hereinzurufen.

Die Haustür rumpelte, als Hildur sie hinter sich zuzog.

Rakel fühlte sich unwohl, betrachtete aber dennoch die Postkarte auf der Kommode. Manchmal blieb ein Geheimnis am besten gewahrt, wenn man es nicht vor den Blicken der anderen verbarg.

33

FEBRUAR 2020 ÍSAFJÖRÐUR

Hildur hatte nie ein richtiges Bücherregal besessen. Sie bewahrte ihre Bücher in alten Bananenkartons in der Ecke ihres Wohnzimmers auf. Klebeband hielt die schon recht mitgenommenen Kartons in Form. Die Auswahl der Bücher war recht einseitig: Atlanten und Bildbände. Zuoberst lag ein Bildband über arktisches Surfen mit Fotos, die ein amerikanischer Abenteuerfotograf in Island gemacht hatte. Hildur hatte ihm ihre Lieblingsplätze gezeigt, und sie hatten ein paarmal gemeinsam gesurft. Zum Dank hatte der Fotograf ihr das Buch mit Widmung geschickt. Hildur strich über das Cover. Darauf war eine Surferin abgebildet, die mit ihrem Brett am Meeresufer stand, über sich das Polarlicht. Sie lächelte. Außer ihr und dem Fotografen wusste wohl niemand, dass das Bild sie zeigte.

Ganz zuunterst lagen zwei Isländersagas. Die Saga von Egill Skallagrímsson hatte sie als Gymnasiastin bei einem Schreibwettbewerb für ihre Kurzgeschichte über das Meer gewonnen. Hildur hatte Egills Lebensgeschichte nie als besonders faszinierend empfunden. Der gewalttätige, bärbeißige Egill, der schon als Kind begonnen hatte, Alkohol zu trinken und andere Menschen zu ermorden, war ihrer Meinung nach eine uninteressante Gestalt. Ihre Lieblingssaga war die Saga von den Bewohnern des Lachsflusstals, die sie in der Buchhandlung im Dorf gekauft hatte.

Das vor achthundert Jahren geschriebene Buch erzählte die Geschichte einer Familie, die aus Norwegen nach Westisland gezogen war. Die weitläufigen Stammbäume und übertriebenen Abenteuergeschichten interessierten Hildur weniger. Sie fühlte sich von der Hauptfigur der Saga angezogen, von Guðrún, einer willensstarken Wikingerfrau, die sich in der von Männern dominierten Gesellschaft Macht erkämpfte. In Guðrúns Leben gab es sowohl Glück als auch Trauer. Die Träume hatten ihr vorhergesagt, dass sie viermal heiraten würde und dass drei ihrer Ehemänner sterben würden. Die Prophezeiung hatte sich bewahrheitet. Sie erschlich sich die Scheidung von ihrem ersten Mann, weil er langweilig war. Die drei nächsten starben, zum Teil durch Guðrúns Intrigen. Als Guðrúns Sohn sie am Ende der Geschichte fragte, welchen ihrer Männer sie am meisten geliebt habe, antwortete sie: »Ihn, dem ich am übelsten mitgespielt habe, ihn habe ich am meisten geliebt.«

Diese Worte waren Hildur bei der Begegnung mit Klein-Kata wieder in den Sinn gekommen. Sie wusste nicht, was Klein-Kata auf die schiefe Bahn gebracht hatte. Was war ihr zugestoßen? Wann hatte sie eine derart falsche Wahl getroffen, dass eine Umkehr nicht mehr möglich war? Zwar hatte Klein-Kata vor der Kita randaliert und sich der Festnahme widersetzt, doch Hildur hatte in ihren Augen tiefe Trauer gesehen. Sicher liebte die Frau ihre Kinder, dennoch hatte sie ihnen Leid zugefügt. Hoffentlich würde sie diesmal wieder auf die Füße kommen und ihr Leben in Ordnung bringen. Hildur hegte keine große Hoffnung. Sie hatte in ihrem Beruf gesehen, dass man sehr schnell sehr tief fallen konnte, dass es aber entsetzlich schwierig war, sich wieder emporzuarbeiten. Die meisten schafften es trotz zahlreicher Versuche nicht.

Hildur schrak aus ihren Gedanken auf. Warum hatte sie ausgerechnet jetzt begonnen, sich ihre alten Bücher in Erinnerung zu rufen? Sie warf einen Blick auf das Fotoalbum, das auf dem Tisch wartete. Sie wusste die Antwort. Jetzt hätte sie einen Moment Zeit gehabt, sich die restlichen Fotos anzusehen, die sie aus Tinnas Haus mitgenommen hatte, aber sie hatte eine Übersprungshandlung gefunden. Bei ihrer Arbeit wühlte sie in der Vergangenheit anderer Menschen, doch ihrer eigenen ging sie lieber aus dem Weg.

Das Album öffnete sich knarrend. Eine diffuse Angst befiel Hildur, doch sie beschloss, trotzdem weiterzumachen. Vergilbte Fotos von den Feiern zum Seemannstag, vom Christbaum und von verschneiten Landschaften. Sommerbilder, auf denen die Leute in die Sonne blinzelten. Das Rhabarberfoto, auf dem Jakob den Pullover entdeckt hatte. Hildur blätterte weiter. Tinna hatte sie oft fotografiert, und auf fast jedem Bild war ihre Miene ernst. Ihr Blick war nicht wütend, aber irgendwie … eigenartig. Hildur überlegte, ob sie wohl immer noch so dreinblickte. Sie vertiefte sich in die Aufnahmen und konzentrierte sich auf jedes Detail. Als sie bei der letzten Seite angelangt war, blickte sie auf die Uhr und stellte fest, dass die Zeit schnell vergangen war. Sie hatte sich mit ihrer Freundin Hlín verabredet, bald musste sie los. Als Hildur das Album schließen wollte, merkte sie, dass der hintere Einband innen seltsam gewölbt war. Sie sah genauer hin und entdeckte, dass daran ein Umschlag befestigt war, der irgendetwas enthielt. Einen Stapel kleine quadratische Fotos. Die Bilder hafteten aneinander, man musste sie vorsichtig lösen.

Es waren sechs Fotos. Obwohl sie vergilbt und an der Oberfläche zum Teil beschädigt waren, erkannte man, dass sie bei ein und derselben Gelegenheit aufgenommen worden waren.

Hildur betrachtete das am besten erhaltene Bild: Drei junge Frauen standen neben einem alten Hafengebäude. Im Hintergrund war eine Gruppe älterer Frauen damit beschäftigt, aus dem Meer gefischten Kabeljau zu säubern. Auf dem Foto war keine

Jahreszahl vermerkt, doch Hildur wusste, dass es einige Jahrzehnte alt war. Es zeigte Frauen, die sie kannte.

Tinnas Gesichtszüge waren unverkennbar. Sie blickte ungeniert in die Kamera, und auf ihrem Gesicht lag dieselbe fröhliche Miene wie heute. Tinna war die jüngste der drei, mit ihren dünnen langen Beinen wirkte sie, als wäre sie kaum älter als zehn. Die beiden anderen waren bereits erwachsen. Sie waren einen Kopf größer als Tinna, beide wirkten stämmig und hatten einen Busen. Hildur erkannte die mittlere Frau sofort. Sie hatte bewusst vermieden, sich nach der Beerdigung ihrer Eltern Fotos von ihnen anzusehen. Sie hatte alles, was sie verloren hatte, aus ihrer Erinnerung löschen wollen. Auf dem Foto blickte ihre Mutter Rakel schräg nach unten und lächelte leicht. Gerade so pflegte ihre Mutter zu stehen, das eine Bein ganz leicht gekrümmt, den Fuß auf die Zehen gestützt. In Hildurs Körper prickelte es. In ihre Neugier mischte sich Angst, denn sie hatte das Gefühl, eine Tür geöffnet zu haben, die sie nicht mehr schließen konnte. Die dritte Frau auf dem Foto hatte sie noch nie gesehen, aber sie sah ihrer Mutter so ähnlich, dass die beiden Geschwister sein mussten. Da begriff Hildur, dass sie zum ersten Mal in ihrem Leben Hulda sah, die älteste der drei Schwestern. Tinna hatte in ihrer Wohnung keine Fotos aufgestellt oder an die Wände gehängt, daher hatte Hildur nie zuvor Bilder von ihrer älteren Tante gesehen.

Hildurs Kehle fühlte sich mit einem Mal eng an. Ihr Atem ging schwer. Alle drei Schwestern trugen das gleiche Kleidungsstück: einen weißen Pullover mit dünnen schwarzen Linien und über den Linien unregelmäßigen Punkten, wie Sterne.

Hildur schloss die Augen und konzentrierte sich. Ihr zuckten so viele Dinge durch den Kopf, dass es schwierig war, sie auseinanderzuhalten. Es war ihr gelungen, etwas zu sehen, das sie anzog. Etwas, dem sie nicht widerstehen konnte, obwohl sie es gern gewollt hätte.

In dem Moment klingelte ihr Handy. Hildur griff danach und meldete sich, ohne nachzusehen, wer sie anrief. Anfangs hörte sie nur Schnaufen.

»Róbert hier. Von der Unfalluntersuchungsstelle.«

Hildur horchte auf und wunderte sich zugleich über die seltsame Zeit für den Anruf. Es war Samstag. Der Mann schimpfte über den fürchterlichen Arbeitsstress und die Hektik. Hildur gab ihm recht. Viele arbeiteten mehr als in den offiziellen Verträgen vorgesehen. Róberts Stimme klang ganz und gar nicht mehr flirtend, sondern ernst.

»Ja, also, ich rufe ganz inoffiziell an, weil du dich so sehr für das abgestürzte Flugzeug interessierst. Der offizielle Bericht geht Anfang der Woche raus. Eine ziemlich seltsame Sache. Am Motor und auch im Cockpit wurde kein Fehler gefunden. Alles war genau, wie es sein sollte.«

Hildur spürte eine leise Enttäuschung. Es war also doch alles in Ordnung gewesen. Dann fuhr der Mann fort:

»Die Maschine ist abgestürzt, weil der Sprit alle war.«

»Wie ist das möglich?«, wunderte sich Hildur. Erfahrene Piloten vergaßen doch nie, ihre Maschine aufzutanken.

»Das Seltsame bei der Sache ist gerade, dass am Benzintank der Verschluss fehlt.«

»Hat er sich beim Aufprall gelöst?«, fragte Hildur.

Am anderen Ende war ein unterdrücktes Niesen zu hören.

»Der löst sich nicht einfach so. Jemand muss ihn entfernt haben.«

Hildur wurde kalt ums Herz. Was in aller Welt war mit Gunnars Flugzeug passiert? Und was hatte er mit Hermanns Geschäften zu tun gehabt?

34

»Werd jetzt bloß nicht nervös. Er merkt es sofort, wenn du auch nur ein bisschen zitterst«, sagte Hlín, während sie selbst aufsaß. Hildurs Bekannte Hlín Jónsdóttir arbeitete in der Redaktion der Westfjorde der staatlichen Rundfunk- und Fernsehanstalt Islands. Oder besser gesagt: Sie *war* die Redaktion. Als einzige Mitarbeiterin interviewte, fotografierte, filmte und editierte Hlín alles selbst. Wenn irgendwo im Gebiet der Westfjorde etwas Berichtenswertes passierte, war die kleine Hlín mit ihrer großen Kameratasche zur Stelle.

Hlín hatte ein paar eigene Pferde in einem Reitstall an der innersten Bucht des Fjords untergebracht, auf der Weide eines örtlichen Pferdetourismus-Unternehmens. Der Unternehmer durfte Hlíns Pferde bei den Ausritten mit Touristen verwenden, und im Gegenzug brauchte sie für die Pflege ihrer Tiere nichts weiter zu bezahlen als das Heu im Winter. Da die Touristensaison erst im Juni begann, ritt sie ihre Pferde im Winter hauptsächlich selbst.

Hildur saß auf dem Rücken des um den Bauch herum dicken, aber ansonsten kleinen Islandpferdes und fühlte sich irgendwie unbehaglich. Es kam ihr seltsam vor, einen Helm zu tragen. Sie war seit Jahren nicht mehr geritten, hatte aber zugestimmt, Hlín auf einem ruhigen Ausritt zu begleiten.

»Was passiert denn, wenn er es merkt?«

»Er gehorcht dir nicht«, erwiderte Hlín nur und trieb ihr langmähniges Pferd an.

Hildur gab sich mit der Antwort zufrieden. Genau dasselbe wie bei manchen Menschen. Wenn man die Leine an der falschen Stelle zu locker ließ, nutzten sie es aus. Hildur lenkte ihr hellbraunes Dickerchen neben Hlíns Pferd, und sie machten sich gemeinsam auf den Weg zum nächsten Hügel.

»Na, worüber wolltest du denn reden?«, fragte Hlín. Hildur hatte sie angerufen, um mit ihr über Hermann zu sprechen. Reporter wussten in der Regel über alles Mögliche Bescheid. Auch über Dinge, die nicht in der Zeitung erscheinen konnten.

Hlín hatte über Hermanns Tod berichtet, der Fall war ihr also zumindest oberflächlich bekannt.

»Über den toten Sheriff. Viele wussten von seinen schmutzigen Geschäften. Ich finde es wirklich seltsam, dass kein Journalist jemals über seine zwielichtigen Machenschaften geschrieben hat.«

Hlín verzog die Lippen zu einem schrägen Lächeln. Sie spornte ihr Pferd an.

»Man hat es versucht.«

Hildur sah ihre Freundin fragend an und bemühte sich, mit ihr Schritt zu halten. Mit verkniffenem Mund erklärte Hlín, dass die Ressourcen einfach nicht gereicht hatten, um tiefer zu graben.

Hildur verstand, was sie meinte. Im ganzen Land gab es nur einige wenige investigative Journalisten, die ihre Arbeitszeit für die Untersuchung komplizierter Gaunereien verwenden konnten. Und wenn es in jedem Dorf Großtuer wie Hermann gab, reichte die Zeit nicht, um alle ihre Intrigen aufzudecken. Sie bat Hlín, fortzufahren.

»Einmal bin ich auf einen Fall gestoßen, der Hermanns Familie betraf und so seltsam war, dass ich mich in meiner Freizeit damit beschäftigt habe. Aber das hat kein gutes Ende genommen.«

Hlín wirkte frustriert. Hildur wusste, dass sie schon seit Langem als Reporterin an den Westfjorden arbeitete. Hlín kannte die Winkelzüge der Beschlussfassung und die wichtigsten Personen, und bei ihren Reportagen hatte sie jedes Dorf besucht.

»Er war so verdammt geschickt bei dem, was er tat. Hat die Leute unnachgiebig verklagt. Wegen Ehrverletzung, Verletzung der Privatsphäre oder was auch immer.«

Hlín klang säuerlich. Hildur verstand, weshalb. Hermann konnte sich Anwälte leisten, Journalisten eher nicht. Wenn man als Freelancer arbeitete, wie es viele Reporter heutzutage taten, musste man die Gerichtskosten aus eigener Tasche bezahlen. Wenn einer von Hermanns Juristen anrief und mit einem teuren Prozess drohte, gab der Reporter meist nach. Das finanzielle Risiko verhinderte weitere Nachforschungen.

Die Pferde trotteten auf nebeneinander liegenden Schafspfaden voran. Die Pfade waren schmal, aber Islandpferde waren daran gewöhnt, sich in schwierigem Gelände zu bewegen. Hildurs anfängliche Nervosität war verschwunden, und sie empfand das Reiten schon beinahe als angenehm. Das Pferd hatte die Ohren zur Seite gedreht und bewegte sich gleichmäßig. Hildur hatte als Kind die Pferde ihrer Eltern geritten, aber nachdem sie zu Tinna gezogen war, hatte sie keine Gelegenheit mehr dazu gehabt. Inzwischen war es ein paar Jahrzehnte her, seit sie zuletzt auf einem Pferderücken gesessen hatte. Vielleicht sollte ich wieder anfangen, dachte Hildur und ließ ihren Blick über das Tal schweifen.

Oben an den Berghängen lag noch Schnee. Die Bergbäche trugen das Schmelzwasser rauschend in den Fluss, der durch das Tal strömte. In dem einen Meter breiten Bach floss reichlich Wasser. Es spritzte auf, wenn die Hufe den felsigen Grund des Baches trafen.

Hlín erinnerte sich an den erwähnten Fall zurück. Sie hatte

ein Gerücht über Hermanns Sohn gehört und begonnen, Dokumente zu suchen und sich umzuhören.

»Nach zwei Wochen brachte der Gerichtsbote mir ein Schreiben. Hermann hatte ein Äußerungsverbot gegen mich erwirkt.«

Ein Äußerungsverbot? Eine ziemlich massive Maßnahme, dachte Hildur. Es handelte sich um eine gerichtliche Verfügung, die es unter Strafandrohung verbot, über das betreffende Thema zu sprechen.

»Dass das Verbot so schnell kam, deutet darauf hin, dass er einflussreiche Bekannte unter den Richtern hatte.«

»Was für eine unglaubliche Mauschelei«, schnaubte Hildur kopfschüttelnd.

Hlín berichtete, dass sie aus zwei verschiedenen Quellen Geschichten über die Gewalttätigkeit von Hermanns Sohn gehört hatte. Sie hatte kaum mit ihren Nachforschungen begonnen, als der Gerichtsbote auch schon an ihre Tür klopfte. Hlín wendete ihr Pferd und schlug vor, auf dem Rückweg etwas schneller zu reiten. Sie musste noch zwei weitere Pferde bewegen und gegen Mittag zu einer Reportage aufbrechen. Hildur wäre gern in gemächlichem Tempo zum Stall zurückgekehrt, mochte aber nicht widersprechen. Sie musste sich einfach an der Mähne festhalten und das Beste hoffen. Da die Pferde wussten, dass es nach Hause ging, brauchte man sie nicht anzutreiben, sondern sie schlugen von selbst einen schnellen Tölt ein. Hlín ritt voran, Hildur folgte mit geschlossenen Augen und schwankte auf dem Sattel hin und her. Als sie an den Bach kamen, überquerten beide Pferde eine Pfütze mit einem Sprung, der Hildur lang erschien. Als die Hufe wieder auf den Boden trafen, fiel sie nach vorn auf den Hals ihres Pferdes. Ihr Helm verrutschte.

Hlín machte Halt, und Hildurs Pferd stoppte ebenfalls. Hildur rückte ihren Helm zurecht und steckte die Füße wieder in die Steigbügel.

»*Jæja*, war das Tempo zu schnell?«

»Schon gut, ich bin nur aus dem Steigbügel gerutscht«, antwortete Hildur und wünschte, sie wären schon am Ziel.

»Diese alte Geschichte hat mich übrigens echt angekotzt. Sie ist mir richtig unter die Haut gegangen. Hermanns Sohn Ari ist ein absolut widerlicher Typ.«

Hermann hatte ein Kind, das dem Melderegister nach im Ausland wohnte. Auch die Mutter des Jungen, Hermanns ehemalige Frau, war schon vor Jahren aus Island weggezogen und hatte wieder geheiratet. Beta hatte beiden die Nachricht von Hermanns Tod übermittelt. Hildur erinnerte sich, von ihrer Chefin gehört zu haben, dass die Angehörigen untröstlich seien. Vermutlich würden beide zur Beerdigung nach Island kommen. Hermanns Parteifreunde hatten versprochen, die Trauerfeier zu organisieren.

»Weißt du, was dieser Ari heutzutage treibt?«

Hlín schnaubte und erwiderte säuerlich:

»Spielt irgendwo in Europa Fußball. Ein richtiger Star ist der, Topspieler, bla, bla, bla.«

Hildur nickte und dachte kurz über das Gehörte nach.

»Und du erinnerst dich überhaupt nicht mehr, worum es bei diesem Gerücht ging?«

Hlíns Blick wanderte zum Horizont. Ihr Pferd wieherte freudig auf, als die Weggabelung zum Stall in Sicht kam.

»Das ist so viele Jahre her … Ich habe Aris Mitspieler nach seinem Verhalten gefragt, aber sie haben alle geschwiegen. Dieses Schweigen war seltsam. Keiner war über meine Frage verwundert oder entsetzt. Sie machten einfach den Mund zu und weigerten sich, das Gespräch fortzusetzen.«

Den Rest des Weges legten sie wieder in schnellerem Tölt zurück. Die Mähnen der Pferde flatterten im Takt. Auf dem letzten Kilometer fühlte Hildur sich beinahe wohl. Sie schwankte nicht mehr so heftig hin und her, sondern saß aufrecht, und ihre Füße blieben in den Steigbügeln. Als sie beim Reitstall ankamen, war sie zufrieden. Sie hatte den Ritt ohne Sturz überstanden, und Hlíns Bericht hatte sie auf eine wichtige Idee gebracht.

Sobald sie im Auto saß, rief sie Jakob an.

»Könntest du mir die Kontaktdaten von allen beschaffen, die zwischen 2000 und 2015 im Dorf Fußball gespielt haben? Die Sekretärin des Sportvereins kann dir sicher behilflich sein«, sagte sie und diktierte Jakob die entsprechende Telefonnummer.

Falls die Mitspieler von Hermanns Sohn etwas wissen, worüber sie damals nicht sprechen wollten, wird es jetzt Zeit zu reden, dachte Hildur und winkte Hlín zum Abschied zu.

Dann fuhr sie zu Tinna. Ihre Tante sollte ihr ein paar Dinge erklären.

35

Die Puppe mit dem Bastrock, die an Brendas Armaturenbrett hing, tanzte umso wilder, je mehr Hildur aufs Gas trat. Das Maskottchen Brenda war das Geschenk einer Anhalterin, die Hildur irgendwann einmal mitgenommen hatte. Es hatte dem Auto seinen Namen gegeben. Der alte Land Cruiser war an den Türkanten ein wenig verrostet, aber ansonsten ohne Mängel. Hildur griff zum Handy und wählte die Nummer ihrer Tante. Tinna konnte zwar nicht sehen, wer anrief, aber auf dem Handy konnte man Audio-Mitteilungen und personifizierte Klingeltöne installieren. Für Hildurs Anrufe hatte Tinna Nancy Sinatras Song *Bang Bang* gewählt. Darüber musste Hildur immer wieder lachen. Tinna hörte sich gern Soundtracks an und hatte eine besondere Vorliebe für die Filme von Quentin Tarantino.

»Hallo, Tante Tinna. Ich bin in der Nähe, kann ich vorbeikommen?«

Vor ungefähr zwanzig Jahren hatte sich bei Tinna in der Vene der Netzhaut eine Thrombose gebildet, und sie hatte die Sehkraft verloren. Zuerst im rechten Auge, dann im linken. Dem Arzt zufolge kam es äußerst selten vor, dass so etwas gleich bei beiden Augen passierte, aber bei Tinna war genau das geschehen. Den Grund kannte niemand, doch womöglich hatte auch eine Rolle gespielt, dass das Verschwinden ihrer Nichten und der Tod ihrer Schwester bei Tinna einen heftigen Stresszustand ausgelöst hatten.

»Ich koche uns Kaffee. Magst du auf dem Weg hierher eine Tüte *kleinur*-Krapfen holen, du weißt schon, diese Hausmarke?«

Tinna schien sich zu freuen, dass sie Besuch bekam. Sie verbrachte ihre Zeit damit, Nachrichten, Musik und Hörbücher zu hören und kleine Spaziergänge zu machen.

»Du hast wohl Pferde besucht?«, fragte Tinna, nachdem sie Hildur in der Diele umarmt hatte. Der Pferdegeruch haftete an ihren Kleidern, obwohl sie die ganze Zeit im Freien gewesen waren. Hildur erzählte von ihrem Ausritt.

»Als Kind hast du im Sommer ja nichts anderes getan, als über die Hügel von Kotsdalur zu reiten«, sagte Tinna, während sie die Krapfen, die Hildur mitgebracht hatte, auf einen Teller legte. Hildur fand es lustig, dass die Krapfen-Hausmarke der Supermarktkette Tinnas Favorit war.

Es war lange her, seit Hildur den Namen des Tals, in dem ihr Elternhaus stand, zuletzt gehört hatte. Kotsdalur. Dort hatte sie in den ersten gut zehn Jahren ihres Lebens gewohnt. Im Tal hatte es nur einen einzigen anderen Hof gegeben, Kotsdalur Efris Schafwirtschaft. Sie erinnerte sich an das laute Blöken der Schafe. Und an die langen stillen Stunden auf der Bank im Pausenraum des Schafstalls, wenn ihre Mutter damit beschäftigt war, bei der Geburt der Lämmer zu helfen. An den seltsam säuerlichen Geruch der neugeborenen Lämmchen. Die Erinnerungen waren verschwommen, aber sie hatten etwas an sich, das Hildur nicht mochte.

»Na, was wolltest du mich fragen?« Tinna tauchte ihren Krapfen in den Kaffee und biss hinein.

Hildur stemmte beide Hände auf den Tisch, als wollte sie ihren Worten Kraft verleihen.

»Ich möchte mehr über Hulda wissen.«

Tinna blickte verwundert in Hildurs Richtung. Dann stand sie auf, drehte den Wasserhahn auf und ließ kaltes Wasser in ein Glas laufen.

»Was möchtest du über sie wissen?«

Hildur wartete einen Augenblick und goss sich Kaffee nach. Tinna spülte ihr Glas, trocknete es ab und stellte es in den Schrank zurück.

Dann beschrieb Hildur die Fotos, die sie gefunden hatte.

»Die dritte Frau auf den Fotos ist Hulda, oder?«

Nach kurzem Nachdenken nickte Tinna.

»Im Sommer, um die Zeit des Unabhängigkeitstages, zogen immer Fotografen durch die Dörfer. Die Bilder stammen bestimmt aus den frühen Siebzigerjahren. Daran erinnere ich mich, weil die Fischfabrik den Arbeitskräften damals einen guten Bonus gezahlt hat. Der Kabeljaufang war in dem Jahr rekordverdächtig.«

Hildur fand es seltsam, dass sie nie zuvor Fotos von Hulda gesehen hatte. Aus ihrer Kindheit hatte sie keine Erinnerung an Hulda, und auch Tinna hatte so gut wie nie über sie gesprochen.

»Warum dieses Stillschweigen?«, fragte Hildur.

Vielleicht war der Name ein Omen gewesen? Hulda bedeutete ja Geheimnis, etwas Verborgenes. Das *Huldufólk*, Huldas Volk oder das verborgene Volk, begegnete einem oft in Volkssagen. Hildur erinnerte sich an zahlreiche Geschichten, wie alle in Island. In jedem Dorf gab es einen Felsen oder einen Hügel, in dem sich das verborgene Volk niedergelassen hatte, um seine Umgebung zu bewachen. Es half gutwilligen Menschen und bestrafte diejenigen, die die Natur und ihre Mitmenschen schlecht behandelten. Das verborgene Volk gab es seit dem Tag, an dem Gott Adam und Eva angekündigt hatte, er werde kommen und nachsehen, wie gut sie ihre Aufgabe, die Erde zu bevölkern, verrichtet hatten. Eva hatte es nicht geschafft, alle ihre Kinder für den Besuch Gottes fein zu machen, daher hatte sie einige für die

Zeit des Besuchs versteckt und Gott nur diejenigen Kinder gezeigt, die sie rechtzeitig gewaschen und angezogen hatte. Als Gott dann fragte, ob das alle Kinder seien, log Eva. Gott empörte sich, machte die versteckten Kinder zur Strafe unsichtbar und verbannte sie in Steinhaufen und unterirdische Höhlen.

Hildur schrak aus ihren Gedanken auf. Ihre Tante hatte ihre Frage immer noch nicht beantwortet.

»War Hulda überhaupt ihr wahrer Name?«

»Natürlich«, antwortete Tinna und fügte hinzu: »Ich war noch ziemlich jung, als Hulda weggezogen ist.«

Tinna erzählte, dass die drei Schwestern unter einem Dach gewohnt hatten, dass sie selbst und Hulda sich aber nicht besonders gut gekannt hatten. Das lag am Altersunterschied. Tinna war fast zehn Jahre jünger als Rakel, und Hulda, die Erstgeborene, war zwei Jahre älter als Rakel. Rakel und Hulda hatten sich nahegestanden, aber für Tinna waren die älteren Schwestern und besonders Hulda fremd geblieben.

»Hulda hat sich in der Familie als Außenseiterin empfunden. Das lag vielleicht daran, dass man nicht mit Sicherheit wusste, wer ihr Vater war.«

Tinnas Eltern, Hrafnhildur und Helgi, hatten sich in jungen Jahren kennengelernt und schnell geheiratet. Bald war ihr erstes Kind Hulda zur Welt gekommen – ein wenig *zu* bald? Im Dorf tratschte man, Hrafnhildur habe Helgi verführt, um ihn als Vater für das Kind eines anderen Mannes zu gewinnen. Die Geschichte blieb am Leben.

»So war es hier immer schon. Die Leute reden, weil sie halt gern reden.«

Tinna wischte mit routinierten Bewegungen die Krapfenkrümel um ihre Tasse auf und legte sie auf den Teller. Sie atmete ein paarmal tief ein und wirkte nachdenklich.

»In der Schule haben die anderen Kinder auch mich manchmal

nach Huldas Vater gefragt. Das war seltsam, denn mein Vater war ja auch Rakels und Huldas Vater. Unsere Eltern haben uns drei völlig gleich behandelt. Ich habe diese Geschichten jedenfalls nicht weiter ernst genommen. Aber vielleicht hat Hulda es anders empfunden.«

Hildur sah einen Goldregenpfeifer durch das Küchenfenster. Der goldbraune, schwarz gesprenkelte Vogel war ein verlässlicher Vorbote des Frühlings. Der lange Winter war nun offiziell vorbei. Über die Ankunft des ersten Goldregenpfeifers wurde im Allgemeinen Mitte April berichtet. Jetzt sollte gerade erst der März beginnen. Sie sind neuerdings früh dran, dachte Hildur.

Der amselgroße, stämmige und kurzschnäbelige Vogel trippelte durch den Garten und blickte sich um. Hildur öffnete das Küchenfenster. Der Goldregenpfeifer ließ wehmütige Molltöne erklingen. *Tjüüh. Tjüüh.* Als würde er um irgendetwas trauern. Vielleicht um den Sommer, der noch so weit entfernt war.

»Vielleicht war Helgi tatsächlich nicht Huldas biologischer Vater, aber was hat das schon zu bedeuten? Wir waren trotzdem alle eine Familie.«

Hildur wusste, wovon ihre Tante sprach. Familie, das umfasste alle: eigene Kinder, die Kinder der anderen, gemeinsame Kinder und Kinder, die man bei sich aufgenommen hatte. Für weibliche und männliche Verwandte gab es jeweils nur ein und dasselbe Wort. Cousins und Cousinen, ob ersten oder zweiten Grades, Halbcousins und -cousinen, Tanten und Onkel wurden nicht in Ranglisten eingeordnet. Familienbande entstanden nicht strikt aus der Biologie, sondern vielmehr durch Erfahrung.

Tinna rezitierte einen Spruch:

»Wenn ein Mann die Liebe einer Frau gewinnen will, muss er ihr Geschenke machen und zärtlich plauschen. Es siegt derjenige, der am besten spricht.«

»Entschuldige, was sagst du da?«

Tinna lachte los.

»Das ist einer dieser Liebesratschläge der Wikinger, aus alten Büchern.«

»Aha, na dann«, murmelte Hildur und blätterte in der Zeitung, die auf dem Tisch lag.

»Hrafnhildur war eine schöne und charismatische Frau. Jeder wurde aufmerksam, wenn sie den Raum betrat. Ich glaube, Helgi war so verliebt in sie, dass er sie unbedingt zur Ehefrau haben wollte, ganz gleich ob sie von einem anderen Mann schwanger war. Das war damals ein großes Geschenk für eine Frau.«

Tinna schien in ihren Jahrzehnte zurückliegenden Erinnerungen zu versinken. Hildur zog die Zeitung näher heran. Das Kreuzworträtsel auf der Rückseite war seit ihrem letzten Besuch weiter vervollständigt worden.

»Hier hat anscheinend auch jemand zärtlich geplauscht.«

»Blödsinn. Ívar war hier, um die Heizkörper zu entlüften, und für meine Gäste koche ich natürlich Kaffee.«

Hildur merkte, dass Tinna vergnügt die Lippen spitzte. Sie freute sich, dass ihre allein lebende Tante Besuch bekam.

»Ist er ein netter Mann?«

»Na, andere lasse ich ja gar nicht erst ins Haus«, gab Tinna zurück.

Hildur faltete die Zeitung zusammen und legte sie beiseite.

»Weißt du, warum Hulda aus Island weggezogen ist?«

Tinna sagte, sie sei sich nicht ganz sicher. Soweit sie wusste, hatte es in der Familie keine ernsthaften Konflikte oder Meinungsverschiedenheiten gegeben. Ihrer Erinnerung nach war Hulda in größerer Gesellschaft still und zurückhaltend, aber in kleinerem Kreis kühn und mutig.

»Hulda war die Kühnste von uns«, fügte sie hinzu. Sie nahm an, dass Hulda sich ihr Leben irgendwo anders aufbauen wollte als hier am Fjord. Sie war nach Dänemark gezogen, wo sie im

Dienstleistungssektor gearbeitet hatte. Die gleiche Entscheidung hatten im Lauf der Jahrzehnte viele Isländer getroffen, die aufgebrochen waren, um anderswo ein besseres Leben zu suchen. Viele wanderten nach Amerika aus, manche landeten irgendwo in Europa.

»Anfangs kam einmal im Monat eine Postkarte. Hulda hat sie immer an Rakel geschickt, aber wir anderen durften sie auch lesen. Sie hat einiges von der Welt gesehen. Zuerst kam die Post aus Dänemark, dann aus Norwegen, von den Färöer-Inseln und sogar aus England. Allmählich wurden die Postkarten seltener. Dann kamen nur noch Weihnachtsgrüße, und schließlich blieben auch die aus. Nach Rakels Tod habe ich nichts mehr von Hulda gehört.«

Hildur musterte ihre Tante. Die Erinnerung schien Tinna nicht besonders traurig zu stimmen.

Menschen kamen und Menschen gingen. Manche aus freiem Willen, andere unter Zwang. Auch Blutsbande waren nicht unbedingt dauerhaft, und eine Familie blieb nicht immer zusammen. So war das Leben manchmal.

36

1994 WESTFJORDE

EIN HALBES JAHR VOR RÓSAS UND BJÖRKS VERSCHWINDEN

Vom Meer her wehte eine warme Brise, das grüne Gras wogte sanft im Wind. Es sah aus, als wäre die ganze Wiese in Bewegung wie die Meereswellen. Zwischen den Löwenzahnblüten summten die Bienen. Der Himmel war strahlend blau und wolkenlos.

Rakel trug den Proviantkorb und bemühte sich, auf dem schmalen Pfad nicht zu stolpern oder das Gleichgewicht zu verlieren. Die Kinder waren bereits flink vorausgelaufen, sie bewegten sich furchtlos und gewandt auf dem Weg den Hügel hinauf.

Rakel ging langsamer, denn sie musste sich gleichzeitig auf ihre Schritte und auf die Kinder konzentrieren. Sie durfte sie nicht aus den Augen lassen. Gegen die schlimmen Gedanken, die sie quälten, war sie machtlos. Rakel war sich sicher, dass sie und ihre Kinder beobachtet wurden. Das brennende, drückende Gefühl ließ ihr keine Ruhe. Ihr Kopf schmerzte immer häufiger.

Rakel hatte mit den Kindern abgemacht, dass sie heute Nachmittag picknicken würden. Das Wetter war schon am Morgen sehr schön gewesen, und so hatten sie beschlossen, einen Ausflug auf ihren Hausberg zu machen. Rakel blickte nach oben. Der Buckel, der da ein paar hundert Meter aufragte, war ja eigentlich kein Berg. Eher ein Hügel. Aber einen Berg zu besteigen, klang abenteuerlich.

Noch zwanzig, dreißig Meter auf dem sanft ansteigenden Pfad, dann waren sie am Ziel. Rakel blickte an ihren Kindern vorbei zum Gipfel und merkte, dass sie nicht allein waren. Ihr wurde mit einem Mal ganz heiß. Sie hatte richtig geraten. Dort stand sie und winkte ihnen zu. Rakel erwiderte den Gruß höflich.

Rósa und Björk bewarfen sich mit Löwenzahnblüten. Hildur beteiligte sich nicht an dem Spiel. Sie stand kerzengerade auf dem Pfad, ließ die Hände herunterhängen und starrte ihre Mutter so konzentriert an, dass Rakel den Blick auf ihrer Haut spürte.

»Die Nachbarin ist auch da«, sagte Hildur leise.

Die Blicke von Mutter und Tochter trafen sich. Rakels Herz stolperte. Sie bemühte sich, ruhig zu bleiben, und zwang ein Lächeln auf ihr Gesicht.

Rakel breitete die Wolldecke auf dem Boden aus und verteilte den Proviant. Mit Lammfleisch gefülltes Fladenbrot, Tomaten, Nüsse und Krähenbeerensaft. Für die Erwachsenen hatte sie eine Thermoskanne Kaffee mitgebracht.

Rakel reichte den Kindern die Brote. Zuerst den jüngeren, dann Hildur, die beim Essen abwechselnd die Erwachsenen ansah. Hinter ihrem Blick lagen die Schlüssel zu vielen Geheimnissen. Ob das gut oder schlecht war, wusste Rakel nicht. Aber sie wusste, dass Hildur es im Leben nicht leicht haben würde, ganz gleich, wie sich die Situation ihrer Familie noch entwickeln sollte.

37

MÄRZ 2020 ÍSAFJÖRÐUR

»Ich habe alle Toten von der Liste gestrichen«, sagte Jakob und warf eine gelbe Plastikmappe mit einem Stapel Papiere auf Hildurs Schreibtisch. »Und ich habe mir Kopien gemacht.«

Hildur nickte zufrieden. Ihnen stand ein Telefonmarathon bevor. Jakob hatte am Wochenende von der Sekretärin des Sportvereins der Westfjorde die Liste der Fußballer bekommen, um die er gebeten hatte. Sie hatten vor, bei den Mannschaftskameraden von Hermanns Sohn anzufangen. Aber Hildur wusste, dass das nicht reichen würde. Die Mannschaften trainierten oft zusammen. Es gab gemeinsame Lager, Reisen zu Wettkämpfen und Krafttraining. Irgendwer musste etwas gehört haben. Sie mussten jeden anrufen, der in den Jahren, als Ari an den Westfjorden wohnte, Fußball gespielt hatte. Schlimmstenfalls konnten dabei mehrere Tage draufgehen.

Jakob erklärte, er werde am Ende des Stapels anfangen. Hildur nahm sich den ersten Namen auf der Liste vor und wählte die Nummer.

Ihr Anruf wurde sofort angenommen. Nach den Geräuschen im Hintergrund zu schließen, befand sich Atli Helgason gerade auf einem Flughafen. Die Sprache, die im Hintergrund gesprochen wurde, erkannte Hildur allerdings nicht. Sie stellte sich vor und erklärte, in welcher Angelegenheit sie anrief.

»Ari … wer?«, fragte eine tiefe Männerstimme.

»Ari Hermannsson. Er hat zur gleichen Zeit wie Sie an den Westfjorden Fußball gespielt. Erinnern Sie sich an ihn?«

Einen Moment lang war nichts anderes zu hören als eine automatische Durchsage, vermutlich der Hinweise, das Gate werde geschlossen.

»Das ist schon ziemlich lange her …«, begann Atli bedauernd. Hildur glaubte zu hören, dass er sich den Bart kratzte. Nach einer kurzen Pause fuhr er fort: »Ari Hermannsson hatte schon damals das Zeug zum Star. Doch, ich erinnere mich an ihn! Es wundert mich gar nicht, dass er es im Fußball so weit gebracht hat. Ein toller Spieler.«

Hildur zeichnete Spiralen an den Rand ihres Notizblocks und überflog die Punkte, die sie sich notiert hatte. Sie würde jedem dieselben Fragen stellen.

»Erinnern Sie sich, ob außerhalb des Spielfelds jemals darüber gesprochen wurde, dass er gewalttätig wäre?«

»So etwas habe ich nie gehört. Aber … ich habe ihn eigentlich nicht so gut gekannt.«

Atli wirkte aufrichtig.

»Entschuldigung, aber ich muss mich jetzt beeilen, das Gate wird geschlossen, und hier in Spanien geht das Gerücht um, dass die Grenzen geschlossen werden, wegen dem verflixten Virus. Ich darf meinen Flug nicht verpassen.«

Hildur bedankte sich und beendete das Gespräch. Sie strich den Namen des Mannes durch. Bei den nächsten fünf auf ihrer Liste hatte sie kein Glück. Bei einem fand sich keine gültige Telefonnummer und die anderen meldeten sich nicht. Hildur stand auf und warf einen Blick auf Jakobs Liste. Er hatte schon an die zwanzig Anrufe erledigt.

Jakob erwiderte ihren Blick mit einem Kopfschütteln.

»Nee, absolut nichts.«

Dann stellte er sich wieder vor und begann mit derselben Frage wie zuvor.

Hildur seufzte, setzte sich im Schneidersitz auf ihren Bürostuhl und griff nach dem Telefon. Es würde ein langer Tag werden.

Nach dem vierten Tuten meldete sich ein atemloser Mann kurz und knapp:

»Ja?«

Hildur erklärte ihr Anliegen. Am anderen Ende blieb es still.

»Sind Sie noch dran? Ich habe gefragt, ob …«

»Ja, ich habe Ihre Frage gehört. Ich trainiere gerade die Junioren auf dem Fußballplatz im Dorf. Hätten Sie Zeit, herzukommen? Ich würde lieber persönlich und ungestört reden, wenn das Training vorbei ist. Sagen wir, in einer halben Stunde?«

Der Mann war in Ísafjörður, das traf sich gut. Hildur legte auf und brachte ihre Kaffeetasse in die Küche. Sie würde gleich zum Fußballplatz aufbrechen. Vom Polizeigebäude brauchte man zu Fuß eine Viertelstunde. Jakob konnte inzwischen die Liste weiter abarbeiten.

Vom Fenster des Polizeigebäudes aus hatte das Wetter gut ausgesehen. Die Sonne schien so hell, dass man annehmen konnte, sie würde schon ein bisschen wärmen. Am Ausgang schlug Hildur die Realität entgegen. Beim Blick aus dem Fenster war es mitunter ganz und gar unmöglich, die Windstärke einzuschätzen, da es in der Umgebung kaum Bäume gab.

Hildur schlug den Kragen ihrer Winterjacke hoch und steckte die Hände in die Taschen. Ihre Handschuhe lagen im Auto, und sie hatte keine Lust, sie zu holen. Sie überquerte die Straße auf dem Zebrastreifen bei der Tankstelle und erinnerte sich daran, wie ihr Kollege aus Reykjavík vor ein paar Monaten auf dem vereisten Parkplatz ausgerutscht war und sich die Hüfte gebrochen hatte. Dieser Kollege, Jónas, war ein Widerling. Ein Mann, der ekelhaft und unanständig redete, sich schlecht benahm und

Gerüchten zufolge seine Frau als Boxsack missbrauchte. Während ihrer Vertretung in Reykjavík hatte Hildur gehört, dass Jónas wegen chronischer Schmerzen in Frührente gegangen war und dass seine Frau am Arbeitsplatz eine neue Liebe gefunden und ihren Mann verlassen hatte. Es gibt doch noch Gerechtigkeit auf der Welt, dachte Hildur, während sie zum Fußballplatz stapfte.

Als sie beim Spielfeld ankam, ging das Training gerade zu Ende. Der hochgewachsene Mann, der sich am Telefon als Arnar vorgestellt hatte, kam zu ihr und gab ihr die Hand.

»Danke, dass Sie sich die Zeit nehmen«, begann Hildur.

Arnar sah sie prüfend an.

»Gern geschehen. Darf ich fragen, ob Sie die Hildur sind, die Freysi kannte?«

Hildur nickte knapp. Sie ahnte bereits, wie das Gespräch weitergehen würde. Im Lauf des Winters war sie immer wieder in diese Situation geraten. Anfangs war es schmerzhaft für sie gewesen, wenn Freysis Name fiel. Der Schmerz war nicht verschwunden, aber von Woche zu Woche konnte sie ihn besser im Zaum halten.

»Mein Beileid. Wir haben gelegentlich miteinander trainiert, und er hat oft von Ihnen gesprochen.«

Hildur nickte erneut und bedankte sich. Dann kam sie zur Sache.

»Sie haben am Telefon gesagt, dass Sie Ari Hermannsson kannten?«

Arnar stieß einen langen Seufzer aus.

»Leider.«

»Wie meinen Sie das?«, fragte Hildur und schob gleich die nächste Frage hinterher. »Wie würden Sie ihn beschreiben?«

Arnar betrachtete sie mit einer Miene, die sie wohl zur Verbündeten machen sollte.

»Der Kerl war ein totales Arschloch. Ein guter Spieler, aber ein kompletter Flegel. Auf dem Spielfeld hat er schlimmer geschauspielert als die Südeuropäer. Er hat losgeheult, wenn ihn irgendwer auch nur mit der Fingerspitze berührte«, sagte Arnar und berichtete im selben Atemzug, außerhalb des Spielfelds sei es nicht ungewöhnlich gewesen, dass Ari andere angriff.

»Vor allem im Suff hat er gern Streit gesucht. Offenbar erkämpft man sich mit diesen Eigenschaften den Weg ins Rampenlicht.«

Hildur erzählte von dem Gerücht, Ari habe vor etwas mehr als zehn Jahren eine Gewalttat begangen, die nie offiziell untersucht worden war.

»Warum wird sie denn jetzt untersucht?«

Hildur räusperte sich und blickte Arnar herausfordernd in die Augen.

»Überlassen Sie es mir, Fragen zu stellen. Es reicht, dass Sie sie beantworten.«

Arnar machte sich daran, die beim Training verwendeten Kegel einzusammeln. Hildur folgte ihm.

»Das ist alles schon furchtbar lange her, ich erinnere mich nicht mehr so genau«, sagte er, während er am Spielfeldrand entlangging.

Arnar stapelte die Kegel aufeinander und trug den Turm auf dem linken Arm. Er ging schnell und machte so lange Schritte, dass Hildur laufen musste, um mitzuhalten. Dann blieb er plötzlich stehen und betrachtete die Eigenheime am Westrand des Fußballplatzes.

»Nach dem Spiel herrschte in der Umkleide immer eine gute Stimmung. Wir haben uns abgeklatscht und über das Spiel geredet. Aber einmal war die Stimmung ganz anders.«

Hildur hörte Arnar zu. Die Mannschaft hatte siegreich gegen Keflavík gespielt. Der Gegner hatte viele starke Spieler, der Sieg hätte also für die ganze Mannschaft ein Grund zur Freude sein müssen. Aber die Schlüsselspieler hatten irgendwie abwesend gewirkt.

Arnar war Ersatzspieler gewesen und hatte nicht viel Spielzeit bekommen. Die besten Spieler der Mannschaft, unter ihnen auch Ari, hatten in der Umkleide nebeneinander gesessen und aufgeregt über irgendetwas geredet.

Arnar erzählte, dass die Spieler damals die Umkleideräume selbst putzen mussten. An dem Abend war er damit an der Reihe gewesen.

»Als ich fertig war, erwartete Ari mich draußen und wollte mit mir reden.«

Arnar legte den Kegelturm in die Ausrüstungskiste neben dem Sporthaus, schloss den Deckel und hakte ihn fest, damit der Wind ihn nicht aufreißen konnte.

»Worüber wollte er reden?«

Arnar blickte Hildur kurz in die Augen und erzählte den Rest.

Ari hatte Arnar schwören lassen, keinem Außenstehenden zu verraten, was er in der Umkleide gehört hatte, andernfalls werde es ihm schlecht ergehen.

»Dabei hatte ich ja gar nichts gehört! Das habe ich ihm auch gesagt, aber er hat mir nicht geglaubt.«

Arnar ging auf den Haupteingang des Sporthauses zu. Hildur folgte ihm wieder und wartete auf die Fortsetzung. Der Mann schien freier zu sprechen, wenn er sich dabei bewegen durfte.

Er berichtete, dass Ari ihn mit Gewalt an die Wand gedrückt und bedroht hatte.

»Ich erinnere mich nicht mehr an jedes einzelne Wort, aber so ungefähr hat er gesagt, wenn ich ihm nicht gehorche, bekäme ich dieselbe Behandlung wie *die miese Schlampe.*«

Hildur ließ sich nicht anmerken, wie wichtig die Information war.

»Wissen Sie, von wem Ari sprach?«

Arnar schüttelte bedauernd den Kopf.

»Ich wollte nicht nachfragen. Ari war so hitzköpfig, dass ihn keiner provozieren wollte. Leider weiß ich nicht mehr.«

Arnar erzählte, im Lauf der nächsten Wochen habe sich die Atmosphäre in der Mannschaft normalisiert und die Sache sei nicht mehr zur Sprache gekommen. Hildur war sich sicher, dass es weitere Spieler gab, die davon wussten.

Sie bedankte sich und gab Arnar ihre Telefonnummer, damit er sie anrufen konnte, falls ihm noch etwas einfiel. Dann machte sie sich auf den Rückweg. Sie würde die Liste weiter durchtelefonieren und sich dabei besonders auf die alten Mitspieler konzentrieren, die Arnar namentlich erwähnt hatte. Da hörte sie ihn hinter sich rufen.

»Hey, sorry, eine Sache noch!«

Arnar näherte sich mit langen, leichtfüßigen Schritten und hatte Hildur bald eingeholt.

»Oder eigentlich zwei«, sagte er und trat verlegen von einem Bein auf das andere. »Wollen wir vielleicht mal zusammen ins Kino gehen?«

Hildur wollte ihren Ohren nicht trauen. Sie hatte den Trainer gerade im Zusammenhang mit einer Mordermittlung befragt, und jetzt wollte er ein Date mit ihr klarmachen. Sie blies auf ihre Handflächen und rieb sie aneinander, um ihre klammen Finger zu wärmen. Arnar war nicht ihr Typ, und im Moment hatte sie auch nicht die geringste Lust, im Kino zu hocken. Sie bemühte sich, ein freundliches Lächeln aufzusetzen.

»Das ist keine so gute Idee.«

Arnar hatte erwartungsvoll ausgesehen. Jetzt war ihm die Enttäuschung am Gesicht abzulesen.

»Ich verstehe. Eine dumme Frage, Freysis Tod ist ja …«

Hildur fiel ihm ins Wort.

»Und die zweite Sache?«

Arnar starrte einen Augenblick lang auf die Spitzen seiner Sportschuhe.

»Mir ist noch etwas eingefallen, was Ari gesagt hat. Es war so seltsam, dass es mir in Erinnerung geblieben ist.«

Der Wind wehte auf einmal noch kälter. Er hatte auf dem Meer Anlauf genommen und fuhr durch den Fjord, dass die kahlen Zweige der niedrigen Büsche am Wegesrand schaukelten. Arnar zog seine dünne Sponsorenmütze tiefer in die Stirn und blickte von seinen Schuhspitzen zu Hildur auf.

»Er hat gesagt, ich bräuchte gar nicht erst zu versuchen, die Sache irgendwo oder bei irgendwem zur Sprache zu bringen, denn er hätte sogar Hippokrates auf seiner Seite.«

»Hippokrates?«

Dann begriff Hildur. Manchmal wirkte ein an sich ganz alltägliches Ereignis oder eine Äußerung seltsam, weil irgendetwas daran zu bekannt war. Etwas, von dem man spürte, dass man es schon einmal erlebt hatte. In Hildurs Kopf fielen die Puzzlesteine plötzlich an ihren Platz und sie verstand, worum es bei all dem ging. In aller Eile bedankte sie sich bei Arnar, ließ ihn am Rand des Fußballplatzes stehen und rannte zur Polizeistation zurück. Sie musste sofort mit Jakob reden.

38

MÄRZ 2020 REYKJAVÍK

Das Anschnallzeichen leuchtete auf. Die Pilotin, die sich gerade als Jónína Axelsdóttir vorgestellt hatte, begrüßte die Passagiere auf dem Flug nach Reykjavík und teilte mit, die voraussichtliche Flugzeit betrage fünfunddreißig Minuten und das Flugwetter sei hervorragend.

»Da hörst du es. Ein ruhiger Flug«, sagte Hildur zu Jakob, der neben ihr saß.

Das verbesserte Jakobs Stimmung keineswegs. Er spürte, wie ihm kalter Schweiß auf die Stirn stieg. Seine Beine waren bleischwer.

Nach seiner Ankunft in Island hatte er beschlossen, innerhalb des Landes nie mehr mit dem Flugzeug zu reisen. Sein erster Flug mit einer kleinen Propellermaschine von Reykjavík zu den Westfjorden war einfach entsetzlich gewesen. So ein Gerüttel wollte er nie mehr erleben.

Aber hier saß er nun wieder. Auf einem schmalen Sitz wie zehn andere Fluggäste. Hildur war verschwitzt im Polizeigebäude aufgetaucht und hatte erklärt, sie habe Plätze für den Nachmittagsflug in die Hauptstadt bekommen. Sie müssten sofort nach Reykjavík. Mit dem Auto hätte die Fahrt einen halben Arbeitstag in Anspruch genommen, daher war Fliegen die einzige Möglichkeit.

Die Eile hatte mit dem Arzt zu tun, der bei dem Flugzeugabsturz gestorben war. Als Arnar Hippokrates erwähnt hatte, hatte Hildur geahnt, dass sie soeben einen weiteren Faden entdeckt hatte, der Hermann und Gunnar miteinander verband. Hermanns Sohn Ari hatte etwas Verbrecherisches getan, und *ein Arzt hatte auf seiner Seite gestanden.* Bei diesem Arzt musste es sich um Gunnar handeln, um Hermanns alten Bekannten. Und jetzt waren innerhalb von zwei Wochen beide gestorben. Hildur hatte Jakob von ihrem Gespräch mit Arnar erzählt und ihm auch berichtet, was sie von der Unfalluntersuchungsstelle erfahren hatte: Der Verschluss des Benzintanks hatte sich so säuberlich gelöst, dass es nicht bei einem heftigen Aufprall geschehen sein konnte.

Da hatte Jakob sich überzeugen lassen und Hildur zugestimmt. Die beiden Todesfälle mussten irgendwie zusammenhängen.

Hildur nahm das Handy aus der Tasche, warf einen kurzen Blick darauf und schaltete es aus. Jakob grübelte über den leeren Tank des Flugzeugs nach.

»Es gibt doch wohl irgendein automatisches Alarmsystem, das den Piloten warnt, wenn der Treibstofftank offen ist?«

Die Propellermaschine rollte ans Südende der Startbahn, wendete und beschleunigte gegen den Wind. Hildur senkte die Stimme, damit die Mitreisenden ihre Worte nicht hörten.

»Der Typ von der Unfalluntersuchungsstelle meinte, dass der fehlende Verschluss in solchen kleinen Maschinen nicht unbedingt Alarm auslöst. Wenn der Treibstoff sich dem Ende zuneigt, blinken die Lichter, aber die Warnung kam vermutlich zu spät.«

Jakob lief es kalt den Rücken hinunter. Das kleine Propellerflugzeug rollte über die einzige Startpiste des Dorfes und zitterte wie der Teufel im Frost. Mit Blick auf Jakobs Flugangst war es nicht unbedingt hilfreich, dass sie über die möglichen Gründe für Abstürze spekulierten.

»Nee, verdammt, reden wir jetzt nicht darüber.«

Hildur brummte zustimmend und blickte zum Fenster hinaus. Jakob wusste, dass das Fliegen sicher war. Wenn die Wetterbedingungen zu gefährlich waren, starteten keine Flüge. Die Startbahn lag zwischen zwei Bergen; wenn der Wind von Westen oder Osten kam, waren Starts und Landungen nicht sicher, und die Flüge wurden storniert. Flugangst beruhte jedoch nicht auf Wissen, sondern auf dem Gefühl. Jakob konnte nichts daran ändern, dass es ihm wahnsinnig vorkam, in einer Maschine vom Format eines Großraumtaxis durch die Lüfte zu schweben.

Jakob hielt die Augen geschlossen und krampfte die Finger um den halb fertigen Pullover, der auf seinem Schoß lag. Er hatte ihn mitgenommen, um sich unterwegs auf das Stricken konzentrieren zu können, statt zwanghaft die Bewegungen des Flugzeugs zu beobachten und ständig auf die Uhr zu schauen.

Nach einigen Minuten hatte die Maschine die Flughöhe erreicht, und das Anschnallzeichen erlosch. Jakob schlug die Augen auf und griff nach der Rundstricknadel. Er hatte gestern Abend das Bündchen am Saum fertig bekommen. Nun lag der langweiligste Abschnitt vor ihm: Ein halber Meter rechtsmaschig im selben hellen Farbton.

Hildur musterte die Strickarbeit neugierig.

»War der nicht schon fertig?«

Jakob blickte kurz zu ihr hinüber, ohne seine Arbeit zu unterbrechen.

»Doch, doch. Ich stricke zwei gleiche.«

»So ernst ist es also?«

Jakob lächelte nur und zog mehr Garn aus der Tasche, die er vor sich unter den Sitz gestellt hatte.

Hildur begann ihn nach Guðrún auszufragen. Was für Freunde hatte sie? Wo hatte Jakob sie kennengelernt? Schliefen die beiden lieber in Guðrúns oder in Jakobs Wohnung? Brachte Guðrún ihm Isländisch bei?

Jakob beantwortete die Fragen seiner neugierigen Kollegin gern. Er hatte einige von Guðrúns Kolleginnen kennengelernt. Guðrún und er schliefen oft in seiner Wohnung, weil sein Bett breiter war. Guðrún brachte ihm die Sprache bei, zuerst einzelne Wörter, dann kurze Sätze. Zur Übung hatte sie ihn am Kiosk Eis und beim Bäcker Brot kaufen lassen. Im Eisenwarengeschäft hatte er sie zum Lachen gebracht, als er einen neuen Kleiderständer für ihre Diele und den Leim zum Zusammenbauen gekauft hatte. Jakob hatte einen kleinen Fehler bei der Aussprache des Buchstabens i gemacht und den auf das Rentenalter zugehenden Verkäufer irrtümlich um einen Garderobenständer und eine große Tube starken Penis gebeten.

Hildur lachte lauthals.

»Nicht dein Ernst!«

Als Jakob ihr gerade von seinem Versuch erzählte, dem verdutzten Verkäufer seinen Fehler zu erklären, spürte er einen heftigen Ruck. Die Reifen hatten den Boden berührt. Sie waren gelandet, und er hatte es nicht gemerkt.

Hildur knuffte ihm leicht gegen den Arm.

»Ich hab's ganz gut geschafft, dich abzulenken, oder?«

39

MÄRZ 2020 KEFLAVÍK

DÍSA

Die Schlange rückte nur langsam voran, denn an der Sicherheitskontrolle waren nur zwei Schalter geöffnet. Zwischen den hektischen Morgen- und Nachmittagsschichten waren nur wenige Angestellte anwesend. Die meisten Morgenflüge nach Europa waren bereits gestartet. Die Nachmittagsflüge in die USA standen erst in einigen Stunden an. Dísa blickte sich um und trat von einem Bein auf das andere. Ging es auf dem internationalen Flughafen Keflavík um diese Zeit immer so ruhig zu? Dísa wusste es nicht. Sie war noch nie hier gewesen. Sie war nie zuvor ins Ausland gereist. Aus ihrer Kindheit erinnerte sie sich nur an Campingurlaube mit ihren Eltern. Sie hatten das Auto vollgepackt, an Aussichtspunkten Rast gemacht und Kaffee gekocht und später auf irgendeinem Campingplatz am Weg gezeltet. So hatten sie Island mehrmals umrundet.

Am besten waren ihr die schwarzen Lavasandstrände, gewaltigen Wasserfälle und weiß leuchtenden Gletscher an der Südküste in Erinnerung geblieben. Einmal hatte ihr Vater von seinem Arbeitgeber zu Weihnachten einen Gutschein für eine Gletscherwanderung bekommen. Sie hatten das Geschenk auf ihrer Urlaubsreise im Sommer verwendet. Mit einem Bergführer hatten sie den Vatnajökull bestiegen. Bei der Tour über die vereisten Hügel hatte das Eis unter den Spikes an ihren Schuhen geknirscht.

An ihre Kindheit hatte Dísa nur gute Erinnerungen. Erst etwas später war nach und nach alles daneben gegangen. Ihre Mutter hatte über anhaltende Schmerzen in der Brust geklagt. Als die Ärzte ihre Beschwerden endlich ernst genommen hatten, war es bereits zu spät. Die Mutter war an einer Herzkrankheit gestorben, als Dísa gerade achtzehn wurde. Ihr Vater wurde danach still und verschlossen, aber sie waren ganz gut zurechtgekommen. Dann kam dieser eine Sommer und der schreckliche Abend ... Dísa hätte das Erlebte am liebsten völlig verdrängt, aber die Erinnerung war immer da. Danach war ihr Leben jahrelang ein Wandern in düsterem Nebel gewesen.

Jetzt war alles anders. Sie hatte ihr Leben in Ordnung gebracht. Viele, die sie auf den Straßen von Reykjavík kennengelernt hatten, wären überrascht, wenn sie sie jetzt sähen. Das heißt, von ihnen war ja kaum noch jemand übrig. Viele waren durch die Drogen ums Leben gekommen, einige hatten Selbstmord begangen. Der Rest saß im Gefängnis oder war ins Ausland gezogen. Der Kontakt zu ihren Bekannten aus der Kindheit und Jugend war gleich nach dem furchtbaren Sommer abgebrochen.

Aber sie hatte sich durchgeschlagen. Sie würde nie mehr dahin zurückgehen, woher sie gekommen war. Nie wieder würde sie sich von irgendwem mit Füßen treten lassen, sie würde sich zur Wehr setzen. In letzter Zeit hatte sie gelernt, dass man nur durchkam, wenn man zuschlug. Andernfalls wurde man selbst geschlagen. Vielleicht hätte es noch andere Wege gegeben, doch darüber wollte sie nicht nachdenken. Ihr Leben sollte nicht zu kompliziert werden. Sie war jetzt glücklicher als je zuvor.

Bald war Dísa an der Reihe. Sie fing an, ihren Gürtel aufzuschnallen, wie sie es bei den anderen vor ihr gesehen hatte. Ein älteres Ehepaar, das den Inhalt seiner Reisetasche in den Plastiktrog auf dem Transportband legte, musterte sie misstrauisch. Offenbar aus Angst vor einer Virusinfektion, dachte Dísa.

Sie reiste zum ersten Mal in ihrem Leben ins Ausland. In den Zeitungen hatte man vor der baldigen Einführung von Reisebeschränkungen gewarnt, deshalb hatte sie ihre Abreise beschleunigt. Die Katastrophennachrichten rührten sie nicht, wenn sie es nur schaffte, Island zu verlassen, solange es noch Flüge gab. Zurückkehren würde sie irgendwann später – oder auch nicht.

Vor zwei Monaten hatte Dísa sich zum ersten Mal in ihrem Leben einen Reisepass besorgt. Mit dem Sparen hatte sie schon vor Jahren begonnen. Von jedem Lohn hatte sie einige Scheine beiseitegelegt. Als Schwarzarbeiterin hatte sie das Geld bar auf die Hand bekommen, und da sie keine Steuern zahlte, war das Sparen schneller gegangen.

Nach dem, was sie in den Reiseforen gelesen hatte, wusste Dísa, dass ihr Geld für mehrere Monate reichen würde. Ihr Heimatland war irrsinnig teuer, aber im fernen Süden war alles billiger und die Sonne schien wärmer.

Ein Sicherheitsbeamter in blauer Uniform winkte sie an das Transportband. Dísa legte ihren Rucksack und ihren Gürtel in den Plastikkasten. Sie nahm ihr Handy und ihren alten Laptop samt Ladegerät aus dem Rucksack.

Auf Anweisung des Sicherheitsmannes ging Dísa durch die hellgraue Pforte und wartete am Ende des Bandes auf ihren Rucksack. Der glatzköpfige Sicherheitsmann starrte konzentriert auf seinen Monitor. Dann hielt er das Band an und durchleuchtete den Trog erneut. Dísa sah, wie er einen Kollegen heranwinkte und ihm etwas auf dem Monitor zeigte. Sie wurde nervös. Gab es irgendein Problem?

»Ist das Ihr Gepäck?«

Dísa nickte. Sie blickte auf das Namensschild des Glatzkopfes. Pawel. Er sprach Isländisch mit polnischem Akzent, schnell und mit harten Konsonanten. Dísas Kolleginnen und Kollegen kamen fast alle aus Polen oder den baltischen Ländern. Niedriglohnjobs als Putzkraft waren den Isländern nicht gut genug. Dísa war an ihrem Arbeitsplatz die einzige Isländerin. Oder war es gewesen. Sie hatte gestern den Schichtleiter angerufen und ihm gesagt, dass sie nicht mehr zur Arbeit kommen würde. Der Schichtleiter hatte über die kurze Vorwarnzeit geflucht und sie angefahren, damit sei sie den Job für immer los. Dísa wusste es besser. Sie würde bei jeder beliebigen Putzfirma schnell Arbeit finden, denn es herrschte Mangel an guten Arbeitskräften – also an denen, die zur vereinbarten Zeit am Arbeitsplatz erschienen.

»Der muss überprüft werden. Darf ich ihn öffnen?«

Diese Frage kann man wohl nur bejahen, dachte Dísa und gab ihre Erlaubnis.

Pawel wühlte in ihrem Rucksack. Dísa rutschte beinahe das Herz in die Hosen, als sie sah, was seine Aufmerksamkeit geweckt hatte. Er zog ihr grünes Notizbuch aus der Seitentasche, drehte es in den Händen und blätterte darin. Dann klopfte er auf den harten Einband und starrte Dísa streng an.

»Ist der etwa aus Metall?«

»Ja, das ist ein Metalleinband.«

Pawel drehte sich um und ging mit dem Buch davon. Dísas Herz raste. An den Einband ihres Notizbuchs hatte sie nicht gedacht. Würde sie deshalb Schwierigkeiten bekommen? Sie konnte das Buch auf keinen Fall zurücklassen. Wenn der Einband ein Problem war, ließ er sich wohl entfernen? Dísa gab sich alle Mühe, ruhig zu bleiben. Sie durfte kein Aufsehen erregen.

»Ich lasse es noch mal durchlaufen«, sagte Pawel, als er zurückkam, und schob das Buch in den schwarzen Schlund der Röntgenmaschine.

Als das Buch wieder auf dem Transportband auftauchte, reichte er es Dísa freundlich lächelnd.

»Gute Reise, mein Fräulein.«

Dísa stotterte ein Dankeschön, griff nach dem Buch und steckte es in ihren Rucksack. Das war knapp gewesen. Das Buch war ihr größter Schatz. Auf seinen Seiten hatte sie alle ihre Gedanken ausgebreitet, selbst die finstersten Geheimnisse. Sie hatte in allen Einzelheiten beschrieben, was sie in letzter Zeit getan hatte. Davon sollte nie jemand erfahren.

Dísa schulterte den Rucksack und machte sich auf den Weg zum Gate. Gleich. Nur noch wenige Minuten, dann war sie weit weg. Alles Nötige war getan.

40

MÄRZ 2020 REYKJAVÍK

Hildur hatte am Flughafen ein Auto gemietet, das sie nun nach rechts lenkte, am Campus der Universität und am Nordischen Haus vorbei. Der historische Stadtkern von Reykjavík und der in seiner Mitte aufragende Turm der Hallgrímur-Kirche lagen vor ihnen, aber sie würden nicht in die Innenstadt fahren. Hildur wählte die rechte Spur und bog auf die nach rechts führende Hauptstraße, die Hringbraut, eine der Hauptverkehrsadern in Reykjavík.

Hildur hatte Glück. Bis zur großen Kreuzung in Skeifan brauchte sie kein einziges Mal an einer Ampel zu halten.

In Hermanns Büro und in seinem Haus in Ísafjörður hatten sich keine weiteren Anhaltspunkte gefunden, aber vielleicht würde es in Gunnars Fall anders sein. Hildur hatte Katrín angerufen, Gunnars einzige Tochter. Dafür dass ihr Vater erst vor ein paar Wochen mit seinem Flugzeug tödlich verunglückt war, hatte sie ausgeglichen und munter gewirkt. Doch Hildur wusste, dass die Menschen auf Verlust und Trauer unterschiedlich reagierten. Sie hatte Katrín kontaktiert, um sie nach der Hinterlassenschaft ihres Vaters zu fragen. Es konnte ja sein, dass Gunnar einen Teil seiner Sachen in Island gelassen hatte, obwohl er in den letzten Jahren im Ausland gewohnt hatte. Katríns Antwort war eine erfreuliche Überraschung gewesen: Gunnar hatte Kisten in einem Lager aufbewahrt.

»Katrín wohnt in Grafarholt, bis da sind es noch ein paar Kilometer«, sagte Hildur und beschleunigte auf achtzig. Es war ironisch, dass sie die Sachen eines Verstorbenen in einem Wohngebiet durchsuchen würden, dessen Name »Grabhügel« bedeutete.

Hildur fuhr in die Siedlung, die einen wohlhabenden Eindruck machte. Die Straßenschilder glänzten weiß und die breiten Straßen wirkten sehr gepflegt.

»Sieht ziemlich neu aus«, meinte Jakob.

»Ja. Die Bauarbeiten fingen hier gerade an, als ich auf der Polizeischule war.«

Sie gingen zu dem Haus, Hildur vorneweg, Jakob ein paar Schritte hinter ihr. Neben der Holztür befand sich ein Summer. Katrín hatte ihre Ankunft offenbar erwartet, denn die Tür ging sofort auf.

An der Tür stand eine Frau in schwarzer Bluse und roten Jeans. Sie war etwas älter als Hildur, etwa Anfang vierzig. Blonder Bubikopf, nachgezogene Augenbrauen. Kleine silberne Ohrringe. Sicher in führender Position tätig, schickes Büro mit Glaswänden, schätzte Hildur.

»Sie haben heute früh angerufen?«, fragte die Frau und hielt ihr die Hand hin. Sie stellten sich vor.

Katrín musterte die beiden, machte aber keine Anstalten, sie ins Haus zu bitten. Ganz egal, dachte Hildur. Sie konnten die Sache auch hier draußen erledigen.

»Wir untersuchen den Mord an Hermann Hermannsson in den Westfjorden«, erklärte sie und berichtete dann kurz über den Stand der Ermittlungen.

Katrín nickte und sagte, sie habe den Fall in den Nachrichten verfolgt. Sie kenne Hermann, denn er sei ein alter Freund ihres Vaters gewesen.

Dann sprach Hildur Katrín ihr Beileid zum Tod ihres Vaters aus.

»Was ich Ihnen jetzt sagen muss, wird ein Schock für Sie sein; wir haben gerade erst neue Informationen bekommen, die wir noch nicht publik gemacht haben. Möglicherweise gibt es bei dem Unfall, bei dem Ihr Vater ums Leben kam, Ungereimtheiten. Es könnte sein, dass es doch kein Unfall war.«

Katríns Miene erstarrte sekundenlang. Sie fasste sich jedoch schnell wieder und nickte knapp, als wollte sie zeigen, dass sie Hildurs Worte gehört und verstanden hatte.

»In Ordnung. Sie sagen mir sicher Bescheid, wenn Sie Gewissheit haben.«

Hildur wunderte sich über die steife Reaktion.

»Solche Neuigkeiten können erschütternd sein. Möchten Sie psychologische Unterstützung? Ich kann bei der Krisenhilfe anrufen und einen Termin ausmachen«, sagte sie und holte eine Visitenkarte aus der Jackentasche. Katrín winkte ab, warf den Kopf zurück und lachte trocken.

»Ich brauche kein Beileid. Eigentlich habe ich meinen Vater gar nicht richtig gekannt. Nachdem er wegen seinen Geschäften nach Zypern gezogen ist, haben wir uns kein einziges Mal gesehen.«

Auf der Straße hinter Hildurs Rücken raste ein Auto vorbei. Sie blickte sich nach dem Geräusch um.

»Hier sollten Bremsschwellen angebracht werden«, sagte Katrín streng und sah Hildur an, als wäre das ihre Aufgabe.

Das Tempo lag so wenig über dem Limit, dass Hildur es nicht für nötig hielt, den Wagen zu verfolgen.

»Wir würden gern ein paar Punkte überprüfen und die Verbindung zwischen Ihrem Vater und Hermann untersuchen.«

Katrín hatte erzählt, dass sie einige alte Sachen ihres Vaters besaß, die er ihr zur Aufbewahrung gegeben hatte, als er ins Ausland zog. Jetzt sah sie an Hildur vorbei zu Jakob, und Hildur stellte amüsiert fest, dass ihr Blick auf ihm verweilte. Dasselbe hatte sie schon öfter beobachtet.

»Es sind hauptsächlich Ordner und Papiere seiner Firmen«, erklärte Katrín und fügte hinzu, dass die Dokumente laut Gesetz für eine bestimmte Zeit aufbewahrt werden mussten. Die wenigsten Buchhalter waren bereit, solche Unterlagen in ihren Räumen zu lagern. In der Regel verwahrten Privatunternehmer die Quittungen bei sich zu Hause.

»Die Investitionen meines Vaters würden vermutlich mir zufallen, denn ich bin sein einziges Kind. Aber ich werde das Erbe wahrscheinlich ausschlagen. Mein Vater war ein ziemlicher Tunichtgut, und je weniger ich mit seinen Angelegenheiten zu tun habe, desto besser.«

Hildur nickte. Katrín war allem Anschein nach selbst nicht ganz unvermögend. Sie wohnte in einem großen Einfamilienhaus, und im Carport standen ein Tesla und ein funkelnagelneuer Ford Pickup.

Hildur hoffte, dass Katrín nicht nach einem Durchsuchungsbeschluss fragen würde, denn den konnte sie nicht vorweisen. Die Zeit hatte nicht gereicht, ihn zu beantragen. Sie würden sich nur kurz das Hab und Gut des Verstorbenen ansehen, falls seine Angehörige es erlaubte.

Katrín kehrte ihnen den Rücken zu und öffnete die oberste Schublade einer kleinen Kommode an der Rückwand der Diele. Nach kurzer Suche zog sie etwas heraus.

Eine Plastikscheibe, die an einer Plastikerdbeere befestigt war.

»Die Garagen sind da links. Das mittlere Tor. Gunnars Sachen sind ganz hinten an der Wand, in den gelben Kisten. Sehen Sie sich alles in Ruhe an. Ich muss gleich per Telekonferenz an einer Hauptversammlung in Deutschland teilnehmen, kann Ihnen also leider nicht helfen.«

Das war Hildur nur recht. Je weniger sie mit Außenstehenden über den Grund ihres Besuchs sprechen mussten, desto besser.

Sie bedankte sich für den Schlüssel. Katrín drehte sich um und schloss die Haustür.

Hildur hielt die schwarze Plastikscheibe an das Lesegerät. Das Tor des Garagengebäudes sprang auf.

Jakob tastete nach dem Lichtschalter, und bald tauchten die Neonröhren an der Decke den Raum in helles Licht.

Die Garage glich einem Sportartikelgeschäft: Drei neu aussehende, voll gefederte Mountainbikes, ein Fahrradanhänger und diverse Campingausrüstung. An einem Kleiderständer hingen ordentlich aufgereiht Daunenjacken und Freizeithosen. An der Wand entdeckte Hildur einige Paar Langlauf- und Abfahrtsskier in Kinder- und Erwachsenengröße.

»Ziemlich sportliche Leute«, meinte Jakob und schlängelte sich zwischen den Sachen hindurch zur Rückwand.

Dort standen etwa zehn gelbe Umzugskisten in drei ordentlichen Stapeln. Jakob räumte den obenauf liegenden Kleinkram weg und reichte Hildur eine der Kisten.

»Fang du mit der an, ich übernehme die hinterste.«

Sie mussten zügig arbeiten, um bis zum Abend fertig zu werden. Am nächsten Morgen konnten sie nicht mehr weitermachen, denn ihr Rückflug ging um zehn Uhr früh. Für den morgigen Nachmittag war Sturm angesagt, was sehr wahrscheinlich zu Zeitverschiebungen bei den Inlandsflügen führen würde. Und Hildur hatte Beta versprochen, dass sie gleich morgen wieder am Arbeitsplatz sein würden.

Sie machte sich daran, die Papiere durchzusehen. Rechnungen, Quittungen, Vordrucke für Angebote. Vielleicht enthielt jede Mappe die gleichen, für sie unwichtigen Papiere, aber Hildur wollte dennoch jede einzeln durchgehen. Wenn der Arzt irgendetwas Interessantes hinterlassen hatte, würde es sich möglicherweise hier finden.

»Stört es dich eigentlich, wenn die Frauen dich anstarren?«

Jakob holte Bücher und Zeitschriften aus der Kiste. Er wirkte verblüfft.

»Na ja, einige Männer auch«, fügte Hildur rasch hinzu. »Diese Ballerina hier hat jedenfalls die ganze Zeit dich angeguckt, obwohl sie mit mir gesprochen hat.«

Jakob lachte verlegen auf.

»Na, ich hab nichts davon gemerkt. Aber es stört wohl nicht. Ich weiß nicht. Was soll die Frage überhaupt?«

Hildur amüsierte sich. Jakob stand in diesen Dingen manchmal wirklich auf dem Schlauch.

»Dein Praktikum endet im Sommer. Was hast du danach vor?«

Offenbar hatte Jakob erst kürzlich darüber nachgedacht, denn seine Antwort kam sofort.

»Ich glaube, ich bleibe hier.«

Hildur hatte so etwas geahnt, freute sich aber, es von Jakob selbst zu hören. Er erzählte von seinen Sprachkursplänen. Er wollte versuchen, möglichst bald die Staatsbürgerschaft zu bekommen und sich danach um einen Arbeitsplatz bei der Polizei bewerben. Hildur hielt den Plan für gut. Bei der Polizei herrschte starker Mangel an Arbeitskräften, und vor allem auf dem Land hatten manche Polizisten nicht einmal eine offizielle Ausbildung. Es genügte, wenn in einem Zweierteam einer von beiden formell qualifiziert war.

»Guðrún und ich haben auch darüber geredet, dass … na ja, dass es eigentlich unsinnig ist, für zwei Wohnungen Miete zu zahlen.«

Hildur hätte ihren Kollegen am liebsten umarmt, aber zwischen ihnen waren mehrere Kisten und viele wacklige Papierstapel. Sie begnügte sich damit, beide Daumen hochzurecken.

Jakob holte den letzten Stapel aus seiner Kiste. Ganz zuunterst, unter den *Science*-Magazinen, fanden sich mehrere dänische Pornohefte.

»Habt ihr keine einheimische Produktion?«, witzelte Jakob.

»Im Internet gibt es heutzutage alles Mögliche«, gab Hildur zurück.

Jakob legte die alten Zeitschriften wieder zurück und griff nach der nächsten Kiste.

Eine gute Stunde später hatten sie die Hälfte der Kisten durchgesehen. Hildur hob die Hände über den Kopf, stützte sich an der Garagenwand ab und dehnte den Oberkörper. Ihre Schultern begannen von der gebückten Haltung zu schmerzen.

Bisher hatten sie nichts Interessantes gefunden, aber sie würden erst aufhören, wenn sie das gesamte Material durchgekämmt hatten.

»Ich habe mir jetzt übrigens einen Anwalt genommen, und er meint, dass mir höchstwahrscheinlich keine andere Möglichkeit bleibt, als den Fall vor Gericht zu bringen. Es kann also sein, dass wir die Durchführung des Besuchsrechts gerichtlich einklagen.«

»Und was bedeutet das in der Praxis?«

»Lena riskiert eine Strafandrohung, wenn sie mich weiterhin daran hindert, Matias zu treffen. Ich könnte auch beantragen, dass Matias von einer Amtsperson zu den Treffen geholt wird, aber ich möchte nicht, dass er noch mehr unter der Situation zu leiden hat.«

Hildur nickte. Sie verstand Jakobs Besorgnis. Die Vorstellung, dass ein Kind einem fremden Menschen anvertraut wurde, war unangenehm. Bei diesem Gedanken spürte sie einen stechenden Schmerz, und in ihren Ohren rauschte es. Eine erdrückende Last legte sich auf ihre Brust. Sie musste einen Augenblick nach draußen.

»Ich bin gleich wieder da, ich brauche ein bisschen frische Luft«, sagte sie zu Jakob und ging hinaus.

Hildur lehnte sich an die Garagenwand und schloss die Augen, spürte, wie die kalte Luft von ihrer Lunge Besitz ergriff. Sie atmete ein paarmal tief durch und ballte die Hände zu Fäusten. Konzentrier dich, konzentrier dich, konzentrier dich. Sie redete sich ein, dass es ihr bald besser gehen würde. Was war nur mit ihr los? War das eine Panikattacke? Sie wusste nicht, was sie tun sollte oder was ihr helfen würde. Nicht einmal der Gedanke an die Meereswellen beruhigte sie.

In dem Moment riss Jakob die Garagentür auf und drängte Hildur hereinzukommen. Er habe etwas gefunden, das ihm interessant erschien. Hildur spürte immer noch Übelkeit, konnte sie aber verdrängen. Jakobs Eifer steckte sie an.

Der Kollege reichte ihr eine Kassette, in deren Schloss ein kleiner Schlüssel steckte.

»Heiliger Gral meets Panama Papers«, sagte er und zeigte Hildur die Unterlagen. »Dokumente über Bankkonten in der Schweiz, über Firmengründungen in Bermuda, Zypern und Gibraltar … Und dann diese Papiere in isländischer Sprache.«

Hildur blätterte den Stapel durch. Der Name des Arztes tauchte immer wieder auf, als Begünstigter und als Inhaber einiger Bankkonten. Sie überflog die Kontoauszüge. Bei allen Abhebungen und Einzahlungen handelte es sich um hohe Summen. Jede Überweisung belief sich mindestens auf mehrere zehntausend Euro. Die Zahler und Empfänger waren Unternehmen, die Hildur völlig unbekannt waren. Auf den ersten Blick konnten diese Unterlagen tatsächlich auf Steuerhinterziehung oder auf schwere Wirtschaftsdelikte hindeuten, doch das interessierte Hildur nicht unmittelbar. Sie kannte Ermittler in der Abteilung für Wirtschaftskriminalität in Reykjavík. Ihnen könnte sie die Papiere übergeben, doch wahrscheinlich würden sie nichts damit anfangen. Zumindest die Dokumente, die sie in der Hand hielt, waren mehr als zehn Jahre alt. Falls es um kriminelle Aktivitäten ging, waren die Taten also vermutlich schon verjährt.

Aber was ist das hier, überlegte Hildur und hob eine durchsichtige Plastikhülle aus der Kassette. Sie hielt sie zwischen Daumen und Zeigefinger und starrte mit zusammengekniffenen Augen auf den obersten Bogen.

Da begriff sie, was es war. Ein ärztliches Gutachten.

»Verdammt noch mal.«

Hildur zog Einmalhandschuhe an, nahm die Papiere aus der Hülle und übersetzte sie für Jakob.

Die 21-jährige Dísa Önnudóttir wurde am 25. Juli 2008 mit schweren Verletzungen in die Notaufnahme gebracht. – - – Dammriss, schwere Verletzungen an den äußeren Genitalien, am Schließmuskel und der Schleimhaut des Anus. – - – Medizinische Sofortmaßnahmen wurden durchgeführt, Weiterbehandlung in Reykjavík unbedingt notwendig. – - – Die Patientin berichtete von einer Vergewaltigung. – - – Proben wurden sichergestellt, werden nach Reykjavík geschickt – - – Patientin wird Anzeige erstatten. (Patientin behauptet, den Täter erkannt zu haben, Ari Hermannsson?)

»Ari Hermannsson«, wiederholte Jakob.

Hildur nickte triumphierend.

Der berühmte Fußballstar hatte eine junge Frau vergewaltigt und war ungeschoren davongekommen, weil sein Papa den Arzt kannte, der das Opfer behandelt hatte. Der Schurke von einem Arzt hatte sein Gutachten nicht der Polizei übergeben, sondern es versteckt. Es war ein Glück für die Polizei, dass Gunnar das Dokument aufbewahrt hatte, statt es zu vernichten. Das Verbrechen widerte Hildur an, aber sie war auch zufrieden: Das Misstrauen des einen Schufts gegen den anderen hatte ihnen eine wichtige Spur geliefert.

Jakob stützte die Ellbogen auf den Kistenstapel und schüttelte ungläubig den Kopf.

»Ein Kuhhandel unter Freunden also.«

Der Arzt hatte DNA-Proben von der Haut des Opfers genommen. Hildur nahm sich vor, die Angelegenheit in Reykjavík zu überprüfen, war sich aber schon jetzt so gut wie sicher, dass die Proben nie weitergeschickt worden waren.

41

Die breite Schiebetür des Hotels glitt zur Seite, Hildur und Jakob gingen hinein. Der lange braune Teppich in der Eingangshalle saugte Schmutz und Feuchtigkeit von den Schuhsohlen. Das große grün-weiße Gebäude wirkte von außen wie eine triste Bausünde der 1980er-Jahre, doch innen war die Atmosphäre anheimelnder. Das Flughafenhotel war eines der Wahrzeichen der Hauptstadt. Heutzutage hieß es Natura, aber die Ortsansässigen nannten es immer noch bei seinem alten Namen, Loftleiðir, genau wie die Airline. Es war ein Hotel, mit dem viele Menschen Erinnerungen verbanden: Im Hotelrestaurant speiste man zu Weihnachten, in den Konferenzräumen fanden Sitzungen statt, und viele, die auf dem Land wohnten, übernachteten hier, wenn sie Reykjavík besuchten. Sonderangebote verlockten dazu, einen Wochenendurlaub in dem großen Hotel zu verbringen.

Hildur hatte Zimmer für eine Nacht reserviert. Der Terminal für Inlandflüge war mit dem Auto in gut fünf Minuten zu erreichen, sie würden also in Ruhe frühstücken können, bevor sie zum Flughafen aufbrachen.

Die stark geschminkte Rezeptionistin schenkte ihnen ein rasches Lächeln und wandte sich dem Computer zu. Ihre langen roten Fingernägel tippten auf die Tasten.

»Möchten Sie ein Zimmer mit Dusche oder mit Badewanne?«

Hildur betrachtete die Fingernägel der Frau. Ihre Finger reichten nicht bis auf die Tasten, sie musste also mit den Nagelspitzen tippen. Das sah anstrengend aus.

»Wir haben zwei Reservierungen. Für zwei Zimmer.«

Die Frau streckte die Finger hoch und sah Hildur fragend an. Dann warf sie einen Blick auf Jakob.

»Aha. Sie gehören also nicht zusammen?«

Hildur ärgerte sich. Was sollte dieses Kreuzverhör?

»Getrennte Zimmer. Dienstreise«, sagte sie kurz angebunden.

»Natürlich. Einen Augenblick.«

Die Frau aktivierte eine Schlüsselkarte und reichte sie Hildur. Mit knappen Worten erklärte sie, Frühstück gebe es ab sieben Uhr im Hotelrestaurant und das WLAN sei kostenfrei. Dann wandte sie sich Jakob zu und setzte ein strahlendes Lächeln auf. Fröhlich informierte sie ihn über den Fitnessraum und den Massagesalon des Hotels und über die Wanderwege in der Umgebung. Sie fragte, ob er schon einmal in Island gewesen sei und ob er Tipps für seinen Aufenthalt in Reykjavík brauche. Dann warf sie einen Blick auf ihre Armbanduhr und lächelte noch ein wenig breiter.

»Ich habe in einer Stunde Feierabend.«

Hildur entfernte sich kopfschüttelnd von der Rezeption und suchte sich den bequemsten Sessel in der Lobby. Sie holte ihr Handy hervor und rief Beta an. Nach ihrem minutenlangen Monolog ertönte am anderen Ende ein lauter Seufzer.

»Verdammt, Hildur, das klingt wirklich schlimm.«

»Vor dem Abflug habe ich noch in der LÖKE-Datenbank nachgesehen, aber dort findet sich absolut nichts über Ari. Wenn dieses Verbrechen also tatsächlich so geschehen ist, hat die Polizei zu keinem Zeitpunkt davon erfahren.«

»Dafür ist Dísas Strafregister so lang, dass man daraus einen Schal stricken könnte«, stellte Beta fest, nachdem sie kurz in ihren Computer getippt hatte.

Sie zählte die Geldbußen auf, zu denen Dísa verurteilt worden war: aufgrund von Drogen, kleinen Diebstählen, Körperverletzungen. Im Lauf der Jahre hatte die junge Frau häufig in der Zelle gesessen, weil sie auf den Straßen von Reykjavík randaliert hatte.

Beta schwieg einen Moment. In ihrem Dienstzimmer lief offenbar das Radio, denn der Wetterbericht war deutlich zu hören. Er versprach Sonnenschein im südlichen Island. Hildur wusste, dass sie beide begriffen hatten, wie die Dinge lagen. Jemand hatte Aris Beschützer ermordet.

»Ihr solltet so schnell wie möglich mit Dísa Önnudóttir sprechen«, sagte Beta und atmete im selben Moment scharf ein, als hätten sie plötzlich Schmerzen befallen.

Hildur hörte, dass Beta ihre Schreibtischschublade aufzog und mit etwas raschelte. Manche steckten sich in schwierigen Situationen eine Zigarette an, Beta griff zu ihren Keksen. Nach ein paar Bissen hatte sie sich wieder im Griff.

»Dieser Ari … Sag bloß nicht, dass …«

Hildur wusste schon, was ihre Chefin fragen wollte. Sie beruhigte Beta, in dieser Hinsicht sei alles in Ordnung. Während Jakob den Wagen von Katríns Haus zum Hotel gesteuert hatte, hatte sie mithilfe des Smartphones bereits ein paar Recherchen angestellt. Aris Fußballteam hatte gestern ein Spiel gehabt. Heute früh hatte Ari auf Instagram ein Foto von einem Swimmingpool unter Palmen gepostet, mit dem Text *#aftergame.*

»Er lebt und schwitzt.«

Bevor Beta sich dazu äußern konnte, beeilte Hildur sich, sie über ihre nächsten Schritte zu informieren.

»Ich habe einen hiesigen Kollegen kontaktiert. Eine Streife ist schon auf dem Weg zu Dísas Wohnung. Ich halte dich auf dem Laufenden.«

Hildur schaltete ihr Handy aus und steckte es in die Jackentasche. Jakob stand wartend am Lift. Er schwenkte triumphierend seine Schlüsselkarte.

Hildur warf sich ihren Rucksack, der Kleider zum Wechseln und ihre Zahnbürste enthielt, über die Schulter und ging zu Jakob.

»Musstest du ihr ein Date versprechen, um den Schlüssel zu bekommen?«, fragte sie, während sie den Aufzug betrat. Jakob folgte ihr und schüttelte verwundert, aber unverkennbar zufrieden den Kopf.

»Die isländischen Frauen, du lieber Himmel.«

42

1994 WESTFJORDE

DREI MONATE VOR RÓSAS UND BJÖRKS VERSCHWINDEN

Rakel rechte den Hof. Es gab nur wenig zu harken, denn sie hatten nicht viele Bäume. Hinter dem Haus standen vier kleine Fichten, und auch die Erlen, die vor langer Zeit vor dem Haus gepflanzt worden waren, hatten dem harten Klima der Fjorde standgehalten. Ihr Laub versuchte Rakel jetzt zusammenzuharken.

Sie warf einen Blick auf ihre Uhr. Halb zwei. In einer Stunde musste sie losfahren, um rechtzeitig im Dorf zu sein. Ihre jüngeren Kinder würden nach der Schule zu Tinna gehen, während sie selbst einen Arzt aufsuchte. Sie hatte sich gestern, als sie Kartoffeln kochte, aus Ungeschicklichkeit mit heißem Wasser verbrüht. Die große Blase am Arm hatte sich offenbar entzündet.

Der Arm schmerzte, aber sie arbeitete trotzdem weiter, denn sie hatte Spaß daran. Die Zinken der Harke sanken in den weichen Boden. Sie trugen Schmutz und Unrat fort und hinterließen ein schönes Muster. Rakel rechte noch einmal, ruhig und langsam. Dann stopfte sie die Blätter schnell in den Sack, bevor der nächste Windstoß alles verdarb.

Rakel lehnte die Harke an die Hauswand, nahm den Sack und machte sich auf den Weg zum Komposthaufen hinter dem Haus.

Die nasse Erde gluckste unter ihren Stiefeln. An der Stelle, wo der Boden ein wenig eingesackt war, stand das Wasser schon mindestens so hoch wie ein Kinderstiefel. Rakel trat mitten in die Pfütze, und an den Sohlen ihrer hohen Stiefel klebte nun Schlamm vom Boden der Grube. Der Schlamm stieg mit ihren Schritten an die Oberfläche. Dann nahm sie süßlichen Fäulnisgeruch wahr.

Ich hätte tiefer graben müssen, dachte sie.

Am Morgen hatte sie die andere Seite des Vorgartens gerecht und die Zweige und Blätter zum Kompost gebracht. Zwischen den Essensresten auf dem Kompost hatte sie etwas Weißes entdeckt. Dort lag ihre Katze Rjómi mit der weißen Schnauze. Rakel hatte die Katze angestupst, sie war weich, regte sich aber nicht. Sie war tot, natürlich. Rakel hatte die Kartoffelschalen und Kaffeefilter beiseite geschoben und noch mehr weißes Fell gefunden. Unter Rjómi lagen ihre kleinen, drei Wochen alten Jungen.

Rakel hatte schnell gehandelt. Die Katzen durften nicht dort bleiben, wo die Kinder sie finden würden. Sie hatte eine Schaufel geholt, hinter dem Haus eine Grube ausgehoben und die Kadaver hineingeworfen. Eine ordentliche Schicht Erde darüber, und die Sache war erledigt – das hatte sie jedenfalls geglaubt. Aber auch diesmal hatte sie etwas falsch gemacht. Die Grube stach ins Auge, und die Kadaver stanken.

Es war schon spät. Ihr blieb nicht mehr genug Zeit für eine neue Grube. Sie kippte das Laub aus dem Sack in die Grube und schichtete Steine darüber. Für die Kinder hatte sie sich schon eine Erklärung zurechtgelegt: Sie war allergisch gegen Katzen geworden, und die Tiere waren in ihr früheres Zuhause zurückgekehrt, auf den Hof von Helga und Hallgrímur.

Mögen sie in Frieden ruhen, die Katzenmutter und ihre Jungen, dachte sie und legte den letzten Stein an seinen Platz.

43

MÄRZ 2020 REYKJAVÍK

»Es ist März, und du schlägst einen Ausflug zum Strand vor«, merkte Jakob skeptisch an.

Hildur lachte auf und ging vom Vorplatz des Hotels zu dem Fußweg, der zur Universität Reykjavík und dem dahinter liegenden städtischen Sandstrand führte. Die Lufttemperatur betrug sieben Grad und die Windgeschwindigkeit zehn Meter pro Sekunde.

Kurz zuvor hatte Hildur einen Anruf von der Streife bekommen, die zu Dísas Wohnung gefahren war. Dort hatte niemand geöffnet, und in der Wohnung brannte kein Licht. Über Dísas derzeitigen Studien- oder Arbeitsplatz gab es keine Informationen. Hildur hatte Beta angerufen, und sie hatten beschlossen, Dísas Foto sofort zu veröffentlichen und um Hinweise auf ihren Aufenthaltsort zu bitten. Beta hatte versprochen, sich bei den Häfen und Flugplätzen zu erkundigen.

Die Polizei von Reykjavík würde zusammen mit den Kriminaltechnikern Dísas Wohnung durchsuchen, sobald sie einen dringenderen Einsatz erledigt hatten. Hildur hatte gefragt, was dringender sein könne als die Hausdurchsuchung bei einer Person, die als Doppelmörderin verdächtigt wurde, doch man hatte ihr geantwortet, da im Moment niemand in Lebensgefahr sei, müsse sie warten. In der Zwischenzeit wollte sie ihrem Kollegen den beheizten Sandstrand von Reykjavík zeigen.

Sie machten sich schweigend auf den Weg. Hildur kannte die Gegend, denn als sie in Reykjavík gewohnt hatte, war sie dort oft zum Schwimmen gewesen.

»Ein beheizter Sandstrand ist das Seltsamste, was ich je gehört habe«, sagte Jakob schließlich.

Der Geothermalpool mit heißem Wasser, der oben am Strand lag, war voll besetzt. Auch im Uferwasser tummelten sich einige Schwimmer. Vom Meer stieg Dampf auf, das Wasser war deutlich wärmer als die Luft.

»Die Isländer lieben Pauschalreisen auf die Kanarischen Inseln und nach Florida«, erklärte Hildur.

Nachdem die Leute auf den Geschmack gekommen waren, forderten sie auch in Reykjavík einen eigenen Sandstrand, an dem es warm genug zum Schwimmen war. Also hatte man tonnenweise hellen Sand ans Ufer geschafft und begonnen, heißes Wasser ins Meer zu pumpen. Zwei grauhaarige alte Menschen spazierten gemächlich über den Strand, während die Atlantikwellen die Uferfelsen umspülten. Seevögel kreisten über der Bucht. Das Rentnerpaar watete in das verhältnismäßig warme Uferwasser hinein.

»Seltsam und bestimmt irrsinnig teuer«, meinte Jakob.

Hildur winkte ab. Auf der vulkanischen Insel hätte das heiße Wasser auch für mehrere beheizte Strandresorts gereicht. Nachdem sie das arktische Strandleben eine Weile beobachtet hatten, beschlossen sie zurückzugehen und nachzusehen, ob im Hotelrestaurant bereits Abendessen serviert wurde. Sie hatten beide allmählich Hunger.

»Hör mal, was die Sache mit Rósa und Björk angeht … Hattest du Zeit, dir Tinnas Fotos anzusehen?«, fragte Jakob unterwegs.

Hildur erzählte Jakob von den Bildern, die sie gefunden hatte, auf denen alle drei Schwestern einen gleichartigen Pullover trugen. Einen Geschwisterpullover. Sie berichtete auch, was sie über Hulda und über die Ungewissheit hinsichtlich ihres Vaters erfahren hatte.

»Glaubst du, dass Jón ein Verwandter war, da er auch so einen Pullover hatte?«

Hildur schüttelte den Kopf. Das war nicht möglich. Wenn man einige Jahrhunderte zurückging, fanden sich bestimmt irgendwelche gemeinsamen Wurzeln, aber eine nahe Verwandtschaft bestand nicht. Jón musste eine andere Verbindung zu ihrer Familie haben, sodass er den Pullover entweder von Rakel oder von Hulda bekommen hatte. Tinna hatte ihren eigenen weggeworfen, nachdem er verschlissen war.

Der Wind wurde wieder heftiger. Jakob zog sich die Kapuze über den Kopf.

»Ich begreife nicht, warum Hulda in so jungen Jahren weggezogen ist«, sagte Hildur. »Mir fällt einfach kein vernünftiger Grund ein.«

Jakob vergrub die Hände in den Jackentaschen und sah Hildur skeptisch an.

»Muss es dafür denn immer einen gewichtigen Grund geben? Vielleicht wollte sie einfach was von der Welt sehen.«

Mag sein, dachte Hildur. Möglich war es.

Sie waren gut eine Stunde draußen gewesen, und es dunkelte allmählich. Die Lichter des Hotels waren schon zu sehen. Als sie gerade hineingehen wollten, klingelte Hildurs Handy. Der Anruf kam von einem unbekannten Anschluss. Eine schüchterne Frauenstimme fragte, ob Hildur am Apparat sei.

»Ja. Worum geht es? Wer sind Sie?«

Die Stimme klang irgendwie bekannt, aber Hildur hätte nicht sagen können, wer die Anruferin war. Der Wind und der Straßenverkehr störten. Sie drückte das Handy fest ans Ohr und ging in die Hotellobby, um besser zu hören.

»Ich bin's, Klein-Kata.«

Klein-Kata? Warum rief die Frau sie an? Hildur erwiderte erst einmal nichts.

»Hör mal … Ich hab gerade auf der Webseite von *DV* was Seltsames gesehen. Es hat mit Dísa zu tun, obwohl das Foto Dísa ja gar nicht ähnlich sieht.«

Hildurs Interesse erwachte sofort. *DV* war die einzige Boulevardzeitung des Landes. Die Webseite des Blattes wurde ständig aktualisiert.

Hildur wusste, dass das Archivbild der Polizei alt war. Aber es war das einzige, das sie hatten.

»Woher weißt du das?«

Klein-Kata lachte verzagt auf.

»Wir Frauen haben uns alle gekannt. Außerdem ist Dísa außer mir die einzige, die bis heute überlebt hat.«

Natürlich, dachte Hildur. Die Welt ist auch auf der Straße klein. Offenbar wollte Klein-Kata etwas, sonst hätte sie nicht angerufen.

»Warum willst du der Polizei davon erzählen?«

Die Antwort kam so schnell wie eine Ohrfeige.

»Ich will ja eigentlich nichts ausplaudern. Du weißt genau, dass wir nicht mit der Polizei reden.«

Eine Weile hörte Hildur nur schnelle Atemzüge und ein paar undefinierbare Laute. Sie ahnte, dass Klein-Kata noch etwas sagen wollte. Die Lobby des Hotels füllte sich allmählich mit Touristen, die von ihren Tagesausflügen zurückkehrten. Menschen strömten in das Restaurant, und an der Bar gönnten sich gut gelaunte, rotwangige Gäste ein erstes Bier. Der Abend war noch jung, und viele Hoffnungen warteten auf Erfüllung. Auch Hildur wartete, ohne zu drängeln.

»Ich wollte es dir erzählen, weil du dich anständig verhalten hast. Und wenn ich auf die Beine komme, könntest du mir beim Sozialamt helfen, ja? Ich will Kontakt zu meinen Kindern.«

Hildur spürte ein leises Brennen im Brustkorb. Die Menschen an der Bar verschmolzen mit der Wand. Aus irgendeinem Grund war sie von Klein-Katas Worten gerührt.

»Dísa sieht inzwischen ganz anders aus. Sie geht arbeiten und so.«

»Arbeiten?«, fragte Hildur verwundert. Sie hatte die Angaben zu Dísa überprüft und für die letzten Jahre keine Lohnzahlungen gefunden.

Klein-Kata lachte auf und erzählte, dass ihr ehemaliger Freund eine Kellerwohnung in der Nähe des Flughafens gemietet hatte. Als er ins Gefängnis gekommen war, hatte sie sich eine neue Unterkunft suchen müssen.

»Ich hab Dísa oft da draußen vor dem Flughafengebäude beim Rauchen gesehen. Da hatte sie immer ihren Putzkarren dabei. Ich kapier nicht ganz, warum. Wahrscheinlich war sie irgendwie so wahnsinnig stolz auf ihren Job oder so …«

Hildur hörte sich den Monolog der Frau einige Minuten lang an und brummte in passenden Abständen zustimmend. Nach einer Weile verabschiedete sich Klein-Kata.

»Ich muss jetzt los. Das NA-Meeting fängt in einer halben Stunde an und ich will nicht zu spät kommen. Ich will es noch mal versuchen …«

Klein-Kata bemühte sich also ernsthaft, von den Drogen loszukommen. Das war ein wichtiger Schritt.

»Toll. Wirklich toll, dass du es versuchst und dass du zu Narcotics Anonymous gehst. Vielleicht wird noch alles gut.«

Klein-Kata lachte trocken auf, und Hildur glaubte, in ihrem Lachen einen Hauch von Zufriedenheit zu hören.

»Ja, vielleicht«, sagte die Frau und legte auf.

44

Hildur war sauer. Beta hatte gerade angerufen und ihr mitgeteilt, dass Dísa gestern Nachmittag nach Málaga geflogen war. Sie war anhand der Aufnahmen der Überwachungskameras am Flughafen und der Passagierlisten der Fluggesellschaft identifiziert worden. Im Schengen-Gebiet konnte man frei reisen, was die weitere Suche erschwerte. Hildur und Jakob waren Dísa gut einen Tag zu spät auf die Spur gekommen.

Hildur versuchte, ihre Frustration zu verdrängen, und stieß die Tür zum Personalraum der Putzfirma auf. Dort herrschte Unordnung. In einer Ecke des engen Raums stand ein kleines Eckregal, auf dem eine alte Kaffeemaschine blubberte. Auf dem Tisch lagen eine Tüte Brötchen und ein halb volles Paket Scheiblettenkäse. Der Fußboden war schmierig.

Auf Klein-Katas Tipp hin hatte Hildur die Kontaktdaten des Unternehmens eruiert, das für die Reinhaltung des Flughafens Reykjavík zuständig war. Hoffentlich fand sich hier jemand, der ihr etwas Neues über Dísa sagen konnte.

Ein junger, kaum zwanzigjähriger Mann nahm ein Brötchen aus der Tüte, riss es mit bloßen Händen auf und legte eine Scheibe Käse zwischen die Hälften. Außer ihm saß eine Frau am Tisch, die etwas älter zu sein schien als Hildur und sich ihrem Handy widmete. Sie schimpfte auf Englisch über das Basketballtraining ihrer Kinder.

»Diese ständige Sucherei in den Facebook-Gruppen treibt mich noch zum Wahnsinn! Ich habe drei Kinder, und alle drei spielen Basketball. Jeden verdammten Tag gibt es in allen drei Gruppen Nachrichten über verschobene Trainingszeiten, Turniere und den Verkauf von Tiefkühlfisch. Man kommt ja gar nicht mehr zum Arbeiten, wenn man versucht, auf dem Laufenden zu bleiben, wer wann wo sein soll …«

Die Frau trank einen Schluck aus ihrer Wasserflasche und setzte ihren Monolog fort. Der Brötchenmann saß gelangweilt da, kaute hingebungsvoll und reagierte in keiner Weise auf die Worte der Frau. Er sah aus, als hätte er dieselbe Litanei schon öfter gehört.

Hildur klopfte erneut an den Türrahmen. Die Frau blickte von ihrem Handy auf und sah sie über den Rand ihrer Lesebrille an. Sie wechselte vom Englischen in fließendes Isländisch über.

»Aha. Die neuen Schichtleiter, nehme ich an? Oder sind Sie hier, um aufzupassen, dass wir Masken tragen? Ich kann Ihnen gleich sagen, dass ich mir so eine Windel nicht vors Gesicht binde. Versuchen Sie mal, nassgeschwitzt anderer Leute Dreck wegzuputzen, mit einem Schal vor der Fresse. Geht nicht. Ruft von mir aus die Polizei, aber die Maske leg ich nicht an. Also haut am besten gleich ab.«

Hildur bat die Frau, sich zu beruhigen, und erklärte, sie seien zwar von der Polizei, aber es gehe nicht um Gesichtsmasken.

Die Frau antwortete nicht, sondern starrte nur abwechselnd Hildur und den hinter ihr stehenden Jakob an. Hildur stellte sich und Jakob vor und notierte sich die Namen der beiden Putzkräfte. Der junge Mann hieß Peti, die Frau Agata. Peti stammte aus Litauen, Agata aus Polen. Da die beiden untereinander Englisch sprachen, wechselte auch Hildur die Sprache.

Sie erklärte, dass sie Dísa suchten.

»Ich habe gehört, dass Dísa hier gearbeitet hat …« Hildur

unterbrach sich und suchte in ihren Notizen den Namen des Schichtleiters.

Der Schichtleiter war eine harte Nuss gewesen. Zuerst hatte er behauptet, der Name Dísa sei ihm völlig fremd und bei der Firma habe nie eine Person dieses Namens gearbeitet. Offiziell nicht, das wusste Hildur ja. Als sie erklärte, dass es bei ihren Ermittlungen nicht um Schwarzarbeit ginge, sondern dass sie lediglich Dísa finden wollten, hatte der Chef schließlich klein beigegeben. Er hatte erzählt, was er über Dísa wusste, und hinzugefügt, dass sie sich davongemacht hatte.

»Ihr Chef hat gesagt, Dísa würde nicht mehr zur Arbeit kommen. Wir müssten unbedingt mit ihr reden. Hat einer von Ihnen sie gekannt?«

Peti hob fragend die Kaffeekanne. Hildur und Jakob winkten dankend ab. Peti goss H-Milch in seinen und Agatas Kaffee und stellte die Tassen auf den Tisch, während er erzählte, außerhalb der Arbeit habe er nie etwas mit Dísa zu tun gehabt.

Hildur sah Agata an, die die Arme vor der Brust verschränkte und sich nachdenklich zurücklehnte.

»Ich habe auch keine Ahnung, was sie in ihrer Freizeit treibt. Aber es war schön, mit ihr zu arbeiten. Sie war immer pünktlich, und sie hat auch nie über die Arbeitsbedingungen, den Lohn oder die unangenehme Arbeit gemeckert.«

Agata warf Jakob und Hildur über den Rand ihrer Brille hinweg einen vielsagenden Blick zu und resümierte:

»Also eine ganz untypische Isländerin. Ich begreife nicht, warum sie mit unsereins hier ihre Zeit vergeudet hat. Sie hat ja sogar einen isländischen Namen. Bestimmt hätte sie auch einen anderen Job bekommen.«

Hildur nickte. Sie kannte die Vorurteile der Isländer gegenüber Ausländern. Touristen waren gern gesehen. Skandinavier galten als harmlos. Aber je komplizierter der Name und je fremdartiger das Aussehen, desto schwieriger war es, in der Gesellschaft Fuß zu fassen.

»Haben Sie oft zusammengearbeitet?«, mischte Jakob sich ein.

Agata wirkte erfreut.

»Na, Ihrem Akzent nach sind Sie auch nicht von hier!«

Und so musste Jakob wieder einmal erklären, woher er kam. Agata nickte eifrig und sagte, sie sei sehr froh, dass Ausländer allmählich auch bei der Polizei Arbeit fanden. Dann schwieg sie kurz und überlegte, bevor sie antwortete.

»Sicher die Hälfte der Schichten. Wir haben den Inland-Terminal geputzt. Ich habe die Frachträume übernommen, Dísa wollte immer den Passagierterminal erledigen.«

Das erschien Hildur interessant.

»Warum denn wohl?«

Agata griff nach ihrer Kaffeetasse und schlürfte geräuschvoll.

»Keine Ahnung, aber mir war es nur recht. Auf der Frachtseite ist das Putzen viel leichter. Da rennen ja viel weniger Leute herum als im Passagierterminal.«

Peti verschloss die Brötchentüte mit einem Gummiband und legte die Käsepackung in den Kühlschrank. Er warf einen Blick auf die Uhr und meinte, es wäre bald Zeit, wieder zum Besen zu greifen. Dann schien er sich an etwas zu erinnern.

»Wir waren einmal nach der Arbeit zusammen zum Rauchen vor dem Ausgang des Terminals. Das heißt, Dísa hat nicht geraucht, aber sie hat mir Gesellschaft geleistet. Da hat sie erzählt, dass sie die Stimmung auf dem Flughafen genießt. Es hat ihr Spaß gemacht, die Menschen zu sehen, die kommen und gehen, und zu beobachten, wie die Flugzeuge landen oder zum Start rollen.«

Dísa hatte sich also für Flugzeuge interessiert. Hildur war sich jedoch nicht sicher, ob das etwas zu bedeuten hatte. Hoffentlich fanden sich bei der Hausdurchsuchung nützliche Informationen.

Hildur bedankte sich und gab beiden ihre Kontaktdaten. Agata war im Begriff, den Pausenraum zu verlassen, machte aber an der Tür Halt und drehte sich um.

»Warum fragt die Polizei nach dem Mädel? Oder, Moment mal …« Sie lächelte wissend, als hätte sie ein Rätsel gelöst. »Hat das Finanzamt Sie geschickt? Dann kann ich Ihnen gleich sagen, dass ich von meinem Lohn Steuern und Rentenbeiträge zahle. Und jeden Monat geht auch Geld an die Gewerkschaft. Als Mutter von drei Kindern kann ich da nämlich kein Risiko eingehen.«

Sie hätte sicher noch weiter geplappert, wenn Hildur sie nicht unterbrochen hätte.

»Steuerkarten interessieren uns nicht.«

Hildur musste sich möglichst vage äußern, weil sie Dísa noch nicht erreicht hatten und das weitere Vorgehen noch offen war.

»Dísa hat mit einem Fall zu tun, den wir untersuchen. Wir möchten nur mit ihr reden.«

Agata nickte, sah aber so aus, als glaubte sie kein Wort.

»Das Mädchen steckt doch hoffentlich nicht in Schwierigkeiten? Wie gesagt, sie ist nett und fleißig, aber nicht ganz so wie alle anderen. Sie hat immer so ein großes Buch mitgeschleppt, in das sie auch in der Arbeitszeit irgendwas geschrieben hat. Andere in ihrem Alter glotzen in jeder freien Minute auf ihr Smartphone, aber Dísa nicht. Sie hat andauernd alles Mögliche notiert.«

Nachdem Agata und Peti gegangen waren, schaltete Hildur die Kaffeemaschine aus. Der alte Kaffee landete im Ausguss. Sie griff nach dem Schwamm und tränkte ihn mit reichlich Spülmittel. Im Moment konnten sie nur warten. Beta war dabei, eine Ausschreibung für das SIS zu erstellen. Das SIS, das Schengener Informationssystem, wurde von den Polizei-, Grenz- und Zollbehörden der Schengen-Länder verwendet. Über das SIS konnte zum Beispiel die örtliche Polizei eine vermisste Person zur Fahndung ausschreiben oder vermissten Fahrzeugen, Schusswaffen oder

Pässen nachspüren. Falls Dísa es im Ausland mit der Polizei zu tun bekam oder versuchte, die Grenze des Schengen-Gebiets zu überschreiten, würde das System melden, dass gegen sie ein Haftbefehl vorlag.

Viele isländische Kriminelle, größere Gauner ebenso wie harmlosere kleine Ganoven, hatten versucht, vor dem Arm des Gesetzes in wärmere Gefilde zu fliehen, aber ziemlich oft hatte die Flucht mit einer Festnahme geendet. Hildur erinnerte sich, dass in den letzten Jahren mindestens zwei Isländer, denen Drogendelikte vorgeworfen wurden, es geschafft hatten, mit einem One-Way-Ticket an die Costa del Sol zu gelangen. Dank der internationalen Zusammenarbeit waren sie jedoch nach einigen Monaten nach Island ausgeliefert worden. Es war also durchaus möglich, Verdächtige aufzustöbern, aber es kostete unglaublich viel Zeit.

Hildur ließ heißes Wasser laufen, und bald roch es in der Kochnische nach faulen Eiern. Das Wasser wurde mit dem Wasser der heißen Quellen gewärmt, das ein wenig Schwefel enthielt. Nachdem Hildur den Schaum abgespült hatte, trocknete sie die Kanne bewusst langsam ab und bemühte sich, ihre Nervosität zu bekämpfen.

»Dísa hat fast zwei Tage Vorsprung. Bei Mordermittlungen ist das eine Ewigkeit.«

45

Hildur stand in der Morgendämmerung in ihrem Hotelzimmer. Erst in zwei Stunden würde das Sonnenlicht Reykjavík ganz aus der Dunkelheit holen. Da ein Albtraum sie aus dem Schlaf gerissen hatte, beschloss sie vor dem Rückflug noch in den Fitnessraum des Hotels zu gehen. Außerdem konnte sie so früh noch ungestört trainieren und brauchte sich nicht um den Sicherheitsabstand und die Begrenzung der Benutzerzahl zu kümmern, die für Sportstätten neuerdings Vorschrift waren.

Die Schuhe auf den Ständer, den Pullover an den Haken, die Sporttasche auf die Bank im Umkleideraum. Hildur warf einen Blick in den Spiegel. Unter ihren Augen hingen dicke Tränensäcke und ihre Haut sah fahler aus als gestern. Kein Wunder, es war ja erst kurz vor fünf.

Hildur hatte auch früher schon Albträume gehabt, aber dieser Traum war anders gewesen: Sie war auf dem Meer und hörte jemanden nach ihr rufen. Als sie zu dem Rufenden hinschwamm, kam eine große Welle und verschluckte sie. Die Welle sah genauso aus wie die, die sie neulich beim Surfen mit sich gerissen hatte. Nach der Welle tauchte sie an die Oberfläche, hörte wieder die Stimme, schwamm auf sie zu, und da kam die Welle erneut. Der Traum war besonders bedrückend gewesen, weil etwas, das ihr vertraut war, sich gegen sie gewandt hatte.

In den letzten Tagen waren ihre Gedanken oft in die Vergangenheit abgedriftet. Die Geschichten über Hulda, die Worte des Schafzüchters Bjarni … Alles stieg viel zu schnell an die Oberfläche, aber sie bekam nichts zu fassen. Je mehr Schritte sie voranging, desto unklarer kam ihr alles vor. Nichts schien Sinn zu ergeben.

Hildur band ihre Haare zu einem festen Knoten. Sie nahm ein Springseil und stellte ihre Uhr so ein, dass sie im Abstand von einer Minute piepte. Zuerst einfache, langsame Sprünge. Dann schnelle Sprünge mit wechselndem Bein. Während der nächsten Minute sprang sie so, dass das Seil bei jedem Sprung zweimal unter ihren Füßen kreiste. Die Muskeln erwärmten sich, der Kreislauf kam auf Touren.

Nach dem Aufwärmen stellte Hildur das Squat Rack auf die passende Höhe ein und wählte eine fünfzehn Kilo schwere Langhantel aus. Nach ein paar Runden zum Aufwärmen legte sie nach und nach mehr Gewicht auf. Bei jeder Beuge schob sie die Hüfte leicht nach hinten und die Knie nach außen. Schon bald brannten ihre Beinmuskeln vor Anstrengung.

Der Albtraum hatte so real gewirkt. Sie hatte das Rauschen gehört und den Salzgeschmack des Meeres auf ihren Lippen gespürt. Oder vielleicht waren es nächtliche Tränen gewesen.

Als fünfundachtzig Kilo auf der Stange lagen, holte Hildur tief Luft und hielt den Atem an. Wenn man mithilfe der Atmung einen Druck in der Körpermitte schuf, stützte man damit vor allem die untere Rückenpartie, die bei den meisten als erste versagte. Eins, zwei, drei … Sie machte eine kurze Pause und atmete dann noch tiefer ein. Sie schaffte es noch zweimal. Als sie sich zum letzten Mal aufrichtete, die Stange auf dem Rücken, hatte sie nicht mehr die Kraft, bis zu dem Ständer zu gehen, sondern ließ das Gewicht hinter sich auf den Boden fallen. Dabei schrammte die Stange über ihre Haut. Hildur zog ihr Hemd hoch und betrachtete sich im Spiegel des Fitnessraums. Oben am Rücken entdeckte sie eine kleine blutige Schramme, die ein wenig brannte und ihr zugleich ein Gefühl der Erleichterung verschaffte.

Nach dem Training legte Hildur sich auf den Rücken und dehnte ihre Beinmuskeln. Sie schloss kurz die Augen, um sich zu entspannen, doch da kehrte die nächtliche Welle sofort zurück. Hildur verstand nicht, woher die Welle kam und warum. Die Angst stieg von einem Ort irgendwo in ihrer Nähe auf, doch sie bekam sie nicht zu fassen.

46

1994 WESTFJORDE

ZWEI MONATE VOR RÓSAS UND BJÖRKS VERSCHWINDEN

Rakel lehnte sich an die Wand und versuchte, sich zu entspannen. Durch das Dielenfenster waren trübselige schmutzig graue Wolken zu sehen, die bis tief ins Tal zu hängen schienen. Die dichten Wolken ließen die Umgebung unwirklich erscheinen. Die Berge gingen in den Himmel über, die Straße endete an der falschen Stelle. Rakel hielt sich mit der linken Hand den schmerzenden Kopf und wählte mit der rechten eine Telefonnummer, die sie auswendig wusste.

»Hallo, hier ist Rakel. Entschuldige, ich habe ganz vergessen, an deinem Geburtstag anzurufen. Herzlichen Glückwunsch nachträglich.«

»Macht nichts. Ich habe nicht groß gefeiert. Wir haben nur einen langen Spaziergang gemacht und Pfannkuchen gebacken.«

»Fein, dass du einen schönen Tag hattest. Aber hör mal … hier ist die Lage ziemlich kompliziert geworden. Es ist nicht alles so, wie es sein sollte. Ich bin mir sicher, dass wir beobachtet werden«, sagte Rakel und machte eine kleine Pause, um die Tränen herunterzuschlucken. »Ich habe auf dem Kompost unsere Katze mit ihren Jungen gefunden. Alle tot. Ich bin mir ziemlich sicher, wer das getan hat, aber ich weiß nicht, ob ich meinen eigenen Gedanken wirklich trauen kann.«

»Vielleicht solltest du mit einem Außenstehenden darüber sprechen. Gibt es im Gesundheitszentrum jemanden, der dir weiterhelfen könnte?«

»Ich glaube nicht, dass das helfen würde, aber ich habe eine andere Idee.«

Rakel drückte den Hörer an die Brust und ballte eine Hand zur Faust. Als sie sich wieder gefasst hatte, sprach sie mit ruhiger Stimme weiter und erklärte ihr Anliegen. Nachdem sie alles gesagt hatte, was zu sagen war, schnappte sie nach Luft wie ein Fisch auf dem Trockenen.

»Tu es um meinetwillen, ich bitte dich«, sagte sie schnell, als fürchte sie, nicht mehr viel Zeit zu haben. Dann legte sie auf.

47

MÄRZ 2020 ÍSAFJÖRÐUR

Hildur schnupperte an der gelbbraunen Masse und stellte fest, dass sie essbar war. Sie stellte die große Tupperware-Schüssel in die Mikrowelle und gab auf der Digitalanzeige vier Minuten ein. Bei voller Leistung müsste das genügen, um die große Portion Lammauflauf aufzuwärmen. Tinna hatte ihn ihr bei ihrem letzten Besuch mitgegeben.

Das sollte für uns drei reichen, dachte Hildur, als sie den Auflauf aus Kartoffeln und gehacktem Lammfleisch aus der Mikrowelle nahm. Beta und Jakob hatten zum Glück noch nicht zu Mittag gegessen. Sie deckte den Tisch: die Plastikschüssel, drei Teller, drei Gabeln und eine Rolle Küchenkrepp.

Beta lobte das pragmatische Gedeck.

»Richte deiner Tante meinen Dank aus, das ist lecker«, sagte sie nach dem ersten Bissen. »Kocht sie das aus Rippenstücken?«

Da Hildur den Mund voll hatte, nickte sie nur.

Die Besprechung hätte schon am Vormittag stattfinden sollen, sobald Jakob und Hildur aus Reykjavík zurückgekommen waren, aber Beta hatte zu Hause bei ihren Kindern bleiben müssen, denn die Kita öffnete wegen einer Planungssitzung des Personals ausnahmsweise erst am Nachmittag. Betas Mann hatte sich wieder nicht freinehmen können, also hatte sie selbst einspringen müssen.

Beim Essen besprachen sie den Fall. Die Zeitung lag aufgeschlagen auf dem Tisch. Hildur schob sie zur Seite, nachdem sie den Artikel überflogen hatte.

Dísa war gestern europaweit zur Fahndung ausgeschrieben worden. Selbst die Lokalzeitungen hatten die Nachricht sofort aufgegriffen. *Mordverdächtige auf der Flucht*, schrie die Schlagzeile. Das Foto war viele Jahre alt, wie Klein-Kata Hildur am Telefon gesagt hatte. Dísas Haut war wettergegerbt und unrein. Die überlangen Ponyfransen verdeckten teilweise ihren stechenden Blick. Zwei dünne rote Zöpfe umrahmten ihr sommersprossiges Gesicht.

»Ich überlege bloß …«, begann Hildur, während sie den letzten Rest Kartoffelmus vom Teller schabte und in den Mund schob. Sie dachte an den Tatort. Eine offene verschneite Lichtung, die aus jeder Himmelsrichtung zu erreichen war. Am kürzesten war der Weg dorthin von den Parkplätzen des Langlaufgebiets. Deshalb war es am wahrscheinlichsten, dass der Täter seinen Wagen auf einem der beiden abgestellt hatte und auf Skiern oder mit Schneeschuhen weitergegangen war. »Kann Dísa wirklich die Täterin sein? Ich habe festgestellt, dass sie nie einen Waffenschein besessen hat. Aus der Entfernung ein bewegliches Ziel zu treffen, gelingt nicht einfach so. Da muss man wissen, was man tut.«

Jakob sammelte die leeren Teller ein und stellte sie auf den Hocker an der Wand, wo sie darauf warten sollten, gespült zu werden.

»Der Waffenschein hat nichts zu bedeuten. Vielleicht hat sie in irgendeiner Gaunerbande schießen gelernt.«

Nun meldete sich Beta zu Wort.

»Aber in Gunnars Fall scheint die Tat zumindest möglich.«

Hildur war derselben Meinung. Die Putzkräfte konnten sich ungestört bewegen und niemand achtete groß auf das, was sie taten. Als Putzfrau auf dem Flugplatz wäre es für Dísa ein Leichtes gewesen, in die Nähe der privaten Kleinflugzeuge zu gelangen und an den Verschlüssen der Benzintanks herumzufummeln.

»Und wenn sie für beide Tatzeiten ein Alibi hat?«, unternahm Hildur noch einen Versuch.

Beta warf einen Blick auf die Zeitung.

»Na, es wäre zweifellos gut gewesen, sie danach zu fragen, aber sie hat sich ja verdrückt«, seufzte sie müde und fügte dann etwas leiser hinzu: »Und es könnte schließlich auch noch sein, dass die beiden Fälle gar nichts miteinander zu tun haben. Dann suchen wir zwei verschiedene Täter und haben keinen offensichtlichen Verdächtigen. Oder dieser Gunnar hat einfach vergessen, nach dem Tanken den Verschluss aufzusetzen.«

Theoretisch waren alle Möglichkeiten weiterhin offen, auch wenn Hildur zugeben musste, dass vieles auf Dísa hindeutete.

»Hat sich bei der Durchsuchung von Dísas Wohnung etwas ergeben?«, erkundigte sich Jakob und griff wieder zu seinem Strickzeug. Hildur merkte, dass er große, seltsam aussehende Sicherheitsnadeln in der Hand hielt. Sie konnte nicht anders, als ihn danach zu fragen, obwohl es absolut nichts mit dem Fall zu tun hatte.

»Ich verbinde die Ärmel mit dem Rumpfteil, ich schiebe die Maschen an der Achsel zur Seite. Diese großen Sicherheitsnadeln eignen sich dafür verdammt viel besser als normale Stricknadeln oder leicht reißendes Garn«, erklärte Jakob und schnipste die mehr als zehn Zentimeter lange Sicherheitsnadel zwischen Daumen und Zeigefinger.

Hildur schüttelte den Kopf. Sie verstand nichts vom Stricken, obwohl sie Pullover mochte. Im letzten Herbst hatte Jakob einen schön gemusterten braunen Pullover für sie gestrickt, der sofort ihr Lieblingspullover geworden war.

Beta hatte am Vormittag mit einem Kollegen in Reykjavík gesprochen. Hildur nahm an, dass bei der Durchsuchung nichts Besonderes gefunden worden war, denn andernfalls hätte Beta es sofort erwähnt.

Dísas Zuhause war eine durch und durch unauffällige kleine Einzimmerwohnung, die an eine Studentenbude erinnerte. Ein schmales Bett, die Kleider säuberlich gestapelt in einem Ikea-Regal, im Bad nur wenig Kosmetika. Keine Spur von irgendetwas Verdächtigem. Im Kühlschrank stand nicht einmal eine Bierflasche.

»Die Ermittler haben Fasern und DNA-Proben gesammelt. In der Wartungshütte wurden einige Fasern sichergestellt, die wollen sie mit den Proben aus Dísas Wohnung abgleichen. Viel haben wir also nicht«, sagte Beta.

Im Moment konnten sie nur hoffen, dass Dísa möglichst bald aufgegriffen wurde. Da klingelte Hildurs Festnetztelefon. Sie ging in ihr Dienstzimmer und nahm den Hörer ab. Noch bevor sie ihren Namen genannt hatte, drang eine tiefe, aufgebrachte Männerstimme an ihr Ohr. Seine Worte überschlugen sich geradezu.

»Verdammt noch mal! Habt ihr alle den Verstand verloren? Tretet auf die Bremse, und zwar sofort! Dísa hat nichts verbrochen. Zur Fahndung ausgeschrieben? Das Mädchen leistet schon seit Jahren ehrliche Arbeit, putzt anderer Leute Dreck weg, und was macht ihr? Verdächtigt sie des Mordes! Schämt euch!«

Dann endete das Gespräch so plötzlich, wie es begonnen hatte. Die Verbindung war zwischendurch schwach gewesen, aber Hildur glaubte, alles mitbekommen zu haben. Sie legte auf und kehrte zu Jakob und Beta zurück, die sie fragend ansahen.

»Wer war das?«

»Ach, bloß irgendein Knallkopf, der die Nachricht über Dísa in der Zeitung gelesen hat«, sagte Hildur, strich die Haare in den Nacken und band sie zum Pferdeschwanz.

Immer wenn die Polizei über irgendetwas informierte, kamen neben sachlichen Hinweisen viele Anrufe von Menschen, die sich nach einem Gesprächspartner sehnten oder sich schon vor langer Zeit aus der Realität ausgeklinkt hatten. Trotzdem musste man alle Anrufe annehmen und alle Mails lesen, weil man im Voraus nie wissen konnte, was von Bedeutung war und was nicht. Die unnötigen Kontaktaufnahmen waren ärgerlich, denn sie kosteten Zeit.

Hildur wollte gerade das dreckige Geschirr in die Küche bringen, als sie abrupt innehielt. Moment mal. Was hatte der Anrufer gerade gesagt? Verflixt aber auch! Der Mann hatte ihr etwas ganz Wesentliches mitgeteilt.

48

1994 WESTFJORDE

EIN MONAT VOR RÓSAS UND BJÖRKS VERSCHWINDEN

Jemand klopfte an die Haustür. Rakel erschrak so sehr, dass aus der Tasse in ihrer Hand Kaffee auf die Zeitung schwappte. Hastig nahm sie einen Lappen von der Spüle, wischte den Kaffee auf und eilte in die Diele.

Sie hatte gerade angefangen, die Nachrichten zu lesen. Die Kinder waren vor einer Weile zur Schule aufgebrochen, und Rúnar war Anfang September in See gestochen und würde erst Anfang November in den Heimathafen zurückkehren. Sie hatte den ruhigen Morgen genossen.

Rakel griff nach der Klinke und zog die Tür auf. Draußen stand ein verloren aussehender Mann, etwas älter als sie selbst. Rakel erschrak. Als sie den Mann genauer betrachtete, erkannte sie ihn. Er hatte eine große Narbe, die quer über seine Stirn lief. Jón. Rakel hatte allerlei Geschichten gehört, die man sich über ihn erzählte. Sie waren nicht gerade erbaulich. Gelegentlich hatte sie ihn an der Tankstelle oder im Lebensmittelgeschäft gesehen, aber ansonsten schien er die Öffentlichkeit zu meiden. Wie sie auch. Der Mann rieb sich die narbige Stirn und hüstelte entschuldigend.

»Guten Morgen. Mir ist das Benzin ausgegangen. Mein Wagen steht da drüben an der Straße. Bei den Nachbarn war niemand zu Hause, deshalb bin ich hierhergekommen. Könnten Sie mir einen Kanister und ein bisschen Treibstoff leihen, sodass ich bis zur nächsten Tankstelle komme?«

Der Mann zog einen zerknitterten Geldschein aus der Tasche seines karierten Hemdes und hielt ihn Rakel hin.

»Ich zahle natürlich. Ich muss ja irgendwie zur Arbeit kommen.«

Rakel spürte, dass ihre Nervosität verschwand. Der Mann war nicht gekommen, um ihr Schaden zuzufügen, sondern weil er Hilfe brauchte. Er wirkte aufrichtig besorgt. Rakel zog ihre Schuhe an und nahm den langen Herbstmantel von der Garderobe.

»Gehen wir hinter den Stall. Wir haben Benzin, und da müsste auch ein Kanister sein«, sagte sie und gab dem Mann mit einer Handbewegung zu verstehen, er solle sein Geld wieder einstecken. Sie wollte nicht vom Missgeschick eines anderen profitieren.

Hinter dem Stall ließ Rakel Benzin aus dem großen Behälter in einen roten fünf Liter fassenden Plastikkanister laufen und schraubte ihn zu.

»Das müsste bis zur Tankstelle reichen.«

Jón wirkte froh und bedankte sich wortreich.

»Ich kann zum Auto mitgehen, dann brauchen Sie nicht extra noch mal herkommen, um den Kanister zurückzubringen«, schlug Rakel vor.

Jóns Miene veränderte sich schlagartig. Er wirkte plötzlich abweisend.

»Nicht nötig. Ich bringe das Ding sofort zurück, ich kann ja dann mit dem Wagen vorbeifahren.«

Rakel gab nicht nach.

»Ich gehe gern ein Stück zu Fuß. Da bekomme ich frische Luft und ein bisschen Bewegung. Außerdem zittern Sie ja vor Kälte. Haben Sie nichts Wärmeres anzuziehen? Es wird bald Winter.«

Rakel holte einen hellen Pullover aus dem Vorraum des Stalls und reichte ihn Jón.

»Nehmen Sie den, dann wird Ihnen schneller warm. Der Nordwind ist heute wirklich kalt.«

Dann machte sich Rakel festen Schrittes auf den Weg zu Jóns Auto.

Jón hielt den Pullover in der Hand, machte ein paar schnelle Schritte und hatte Rakel bald eingeholt.

»Kommen Sie nicht mit, bitte.«

Rakel blieb stehen und sah Jón forschend an. Er hatte sie immerhin um Hilfe gebeten, und sein Wagen stand am Rand ihres Hofes. Also hatte sie das Recht, zu erfahren, worum es ging. Sie war selbst erstaunt über ihre Entschlossenheit.

Sie starrte Jón an, bis er klein beigab.

»Ich habe Sachen im Auto, über die man nicht reden darf.«

Ein Hehler also. Rakel hatte es ja gewusst. Im Dorf gab es genug Gerüchte über Jóns zwielichtige Geschäfte.

»Ihre Waren interessieren mich nicht. Ich will nur diesen Kanister zurück, er gehört meinem Mann und ich möchte nicht, dass er verloren geht. Den Pullover können Sie später zurückbringen«, erwiderte Rakel und setzte ihren Weg fort.

Eine Weile gingen sie schweigend nebeneinander her.

»Lohnt sich so ein Warenverkauf?«, fragte Rakel und erschrak im selben Moment über ihre Direktheit.

Jón wischte sich mit der freien Hand über die Narbe auf seinem Gesicht und ächzte etwas, woraus Rakel nicht schlau wurde. Sie deutete es als bejahende Antwort.

»Machen Sie so etwas öfter?«, fragte sie weiter. Sie wollte Jón nicht kritisieren, sie war einfach neugierig. Sie wusste nur zu gut, dass in dieser Gegend jeder sein eigenes Päckchen zu tragen hatte. Hier, in diesem abgelegenen Winkel der Welt, hinter dem Rücken Gottes, des Finanzamts und der Gesundheitsdienste musste jeder zurechtkommen, so gut er konnte.

Jón sah Rakel verblüfft an, antwortete aber trotzdem.

»Na ja, ab und zu. Wenn Bestellungen kommen, nehme ich sie an. Mir bleibt eigentlich nichts anderes übrig.«

Rakel nickte und dachte kurz über seine Worte nach.

Endlich waren sie am Auto angekommen. Der einige Jahre alte Wagen stand am Straßenrand bei der Kreuzung. Jón öffnete die Klappe über dem Tank, drehte den Verschluss auf und begann, das Benzin aus dem Kanister in den Tank zu gießen.

Rakel betrachtete ihn. Alle wussten von diesem Mann, aber niemand im Dorf schien ihn wirklich zu kennen. Jón benahm sich seltsam und wirkte wegen seiner Narbe Furcht einflößend. Die Leute machten einen großen Bogen um ihn. Nicht einmal die neugierigsten Plaudertaschen suchten seine Gesellschaft.

Schließlich verschloss Jón den Tank und reichte Rakel den leeren Kanister.

»Sind Sie sicher, dass Sie keine Bezahlung wollen?«

Rakel nickte entschlossen.

»Ich will kein Geld. Aber ich hätte da einen Vorschlag für Sie.«

49

MÄRZ 2020 ÍSAFJÖRÐUR

Hildur öffnete das Fenster im Besprechungszimmer einen Spaltbreit. Beta, Jakob und sie saßen schon viel zu lange in dem geschlossenen Raum. Sofort atmete es sich leichter. Hildur strengte ihr Gedächtnis an und wiederholte möglichst wortgetreu, was der Kerl am Telefon ihr eben gesagt hatte.

»Mir ist gerade etwas klar geworden.«

Beta und Jakob saßen am Tisch und sahen sie erwartungsvoll an.

»Woher wusste der Anrufer, dass Dísa jahrelang als Putzfrau gearbeitet hat? In der Pressemitteilung wird ihr Beruf ja gar nicht erwähnt.«

»Worauf willst du hinaus?«, fragte Beta und nieste gleich darauf dreimal.

Sie wirkte müder als gewöhnlich, ihre Haut sah fahl aus, und ihre Augen waren gerötet.

Hildur warf sich ihren Pferdeschwanz, der nach vorn gerutscht war, in den Rücken und schniefte. Hoffentlich wurde sie nicht auch krank. Dafür war jetzt keine Zeit.

»Der Anrufer war ein Bekannter von Dísa. Jemand, der sie gut kennt und von ihrer Unschuld überzeugt ist.«

Beta putzte sich die Nase und warf das Taschentuch in den Papierkorb.

»Vielleicht ein Kollege oder Freund?«

Hildur wirkte skeptisch.

»Sie hatte praktisch keine isländischen Kollegen. Der Typ hat ein akzentfreies Isländisch gesprochen. Und erinnerst du dich, was ihre Kollegen gesagt haben? Dísa war oft allein unterwegs. Sie scheint keinen großen Freundeskreis gehabt zu haben. Aber man weiß ja nicht …«

Hildur warf einen Blick auf ihre Notizen. Obwohl alle Anrufe gespeichert wurden, schrieb sie die Nummern vorsichtshalber immer auf. Nun gab sie die Nummer ins Suchfeld ein. Name und Adresse fanden sich schnell:

Axel Jónasson, Nesgata 4, Hafnir.

»Also am Arsch der Welt«, erklärte sie Jakob.

Hafnir war eine kleine, armselige Ansiedlung in der Nähe des internationalen Flughafens Keflavík. Das Dorf, das auf einer windigen Ebene lag, hatte nur um die hundert Einwohner. Die Häuser waren heruntergekommen. Wer die Chance bekam, zog weg. Mindestens nach Keflavík oder gleich in die Hauptstadt Reykjavík. Zurück blieben nur die, die keine andere Möglichkeit hatten. Der Polizei waren viele traurige Schicksale bekannt, sie wurde übermäßig oft zu Einsätzen in diesen tristen Ort gerufen. Meist ging es um Saufgelage und Gewalt.

»Gib her, ich überprüfe den Mann«, sagte Beta und nahm Hildur den Zettel aus der Hand.

Nachdem Beta gegangen war, setzte Hildur sich neben Jakob an den Tisch. Ihr Kollege strickte wieder einmal, und Hildur beobachtete, wie das Garn über die Nadeln glitt. Sie entspannte sich, während sie die monotone Bewegung der Stricknadeln verfolgte. Das gleichmäßige Klackern und die Bewegung des Garns hatten etwas Meditatives. Sie dachte über das Motiv des Anrufers nach. Wieso war er so überzeugt von Dísas Unschuld? War Dísa zum Zeitpunkt der Morde bei ihm gewesen? Kannte Axel den wahren Mörder? Oder konnte es sein, dass er selbst der Mörder war?

Hildur hörte die Nadeln klirren, als Jakob das Strickzeug vor sich auf den Tisch legte. Er holte tief Luft, als wollte er seine Worte abwägen.

»Hör mal, das hat jetzt nichts mit den Ermittlungen zu tun, aber ich muss dich etwas fragen.«

Hildur sah ihren Kollegen an. Seine Augen verrieten, dass es um etwas Ernstes ging. Unter seinem intensiven Blick wurde es Hildur unbehaglich zumute. Sie schob ihren Stuhl zurück, um aufzustehen.

Jakob fasste sie am Arm und hielt sie zurück.

»Du bist mit mir kreuz und quer durch die Westfjorde gefahren. Wir haben viele Küstenstreifen und mehrere Dörfer besucht, aber du hast mir nie gezeigt, wo du als Kind gewohnt hast.«

Er bemerkte offenbar Hildurs Erstaunen und ließ ihren Arm los.

»Ich kann mit dir hinfahren, wenn du willst. Vielleicht werden dort Erinnerungen wach?«

Hildur sagte nichts. Sie hätte sich selbst belogen, wenn sie behauptet hätte, dass sie nicht auch selbst darüber nachgedacht hatte. Das Gefühl, sich einer Art Wendepunkt zu nähern, war wohltuend und erschreckend zugleich. Die Fälle Hermann und Gunnar hatten in letzter Zeit ihre volle Aufmerksamkeit beansprucht, aber trotzdem waren ihr Gedanken an ihre Mutter, ihren Vater und Tinna durch den Kopf gegangen. Und irgendwo dort, außerhalb ihrer eigenen Erinnerungen, spukte auch Hulda herum. Hulda, die meist schwieg.

Jakob sah aus, als würde er nicht nachgeben, bevor Hildur antwortete. Gerade jetzt hätte sie lieber nicht über das Thema gesprochen, da sie an so viele andere Dinge denken musste.

»Mal sehen«, seufzte sie schließlich.

Da erschien Beta an der Tür zum Besprechungsraum, blieb aber auf dem Flur stehen. Sie wirkte noch blasser als zuvor. Auf ihrem Gesicht lag eine ungläubige Miene.

»Der Infektionsarzt hat angerufen. Mein Mann hat sich mit Corona angesteckt. Wir müssen zu Hause in Quarantäne bleiben. Und ihr beide müsst auch zum Test.«

Der Stuhl polterte, als Hildur aufstand.

»Zum Teufel noch mal.«

Ausgerechnet in der kritischen Phase der Ermittlungen verloren sie ein Drittel der Arbeitskraft. Das Timing war katastrophal. Beta sah jämmerlich aus. Man hatte ihr geraten, sofort nach Hause zu gehen.

Vor dem fatalen Anruf hatte sie es noch geschafft, einen Kollegen bei der Polizei von Keflavík nach Axel zu fragen. Axels Heimatdorf Hafnir gehörte zum Polizeibezirk Keflavík.

»Er hat versprochen, sich sofort darum zu kümmern. Bei ihnen geht es im Moment ruhig zu, weil wegen der Reisebeschränkungen kaum noch jemand am Flughafen ist. Wir erledigen die weitere Koordination per Internet oder telefonisch.«

Beta holte ihre Sachen aus ihrem Dienstzimmer, winkte Hildur und Jakob zu und verschwand mit schleppenden Schritten im halbdunklen Flur.

Im Zimmer war es kühl geworden. Hildur ging ans Fenster und schloss es. Sie sah, wie Betas leicht gebeugte Gestalt sich entfernte und hinter der nächsten Ecke verschwand. Hildur warf einen Blick auf Jakob, der mit einer Stricknadel auf den Tisch trommelte.

»Zwei Morde, zwei Polizisten. Hoffentlich gibt es nicht noch mehr Leichen.«

»Im Moment beunruhigt mich vor allem eine Frage«, sagte Jakob und klopfte sich mit der Nadel auf die Nase. »Wie tief schieben die einem den Testtupfer rein?«

50

Jakob rieb sich den Nacken und ließ sich aufs Sofa fallen. Nachdem Beta gegangen war, hatten Hildur und er ihre Gedanken über Dísa ausgetauscht. Sie hielten es beide für unwahrscheinlich, dass Dísa in nächster Zukunft in Spanien gefasst wurde. Die in das Schengen-System eingegebene Fahndung enthielt zwar automatisch die Bitte um Auslieferung, aber Spanien war fünfmal so groß wie Island und hatte siebenundvierzig Millionen Einwohner. Dísa war nach Málaga geflogen, doch von dort konnte sie praktisch überallhin weitergereist sein. Sie würde kaum sofort gefunden werden. Auf Dísas Namen gab es keine Accounts in den sozialen Medien, und ihr isländischer Telefonanschluss war seit einigen Tagen nicht in Gebrauch gewesen. Jakob und Hildur hatten noch einmal alle Kollegen und Nachbarn von Dísa durchtelefoniert, aber niemand hatte mehr über sie zu sagen gewusst, als dass sie morgens zur Arbeit kam und abends nach Hause ging. Es schien, als wäre sie allein auf der Welt gewesen.

Nach Feierabend hatten sie im Dorfkrankenhaus den Corona-Test machen lassen. Danach war Jakob nach Hause gegangen. Das Testergebnis sollte am nächsten Morgen vorliegen.

Jakob stellte zwei Glas Wasser auf den Wohnzimmertisch. Guðrún war gleich nach Feierabend zu ihm gekommen. Sie hatten sich ein paar Tage nicht gesehen, eine lange Zeit, so schien es ihnen. Zwei Angestellte der Fluggesellschaft waren krankgeschrieben, und deshalb hatte Guðrún Extraschichten übernommen und war in den letzten Tagen zwischen Reykjavík und Akureyri hin und her geflogen. Bis das Testergebnis vorlag, hätte Jakob im Prinzip mit niemandem Kontakt haben dürfen, aber Guðrún war eine Ausnahme. Falls er sich wirklich infiziert hätte, könnten sie gemeinsam in Quarantäne bleiben. Die Vorstellung gefiel Jakob.

Guðrún griff nach dem Wasserglas.

»Zum Glück brauche ich morgen nicht zum Flughafen. Ich schlafe mindestens bis neun Uhr, dann gehe ich in den Laden und mache die Bestellungen fertig.«

Gerade jetzt fühlte Jakob sich so glücklich, dass er es kaum begreifen konnte. Natürlich war ihm bewusst, dass sie sich erst seit ein paar Monaten kannten. Der erste Rausch war herrlich und intensiv. Man hatte das Gefühl, als wäre man in einen neuen Zustand versetzt, in dem einem nichts so erschien wie gewöhnlich. Aber seiner Meinung nach ging es hier um mehr. Guðrún war bei allem so aufrichtig. Er brauchte nie zu rätseln, in welcher Stimmung sie gerade sein mochte oder was ihr gefiel oder nicht gefiel. Guðrún sprach immer geradeheraus. Das schuf Gelassenheit.

»Hör mal, ich möchte dich um etwas bitten. Aber versprich mir, dass du Nein sagst, wenn es dir unangenehm ist.«

Guðrún stellte ihr Glas auf den Tisch zurück und straffte den Rücken.

»Versprochen. Worum geht es?«

»Ich habe mir beim finnischen Außenministerium Hilfe geholt. Sie bitten die norwegischen Behörden, eine einvernehmliche Lösung zu fördern.«

Guðrún wirkte erfreut.

»Für Jubel ist es noch zu früh.«

Das Gespräch mit dem Beamten des Außenministeriums war nur der erste Schritt. Es war sehr wahrscheinlich, dass keine

Einigung zustande kam, sondern dass Jakob die Angelegenheit in Norwegen vor Gericht bringen musste.

»Ich habe alle Treffen und Gespräche aufgelistet, die Lena sabotiert hat. Es sind Dutzende, verdammt«, begann Jakob und berichtete dann, was er vorhatte.

Wenn die Erfüllung des Besuchsrechtes vor Gericht eingeklagt werden musste, konnte es nützlich sein, Beweise für die Sabotageversuche zu haben. Jakobs Anwalt hatte ihm erklärt, seine eigenen Notizen würden nicht unbedingt genügen. Es war eine bedauerliche Tatsache, dass ein Ausländer vor dem Gericht eines anderen Landes allein schon wegen der Sprachkenntnisse in der schwächeren Position war.

»Ich habe heute einen Termin für ein Videogespräch mit Matias. Könntest du es mit deinem Handy filmen?«

Guðrún griff sich in die blonden gewellten Haare und schob sie über ihre linke Schulter nach hinten. Jakob hatte schon bemerkt, dass sie das immer dann tat, wenn sie sich auf etwas konzentrieren musste. In ihrer Miene lag jedoch etwas, das ihn seine Bitte bereuen ließ. Sie wirkte ein wenig unsicher.

»Ach, ich sollte dich nicht da reinziehen. Entschuldige. Vergiss, was ich gesagt habe. Es war dumm von mir …« Jakob merkte, dass er sich in seinen Worten verhaspelte, und schlug die Hände vors Gesicht. Guðrún fasste ihn am Handgelenk.

»Dreh doch nicht gleich durch. Natürlich kann ich das Gespräch filmen.«

Guðrún verstummte kurz und suchte nach Worten.

»Ich war bloß überrascht. Weil wir so was noch nie getan haben. Also, ich meine …«

»Einen Videocall mit einer verrückten Ex gefilmt?«

Sie mussten beide lachen, sie konnten nicht anders. Aber das erleichterte die Situation sofort ein wenig.

»Okay, mein Lieber, dann lass es uns doch direkt in Angriff

nehmen. Klamotten an und Handys bereit«, sagte Guðrún und knuffte ihn gegen die Schulter.

Das blau-weiße Skype-Logo auf dem Display des Smartphones leuchtete auf. Jakob saß am Küchentisch und wählte Lenas Nummer an. Guðrún saß schräg hinter ihm und filmte. Sie würde Lena nicht sehen und von ihr nicht gesehen werden.

Die Videoverbindung kam zustande. Jakob hatte wieder einmal beschlossen, gut gelaunt, aber nicht zu vertraulich aufzutreten. Er wollte Lena nicht verärgern.

»Hallo Lena, wie geht's?«, begann er so locker wie möglich. Lena wollte ihn nach ihrer Pfeife tanzen lassen, und genau das tat er. Er versuchte, Lena gefällig zu sein, damit er mit seinem Sohn sprechen durfte. In diesen Situationen fühlte er sich wie der letzte Dreck.

Lena gab eine vage Antwort. Jakob kam zu dem Schluss, dass die norwegischen Behörden sie bisher noch nicht kontaktiert hatten. Sonst hätte sie bestimmt eine scharfe Bemerkung darüber gemacht. Der Beamte des Außenministeriums hatte Jakob geraten, nicht selbst mit der Mutter des Kindes darüber zu sprechen, sondern die Sache den Behörden zu überlassen.

»Seid ihr zu Hause?«, fuhr Jakob fort.

»Es geht dich nichts an, wo wir sind«, gab Lena zurück.

Jakob überlegte. Es waren ungefähr zwanzig Sekunden vergangen, bis der erste Hieb kam. Er entschloss sich, direkt zur Sache zu kommen.

»Dürfte ich jetzt mit Matias sprechen? Wir haben ja heute das vereinbarte Videogespräch.«

Jakob gab sich alle Mühe, einen ruhigen Tonfall beizubehalten. Jetzt hörte er, wie Lena nach Matias rief, der sich offenbar im Nachbarzimmer befand.

»Komm mal ans Telefon, hier ist ein Mann, der mit dir sprechen will.«

»Lena, ich bin Matias' Vater. Nicht irgendein Mann.«

Lena sah ihn geringschätzig an.

»Solange wir zusammen waren, hast du versucht, mich zu kontrollieren. Wie ich aussehe, was ich esse und was ich sagen darf. Das geht jetzt nicht mehr. Ich kann dich nennen, wie ich will!«

Jakob schloss kurz die Augen und zählte in Gedanken bis fünf. Er war kurz davor, die Nerven zu verlieren, und musste sich alle Mühe geben, um ruhig zu bleiben.

»Was du da sagst, stimmt nicht. Ich habe dich nie kontrolliert. Ich bin Matias' Vater, und du musst ihm erlauben, mit mir zu reden, mit seinem Vater. Ich bin nicht *irgendein Mann*, sondern sein Vater.«

Matias erschien auf dem Bildschirm. Er kletterte seiner Mutter auf den Schoß. Unter den Arm hatte er einen Plüschdinosaurier geklemmt. Jakob erkannte ihn, er hatte ihn Matias zu Weihnachten geschenkt. Der Anblick stimmte ihn froh.

»Wer ist da in dem iPad?«, fragte Matias seine Mutter und betrachtete das Display genauer.

Lena hielt das Kind auf dem Schoß, warf Jakob frustrierte Blicke zu und zwang sich schließlich, das F-Wort zu sagen.

»*Far*. Vater.«

Matias blickte verwirrt auf das Display. Er drückte den grünen Plüschdino fester an sich und sah seine Mutter an.

»Nein. Das ist nicht *Far*. *Far* ist da«, flüsterte er und zeigte irgendwohin, wohin Jakob nicht sehen konnte.

»Matias, was hast du heute gemacht?« Jakobs Stimme begann zu zittern. Er wollte verdrängen, was der Junge gerade gesagt hatte. *Das ist nicht Far*. Er bemühte sich, gleichmäßig zu atmen, doch seine Atemzüge beschleunigten sich immer mehr. Er fühlte sich plötzlich unendlich müde.

»Filip. Filip ist Far. Filip ist Far«, begann Matias zu plappern. Als er die Wirkung seiner Worte bemerkte, trällerte er weiter und kletterte vom Schoß seiner Mutter herunter. »Filip ist Far, Filip ist Far … Faaar …«

»Wer ist Filip?«, fragte Jakob.

Lena reagierte so wie auch früher in ähnlichen Situationen. Sie überspielte ihre Verlegenheit mit Boshaftigkeit. Jakob merkte, dass sie über das iPad irgendwohin schaute. Vermutlich sah sie Filip an.

»Wer ist er? Und wieso *Far*? Ich bin Matias' Vater.«

»Das geht dich einen Dreck an.«

»Ich möchte noch mit Matias sprechen, würdest du bitte das iPad in sein Zimmer bringen, dann können wir allein miteinander reden. Bitte, Lena, würdest du das tun?«

Gerade jetzt hasste Jakob sich selbst. Er hasste es, sich derart betteln zu hören.

»Du hast doch selbst gesehen, dass er nicht mehr reden wollte. Hör auf, uns zu quälen. Leb wohl.«

Lena hatte aufgelegt. Das Display wurde dunkel. Auch in Jakobs Kopf wurde es dunkel. Als hätte ihm jemand eine Kapuze über den Kopf gezogen. Ihn befiel die Angst, dass er im Begriff war, etwas zu verlieren, was sich nur schwer zurückgewinnen ließ.

Jakob legte das Smartphone auf den Tisch, stand auf und ballte die rechte Hand zur Faust. Er brüllte etwas Unverständliches und schlug mit der Faust gegen die Tür zwischen Küche und Wohnzimmer. Das Holz zersplitterte krachend.

Er drehte sich langsam um. Guðrún hielt ihr Handy immer noch in der Hand. Ihre Augen waren feucht geworden, und auf ihren Wangen hatten sich rote Flecken gebildet. Als Jakob Guðrún in die Augen sah, waren sie beide nicht mehr imstande, die Tränen zurückzuhalten. Die Fingerknöchel an Jakobs rechter Hand bluteten.

51

NOVEMBER 1994 WESTFJORDE

ZWEI TAGE NACH RÓSAS UND BJÖRKS VERSCHWINDEN

Es war November und acht Uhr abends. Der Kühlschrank brummte. Hätte die Wanduhr nicht getickt, hätte man glauben können, dass die Zeit stehen geblieben war. Die Sonne war längst untergegangen, und niemand hatte daran gedacht, die Hoflampen einzuschalten. Hinter dem Fenster war nichts zu sehen, nur Dunkelheit.

Rakel weinte. Sie hatte zwei Tage lang nahezu pausenlos geweint. Ab und zu hatte sie es geschafft, für einige Stunden in einen leichten Halbschlaf zu sinken, doch der hatte sie nur noch müder gemacht. Müdigkeit und Trauer höhlten ihr Inneres Schicht um Schicht aus, wie ein scharfes Messer eine reife Frucht.

Rakel lenkte ihren trüben Blick vom Fenster zum Küchentisch. Auf dem Tisch standen eine halb volle Thermoskanne mit Kaffee, einige Tassen und eine Packung Milch, die schon seit zwei Stunden der Zimmerwärme ausgesetzt war. Um den Tisch saßen zwei Ortspolizisten und zwei Vertreter der Suchtrupps und starrten schweigend auf ihre Hände. Nur eine Person, die Bekannte am Ende der Bank, sah Rakel an. Ihr Blick war voller Mitgefühl.

Rakel versuchte, Augenkontakt zu den Polizisten und den anderen Männern aufzunehmen, doch die erwiderten ihren Blick nicht, sondern rutschten nur unruhig auf ihren Stühlen herum und kneteten stumm die Finger. Schließlich gab der Jüngste dem Druck nach und seufzte tief.

»Unser Hund ist auch einmal verschwunden. Er wurde nach einer Woche halb verhungert in den Bergen gefunden.«

Der ältere Polizist warf seinem Kollegen einen warnenden Blick zu und trat ihm unter dem Tisch gegen das Schienbein.

»Etschnu ... Entschuldigung, ich meinte nicht ...«, stotterte der junge Mann und sprach so leise weiter, dass das Surren des Kühlschranks seine Worte übertönte.

Der Wanduhr nach saßen sie seit fast drei Stunden am Tisch. Rakel fühlte sich auf seltsame Weise ruhig. Ihre Bewegungen waren steif und langsam. Die Kopfschmerzen hatten zugenommen. Ihre Eingeweide krampften sich zusammen.

Sie griff nach der Thermoskanne, drehte den Verschluss auf und goss sich nach. Der Kaffee war nur noch lauwarm, doch das musste reichen. Das Wachstuch knarzte, als sie die Thermoskanne zurückstellte. Sie forderte die Männer auf, sich noch Kaffee zu nehmen.

»Haben Sie etwas von den Suchtrupps gehört?«

Der grauhaarige ältere Mann im hellblauen Pullover wirkte erleichtert, weil ihm eine präzise, konkrete Frage gestellt wurde. Er war einer der Freiwilligen der örtlichen Rettungsmannschaft und hatte den Auftrag, im Haus der verschwundenen Kinder zu warten.

»Vor einer halben Stunde waren wir in Verbindung. Da war die Lage unverändert. Der Spürhund war noch einmal dort, aber die Spuren endeten an der Tunnelöffnung. Ein Autofahrer hatte die Mädchen am Nachmittag auf dem Gehweg gesehen, aber seitdem gibt es keine Hinweise mehr. Die Suche geht weiter. Wir müssen versuchen, Ruhe zu bewahren.«

Rakel bedankte sich mit einem knappen Nicken. Dann legte

sie die Hände um ihre Tasse und senkte den Blick auf den Kaffee. Sie starrte eine Weile schweigend darauf und wiegte sich hin und her.

Als die Besucher sich verabschiedet hatten, ging Rakel ins Bad. Beim Händewaschen warf sie einen Blick in den Spiegel. Ihr Haar war zerwühlt und ihr Gesicht rot gefleckt. Rakel verteilte eine beruhigende Creme auf ihrem Gesicht. Dann nahm sie den Kamm vom Rand des Waschbeckens und begann ihre Haare zu entwirren. Sie zuckte zusammen. Ihre Kopfhaut fühlte sich wund an, doch sie kämmte weiter, bis kleine rote Tropfen in das Waschbecken fielen. Sie hatte den Kamm viel zu fest aufgesetzt. Als ein Blutstropfen auf die helle Kachel traf, bildete er ein unregelmäßiges Muster, das einer Sternschnuppe glich. Rakel feuchtete das Handtuch an einer Ecke an, drückte es auf ihre Kopfhaut und wischte sich die Stirn ab. Sie drehte den Hahn auf und versuchte mit der anderen Hand, das Waschbecken vom Blut zu säubern.

Als sie den Wasserhahn wieder zudrehte und aufblickte, zuckte sie zusammen. Hildur stand im Flur und starrte stumm auf ihr Spiegelbild. In ihren weit aufgerissenen Augen lag ein fragender Ausdruck, aber sie sagte nichts. Seit vorgestern Abend hatte Hildur kein Wort mehr gesprochen. Sie hatte im dunklen Zimmer unter der Bettdecke gelegen und nicht einmal reagiert, als Rakel ihr erzählte, die Polizei sei gekommen, um bei der Suche zu helfen.

»Hildur«, flüsterte Rakel und drehte sich um, doch Hildur war verschwunden. Rakel hörte, wie die Tür am Ende des Flurs zufiel. Im Haus wurde es still.

Rakel legte den Kamm vorsichtig zurück auf den Rand des Waschbeckens. Sie nahm ein Zopfband aus dem Wandschrank, band die glatt gekämmten Haare im Nacken zu einem lockeren Pferdeschwanz und dachte über ihre älteste Tochter nach. Hildur hatte vorgestern früh über Übelkeit geklagt. Der Kopf tat ihr weh, und sie hatte Bauchschmerzen. Deshalb hatte sie zu Hause im Bett bleiben müssen. Seitdem hatte Hildur kein Wort gesprochen.

Rakel seufzte und sah erneut in den Spiegel. Eine müde Frau blickte zurück. Die geschwollenen Augenlider und die zurückgebundenen Haare ließen sie älter wirken. Sie öffnete die zusammengepressten trockenen Lippen und flüsterte so leise, dass sie es selbst kaum hörte:

»Das alles hat wohl irgendeinen höheren Zweck.«

So pflegte man ja zu lügen, und an diese Lüge wollte auch Rakel glauben.

52

MÄRZ 2020 KOTSDALUR

Hildur war gerade vom Joggen zurückgekommen. Ihre verschwitzte Sportjacke hing zum Lüften an der Türklinke, die Einlegesohlen der Sportschuhe trockneten auf dem Heizkörper in der Diele.

Hildur hatte vorgehabt, gleich nach dem Aufstehen zum Surfen zu gehen. Doch als ihr der Salzgeruch des Neoprenanzugs in die Nase stieg, hatte sie es sich anders überlegt. Ihr war klar geworden, dass sie immer noch nicht fähig war, wieder ins Meer zu steigen. Das stimmte sie traurig.

Um das widerwärtige Gefühl loszuwerden, hatte sie sich eine Joggingrunde vorgenommen. An der innersten Bucht des Fjords, in der Nähe des Golfplatzes, der Sommerhäuschen und des Campingplatzes, befand sich ein kleiner Nadelwald, den sie ansteuerte. Im Sommer herrschte dort reges Leben, aber um diese Jahreszeit ging es ruhig zu.

Vom Dorfzentrum aus lief man eine halbe Stunde bis zu dem Wäldchen. Die Bäume waren etwas ganz Besonderes, denn in dieser Gegend wuchsen sonst kaum welche. Als die norwegischen Siedler sich vor mehr als tausend Jahren auf der Insel niedergelassen hatten, bedeckten Birkenwälder mehr als ein Viertel der Bodenfläche. Sie waren innerhalb von weniger als hundert Jahren abgeholzt worden, und der Baumbestand hatte sich noch immer nicht erholt. Die Erosion trug den Boden ab, und die

Einöden breiteten sich aus. Im Rahmen von Aufforstungsprojekten war es jedoch gelungen, hier und da kleine Baumgruppen zu pflanzen, so auch an den Berghängen von Ísafjörður. Hildur hatte einige Hügelsprints auf dem Waldweg absolviert und war dann wieder nach Hause gejoggt. Sie hatte für die gut fünfzehn Kilometer anderthalb Stunden gebraucht. Eine gute Zeit, wenn man bedachte, dass die Hälfte der Strecke bergauf führte.

Hildur dehnte gerade die Gesäßmuskeln auf dem Fußboden im Wohnzimmer, als es klopfte. Kurz darauf erklang Jakobs Stimme aus der Diele.

»Mein Testergebnis war auch erfreulich positiv, oder vielmehr: negativ. Lass uns das mit Kaffee und Kuchen feiern«, sagte er und schwenkte eine Tüte mit Gebäck.

Vor dem Jogging hatte Hildur Jakob eine Textnachricht über ihr negatives Testergebnis geschickt.

»Perfekt. Setzt du den Kaffee auf, während ich dusche?«

Eigentlich mochte Hildur es nicht, wenn ungebetene Gäste plötzlich in ihrem Wohnzimmer standen, aber Jakob war eine Ausnahme.

Während das heiße Wasser rauschte, hörte sie vertraute Geräusche aus der Küche. Es war ein überraschend angenehmes Gefühl, dass sich außer ihr noch jemand in der Wohnung zu schaffen machte. Gleichzeitig wusste sie genau, dass sie sich nicht nach einem festen Freund sehnte. Auch in ihrer Beziehung mit Freysi war sich Hildur nicht ganz sicher gewesen, was sie wollte. Sie hatte sich schon als Kind allein wohlgefühlt. Eben deshalb war es seltsam, dass ihr die Anwesenheit eines anderen in ihrer Küche gar nicht so undenkbar erschien.

Hildur trat aus der Duschecke und merkte, dass alle großen Badetücher im Wäschekorb lagen. Morgen musste sie Zeit für die Wäsche finden. Sie nahm ein kleines Handtuch aus dem Regal und trocknete sich damit ab.

Vielleicht würde sie irgendwann jemanden finden, mit dem sie mehr teilen konnte als gelegentliche Abende. Jemanden, der ab und zu mit ihr die Wäsche waschen würde.

Um Zeit zu sparen, hatte Hildur einen Teil ihrer Kleider aus dem Schlafzimmer ins Bad ausgelagert. Es war praktisch, die Sachen nach dem Duschen griffbereit zu haben. Sie nahm einen Slip und ein Sporttop aus dem Korb. Darüber zog sie eine verblichene Jeans und ein T-Shirt mit dem Wappen des Dorfes an.

In der Küche duftete es nach Kuchen. Jakob holte zwei rote Kaffeetassen aus dem Schrank und füllte sie.

Sie setzten sich an den Esstisch und schnitten sich dicke Scheiben vom Plunderkuchen ab. Als Jakob sein Stück aufgegessen hatte, wischte er sich den Mund ab, legte das zerknüllte Stück Küchenkrepp auf seinen Teller und schob ihn beiseite.

»Was glaubst du, wieso kannte deine Mutter einen im ganzen Dorf berüchtigten Kriminellen?«

»Ich nehme noch eine Tasse, du auch?«, fiel Hildur Jakob ins Wort und stand auf, um die Kaffeekanne zu holen. Ohne seine Antwort abzuwarten, füllte sie beide Tassen und trank einen großen Schluck aus ihrer.

»Bjarni kannte deine Familie. Vor allem erinnert er sich an deine Mutter, die seiner Meinung nach unglücklich wirkte. Ich weiß, wie schrecklich das klingt, aber wir müssen auch diese Möglichkeit durchdenken. Hast du dir schon mal überlegt, ob bei euch zu Hause vielleicht nicht alles in Ordnung war? Könnte deine Mutter deinen Schwestern etwas angetan haben?«

Hildur schwieg. Sie spürte den widerlichen Geschmack von Galle im Mund. Der Gedanke an einen Kindermord war entsetzlich und unbegreiflich, aber auch sie hatte in den dunkelsten Nachtstunden schon über diese Möglichkeit nachgedacht.

»Wenn sie meinen Schwestern etwas angetan hat, wieso bin ich dann am Leben geblieben?«

Jakob drehte die Kaffeetasse in den Händen und sah Hildur lange an. Er wusste nichts zu antworten. Eine solche Frage konnte niemand beantworten.

Hildur hatte immer geglaubt, ihre Kindheit wäre ganz normal gewesen. Bis zu dem Tag, an dem ihre kleinen Schwestern auf dem Heimweg von der Schule verschwunden waren. Daran hatte sie nie gezweifelt. Sie hatten ein ganz gewöhnliches Leben geführt.

Jakob stellte die beiden Teller in das Spülbecken und lehnte sich mit der Hüfte an den Rand der Spüle.

»Wir fahren jetzt zu eurem Hof. Du hast gesagt, dass du seit dem Tod deiner Eltern nicht mehr dort warst.«

Hildur merkte, wie fordernd Jakob sie ansah. Er hielt ihr die offene Hand hin.

»Gib mir Brendas Schlüssel. Wir fahren hin.«

Hildur schüttelte den Kopf.

»Das geht doch nicht. Wir müssen zur Arbeit!«

Jakob streckte seine Hand weiter vor.

»Da vermisst uns jetzt keiner. Beta hat sich auch noch nicht gemeldet. Sie wollte ja anrufen, sobald sie etwas aus Keflavík erfährt. Im Moment gibt es nichts, was wir tun könnten.«

Jakob bewegte ungeduldig die Finger. Hildur schüttelte erneut den Kopf, obwohl sie innerlich bereits kapituliert hatte. Schließlich nahm sie den Schlüssel vom Haken an der Küchenwand und legte ihn Jakob in die Hand.

Eine halbe Stunde später kamen sie aus dem dunklen schmalen Tunnel, den Hildur fürchtete und hasste. Auf der einspurigen Straße waren ihnen zum Glück nur zwei Pkws entgegengekommen. Beide Male hatte Jakob Brenda ruhig und sicher in eine Ausweichbucht gelenkt, um die Fahrzeuge vorbeizulassen.

Durch die Windschutzscheibe fiel der Blick nun auf das neblige Tal. Die Nebelschleier verwischten alle Konturen, ließen die Landschaft grenzenlos und weich erscheinen.

Hildur erzählte Jakob vom Nebel. Wenn er besonders dicht war, dann war dies ein Anzeichen, so sagte man, dass sich das verborgene Volk in der Nähe befand. Das in der Natur lebende unsichtbare Volk zeigte sich den Menschen nur, wenn es wollte. Es gab zahlreiche Geschichten von Schafhirten, die sich in den Bergen verliefen, weil sie im dichten Nebel ihren Ortssinn verloren hatten. Wenn es sich um einen guten Menschen handelte, half das verborgene Volk ihm, den Weg nach Hause zu finden. Wenn das verborgene Volk den Verirrten für unmoralisch hielt, lockte es ihn weiter weg auf einen Felsvorsprung, von dem er in den Tod stürzte.

»Der Nebel ist die schwankende Grenze zwischen unserer und ihrer Welt«, fügte Hildur hinzu. Jakob saß stumm am Steuer und hielt den Blick fest auf die Straße gerichtet. Sie fuhren schweigend weiter, Hildur gab ab und zu Anweisungen. Schließlich kamen sie an eine T-Kreuzung.

»Wohin jetzt?«

Hildur schloss die Augen und spürte, wie die Trauer in ihrem Brustkorb anschwoll. Sie war nie mehr hier gewesen, seit die Polizei vor Tante Tinnas Haustür gestanden hatte.

»Sind Sie eine nahe Angehörige von Rakel Helgadóttir?« Die Polizisten waren zu zweit gewesen. Der ältere hatte die Hände auf den Rücken gelegt und führte das Wort. Der jüngere war wohl in der Ausbildung, er hatte schweigend auf der unteren Treppenstufe gestanden und auf den Türrahmen gestarrt. Die junge Hildur hatte hinter Tinnas Rücken hervorgespäht. Sie hatte es seltsam gefunden, dass der jüngere Polizist sie oder ihre Tante nicht einmal ansah.

Könnten wir ins Haus gehen und uns hinsetzen? Wir haben eine sehr traurige Nachricht. Am Fjord, hundert Kilometer von hier, hat es einen schweren Verkehrsunfall gegeben. Rakel und Rúnar saßen in dem Wagen und … nun ja … sie haben den Unfall beide nicht überlebt.

Hildur erinnerte sich, dass ihre Tante nach Luft geschnappt und dann gellend aufgeschrien hatte.

Jetzt hat das Mädchen niemanden mehr. Niemanden. Jetzt hat das Mädchen niemanden mehr …

Das hatte Tinna zwei Tage lang gesagt. Sich auf dem Sofa vor und zurück gewiegt und immer wieder dasselbe gesagt. Die Polizisten hatten am nächsten Tag eine kommunale Angestellte zu ihnen geschickt. Die stille grauhaarige Frau hatte an ihnen vorbei an die Wand geblickt, ihnen eine Visitenkarte gegeben und gesagt, bei dieser Nummer könnten sie anrufen, wenn unüberwindliche Schwierigkeiten aufträten. Und sie könnten jederzeit in die Notfallsprechstunde des Krankenhauses kommen.

Danach waren sie zu zweit gewesen, Tinna und sie. Bald darauf hatte Tinna ihre Sehkraft verloren, aber sie hatte sich trotzdem immer um Hildur gekümmert. Ihr Elternhaus hatte Hildur nie mehr besucht; diesen Schmerz hatte Tinna ihr erspart. Sie hatten zu zweit ein neues Leben begonnen.

Jakob legte Hildur eine Hand auf den Rücken.

»Du musst wenigstens einmal hin.«

Hildur deutete mit dem Kopf nach rechts. Am Ende dieser Straße lag der eine der beiden Höfe von Kotsdalur. Der andere lag auf der linken Seite. Beide standen inzwischen leer. Den Hof ihrer Familie hatte Hildur nach dem Tod ihrer Eltern geerbt, aber sie hatte nichts damit angefangen. Jedes Jahr zahlte sie die Grundsteuer und das Wegegeld, war aber nie auch nur bis zu dieser Kreuzung gefahren.

Der Wagen schaukelte auf dem holprigen Weg. Das Haus, das jahrzehntelang leer gestanden hatte, bot einen traurigen Anblick. Die Fensterscheiben waren zerbrochen und der Anstrich blätterte ab. Die Angeln der Haustür hatten sich gelöst, die Tür stand halb offen. Unter dem teilweise geschmolzenen Schnee kam matschig braune Erde zum Vorschein.

Jakob hielt neben der schiefen und teils eingestürzten Hofmauer. Hildur erschien alles undeutlich. Vielleicht lag es an dem dichten Nebel, der sich über das Tal gesenkt hatte. Jakob stand neben ihr auf dem schlammigen Hof ihres alten Zuhauses. Etwas weiter entfernt war ein altes scheunenartiges Gebäude zu sehen, das an einer Ecke eingefallen war. Hildur erinnerte sich, dass dahinter eine Pferdekoppel gelegen hatte.

»Der alte Pferdestall. Die Pferde wurden … Ja, die Nachbarn haben sie geholt«, brachte Hildur heraus.

Zum Strand waren es nur zweihundert Meter. Aus dem Rauschen des Meeres schloss Hildur, dass die Wellen jetzt mittelhoch waren. Zu erkennen waren sie im Nebel nicht.

»Was war dein Lieblingsplatz hier?«, fragte Jakob, als hätte er Hildurs Gedanken an das Meer gelesen.

Hildur hob die rechte Hand und deutete zum Meer. Die linke konnte sie nicht bewegen, denn Jakob hielt sie fest.

»Da am Strand war ich gern. Besonders dann, wenn Mutter uns nicht im Haus haben wollte. Wenn ich zum Strand gegangen bin, waren meine Schwestern oft bei den Pferden auf der Koppel.«

Jakob nickte, ging langsam zur Haustür des Wohngebäudes und schob sie auf. Die Tür knarrte laut, ließ sich aber vollständig öffnen.

Jakob betrat das Haus und drückte auf den Lichtschalter. Die Deckenlampe ging natürlich nicht an. Die Gebäude von Kotsdalur waren schon seit Jahren nicht mehr ans Stromnetz angeschlossen. Draußen dämmerte es, sodass durch die kleinen Fenster nicht genug Licht hereinfiel. Jakob holte mit der freien Hand eine Taschenlampe aus der Tasche und knipste sie an.

»Wollte deine Mutter ungestört sein, weil sie Besuch bekam?«

Hildur schüttelte den Kopf und senkte den Blick.

»Vielleicht. Ich weiß es nicht.«

Jakob zog Hildur mit sich in die Diele, aus der man in die Küche blicken konnte. Fast alle Sachen waren im Lauf der Zeit verschwunden. Hildur wusste, dass alle möglichen Banden in verlassenen Häusern nach Möbeln und anderen Gegenständen suchten, die sich verkaufen ließen. Hier hatten sie wohl nichts Wertvolles gefunden.

Hildur erkannte den dreibeinigen Hocker in der Ecke der Diele und den an der Wand befestigten kleinen Tisch, der jetzt von vertrockneten kleinen Fliegen bedeckt war. Über dem Tisch hing eine rot-weiße Kreuzstichstickerei, deren Muster aus Schneeflocken bestand. Hildur berührte die Handarbeit, über die sich ein klebriger Film gelegt hatte.

»Ich habe das Gefühl, dass du dich an mehr erinnerst, als du glaubst. Du warst damals nicht mehr so klein.«

Der Druck in Hildurs Innerem nahm zu. Die schiefe Haustür schwankte im Wind. Das Meer rauschte immer lauter in ihren Ohren.

»Wer war hier? Wer war hier zu Besuch, wenn eure Mutter euch nicht im Haus haben wollte?«

Das Geräusch des Meeres wurde stärker. Es war, als kämen Hildur und das Meer sich immer näher.

Hildur versuchte, aus der Diele zu stolpern, doch Jakob ließ sie nicht los. Der Raum begann sich vor ihren Augen zu drehen. Sie wollte nach draußen. Das Wasser rauschte. Hildur spürte die Welle kommen. Die hoch aufragende kalte Wand näherte sich mit hartem Druck, und sie konnte ihr nicht mehr ausweichen. Die Welle riss sie in einen schwarzen Strudel.

»Du hast mir erzählt, dass dein Vater auf einem Fischtrawler war, als deine Schwestern verschwanden. Er hat nicht an der Suche teilgenommen. Erinnerst du dich an irgendwen, der sich aktiver daran beteiligt hat als die anderen? Hat jemand hier besonders viel Zeit mit deiner Mutter verbracht?«

Der Raum drehte sich jetzt so schnell um Hildur, dass sie fast das Gleichgewicht verlor. Sie sah die Schneeflockenstickerei an der Wand. Plötzlich erinnerte sie sich, wer sie ihnen gebracht hatte.

53

MÄRZ 2020 ÍSAFJÖRÐUR

Beta drückte die Augen fester zu und versuchte, sich zu beruhigen. Ein dickes Kissen stützte ihren Oberkörper. In halb aufgerichteter Haltung war das Atmen etwas weniger mühsam. Das Brennen in der Lunge und der pochende Muskelschmerz hatten um die gleiche Zeit eingesetzt, als das positive Testergebnis gekommen war. Beta war die Einzige in der Familie, die stärkere Symptome hatte. Sie hörte Geräusche aus der Küche. Bald darauf begann der Wasserkocher zu brodeln.

Dem Rascheln nach bereitete Óliver für die Kinder Instantnudeln zu. Beta war sauer. Sie legte den Kopf auf das Kissen und bemühte sich, die Fassung zu bewahren. In ihrer qualvollen Situation brauchte sie nicht obendrein noch Herzrasen.

Ursprünglich war Óliver derjenige gewesen, der an die Westfjorde ziehen wollte. Seine Familie stammte von hier. Die Idee, auf dem Land zu leben, hatte Beta anfangs gefallen. Sie hatte gern in einer kleinen Polizeistation arbeiten wollen, nahe bei den so genannten normalen Menschen und weit weg von den Machtkämpfen, die für die großen Einheiten typisch waren.

Doch jetzt ging alles restlos schief. Im Lauf des Winters war Óliver allmählich distanzierter geworden. Beta hatte anfangs nicht weiter darauf geachtet. Sie waren seit fast fünfzehn Jahren verheiratet. Es hatte viele gute Momente und zwischendurch auch schlechtere Zeiten gegeben. Trotzdem hatte Beta geglaubt, ihre Paarbeziehung wäre dauerhaft stabil, doch da hatte sie sich offenbar geirrt.

Óliver hatte angeben müssen, wo er sich mit Corona infiziert hatte. Er hatte auf einer Dienstreise nach Reykjavík eine Frau namens Sofía getroffen, die gerade vom Skiurlaub aus Österreich zurückgekommen war. Aus dem berühmt-berüchtigten Dorf Ischgl, aus dem die europäischen Winterurlauber die Krankheit in ihre Heimatländer gebracht hatten. Da Sofía und Óliver nicht bei derselben Firma arbeiteten, hatte Beta gleich erraten, worum es ging. Das Schlimmste war, dass Óliver nicht einmal versucht hatte, ihren Verdacht zu zerstreuen. Er hatte einfach gar nichts gesagt – hatte sich völlig geweigert, über die Sache zu reden, sich in sein Schneckenhaus zurückgezogen und Beta behandelt, als wäre sie Luft.

Beta wechselte die Position. Sie drehte sich auf den Bauch und ließ den Kopf über den Bettrand hängen. Einen Augenblick lang war ihre Lunge schmerzfrei. Es war schwierig, tatenlos im Bett zu liegen, wenn das ganze Leben neu geordnet werden musste. Immerhin hatten sie einen Wohnungskredit und zwei kleine Kinder.

Ein Hustenanfall schüttelte Beta. Der trockene Husten kratzte ekelhaft im Hals und trieb ihr Tränen in die Augen. Im Fall einer Scheidung würde sie auf keinen Fall hierbleiben. In Reykjavík war es leichter zu verschwinden, hier würde sie Óliver jeden Tag begegnen. Andererseits würde es auch ihn vermutlich nicht hier halten, da sowohl sein Arbeitsplatz als auch die rothaarige Sofía in der Hauptstadt waren. Rothaarig, tatsächlich. Beta hatte die Frau gegoogelt, nachdem sie ihren Namen erfahren hatte. Glattes Gesicht, große Augen, kleiner Mund. Keine dunklen Schatten unter den Augen von durchwachten Nächten.

Hätte sie sich mehr Mühe geben müssen? Zum Friseur gehen,

länger schlafen, gewagte Dessous statt langer Unterhosen? Bald würde sie sich an einen neuen Arbeitsplatz und an eine kleinere Mietwohnung gewöhnen müssen. Beta konnte nicht verhindern, dass ihr dumme Gedanken durch den Kopf wirbelten. Sie rieb sich die Schläfen und versuchte, sich aufzumuntern. Es hatte wahrhaftig schon bessere Tage in ihrem Leben gegeben, aber sie würde sich nicht unterkriegen lassen.

Da fiel ihr plötzlich ein, dass sie eine Mail aus Keflavík bekommen hatte, wegen Axel Jónasson. Als Chefin hätte sie sich um alles kümmern müssen. Niemand konnte ihr alle Aufgaben abnehmen, wenn sie erkrankte. Und jetzt war ihr ein teuflisches Versehen passiert.

Beta tastete auf dem Nachttisch nach ihrem Smartphone, öffnete die Mailbox und sah, dass die Nachricht schon gestern Nachmittag gekommen war. Sie fluchte über ihren Patzer.

Rasch wählte sie Hildurs Nummer. Das Telefon klingelte lange, aber vergebens. Beta wälzte sich auf den Rücken und kämpfte sich in eine halb sitzende Position. Jakob meldete sich zum Glück sofort.

»Wo zum Teufel ist Hildur?«

Jakob erklärte, sie sei gerade auf dem Weg ins Seniorenheim. Beta fragte sich, was das Seniorenheim mit der Mordermittlung zu tun haben sollte, schluckte ihre Bemerkung aber herunter.

»Aus Keflavík ist eine Mail gekommen. Ich leite sie dir weiter. Seht sie euch an, sobald Hildur von ihrem Ausflug zurück ist, okay?«

54

Hildurs Familie hatte ein sehr kleines soziales Umfeld gehabt. Das war nicht ungewöhnlich. Sie hatten auf dem Land gelebt. In den 1980er-Jahren hatte Island nur 220 000 Einwohner gehabt, 140 000 weniger als gegenwärtig. Zwar lebten damals im Verhältnis mehr Menschen auf dem Land als heute, doch ihre Häuser lagen weit auseinander. Es gab keine Touristen mit Mietwagen, keinen organisierten Freizeitsport und keine alljährlichen Reisen in den Süden. Auf dem Land lebten die Menschen auf ihren Bauernhöfen. Dort war ein vorbeifahrendes Auto eine Sensation, und anderen Menschen begegnete man hauptsächlich an Festtagen und dann, wenn jemand Hilfe brauchte.

Außer ihren Mitschülern, ihren Schwestern, Tinna, ihrer Mutter und ihrem häufig abwesenden Vater waren Hildur nur die Nachbarn in Erinnerung geblieben. Hallgrímur und Helga hatten Kotsdalur Efris Schafwirtschaft übernommen. Die beiden Höfe waren die einzigen im Tal gewesen. Hildur hatte nur eine einzige deutliche Erinnerung an die Nachbarn: Sie hatten ihr und ihren Schwestern eine Katze geschenkt, und in den Winternächten hatte diese Katze am Fußende von Hildurs Bett geschlafen.

Hildur erinnerte sich, dass der Mann vor einigen Jahren gestorben war. Sie hatte in der Lokalzeitung gelesen, dass Hallgrímurs Tod das Ende einer Epoche bedeutete. Seither war auch der letzte Hof im abgelegenen Kotsdalur leer und verlassen. Die verwitwete Helga war in das kommunale Altenheim gezogen, denn sie wäre in dem großen Haus nicht mehr allein zurechtgekommen.

Hildur schloss die Tür ihres Dienstzimmers hinter sich und warf einen Blick auf die Sportuhr an ihrem Handgelenk. Ein paar Minuten vor vier. Die nachmittägliche Brettspielstunde war bald vorbei. Sie musste sich beeilen, wenn sie das Gespräch führen wollte, bevor um sechs Uhr das Abendessen serviert wurde. Hildur hatte gerade mit einer Mitarbeiterin des Seniorenheims telefoniert und gefragt, ob Helga aus Kotsdalur noch dort wohnte. Dabei hatte sie ihren Status als Polizistin ausgespielt, um sofort eine Antwort zu bekommen. Das half fast immer, so auch jetzt. Streng genommen durften Seniorenheime Außenstehenden keine Auskünfte über die Bewohner erteilen, doch die junge Frau am Telefon hatte ihr bereitwillig gesagt, in welcher Wohnung sie Helga antreffen würde.

Das kommunale Seniorenwohnheim befand sich in einigen hintereinanderliegenden, dreistöckigen Häusern, und Helgas Wohnung lag im letzten Treppenaufgang des hintersten Hauses.

Hildur ging durch die Schiebetür in das hellgelb gestrichene Treppenhaus und stieg die Treppe in den zweiten Stock hinauf.

An der Wohnungstür hing ein rot bemalter Kranz, der *Frohe Weihnachten* wünschte. Hildur klopfte. Schleppende Schritte waren zu hören, dann ging die Tür auf. Hildur sah eine schwarzhaarige Frau, die sich auf einen Rollator stützte und deren Haare am Ansatz ein paar Zentimeter hell nachgewachsen waren. Die Frau hatte Hildurs Blick bemerkt.

»Meine Haare sehen schrecklich aus. Die Friseuse kommt erst in zwei Wochen wieder zum Färben. Hoffentlich treten diese Corona-Beschränkungen nicht schon vorher in Kraft …«

Helga bewegte sich mühselig und langsam, sprach aber viel und schnell. Sie winkte Hildur herein und zog den Rollator rückwärts in Richtung Wohnzimmer.

»Wer sind Sie denn?«, fragte sie und sah Hildur prüfend an. Sie ging gekrümmt, doch ihre Augen leuchteten neugierig. Hildur fiel die verblüffend glatte Haut der Frau auf. Dem Gesicht nach hätte man sie für viel jünger halten können, als sie war.

Der Blick der Frau wanderte von Hildurs Scheitel bis zu ihren Füßen und wieder zurück. Dann machte er plötzlich Halt. Die Frau stützte sich auf ihren Rollator, trat ein paar Schritte näher heran und starrte Hildur direkt in die Augen.

»Du lieber Gott, du bist Rakels Tochter, nicht wahr? Genau dieselben Augen. Dunkelgrün und meeresblau.«

Helga stand so dicht vor ihr, dass Hildur den Geruch wahrnahm, den sie verströmte, eine Mischung aus Kaffee und Schokoladenkuchen.

Hildur spürte, dass sie sich etwas Wichtigem näherte. Sie bekam kein Wort heraus. Ihre Augen wurden feucht, und irgendetwas drückte ihr auf die Kehle. Sie konnte nur nicken.

»Liebes Kind, nimm doch Platz. Möchtest du Kaffee? Wir haben gerade in unserem Spielclub Kaffee getrunken, aber ich koche dir gern eine Tasse, wenn du magst.«

Hildur lehnte den Kaffee dankend ab und setzte sich aufs Sofa. Das grüne Cordsamtsofa war weich und bequem. Von hier fiel ihr Blick auf das Bücherregal, ein altmodisches Möbelstück, wie man es oft bei alten Menschen antraf. Ein Brett war mit Büchern gefüllt, ein zweites mit Stickereien und Silbergefäßen. Zwei Fächer waren voll von alten Fotos in dunklen Holzrahmen. Hildur betrachtete sie. Auf dem Hochzeitsfoto erkannte sie Hallgrímur und Helga. Sie standen nebeneinander und blickten ernst in die Kamera. Bilder von den beiden bei der Arbeit auf dem Hof, ein paar Konfirmationsfotos, die vermutlich Kinder aus der Verwandtschaft der beiden zeigten, denn soweit Hildur sich erinnerte, hatten sie keine eigenen Kinder gehabt. Eines der Bilder ließ Hildur schaudern. Alle anderen Fotos steckten in Holzrahmen, nur dieses eine hatte einen Silberrahmen bekommen. Der Rahmen war offenbar regelmäßig poliert worden, denn die für Silber typischen dunklen Flecken fehlten völlig.

Hildur stand auf und trat an das Regal. Sie griff nach dem Bild und betrachtete es aus der Nähe. Auf dem Foto lehnte sich ihre Mutter in Arbeitskleidung an einen Holzzaun. Hinter dem Zaun waren Schafe in einem runden Gehege zu sehen. Die Aufnahme war im Herbst gemacht worden, wenn die Schafe aus dem Gebirge geholt wurden.

»Rakel war ein richtiges Arbeitstier«, sagte Helga. Ihre Augen glänzten, als sie weiter in ihre Erinnerungen eintauchte. »Sie hat sich um ihre Kinder und ihre Pferde gekümmert, aber trotzdem hat sie uns jeden Herbst beim Schafscheiden geholfen, und auch beim Scheren im Frühling und im Herbst. Auch du hast geholfen, die Wolle zu sammeln. Da warst du ungefähr so groß.« Helga hob ihre zitternde Hand auf die Höhe ihrer Hüfte.

»Ich … ich komme so spät.« Hildur suchte nach Worten, während sie das Foto wieder auf das Regal stellte.

Helgas Blick war voller Wärme, und sie nickte ein paarmal. Dabei fiel ihre Kinnlade ganz leicht nach unten. Hildur merkte, dass die Frau ihre Körperbewegungen nicht mehr ganz beherrschte.

»Ich habe versucht herauszufinden, was meinen kleinen Schwestern damals zugestoßen ist. Du bist der einzige Mensch, der meine Familie kannte und mit dem ich noch nicht gesprochen habe. Und ich, ich bin … tja. Ich bin erst jetzt gekommen.«

Hildur konnte die Tränen nicht mehr zurückhalten. Große heiße Rinnsale liefen ihr über die Wangen. Als sie das Kinn erreichten, wischte sie sie ab.

»Komm, wir setzen uns«, sagte Helga und lenkte ihren Rollator zu dem Sessel neben dem Sofa. Sie stöhnte leise, als sie sich hinsetzte. Hildur nahm wieder auf dem Sofa Platz.

»Es war eine furchtbare Zeit. Einfach unbegreiflich. Niemand konnte verstehen, dass zwei Mädchen einfach so verschwinden. So was war hier auf dem Land noch nie passiert.«

»Ich erinnere mich, dass du danach oft bei uns in der Küche gesessen hast. Du hast uns so eine rot-weiße Stickerei gebracht und in der Diele an die Wand gehängt.«

Helga nickte und hielt den Blick fest auf Hildur gerichtet. Ein Lächeln lag auf ihrem Gesicht.

»Ich habe versucht zu helfen, so gut ich konnte … Aber die Stickerei … Die habe ich euch zwar gebracht, aber deine Mutter hat sie aufgehängt. Ich erinnere mich noch, wie sie sie mit einem Hufnagel befestigt hat.«

Eine Weile schwiegen beide und starrten auf die Fotos. Die Wanduhr tickte. Von der Straße drang leise Verkehrslärm herein.

»Erinnerst du dich an irgendetwas Besonderes aus der Zeit?«

Helga wandte den Blick vom Regal wieder auf Hildur.

»Mein liebes Mädchen, an meinem Gedächtnis ist nichts auszusetzen. Aber das alles ist fast dreißig Jahre her.«

Hildur verstand. Was hatte sie sich eingebildet? Dass ihre Nachbarin, die kilometerweit weg gewohnt hatte, ihr nach all den Jahren etwas erzählen konnte?

Helgas Hand zitterte leicht, als sie sich über die Haare fuhr. Ihr Atem rasselte, als sie tief Luft holte.

»Eine Sache ist mir in Erinnerung geblieben. Ich glaube nicht, dass es eine Rolle spielt, aber es hat mir keine Ruhe gelassen. Ich habe mich damals so feige verhalten …«

Hildur wurde wachsam.

»Es war im Herbst. In demselben Herbst, als die Mädchen verschwanden. Ich habe mich in der Diele versteckt und so getan, als ob niemand zu Hause wäre.«

Helga wirkte verlegen. Sie wandte den Blick ab und senkte den Kopf. Hildur sagte nichts, sondern wartete geduldig ab. Helga betrachtete eine Weile ihre Hände, dann fuhr sie mit leiser Stimme fort. Sie erzählte, sie habe jemanden über den Hof gehen gehört, denn der Schotterbelag habe laut geknirscht. Durch das Dielenfenster habe sie unten an der Straße ein Auto gesehen und es trotz der Entfernung sofort erkannt. So einen Wagen hatte nur einer in der Gegend: Der rote Suzuki gehörte Jón.

Helga dämpfte ihre Stimme zum Flüstern und klopfte auf die Armlehne des Sessels, wie um ihre Worte zu betonen.

»Jón war ein Lump. Als gläubiger Mensch dürfte man so etwas ja nicht sagen, aber es hat mir kein bisschen leidgetan, als er im letzten Herbst gestorben ist.«

Hildur nickte nur. Zu mehr wäre sie auch gar nicht fähig gewesen, denn ihr Körper war starr wie eine Salzsäule. In ihrem Inneren prickelte es. Das gleiche Gefühl setzte auch bei Kriminalermittlungen ein, wenn sie sich einer wichtigen Einzelheit näherte.

»Er hat immer wieder an die Tür geklopft und gerufen. Aber ich habe nicht aufgemacht. Hallgrímur war nicht zu Hause, und ich hatte Angst, mit Jón allein zu sein. Ich habe so getan, als wäre ich nicht da. Er hat eine Weile gerufen und ist dann weggegangen.«

Helga machte eine lange Pause und begann zu schluchzen.

»Jón … Ich habe gesehen, wie Jón an der Kreuzung zu euch abgebogen ist. Und ich wusste, dass Rakel allein zu Hause war. Ich habe mir nie verziehen, dass ich nicht auf die Idee gekommen war, sie anzurufen und vorzuwarnen.«

»Habt ihr später darüber gesprochen?«

Helga nickte und antwortete leise:

»Deine Mutter hat nur ausweichend gesagt, Jón wäre das Benzin ausgegangen. Als ich genauer nachfragen wollte, hat sie abgeblockt. Wir konnten über alles miteinander reden, das hatte ich bis dahin jedenfalls geglaubt. Aber über Jón wollte sie nur sagen, dass sie ihm Benzin gegeben hatte.«

Helga zog ein Taschentuch aus dem Ärmel ihrer Bluse und wischte sich über die Augenwinkel.

Eine Weile saßen sie schweigend da und starrten auf das Bücherregal. Zwei Frauen unterschiedlichen Alters, denen die im Silberrahmen lächelnde Rakel wichtig gewesen war.

Hildur dachte über Helgas Worte nach und betrachtete dabei das Foto ihrer Mutter, das in Helgas Regal den Paradeplatz einnahm.

»Ihr habt euch offenbar sehr nahegestanden?«

Helgas Blick wurde warm. Sie umklammerte die Sessellehnen und nickte mit bebendem Kinn.

»Ja, sehr nahe. Aber wir waren auch beide verheiratet.«

Hildur verstand. Zum ersten Mal hatte sie das Gefühl, eine Seite an ihrer Mutter zu erkennen, die ihr bisher verborgen geblieben war.

Plötzlich stiegen Erinnerungen auf. Hildur musste an die langen Besuche bei den Nachbarn denken. Daran, wie sie und ihre Schwestern mit den Katzenjungen spielen durften, während ihre Mutter den Nachbarn mit den Schafen helfen musste. Erst jetzt begriff sie, dass die Besuche immer dann stattgefunden hatten, wenn Hallgrímur nicht zu Hause war.

»Mein Vater war wegen seiner Arbeit oft weg«, sagte sie nur. Sie würde keine weiteren Fragen stellen, wenn Helga nicht selbst über die Sache reden wollte.

Helga nickte und lächelte unter Tränen.

»Ja. Deine Mutter war eine ungewöhnliche Fischersfrau. Sie war am glücklichsten, wenn dein Vater auf See war. Wenn Rúnar nach Hause kam, hatte sie immer starke Kopfschmerzen.«

Helga hob einen Arm vor das Gesicht und hustete ein paarmal.

Dann stand sie auf und stützte sich auf ihren Rollator, dessen Reifen knarrten, als sie ihn langsam durch das Wohnzimmer schob. Sie blieb an dem großen Fenster stehen und blickte nach draußen. Auf der Fensterbank standen einige Töpfe mit Usambaraveilchen.

»Ich bereue eigentlich nur eins in meinem Leben«, sagte Helga und begann, vertrocknete Blüten abzuzupfen.

Hildur rutschte auf dem Sofa nach vorn und beugte sich vor, wie um näher an ihre Vergangenheit heranzukommen.

»Dass ich es nicht gewagt habe wegzugehen. Wenn ich es getan hätte, wäre vielleicht alles ganz anders gekommen.«

»Wie meinst du das?«

Helga erzählte, Rakel und sie hätten mit dem Gedanken gespielt, wegzugehen. Rakel hätte ihre Kinder mitgenommen, und sie wären zu fünft weggezogen. Weit weg von ihrem heimischen Tal. Am liebsten ins Ausland. Doch dafür hatte ihr Geld oder ihr Mut nicht gereicht. Helga erzählte, letzten Endes habe sie es nicht über sich gebracht, Hallgrímur zu verlassen. Er war so gut zu ihr gewesen.

Hildur konnte kaum glauben, was sie hörte. Hatte ihre Mutter wirklich geplant, ihren Mann zu verlassen und mit ihren Töchtern fortzuziehen? Warum? Um der Liebe willen? Der Gedanke erschien Hildur fremd. Wie wenig wussten die Menschen doch letztlich voneinander.

»Nachdem die Mädchen verschwunden waren, habe ich versucht, Rakel zu unterstützen, so gut ich konnte. In dem Winter haben wir uns viel gesehen. Rakel wusste, dass ich mein Zuhause nicht verlassen konnte, daher hat sie nicht mehr davon gesprochen wegzuziehen. Aber sie plante eine kurze Reise, damit wir ungestört Zeit miteinander verbringen konnten. Eines Tages hat sie mich überrascht. Sie hatte eine Unterkunft reserviert und auch die Fahrkarten schon besorgt. Aber dann … Kurz vor unserer

Abreise passierte dieser schreckliche Autounfall, und ich habe meine Rakel nie wiedergesehen.«

Die letzten Worte sagte Helga fast flüsternd. Sie nahm ein trockenes Blatt an einem der Usambaraveilchen zwischen Daumen und Zeigefinger und zupfte es vorsichtig ab. Hildur spürte, wie ihr der Atem stockte.

»Wohin wolltet ihr denn verreisen?«

Helga drehte sich langsam um. Ihre Augen wurden wieder feucht. Ihre zusammengepresste Hand öffnete sich und die verwelkten Blüten fielen auf den Boden.

»Auf die Färöer-Inseln. Dahin wollten wir fahren.«

55

1995 WESTFJORDE

DREI MONATE NACH RÓSAS UND BJÖRKS VERSCHWINDEN

Rakel war müde. Die letzten drei Monate glichen einer immer wieder unterbrochenen Nachrichtensendung. Bei Gesprächen verfolgte sie den Anfang, das Ende und die Mitte, verstand aber nicht alles, was sie hörte. Zwischen der Außenwelt und ihr lag eine Folie, durch die das Leben nicht drang.

Die Kraftlosigkeit war nicht überraschend gekommen. Ihre Kräfte waren schon seit Langem geschwunden. Das Wissen, dass sie allein mit all dem fertigwerden musste, fühlte sich an wie ein schwerer Sack. Sein Gewicht drohte sie zu erdrücken und ließ ihr Herz bei der kleinsten Anstrengung ermüden.

Rakel ging die steinernen Stufen hinauf und klopfte an die Tür, von der die Farbe abzublättern begann. Eigentlich hätte das ganze Haus, das am Meeresufer stand, dringend einen neuen Anstrich gebraucht. Tinna hatte erwähnt, sie wolle im Sommer das Haus anstreichen und die Fenster erneuern lassen. Das wäre vernünftig, dachte Rakel. Wenn die Farbe abblätterte, taten Regen und Wind das Ihrige, und die Feuchtigkeit setzte sich im ganzen Gebäude fest.

Ihre Schwester lebte allein und verbrachte ihre ganze Zeit in der Musikschule. Sie hatte keine Zeit für Renovierungsarbeiten, denn sie unterrichtete tagsüber an der Schule Musik, gab abends

Klavier- und Gesangsunterricht für Erwachsene und leitete den Chor der Grundschulkinder. Den Chor, in dem auch Björk und Rósa gesungen hatten. Wehmütig dachte Rakel an ihre jüngeren Töchter. An Rósas geschwungenen Zöpfe und an Björks hinreißendes Lächeln, das ihre Zahnlücke freilegte.

In schwachen Momenten überlegte sie, wie sehr alles daneben gegangen war: Das Leben war ihr durch die Finger geglitten, obwohl sie sich bemüht hatte, alles richtig zu machen. Je mehr sie es versucht hatte, desto fester hatten sich die Knoten zusammengezogen.

Sie klopfte noch einmal, trat ein und rief nach Tinna.

»Ich lege gerade die Wäsche zusammen, warte einen Moment«, kam eine gedämpfte Stimme aus dem Keller.

Rakel zog die Turnschuhe aus und stellte sie auf den Schuhständer. Dann ging sie in die Küche und blickte zum Fenster hinaus. Vor ihr lag der kalte Atlantik, an beiden Seiten von schneebedeckten Berghängen eingerahmt.

Auch während der Kaffee durchlief, starrten beide Schwestern aufs Meer. Tinna war als Jüngste immer schon die Offenere gewesen. Auch jetzt steuerte sie sofort auf den schmerzhaftesten Punkt zu.

»Wie fühlst du dich?«

Rakel wandte den Blick nicht vom Meer ab.

»Ich muss jeden Morgen kämpfen, um aus dem Bett zu kommen. Nachmittags komme ich leichter zurecht als morgens.«

Tinna umarmte ihre Schwester und strich ihr zärtlich über den Kopf.

Rakel zuckte zusammen. Ihre Kopfhaut war immer noch empfindlich.

»Eins von den Pferden hat mich gebissen, als ich ihm Heu gebracht habe, es tut noch ein bisschen weh«, sagte sie rasch und verschränkte die Arme vor der Brust.

»Ein Pferd?«, fragte Tinna verwundert und sah Rakel prüfend an.

Rakel nickte nur. Sie blickte unverwandt nach draußen.

»Ist der Kaffee schon fertig?«

Tinna zuckte seufzend mit den Schultern. Sie sah aus, als wollte sie etwas sagen, zog es dann aber doch vor zu schweigen.

Rakel ließ den Löffel in ihrer Tasse kreisen. Nach einer Weile sagte sie:

»Ich habe über etwas nachgedacht.«

Tinna trank einen Schluck von ihrem Kaffee, sah ihrer Schwester in die Augen und bat sie fortzufahren.

»Ich müsste wohl mit einer ... mit so einer Expertin reden. Diese Schlaflosigkeit wird einfach nicht besser, und ich bin restlos erschöpft.«

»Das alles war ja auch furchtbar hart für dich«, erwiderte Tinna mitfühlend.

Rakel erzählte, sie habe mit einer Therapeutin gesprochen, die ihr vorgeschlagen habe, mit einigen aufeinanderfolgenden Sitzungen zu beginnen.

»Sie hat ihre Praxis im Süden, ich müsste für einige Zeit hinfahren.«

Tinna schien sofort zu begreifen, worauf Rakel hinauswollte. Sie streckte den Arm aus und klopfte ihrer Schwester liebevoll auf die Hand.

»Natürlich kann Hildur bei mir wohnen, während du in Reykjavík bist. Sie kann im Gästezimmer schlafen, und von hier braucht sie zu Fuß ja nur ein paar Minuten zur Schule.«

Rakel warf ihrer Schwester einen dankbaren Blick zu.

»Sollen wir Heu zur Winterkoppel bringen?«, fragte Tinna.

Rakel erklärte, sie bräuchten die Pferde nicht zu füttern. Die Nachbarn hätten versprochen, sich darum zu kümmern. Sie schluckte die Tränen herunter und wischte sich über die Augen.

»Du kannst Hildur jederzeit zu mir bringen. Der Tapetenwechsel tut ihr bestimmt auch gut.«

Rakel nickte und schniefte. Die Dinge würden sich regeln. Bald wäre alles besser.

56

MÄRZ 2020 ÍSAFJÖRÐUR

Als Hildur sich von Helga verabschiedet hatte und wieder auf der Straße stand, schaltete sie den Stummmodus ihres Handys aus. Dabei sah sie, dass in der Zwischenzeit fünf Anrufe gekommen waren. Zwei von Beta, drei von Jakob. Gleich darauf rief Jakob wieder an. Er wirkte hektisch und gestresst.

»Beta hat vor einer Weile angerufen. Sie hat die Informationen aus Keflavík an uns weitergeleitet. Komm schnell her, ich muss dir etwas zeigen.«

Als Hildur kurze Zeit später atemlos ins Dienstzimmer trat, erwartete Jakob sie schon ungeduldig am Laptop.

Hildur zog sich einen Stuhl heran und richtete den Blick auf den Monitor. Im Telefonbuch trug Axel Jónasson die Berufsbezeichnungen Fischer und Handelsvertreter. Er besaß eine Firma, auf deren Namen zwei kleinere Wohnungen registriert waren. Eine in der Stadt Selfoss in Südisland und eine … Hildur sah Jakob an.

»… hier in den Westfjorden.«

Jakob nickte.

»So viel habe ich auch verstanden. Er hat ein Sommerhaus in Hnífsdalur.«

Hildur überflog die Angaben über den Mann. Plötzlich begriff sie, dass sie gerade die wichtigste Information gelesen hatte.

»In seinem Haus hat noch eine zweite Person gewohnt.«

Jakob nickte wieder.

»Ja. Dísa Önnudóttir.«

Hildur holte ein paarmal tief Luft und schob ihren Stuhl dicht neben Jakobs. Sie stützte die Ellbogen auf die Knie und ließ den Blick zwischen Jakob und dem Monitor hin und her wandern, während sie weiterlas. Die Polizei von Keflavík hatte alle Personen aufgelistet, die irgendwann mit Axel im selben Haushalt gelebt hatten.

»Diese Anna Hilmarsdóttir … Anna und Axel haben bis zu Annas Tod unter derselben Adresse gewohnt.«

Wieder nickte Jakob. Er schien dasselbe begriffen zu haben wie Hildur. Önnudóttir – das bedeutete Annas Tochter.

»Der mysteriöse Anrufer, Axel, ist Dísas Vater.«

Hildur fühlte sich kraftlos. Sie hatte in Reykjavík Dísas Personalien überprüft; im Register stand nur der Name ihrer Mutter und die Angabe, dass die Mutter gestorben war, als Dísa 18 war. Nach kurzem Nachdenken begriff Hildur, warum die Angaben über Dísas Vater fehlten. Dísas Eltern waren nicht verheiratet gewesen. Deshalb war bei der Geburt des Kindes nur ein Elternteil registriert worden. Wenn ein Kind unehelich zur Welt kam, musste der Vater die Vaterschaft amtlich anerkennen.

»Aus irgendeinem Grund hat Axel seine Vaterschaft nicht registrieren lassen«, schnaubte Hildur.

Sie schrieb die Adresse von Axels Sommerhaus auf einen Zettel. Dort mussten sie schnellstens hin. Vorher rief sie Beta an und bat um Erlaubnis, eine Schusswaffe aus dem verschlossenen Schrank mitzunehmen. Unter normalen Umständen durften Polizisten ohne Genehmigung ihrer Vorgesetzten keine Waffe bei sich tragen.

Hildur und Jakob machten sich für den Einsatz bereit. Hildur hielt es für ratsam, dass alle, die an der Aktion teilnahmen, schusssichere Westen trugen. Der Mann hatte mindestens ein Jagdgewehr und wahrscheinlich auch reichlich Munition im Haus. Besser vorsichtig und am Leben als sorglos und tot. Hildur erinnerte sich an einen Vorfall bei einem vermeintlich ganz normalen Routine-Einsatz in einem Einfamilienhaus, in dem Betrunkene randalierten. Die Nachbarn hatten sich über den Lärm beschwert, und Hildur war hingegangen, um nach dem Rechten zu sehen. Plötzlich hatte einer der Anwesenden sie mit einer Waffe bedroht. Die Waffe war losgegangen, aber der Schütze war zum Glück so betrunken gewesen, dass der Schuss Hildur um mehrere Meter verfehlt hatte.

Axel Jónasson war nicht vorbestraft, doch darauf durfte man nicht allzu viel geben. Am Ziel konnte sie alles Mögliche erwarten. Deshalb bat Hildur vorsichtshalber eine Streife, ebenfalls zu der angegebenen Adresse zu fahren. Da Jakob keine Dienstwaffe tragen durfte, weil er noch in der Ausbildung war, holte sie ihm Pfefferspray aus dem Lager.

Als sie gerade zu ihrem Auto kamen, klingelte Hildurs Handy. Sie warf einen Blick auf das Display. Der Anrufer war Gylfi, der eine der beiden Streifenbeamten, mit dem sie gerade erst gesprochen hatte.

»Hallo, wart ihr schon im Haus?« Sie hörte zu, seufzte. »Okay, wartet einen Moment. Ich rufe bald zurück. Danke.«

Hildur unterbrach die Verbindung und steckte das Handy wieder in die Tasche.

»Das war Gylfi. Er ist mit seinem Kollegen bei dem Haus, aber sie haben niemanden angetroffen. Das Haus ist leer.«

Jakob warf den Kopf zurück und trommelte frustriert auf das Autodach.

»Verdammt. Ist er uns auch entwischt?«

Hildur schüttelte den Kopf. Gylfi hatte, erklärte sie Jakob, an der Haustür einen Zettel gefunden, der offenbar für die Leute vom

Wasserwerk bestimmt war: *Ich bin beim Fischen, der Schlüssel liegt unter der Fußmatte, der Wassermesser ist im Keller. Komme morgen früh zurück. Axel.*

Hildur holte das Handy wieder hervor. Sie wollte sich vergewissern, dass Axel nicht gelogen hatte. In den Fischerdörfern wussten die Hafenmeister alles Wissenswerte.

Axel war tatsächlich zum Fischen ausgefahren, erfuhr sie. Der Hafenmeister hatte mit ihm gesprochen, als er vor dem Ablegen seine Netze in Ordnung brachte. Axel hatte gesagt, er werde die Nacht auf See verbringen und am frühen Morgen zurückkommen. Auf den Kontrollmonitoren des Hafens war die Position von Axels kleinem Boot zu sehen.

Sie hätten mit einem Schiff des Grenzschutzes hinfahren und den Mann holen können, doch dazu hatten sie keinen stichhaltigen Grund. Axel hatte nicht die Flucht angetreten, sondern eindeutig erklärt, wann er wieder zu Hause sein würde.

»Morgen früh ein neuer Versuch«, sagte Hildur zu Jakob und ließ den Blick vom Parkplatz vor dem Polizeigebäude zum Meer wandern. Das Wasser würde bald die Oberkante der Mauer erreichen, die die Straße vor der Flut schützte.

Im Moment konnten sie nichts anderes tun, als zu warten.

57

1995 ATLANTIK

DREIEINHALB MONATE NACH RÓSAS UND BJÖRKS VERSCHWINDEN

Es schmerzte Rakel, dass sie gezwungen gewesen war, Tinna anzulügen. Aber es gab Situationen im Leben, in denen der Zweck die Mittel heiligte. Das hier war eine solche Situation. Rakel hatte nicht die geringste Absicht gehabt, nach Reykjavík zu fahren.

Zwei Wochen nach ihrem Besuch bei Tinna stand sie auf dem obersten Deck der Fähre Norröna. Je mehr sich das Schiff dem Hafen näherte, desto lauter kreischten die Seemöwen und desto intensiver roch es nach Fisch. Rakel nahm ihre Mütze ab, steckte sie in die Tasche und ließ sich vom Wind die Haare zerzausen. Sie lächelte. Endlich lächelte sie.

Rakel hatte in einer Vierbettkabine übernachtet und am Abend ein paar Worte mit ihren drei Reisegefährtinnen gewechselt. Die dänischen Austauschstudentinnen waren auf dem Heimweg nach Århus. Sie hatten in Island ein halbes Jahr Geologie studiert und waren von Reykjavík aus per Anhalter zur Fähre gefahren.

Die jungen Frauen hatten billiges dänisches Dosenbier aus dem Taxfree-Shop getrunken und von den seltsamen Schafzüchtern erzählt, die sie im Auto mitgenommen hatten. Rakel hatte sich die Geschichten der selbstbewussten Studentinnen lächelnd angehört.

Zugleich hatte sie eine leise Wehmut verspürt. Auch sie hätte so sein können wie die drei. Wenn sie in dem Alter selbstständiger gewesen wäre und gemacht hätte, was ihr gefiel, statt einfach zu tun, was man ihr sagte, dann wäre ihr Leben vielleicht anders verlaufen.

Rakel umklammerte das weiße Geländer. Sie merkte, dass sie wieder in die Vergangenheit eintauchte und über Entscheidungen nachdachte, die sich nicht mehr rückgängig machen ließen. Rasch rief sie sich zur Ordnung. Diese Gedanken waren sinnlos. Von jetzt an würde sie alles richtig machen. Von jetzt an würde sie selbst über ihr Leben bestimmen.

Rakel hatte gut geschlafen. Am Morgen hatte sie sich von ihren Mitreisenden verabschiedet, ihre Reisetasche gepackt und im kleinen Restaurant der Fähre gefrühstückt, bevor sie an Deck gegangen war. Sie wollte miterleben, wie das Schiff durch den Skopunafjord glitt und schließlich in den Zielhafen einlief.

Der hinter der Stadt aufragende Fjallið hieß die Ankommenden auf der Hauptinsel willkommen. Der Name bedeutete einfach nur »Berg«. Bei Nebel war der Berg nicht zu sehen, doch jetzt herrschte klares Wetter. Die Morgensonne schien am blauen Himmel, als der weiße Riese in den kleinen Hafen von Thorshavn fuhr.

Zuerst erblickte Rakel die roten Hafengebäude und die Schlange von Autos, die auf die Fähre warteten. Je näher das Schiff dem Hafen kam, desto wirklicher schien ihr Leben zu werden.

Rakel ließ den Blick über die Menschenmenge wandern. Sie wusste an der richtigen Stelle zu suchen. Ihr war klar, dass ihre Schwester Hulda ein Stück entfernt warten würde.

Hulda wohnte auf der Insel, fürchtete sich aber vor Wasser. Ganz besonders vor dem Hafenkai, von dessen Kante es ein weiter Weg bis zum Grund war. Sie mied Schiffe und ging nie im Meer schwimmen. Hulda war immer noch so wie als Kind: äußerst vorsichtig, sehr still und distanziert – ganz anders als ihre Schwestern. Tinna war laut und gesellig, Rakel ein wenig zurückhaltender, aber in Gesellschaft gesprächig. Hulda dagegen hatte schon als Kind kein Wort gesagt, wenn es nicht unbedingt nötig war.

Bereits in jungen Jahren war Hulda nach Dänemark gezogen. Sie hatte etwas von der Welt sehen wollen. Später hatte das Leben sie auf die Färöer-Inseln geführt. Auch wenn Hulda seit Jahren keine Verbindung zu ihren Verwandten in Island gehalten hatte, gehörte sie noch immer zur Familie. Tief in ihrem Innern hatte Rakel gewusst, dass sie Hulda vertrauen konnte. Als sie ihre Schwester schließlich erreicht hatte, hatte Hulda ihr aufmerksam zugehört und versprochen, Rakels Geheimnisse für sich zu behalten.

Alles hatte sich schnell geregelt. Als Erstes hatte Rakel ihre gefährdeten Kinder in Sicherheit gebracht. Ihre Schwester hatte versprochen, sich um den Papierkram zu kümmern und dafür zu sorgen, dass die Mädchen zur Schule gehen konnten. Am Tag der Flucht war Hildur krank geworden, daher hatte Rakel ihren Plan leicht abändern müssen. Sie hatte Rósa und Björk zuerst zu Hulda geschickt; sie selbst würde später mit Hildur nachkommen. Eigentlich hatte sie vorgehabt, mit Helga und Hildur abzureisen, sobald die Polizei die Suche nach den vermissten Mädchen beendet hatte, doch Helga hatte plötzlich Bedenken bekommen. Sie wollte doch nicht endgültig wegziehen. Das hatte Rakel traurig gestimmt, aber nur für einen kurzen Moment. Sie würde nicht so leicht aufgeben. Wenn sie die Pferde verkauft und das Geld für ein neues Leben beisammen hatte, würde es ihr gelingen, Helga umzustimmen. Sie hatte Helga zu einer kleinen Urlaubsreise eingeladen. Wenn ihre Geliebte sah, wie ihr gemeinsames Leben sein könnte, würde sie ihre Meinung vielleicht ändern. Sie könnten unter einem Dach wohnen. Dann würde es keine Geheimnisse mehr geben.

Nie mehr würde Rúnar sie an den Haaren über den Fußboden schleifen. Nie mehr brauchte sie Angst um sich oder ihre Kinder zu haben. Sie brauchte sich nicht mehr Rúnars krankhaftes Gerede anzuhören, wie leicht sie selbst und ihre Töchter dasselbe Schicksal treffen könnte wie die Katzenmutter und ihre Jungen. In einigen Wochen würde sie auch Tinna alles erzählen können. Die Familie war Tinna unglaublich wichtig, und Hildur lag ihr ganz besonders am Herzen. Rakel wusste, dass der Abschied ihrer Schwester sehr schwer fallen würde. Deshalb war es gut, dass Tinna sich noch ein paar Tage um Hildur kümmern durfte. Danach würden sie nämlich nie mehr nach Island zurückkehren.

Rúnar hatte sie terrorisiert, seit er in ihr Leben getreten war. Gleich nach der Hochzeit war er eifersüchtig, kontrollwütig und gewalttätig geworden. Rakel machte sich Vorwürfe, weil sie ihn nicht schon früher verlassen hatte.

Dann sah Rakel sie.

Vor einem Pfad, der zu einem rot-weißen Leuchtturm auf einem kleinen Hügel führte, etwas abseits von den anderen, stand eine vertraute Gestalt. Der apricotfarbene Pullover mit dem schwarzen Kragen war schon von Weitem zu sehen. Die armdicken blonden Zöpfe hingen über die kräftigen Schultern und reichten bis unter die Brüste. Vor Hulda standen zwei Mädchen und betrachteten das Schiff, das in den Hafen eingelaufen war. Rósa und Björk.

Rakel spürte, wie ihr heiße Tränen in die Augen stiegen. Der Wind vom Meer trocknete sie. Rakel hatte es geschafft. Sie hatte es endlich fertiggebracht zu gehen.

58

MÄRZ 2020 ÍSAFJÖRÐUR

Hildur parkte ihren Dienstwagen auf dem Waschplatz der Tankstelle und begann die Windschutzscheibe zu säubern. Sie schrubbte und spülte, spülte und schrubbte. Sobald sie einen Moment untätig war, lief vor ihrem inneren Auge wieder der Albtraum mit den Wellen ab, der sie in den letzten Nächten geplagt hatte. Es schien, als würde der Traum auch im Wachzustand in ihr Bewusstsein dringen. Das war seltsam.

Zum Schluss spülte Hildur den Schwamm aus, drehte den Wasserhahn zu und rollte den Schlauch wieder auf den Halter. Aus den Augenwinkeln sah sie Jakob, der sich mit langen Schritten näherte.

Hildur setzte sich ans Steuer und winkte Jakob auf den Beifahrersitz. Sie schnallten sich an und überprüften noch einmal, dass sie alles bei sich hatten, was sie brauchten.

Vom Hof der Tankstelle bog Hildur nach rechts ab. Den Zebrastreifen überquerte gerade eine Gruppe von Kita-Kindern in Zweierreihen. Die Betreuerinnen an der Spitze und am Ende des Zuges passten auf, dass die Gruppe beisammen blieb. Hildur erkannte Klein-Katas Tochter unter den Kindern. Sie schien ins Gespräch mit dem Kind neben ihr vertieft und lächelte. Das freute Hildur sehr. Manche Menschen erlebten zwar Schlimmes, doch es gelang ihnen trotzdem weiterzuleben. Hoffentlich gehörte diese Fünfjährige zu denen, für die am Ende alles gut ausging.

»Du siehst ein bisschen müde aus«, sagte Jakob.

Hildur verzog das Gesicht und murmelte, sie habe schlecht geschlafen.

»Du siehst auch nicht gerade putzmunter aus«, fügte sie hinzu.

»Ich habe vorgestern versucht, mit Matias zu sprechen, aber es hat nicht geklappt. Mit Lena wird es immer verrückter … Die Sorgen verfolgen mich im Schlaf.«

Hildur nickte. Sie sah, wie bedrückt Jakob war, wenn er von Matias sprach. Würde die Lage sich jemals klären? Sobald sie die geschlossene Ortschaft hinter sich hatten, beschleunigte sie auf achtzig Stundenkilometer.

Vor Jahrzehnten hatten auch in diesem Dorf viele vom Fischfang gelebt, der Ort hatte floriert. Jetzt stand fast jedes zweite Haus leer oder wurde nur noch als Ferienhaus genutzt. Es war nur noch eine Handvoll Einwohner übrig. Der Dorfladen war geschlossen, die Kita ebenso. Die baufälligen Häuser mit den zerbrochenen Fensterscheiben schufen eine gespenstische Stimmung. Hildur seufzte. Dieses Dorf war nur eines von vielen, die verkümmert waren, nachdem die Fischfangkontingente an die großen Häfen verkauft worden waren.

»Ich werde weitere Schritte unternehmen. Ich habe schon angefangen«, sagte Jakob und berichtete von seinem Gespräch mit dem Vertreter des finnischen Außenministeriums. Hildur teilte Jakobs Verdacht. Lena würde keiner Einigung zustimmen und der Fall würde vor Gericht gehen.

»Jetzt habe ich einen eigenen Anwalt, das heißt, ich muss bald tief in die Tasche greifen. Wenn du weißt, wie man auf gute und legale Art relativ schnell Geld verdienen kann, sag es mir.«

»Werde Influencer. Oder fang an, Bitcoins zu schöpfen«, gab Hildur lakonisch zurück.

Im Radio begann die Morgengymnastik. Der staatliche Rundfunk bot an jedem Werktag ein zwanzig Minuten langes Gymnastikprogramm. Eine Frauenstimme forderte dazu auf, tief Luft zu holen, eine bequeme Stellung einzunehmen, die Arme zur Seite zu strecken und die Pobacken anzuspannen.

»He, ich hab die Arschsache verstanden!«

Hildur verstand nicht gleich, was Jakob meinte.

»Na, die da im Radio hat gerade gesagt, man soll die Pobacken zusammenkneifen.«

Hildur freute sich. Ihr Kollege begann allmählich die Landessprache zu lernen.

»Manche fangen mit dem Anfängerkurs an, ich mit den Pobacken.«

Hildur hob anerkennend den Daumen.

An der alten Fischfabrik blinkte sie nach links und lenkte den Wagen auf eine schmale Straße, an der ein zweistöckiges Reihenhaus und einige Einfamilienhäuser standen. Rechts sah man in einiger Entfernung ein wenig benutztes Gemeindehaus und ein paar Werkstätten. Sie fuhren an der alten Kita vorbei.

»Ein gespenstisches Dorf«, sagte Jakob beim Aussteigen. Sie betrachteten den Hof. Am Himmel kreisten zwei schwarze Raben, weiter weg bellte ein Hund. Im Tal heulte der Wind, aber auf dem Hof war es windstill. Hildur vermutete, dass die nahen Berge vor dem Wind schützten. Vermutlich war das Dorf deshalb gerade hier entstanden. Da das Meer gleich nebenan lag, gelangte man auch im Winter mühelos in den Hafen.

Das Haus sah so aus wie viele andere im Dorf: ein zweistöckiges Einfamilienhaus, an dessen Wänden zum Schutz vor Wind und Regen Wellblech angebracht worden war. Das Wellblech sah allerdings neu aus. Sein knallroter Lack glänzte in der Morgensonne. Auch die Fenster waren kürzlich erneuert worden. In den schweren Töpfen auf der Vortreppe wuchs Heidekraut. Der Streifenwagen fuhr auf den Hof.

»Jetzt können wir wohl reingehen, oder?«, fragte Jakob.

Hildur nickte und ging auf das Haus zu. Die Streifenpolizisten würden sie absichern. Der eine ging um das Haus herum, für den Fall, dass Axel versuchte, durch die Hintertür zu entkommen. Hildur warf einen Blick auf das Heidekraut, es sah gepflegt aus. Sie war gerade auf die erste Stufe getreten, als die Haustür überraschend aufgerissen wurde. Jakob, der Hildur gefolgt war, blieb abrupt stehen.

»Pass auf, er hat eine Waffe«, rief er.

In der Tür stand ein breitschultriger grauhaariger Mann in einem sauberen rotkarierten Hemd und starrte sie an. Seine Miene war ruhig, aber in seinen Augen lag ein entschlossener Blick. Hildur hörte seinen schweren Atem und sah den Elchstutzen in seiner Hand. Sie erkannte ihn sofort. Es war eine zweiläufige Sako mit Zielfernrohr.

Die Sekunden zogen sich in die Länge. Hildur wusste, dass die Entscheidung gefallen war. Sie wusste, was nun kam.

Axel hielt die Waffe am Lauf und schob sie mit dem Kolben voran zu ihr hin. Zu seinen Füßen stand eine vollgepackte schwarze Sporttasche.

»Sie ist nicht geladen. Die Patronen liegen da in der Schublade«, sagte er und deutete mit einem Kopfnicken auf eine Kommode.

Hildur ging langsam zwei Stufen höher, griff nach der Waffe und reichte sie Jakob. Dann fragte sie, ob sich im Haus weitere Waffen befanden. Axel schüttelte den Kopf.

»Das Jagdgewehr ist das einzige. Andere habe ich nicht gebraucht. Das da ist so präzise. Damit habe ich den Scheißkerl erschossen. Auf hundert Meter Entfernung direkt ins Herz.«

Damit griff Axel nach seiner Sporttasche, warf sie sich über die Schulter, trat aus dem Haus und zog die Tür hinter sich zu.

»Na, was ist nun, fahren wir los?«

59

Hildur saß mit Axel im Besprechungsraum des Polizeigebäudes. Sie trug Jeans und einen weinroten Rollkragenpulli, darüber eine helle Strickjacke. Axels kariertes Hemd hing locker über der Hose. Auf den ersten Blick hätte man sie nicht für eine Polizistin und einen Mordverdächtigen gehalten.

Hildur hatte beschlossen, Axels Vernehmung zusammen mit dem Streifenpolizisten Gylfi durchzuführen. Gylfi war am Morgen bei einem Einsatz ausgerutscht und konnte mit seinem leicht verstauchten Fuß nicht auf Streife gehen, daher war Jakob für ihn eingesprungen.

Hildur stellte drei Pappschachteln mit Löffeln auf den Tisch. Sie hatte angeboten, vor der Vernehmung etwas zu essen zu besorgen, und Axel hatte sich Eis gewünscht. Der Wunsch war durchaus nicht ungewöhnlich. Manche wollten eine Pizza, andere eine Zigarette. Und dann gab es noch diejenigen, die Appetit auf Eis hatten. Hildur hatte in der Grillstube drei große Portionen geholt.

Sie betrachtete den bedruckten Bogen, den Jakob ihr am Morgen auf den Schreibtisch gelegt hatte.

»Das sind die Informationen, die wir von der Waffenfabrik Sako bekommen haben. Die Firma hat hier in Island einige Wiederverkäufer, die neue Produkte zu Testzwecken bekommen, bevor sie offiziell verkauft werden. Wissen Sie, dass Ihr Name auf dieser Liste steht?«, fragte sie. Axel bejahte ohne Zögern.

Hildur war sich sicher, dass Axel seine Aussage nicht mehr ändern würde. Im Auto auf dem Weg zum Polizeigebäude hatte er alles schon einmal erzählt. Nun stand die offizielle Vernehmung an. Axel hatte keinen Rechtsbeistand und keinen Zeugen gewollt. Die seien nicht nötig, hatte er gesagt.

Hildur klappte den Laptop auf, klärte Axel offiziell über seine Rechte auf und machte sich bereit, alles aufzuschreiben. Dann bat sie Axel, in eigenen Worten zu erzählen, was passiert war.

»Ich habe Hermann durch das Fenster der Wartungshütte im Langlaufgebiet erschossen.«

»Woher wussten Sie, dass er dort war?«

Axel erklärte, Hermann habe die Strava-App verwendet, wenn er Sport trieb. Da sein Profil öffentlich war, sei es lächerlich einfach gewesen, seine sportlichen Aktivitäten zu verfolgen.

»Ich habe an mehreren Abenden da oben auf der Lauer gelegen, aber Hermann ist oft in Gesellschaft gelaufen. Ich wollte nicht riskieren, andere zu verletzen. Deshalb habe ich gewartet, bis er allein war. Ich habe gezielt und geschossen. Die Leiche habe ich dort gelassen, und die Teile der Patrone haben Sie offenbar auch gefunden. Die Waffe habe ich Ihnen ausgehändigt.«

Hildur nickte. Trotz des Geständnisses würde die Waffe noch zur genaueren Untersuchung nach Reykjavík geschickt werden. Sie stellte ihre nächste Frage.

»Warum haben Sie den Mord an Hermann Hermannsson geplant und verwirklicht?«

Hildur merkte, dass Axels ruhige, fast sorglose Fassade zum ersten Mal brüchig wurde. Die Haut um seine Augen spannte sich und das Kinn schob sich ein wenig vor. Sie wollte ihn nicht drängen, sondern ihm Zeit zum Nachdenken lassen. Inzwischen aß sie schnell ein paar Löffel von ihrem Eis. Die kalte Reisschokolade knirschte angenehm im Mund.

»Sie wissen inzwischen bestimmt, dass ich ein Kind habe. Meine Frau Anna ist vor Jahren an einer Herzkrankheit gestorben, und ich bin mit Dísa allein zurückgeblieben. Dísa war damals eine junge Erwachsene in einer sensiblen Lebensphase. Annas Tod war für uns beide schwer, aber meiner Meinung nach wurden wir ganz gut damit fertig.«

Axel erzählte, dass er hart gearbeitet hatte, um den Lebensunterhalt für sich und seine Tochter zu verdienen. Er fischte, verkaufte Kochtöpfe von Tür zu Tür und verdingte sich als Putzkraft.

»Ich habe ständig gearbeitet und war deshalb viel außer Haus. Vielleicht hätte ich mehr Zeit mit Dísa verbringen sollen, aber das war nicht möglich. Auf dem Haus lagen hohe Schulden, und ich wollte, dass Dísa weiter Musik machen konnte. Geigen sind teure Instrumente. Nach dem Gymnasium sollte sie studieren können, was immer sie wollte. Am Geld sollte es jedenfalls nicht scheitern.«

Hildur sah einen Vater, der sein Kind anbetete. Seine Augen leuchteten, als er erzählte, wie erfolgreich Dísa in der Schule gewesen war und wie gut sie Geige gespielt hatte.

»Unser Leben war in Ordnung. Bis zu dem Abend im Juli.«

Hildur forderte Axel auf weiterzusprechen. Sie wusste schon, was kam, musste es aber offiziell protokollieren.

»Das alljährliche Sommerfest des Fußballvereins fand in einem Festzelt neben dem Sportgebäude statt.«

Das Sommerfest des örtlichen Fußballvereins war im ganzen Dorf bekannt. Es war ein Höhepunkt der Urlaubszeit, und alle nahmen daran teil. Tagsüber gab es Luftballons, Hüpfburgen und Zuckerwatte. Gegen Abend gingen die Familien mit Kindern nach Hause, und die inoffizielle Bar wurde eröffnet: Man holte Bier, Wein und Schnaps aus dem Kofferraum seines Autos. Die Party dauerte bis zum frühen Morgen.

»Dísa war auch auf das Fest gegangen. Sie hatte ein neues Kleid an, mit blauen Streifen. Das hatte sie den ganzen Frühling über im Schaufenster bewundert, und schließlich hatte ich es ihr gekauft.«

Axel machte eine kurze Pause. Er rieb sich das Gesicht und schob seinen halb geleerten Eisbecher von sich. Dann fuhr er mit leiser Stimme fort:

»Irgendwann nach Mitternacht haben ihre Bekannten gemerkt, dass sie verschwunden war.«

Dísa wurde in einem etwa zweihundert Meter entfernten kleinen Wäldchen gefunden. Sie war blutüberströmt. Auch im Gesicht hatte sie Wunden. Allem Anschein nach hatte ein Schlag auf den Kopf ihr vorübergehend das Bewusstsein geraubt. Dísas Bekannte hatten sie zur Notaufnahme der nahen Klinik getragen.

Es fiel Axel schwer, über die Einzelheiten zu sprechen. Hildur und Gylfi hatten zwar den ärztlichen Bericht über die Art der Verletzungen gelesen, doch in Axels Worten klang alles noch entsetzlicher. Mit ruhiger Stimme erzählte er, Dísa sei so brutale sexuelle Gewalt angetan worden, dass der diensthabende Arzt sie an mehreren Stellen buchstäblich zusammenflicken musste.

Dann wurde Axels Stimme lauter. Hildur sah, dass seine Wut sich entladen wollte.

»Dísa hat mir erzählt, dass sie dem Arzt gesagt hat, was passiert war. Sie hat ihm auch gesagt, dass sie den Vergewaltiger erkannt hatte. Es war der Fußballspieler Ari Hermannsson, der ein bisschen jünger war als sie.«

Axel vergrub das Gesicht in den Händen. Hildur sah Gylfi an und las in seinem Blick, dass er dasselbe dachte wie sie: Die Situation war extrem schwierig für Axel, aber es war besser, die Vernehmung jetzt nicht zu unterbrechen.

Nach ein paar Minuten legte Axel die Hände auf den Tisch, seufzte tief und sprach weiter.

»Dann hat der verfluchte Arzt den Bericht vernichtet. Der Vergewaltiger ist ungeschoren davongekommen.«

Hildur fragte nach den Proben. Bei Vergewaltigungsfällen wurde das Sperma für DNA-Untersuchungen sichergestellt.

Axel verzog traurig das Gesicht und sagte, auch die Probe sei verschwunden.

»Letzten Endes stand Dísas Wort gegen das des lokalen Fußballstars. Man braucht kein Sherlock Holmes zu sein, um zu erraten, wie es weiterging. Dísa hat keine Anzeige erstattet.«

Hildur tippte so schnell sie konnte, um alles genau festzuhalten, obwohl die Vernehmung natürlich auch auf Video aufgenommen wurde. Ihr tat der Mann leid; er hatte mit seiner Tochter versucht, der Gerechtigkeit auf offiziellem Weg zum Sieg zu verhelfen, doch das System hatte sie im Stich gelassen. Und nun saß er in dem engen Besprechungsraum, aß Eis und berichtete über seine Taten.

»Nach diesem Sommer wurde alles anders.«

Axel erzählte, dass Dísa es in der vertrauten Umgebung nicht mehr ausgehalten hatte, sondern nach Reykjavík gezogen war. Seinen Worten nach hatte er seine Tochter an die Straße verloren. Dass es so kam, hatte ihn nicht gewundert, aber es war trotzdem furchtbar gewesen. Dísa begann sich mit Drogen zuzudröhnen und brach jede Verbindung zu Verwandten und Bekannten ab. Sie wollte keinem begegnen, der sie an die Ereignisse im Dorf erinnern würde.

»Was haben Sie nach diesem Sommer getan?«, fragte Hildur.

»Ich bin wegen meiner Verkaufstätigkeit nach Hafnir gezogen. Ein schäbiger Ort, aber nah am Flughafen. Ich konnte persönlich und vor Ort mit den Frachtfirmen und dem Zoll in Kontakt sein, dadurch ging alles viel schneller.«

Axel erzählte, er sei seiner Tochter gelegentlich in Reykjavík begegnet, aber sie sei fast immer in so schlechter Verfassung gewesen, dass sie nicht einmal ihren eigenen Vater erkannt habe.

»Vor zwei Jahren bin ich ihr zufällig am Flughafen begegnet. Eine Art Wunder war geschehen. Sie schien ihr Leben in den Griff bekommen zu haben. Das hat mich unglaublich gefreut und erleichtert.«

»Sind Sie danach in Verbindung geblieben?«

Sie hatten Dísas Teledaten überprüft, wonach sie äußerst selten mit irgendwem telefoniert oder Textnachrichten ausgetauscht hatte. Auf Kontakte zwischen Vater und Tochter hatten sich keinerlei Hinweise gefunden. Vielleicht konnte Axel mehr darüber sagen.

Hildur registrierte, wie angespannt Axel mit einem Mal wirkte. Es war sicher schmerzhaft, den Kontakt zu seinem eigenen Kind zu verlieren.

Axel schüttelte nur den Kopf.

Hildur blickte vom Monitor auf und sah zum Fenster hinaus. Die Wolken waren tiefer gesunken. Die Berggipfel waren nicht mehr zu sehen. Bald würde es wieder regnen. Das Wetter schlug ständig um, manchmal sogar alle Viertelstunde.

Hildur hüstelte kurz und wechselte das Thema.

»Und dieser zweite Fall, dieser Gunnar?«

Axel erzählte, er habe eine Warensendung zum Flughafen gebracht, wie zahllose Male zuvor. Das Personal kannte ihn, sodass er sich relativ frei bewegen konnte.

»Ich wusste, dass Gunnar für kurze Zeit aus Zypern nach Island gekommen war. Er sollte als Redner bei irgendeiner Innovationsveranstaltung auftreten. Das hatte ich in einer Wirtschaftszeitung gelesen. Da wusste ich, dass ich die Sache jetzt erledigen musste. Der Fußballer wohnt im Ausland, an den Schurken würde ich nie herankommen, aber ich wusste, dass ich über die beiden anderen niederträchtigen Kerle die Strafe verhängen konnte, die sie verdient hatten.«

Axel berichtete weiter, er habe an der Innovationsveranstaltung teilgenommen, indem er sich als Blogger ausgab, der über

Start-ups schrieb. Er war mit Gunnar ins Gespräch gekommen und hatte sich beiläufig auch nach dessen Aktivitäten als Hobbypilot erkundigt. Um die Zeit, als Gunnar zu seinem nächsten Vergnügungsflug starten wollte, war Axel mit seinen Paketen auf dem Flugplatz erschienen und hatte beobachtet, wie Gunnar sein Kleinflugzeug aufgetankt hatte und ins Cockpit gestiegen war.

Hildur schrieb konzentriert mit. Als sie den letzten Satz notiert hatte, sah sie Axel fragend an.

»Ich bin zu der Maschine gegangen und habe ans Fenster geklopft. Dann habe ich gesagt, ich hätte gemerkt, dass der Tankverschluss zu locker ist, und angeboten, ihn festzudrehen. Gunnar hat sich für meine Hilfe bedankt.«

Ein winziges Lächeln flog über Axels Gesicht. Sein Plan war aufgegangen. Einige Minuten später war die Maschine in die Höhe gestiegen und der Treibstoff war aus dem Tank geflossen.

»Hat Gunnar bei Ihrem Anblick keinen Verdacht geschöpft?«, fragte Hildur und blickte Axel prüfend in die Augen. Ihr fiel auf, dass sich in seinem Gesicht kein einziger Muskel regte. Einen Augenblick lang war seine Miene wie aus Stein.

Dann entspannte er sich ein wenig, lachte auf und griff nach seinem Eisbecher.

»Auf diesen Unternehmensveranstaltungen reden Clowns wie Gunnar mit Hunderten Leuten. Wir Normalbürger bleiben ihnen nicht im Gedächtnis.«

Axel aß sein Eis auf.

»Eins irritiert mich bei dem Ganzen«, sagte Hildur und rutschte auf ihrem Stuhl nach vorn.

Axel wurde aufmerksam. Er stützte die Ellbogen auf den Tisch, lehnte sich vor und sah Hildur fragend an.

Hildur stand auf und ging ans andere Ende des Raums.

»Sie haben die Morde sorgfältig geplant. Dabei haben Sie alles bedacht, außer … außer der Gefahr, erwischt zu werden. Die neue Munition und Ihr Anruf hier bei uns … Gerade so, als hätte es Ihnen nichts ausgemacht, überführt zu werden.«

Gylfi drehte sich zum Fenster. Vermutlich hatte er denselben Gedanken gehabt.

»Lungenkrebs T4, M1.«

»Wie bitte?«, fragte Hildur und kehrte zu ihrem Laptop zurück.

»Lungenkrebs, der gestreut hat. Die Krankheit sitzt schon im Gehirn, spätestens in ein paar Monaten ist alles vorbei.«

Hildur betrachtete den Mann, der ihr gegenübersaß. Das Leben hatte tiefe Furchen in sein Gesicht gegraben. Dennoch sah man ihm nicht an, dass der Tod sich in rasendem Tempo näherte. Er wirkte irgendwie ganz normal, gar nicht todkrank. Offenbar bemerkte Axel Hildurs Zweifel.

»Heute ist ein guter Tag, aber die werden immer seltener. Der Krebs verursacht Schmerzen, aber ich habe insofern Glück, als ich noch schlafen kann. An guten Tagen bin ich noch einigermaßen handlungsfähig.«

Axel trank einen Schluck aus seinem Wasserglas und warf einen Blick auf die Zeitung, die auf dem Ecktisch lag. Sie war zufällig bei den Nekrologen aufgeschlagen. In Island verfassten die Angehörigen lange Texte über die Verstorbenen, die in einer mehrseitigen Beilage der Tageszeitung veröffentlicht wurden.

»Was wird man wohl über mich schreiben, wenn ich tot bin? Ein wegen Mordes verurteilter Fischer von den Westfjorden, der im Gefängnis an Krebs verstarb. Um ihn trauert … niemand«, sagte Axel wie zu sich selbst. Dann wandte er sich an Hildur und Gylfi. »Halten Sie mich für einen schlechten Menschen?«

»Was wir denken, spielt keine Rolle. Erledigen wir hier alles Nötige, danach werden Sie ins Gefängnis in den Süden gebracht, wo Sie auf den Prozess warten«, erwiderte Hildur.

Axel nickte zustimmend.

»Mehr habe ich nicht zu sagen. Ich habe die beiden Männer getötet, und das stimmt mich zufrieden. Es ärgert mich nur, dass ich nicht an das Monster herangekommen bin. Hoffentlich bekommt er irgendwann seine verdiente Strafe.«

Axel leerte sein Wasserglas und schluckte geräuschvoll.

»Könnte ich mehr Wasser und meine Medikamente bekommen? Ich brauche sie gegen die Schmerzen.«

»Natürlich. Gylfi holt sie gleich. Ich drucke nur erst das Protokoll zum Unterschreiben aus.«

Hildur stellte das Dokument fertig, speicherte es und ging in Betas Dienstzimmer. Als sie dort am Drucker stand, dachte sie über Axel nach. Er hatte das Leid seines Kindes machtlos mit ansehen müssen.

Der fast geräuschlose Drucker spuckte glatte Bögen aus, schwarz auf weiß. Verärgert dachte Hildur an das Gerede, jeder habe die Möglichkeit, aus eigener Kraft erfolgreich und glücklich zu sein. Wenn der an Altersschwäche gestorbene Schoßhund der größte persönliche Verlust war, geriet man vielleicht in eine Blase, in der man glaubte, alles sei möglich. Mitunter war gar nichts möglich, ganz gleich, was man unternahm.

60

1995 WESTFJORDE

DREI MONATE UND DREI WOCHEN NACH RÓSAS UND BJÖRKS VERSCHWINDEN

Die Woche war viel zu schnell vergangen. Sie hatten sieben herrliche gemeinsame Tage auf der Hauptinsel verbracht. Die Kinder hatten ihr den Schafhof der Nachbarn gezeigt. Zu viert hatten sie Wanderungen in den Bergen rund um Huldas Heimatdorf unternommen. Abends, wenn die Kinder schliefen, hatten Hulda und sie Zeit gehabt, sich ungestört zu unterhalten und Zukunftspläne zu schmieden. Hulda hatte alles durchdacht. Rakel war überrascht, was Hulda alles wusste und bereits organisiert hatte.

Die Kinder gingen zur Schule, und Hulda hatte sie auch im örtlichen Mädchenchor angemeldet. Sie hatten in der Nachbarschaft Freunde gefunden, mit denen sie nach der Schule spielten. Dass sie noch keine gemeinsame Sprache hatten, war kein Hindernis. Das Isländische und das Färöische waren sich verblüffend ähnlich.

Rakel trommelte mit den Fingern auf das Lenkrad und drehte das Autoradio lauter. Sie hatte nur noch zwei Stunden zu fahren. Von den Fjorden Ostislands musste man zuerst den ganzen Norden der Insel durchqueren, bevor man auf die Straße zu den Westfjorden kam. Der für Ostisland typische dichte Seenebel hatte die Fahrt so verlangsamt, dass sie unterwegs in einem Gasthaus in Laugar hatte übernachten müssen. Sie würde es trotzdem rechtzeitig nach Hause schaffen, denn Rúnar würde erst morgen zurückkommen.

Rakel genoss die Freiheit, die das Autofahren ihr gab. Die Straße gehörte ihr ganz allein, es gab so gut wie keinen Verkehr. Im Radio liefen alte Schlager. Draußen zog die winterlich verschneite Landschaft vorbei.

Wenn Rúnar nach gut einer Woche Landurlaub wieder zur Arbeit auf See musste, würde Rakel ihre und Hildurs wichtigsten Sachen und Kleider in zwei Koffer packen. Helga würde mitkommen, sie würden zu dritt in den Fährhafen in Ostisland fahren und auf die Fähre steigen. Bei der Ankunft im Hafen von Thorshavn auf den Färöer-Inseln würde sie den beiden anderen alles erzählen. Dass die Schwestern lebten und bei ihrer Tante wohnten und dass sie alle hierbleiben würden.

Vorher konnte sie nicht darüber sprechen. Sie wagte es nicht, irgendwen in ihre Pläne einzuweihen, damit nur ja nichts an Rúnars Ohren drang. Rúnar hatte nämlich überall Ohren, selbst in den Steinen, die vom Berg herunterrollten. Rúnar überwachte sie unablässig.

Es würde leicht sein, sich auf den Färöer-Inseln niederzulassen, hatte Hulda gesagt. Falls Rúnar irgendwann erfahren würde, dass Rakel ihre Kinder ohne seine Erlaubnis dort hingebracht hatte, konnte er nichts dagegen tun. Hulda hatte ihr vom Haager Kindesentführungsübereinkommen erzählt. Das Übereinkommen sollte gewährleisten, dass unerlaubt ins Ausland gebrachte Kinder in ihr Heimatland zurückgeführt wurden. Wenn zum Beispiel ein Vater sein Kind ohne gesetzliche Handhabe aus Island nach Dänemark brachte, mussten die dänischen Behörden es auf Antrag der Mutter nach Island zurückschicken. Die Färöer-Inseln waren davon jedoch ausgeschlossen, denn sie hatten das Übereinkommen nie ratifiziert.

Es wunderte Rakel, wie gut Hulda über alles Bescheid wusste und wie unersetzlich ihre Hilfe war.

Die Uferstraße erreichte die innerste Bucht des Fjords. Noch drei Fjorde und ein langer Tunnel. Dann war sie zu Hause. Die Sonne streichelte die Meeresoberfläche und ließ das Wasser warm aussehen. Das Meer schimmerte, doch das Wasser war trügerisch kalt. Die Wassermasse wogte vor und zurück, ohne Eile. Die Wellen waren Erinnerungen an ferne, vergangene Stürme.

Die Straße stieg an. Rakel trat die Kupplung durch und wechselte in einen niedrigeren Gang. Die Steigung verlief auf den ersten zweihundert Metern gerade. Auf halber Höhe warnte ein Verkehrsschild vor einer scharfen Kurve und einer unübersichtlichen Kuppe. Diese Kuppen waren gefährlich, weil man den Gegenverkehr erst ganz oben auf der Anhöhe sah.

Rakel schaltete immer weiter herunter und ließ das Tempo auf dreißig sinken. Ihr war auf der Straßenkuppe noch nie jemand begegnet, aber das hieß natürlich nicht, dass es nicht irgendwann einmal passieren konnte. Also hielt sie den Wagen dicht am Straßenrand und fuhr rechts an dem blauen Verkehrsschild vorbei.

Diese Stelle mochte Rakel besonders gern. Gleich hinter der Kuppe machte die Straße eine scharfe Biegung nach links. Auf der rechten Seite lag zwischen der Straße und dem Meer eine Formation aus Lavagestein. Sie war einige Meter hoch und stellte den alten Volkssagen nach einen Troll dar, der zum Fischen gegangen war. Trolle waren in der Dunkelheit unterwegs und vertrugen kein Sonnenlicht. Bei diesem Troll hatte der nächtliche Fischzug zu lange gedauert, und die Strahlen der Morgensonne hatten ihn getroffen. Dort war er geblieben, ein paar dutzend Meter vom Ufer. Rakel fuhr an dem Troll vorbei und lächelte über die alte Geschichte.

Nach einer Stunde erreichte sie den heimatlichen Fjord. Der einspurige dunkle Tunnel erschien ihr endlos lang. So war es immer schon gewesen. Seit … seit die Mädchen dort verschwunden waren. Rakel kannte die Wahrheit, doch sie wusste nicht, wie sie den Kindern helfen könnte, das traumatische Erlebnis zu verarbeiten. Nachdem Jón die Mädchen in seinen Wagen bugsiert hatte, war er mit ihnen zu einem zwei Stunden entfernten, gemieteten Bauernhof gefahren, wo Rakel sie erwartet hatte. Rakel hatte ihren Kindern erklärt, sie würden überraschend zu ihrer Tante Hulda reisen, dann war sie in aller Eile nach Hause gefahren. Alles war scheinbar unkompliziert verlaufen, doch die plötzliche Veränderung hatte die Kinder bestimmt verwirrt.

Auch für sie selbst waren die letzten Monate sehr belastend gewesen. Sie wusste, dass sie richtig gehandelt, zugleich aber ihren Kindern und ihrer Schwester Tinna viel Leid zugefügt hatte. Das Schuldgefühl bedrückte sie, und das Dasein erschien ihr zeitweise unerträglich. Irgendwie musste sie den Umzug auf die Färöer-Inseln und alles andere Neue gründlich verarbeiten. Sie vertraute darauf, dass sich alles regeln würde.

Der Tunnel endete, und Rakel fuhr aus dem Berginneren ins Tal. Es war schon spät am Nachmittag, doch die Sonnenstrahlen fielen noch auf den südlichen Abhang. Bald würde sie zu Hause sein.

Da hatte sie plötzlich das Gefühl, zu erstarren. Ihr Wagen kam dem Straßenrand gefährlich nahe. Mit einer schnellen Bewegung lenkte Rakel ihn zurück, doch ihre Angst blieb. Zuerst glaubte sie, auf ihrer Sonnenbrille wäre ein Fleck. Doch der Schmutz auf der Linse war Rúnar.

Rakel sah ihn vor ihrem Haus stehen. Sie hatte sich nicht getäuscht. Der breitschultrige, leicht vorgebeugte Mann streckte das Kinn gerade so nach vorn, wie er es in all den Jahren getan hatte. Je wütender er war, desto weiter. Rakel stöhnte laut. Wieso war Rúnar schon jetzt zu Hause? Der Fischtrawler sollte doch erst morgen zurückkommen.

Am liebsten wäre Rakel umgekehrt, doch das konnte sie nicht tun. Rúnar hatte sie schon gesehen. Es war zu spät. Was ihr bevorstand, musste sie aushalten.

Rakel verringerte das Tempo, fuhr auf den Hof und parkte sorgfältig neben dem Zaun. Sie setzte eine möglichst neutrale Miene auf, öffnete die Tür und stieg betont ruhig aus.

»Hallo. Du bist ja schon zu Hause.«

Rúnar schüttelte den Kopf und kratzte sich mit einer Hand am vorgereckten Kinn. In der anderen Hand hielt er einen Spaten, auf den er sich scheinbar locker stützte. Doch Rakel sah, dass er vor Wut kochte.

»Wo zum Teufel warst du?«

Rakel blieb in der Nähe des Autos und bemühte sich, die Ruhe zu bewahren. Kein Grund zur Angst, ich habe nichts zu verheimlichen, dachte sie, sagte aber:

»Bei der Therapie. In Reykjavík. Die Nachbarn haben in der Zeit die Pferde gefüttert.«

Rúnar warf die Schaufel auf die Erde und machte ein paar schnelle Schritte auf Rakel zu.

»Lüg nicht. Du hast dich fein gemacht. Seidenschal und was weiß ich. Du warst mit Hallgrímur zusammen. Ich war gerade bei ihnen auf dem Hof. Interessant, dass da auch niemand zu Hause war. Habt ihr versucht, die anderen hinters Licht zu führen, indem ihr zu verschiedenen Zeiten nach Hause kommt?«

Rakels Hand fuhr unwillkürlich zu dem hellblauen Seidenschal, den sie sich am Morgen um den Hals gewickelt hatte. Er brachte ihr kastanienbraunes Haar gut zur Geltung, hatte sie gedacht. Sie hatte sich schön gefühlt.

Rúnar machte einen weiteren Schritt auf sie zu, und Rakel spürte, wie ihr der Atem stockte. Rúnars starke Hände legten sich um ihren Hals, sein von Ekel verzerrtes Gesicht war ihr ganz nah, und sein stinkender Atem stieg ihr in die Nase.

»Pah, in Reykjavík! Dein schäbiges Gesicht zeigt, dass du nicht mal lügen kannst. Als unser Schiff im Hafen abgelegt hat, bist du mit Hallgrímur in irgendein beschissenes Motel getrippelt. Du verdammte Hure!«

Rakel roch den Schnaps in Rúnars Atem. Obwohl der Mann sturzbetrunken war, schaffte er es, sie mit solcher Kraft zur Seite zu stoßen, dass sie zu Boden fiel. Seine Worte taten ihr weh, und sie verstand seine Wut nicht. Wo in aller Welt hatte er gelernt, so zu reden?

»Gucken wir mal in den Koffer, dann wird es sich ja zeigen«, fauchte Rúnar und öffnete die hintere Tür. Er zerrte die Reisetasche seiner Frau heraus und zog den Reißverschluss auf. Dann holte er ein Kleidungsstück nach dem anderen heraus, betrachtete es verächtlich und schmiss es auf den Hof.

Weiße Strümpfe, ein Pullover, zwei Hosen, Schmutzwäsche in einer Plastiktüte. Ein wasserfester getüpfelter Beutel, in dem Rakel Shampoo und Handcreme aufbewahrte.

Rakel sah die Enttäuschung in Rúnars Augen. Bald würde sich die Enttäuschung in Wut verwandeln. Das wusste Rakel. Sie wartete, weil sie nichts anderes tun konnte. Wenn sie wegrannte, würde Rúnar sie einholen. Sie würde es auch nicht schaffen, ins Haus zu laufen und die Polizei anzurufen. Die Polizei brauchte mindestens eine halbe Stunde bis hierher. Genug Zeit für Rúnar, ein Fenster einzuschlagen und sie zu attackieren.

Rakel hüstelte. Sie bemühte sich, ihre Stimme ruhig zu halten und das Gespräch auf etwas möglichst Alltägliches zu lenken.

»Wollen wir reingehen und Kaffee trinken?«

Rúnar brummte etwas Unverständliches. Er sah Rakel verächtlich an und wühlte weiter in ihrer Reisetasche. Nachdem er die Seitentaschen eine Weile untersucht hatte, legte sich eine triumphierende Miene auf sein Gesicht.

Rakel sah ein kleines weißes Stück Papier in seiner Hand. Ihr

Herz setzte ein paar Schläge aus, als sie begriff, was es war. Das Fährticket. Ihr war zum Heulen. Wie hatte sie so nachlässig sein können, die Fahrkarte in der Reisetasche zu lassen? Alles andere hatte sie vernichtet: Quittungen, fremdsprachige Verpackungen und die Adressen in ihrem Notizbuch.

»Verdammt noch mal, du bist gerissener, als ich dachte. Smyril Line. Du warst auf den Färöern.«

Nachdem er das gesagt hatte, war Rúnar einen Augenblick lang völlig still. Er starrte auf das schon leicht zerknitterte Ticket. Rakel sah, wie sein Bauch sich im Rhythmus seines Atems hob und senkte. Dann bückte Rúnar sich, um den Spaten aufzuheben, packte ihn mit beiden Händen, schwang ihn durch die Luft und schlug zu.

Rakel hörte den dumpfen Aufschlag und spürte einen stumpfen Schmerz an der Schulter, der sich bis zu ihren Rippen und Beinen ausbreitete.

Eins, zwei, drei … Sie begann zu zählen. Als sie bei sieben angekommen war, spürte sie keinen Schmerz mehr. Sie sah Rúnars konzentrierte Miene, während er sie verprügelte. Sie spürte die kleinen Kieselsteine unter ihrem Rücken und sah ihre Hände, mit denen sie versuchte, ihren Kopf zu schützen. Sie lag auf dem Hof, zählte die Sekunden und überlegte fieberhaft, was sie tun sollte.

Ihr war klar, dass es keine guten Alternativen mehr gab. Aber sie durfte nicht zulassen, dass Rúnar seine Kinder fand. Sie musste sich etwas einfallen lassen.

Rakel hörte, wie der Spaten gegen die Hauswand schlug, und spürte Rúnars Beine zu beiden Seiten ihres Körpers. Er beugte sich vor, riss ihre Hände von ihrem Gesicht weg und zwang sie, ihm in die Augen zu sehen. Seine Stimme klang röchelnd.

»Mit wem hast du auf den Färöern gevögelt?«

Rakel drückte sich so fest auf den Boden wie sie konnte. Sie spürte, wie die Steine schmerzhaft in ihren Rücken und in die dünne Haut am Nacken stachen. Als sie mit der Zunge über ihre Zähne fuhr, merkte sie, dass von einem Schneidezahn ein Stück abgebrochen war. Ein warmes Rinnsal lief über ihre Stirn. Rakel vermutete, dass es Blut war. Sie flüsterte leise:

»Rúnar, jetzt verstehe ich, was du getan hast. Verzeih mir. Ich war keine anständige Ehefrau.«

Einen Moment lang sah Rúnar aus wie ein Kind, das bei einer Missetat erwischt wurde. Rakel hatte es geschafft, ihn zu überraschen. Sie musste die Situation nutzen.

»Ich verstehe jetzt, dass du mir eine Lehre erteilen musstest. Das hatte ich verdient.«

Rakels Seite schmerzte, und ihre Lunge fühlte sich seltsam an. Wahrscheinlich waren ihre Rippen gebrochen.

»Verzeih mir. Ich will alles wiedergutmachen. Ich möchte dir etwas über die Färöer erzählen. Ich möchte dir etwas zeigen.«

Rúnar stand auf. Er sah sie mit einem seltsam ruhigen Blick an und schien verwirrt.

»Die Mädchen sind dort. Ich habe sie da in Sicherheit gebracht. Aber jetzt verstehe ich, wie dumm ich gehandelt habe. Du wolltest mir ja nur helfen. Entschuldige, Rúnar, dass ich so nichtsnutzig war. Ich möchte es wiedergutmachen. Ich möchte, dass du mitkommst und die Sache regelst. Wenn wir jetzt gleich losfahren, schaffen wir es auf die morgige Fähre.«

Am nächsten Tag fuhr keine Fähre, doch das konnte Rúnar ja nicht wissen.

Rúnar stand reglos da und starrte sie an. Rakel wusste nicht, was in seinem Kopf vorging. Er wirkte jedenfalls ungewöhnlich ruhig und irgendwie außer Fassung.

»Wir machen eine kleine Reise zu zweit und kommen mit einer Überraschung zurück«, sagte Rakel. Sie tastete nach ihrer lädierten Sonnenbrille und stand langsam auf. Ihre Rippen schmerzten, doch das wollte sie nicht zeigen. Sie wischte sich mit dem Jackenärmel das Blut von der Stirn und versuchte sich vorzustellen, sie wäre eine normale Frau, die aufbrach, um alltägliche Dinge zu erledigen. Sie strich sich den Sand von den Hosenbeinen und machte sich mit schleppenden Schritten auf den Weg zum Auto.

Rakel wollte so viele Schritte machen wie möglich, bevor Rúnar sie wieder angriff und zurückhielt. Doch Rúnar hielt sie nicht auf. Als Rakel beim Wagen angekommen war, blickte sie zurück und sah, dass Rúnar mit hängenden Armen mitten auf dem Hof stand und sie anstarrte.

»Dann beeil dich«, fauchte er schließlich, lief zum Wagen und ließ sich auf den Beifahrersitz fallen.

Rakel setzte sich ans Steuer. Sie ließ den Motor an, gab Gas und drehte das Autoradio lauter. Bald füllten die sanften Töne ihres Lieblingsliedes den Wagen. Der nach Schnaps stinkende Rúnar hing schlaff auf dem Nebensitz. Ab und zu brummte er irgendetwas, doch die meiste Zeit starrte er nur verdattert nach draußen und trank aus seinem Flachmann.

Óðinn Valdimarssons weiche Stimme sang über die Heimkehr von einer Reise.

Das Lied begann mit einer Schilderung der grünen Sommerwiesen und des Sonnenscheins. Der elende Winter war weit weg, der Sommer noch ganz am Anfang. Der Mann erzählte, er werde bald seine Liebste treffen, die ihn auf dem Land erwartete. Sie würden sich an einem sonnigen Fleckchen ein Haus bauen und glücklich darin leben.

»Mir kannst du nichts vormachen. Du hast da irgendeinen Kerl«, stammelte Rúnar und schlug mit der Faust auf das Armaturenbrett.

Rakel fuhr mit der Zunge über ihren beschädigten Zahn und seufzte:

»Nein, habe ich nicht. Das wirst du schon sehen. Es ist bald vorbei.«

Sie sah Rúnar von der Seite an. Diese Hände. Wie oft hatten sie Rakel über den Boden ihres gemeinsamen Zuhauses geschleift. Wie oft hatte der Mann sie an den Haaren über die Türschwelle gezerrt. Rakel hatte nie geschrien, denn ihre Kinder sollten nicht erfahren, dass ihr Vater ein Monster war. Sie hatte sich den schlechtesten Ehemann ausgesucht, den man sich denken konnte. Das war der größte Fehler ihres Lebens gewesen. Der Mann hatte ihre Katzen getötet und gedroht, dasselbe mit den Kindern zu tun, weil er sich aus irgendeinem Grund in den Kopf gesetzt hatte, sie wären nicht seine, sondern die des Nachbarn.

Rakel war es restlos leid nachzugeben und die wahnsinnige Gewalt über sich ergehen zu lassen, von der sie nie jemandem erzählt hatte. Nicht einmal Helga. Sie hatte nicht mehr die Kraft, sich anzupassen. Sie würde sich wehren, obwohl der Preis hoch sein würde. Als sie vor ihrem Haus auf der Erde lag, hatte sie beschlossen, sich Rúnars Willen nicht länger zu beugen.

Rakel war voller Trauer. Noch vor einer Stunde hatte alles ganz anders ausgesehen. Sie hatte großes Glück empfunden, weil ihr Plan beinahe gelungen war.

Während sie am Steuer saß und das auf dem Beifahrersitz hängende, aber immer noch wache menschliche Ungeheuer betrachtete, hatte sie begriffen, dass ihr tatsächlich nur noch eine Möglichkeit blieb.

Die kurvenreiche Straße stieg an. Auf halber Höhe warnte ein Verkehrsschild am rechten Straßenrand vor einer scharfen Kurve und einer unübersichtlichen Kuppe. Rakel hielt den Blick fest auf die Straße gerichtet.

Auf der linken Seite ragte die vertraute, einige Meter hohe Formation aus Lavagestein auf. Der Troll, der sich am Morgen verspätet hatte. Das Moos leuchtete in der Sonne in grellem Grün.

Dann beschleunigte Rakel, trat die Kupplung durch und wechselte in einen niedrigeren Gang. Der Motor heulte laut auf.

Vorsichtig schob Rakel die rechte Hand zum Nebensitz und öffnete den Verschluss von Rúnars Sicherheitsgurt. Rúnar war so auf seinen Flachmann konzentriert, dass er nichts merkte.

»Rúnar«, sagte sie laut und stieß ihn kräftig gegen die Schulter.

Jetzt war ihre Zeit gekommen. Sie würde sich für alles rächen. Und zwar jetzt. Rakel sprach mit möglichst sanfter Stimme.

»Du hattest Hallgrímur und mich immer in Verdacht. Du hast behauptet, Hallgrímur wäre der Vater unserer Kinder.«

Rúnar starrte sie an, ohne ein Wort zu sagen. Sein Atem rasselte.

»Aber weißt du was? Du hast dich geirrt. Ich habe nie etwas von Hallgrímur gewollt.«

Rakel sprach mit honigsüßer Stimme. Sie streichelte die Wange ihres Mannes und lächelte breit. Der abgebrochene Zahn ließ ihr Lächeln bestimmt grotesk aussehen. Rakels sanftes Verhalten schien Rúnar zu verwirren.

»Du hattest aber auch recht«, flüsterte Rakel und gab Gas. »Die Kinder sind zwar von dir, aber ich habe dir nie gehört. Ich habe *sie* geliebt. Sie hat heimlich alles repariert, was du immer wieder zerschlagen hast. Wir wollten Hallgrímur nicht verletzen, deshalb haben wir alles geheim gehalten.«

Rakel musterte ihren Mann. Seine verdatterte Miene verriet, dass ihre Worte in sein Bewusstsein gedrungen waren. Rakel kostete die Situation aus.

»Helga war für mich das, was du nie warst. Ich habe sie wirklich geliebt.«

Rakel hörte das Lied im Lautsprecher. Als wollte das Schicksal ihr noch ein letztes Mal seine Gunst erweisen, indem es das Stück gerade jetzt laufen ließ. Sie genoss es. Die sanfte Männerstimme beruhigte sie. Die warme, feste Stimme begleitete sie wie ein Schutzengel.

Am Ende meiner Reise finde ich dich.
Dich, meine große Liebe.
Ich bin heimgekommen.
Ich bin heimgekommen.

Dann trat Rakel ein letztes Mal aufs Gas und fuhr in der Kurve geradeaus.

61

MÄRZ 2020 ÍSAFJÖRÐUR

Die Puppe mit dem Bastrock hüpfte auf dem Armaturenbrett, als Brenda auf dem holprigen Weg hin und her schaukelte. Der Frühlingsregen fiel jetzt häufiger, und die Temperatur stieg schon seit einigen Tagen immer wieder ein paar Grad über den Gefrierpunkt. Die im Winter in schlechten Zustand geratenen Sandwege würden frühestens Mitte Mai repariert werden. Bis dahin musste man einfach durchhalten. Wer glaubte, dass zwei aufeinanderfolgende sonnige Tage im März den Frühling ankündigten, wurde enttäuscht. Der Übergang von Winter zu Frühjahr war allen Optimisten gegenüber brutal.

Das war Hildur gleichgültig. Sie hatte den Frühling oft genug erlebt, um zu wissen, dass der Himmel jederzeit einen Schneesturm schicken und den Winter zurückkehren lassen konnte. Sie war keine Optimistin, stufte sich aber auch nicht als besonders schwermütig ein.

Das Nachdenken über Glück und Zufriedenheit interessierte sie einfach nicht. Ihrer Meinung nach war es Zeitverschwendung. Sie lebte und handelte. Manchmal fühlte sie sich mies, manchmal wohl. Das Wetter hatte damit jedenfalls nichts zu tun. Nur die Wellen sind eine Ausnahme, überlegte sie. Die heutige Wellenprognose für alle, die auf dem Wasser unterwegs waren, versprach großartige Surfbedingungen. Hildur hatte versprochen, für einen der erkrankten Streifenpolizisten einzuspringen und an ihren normalen Arbeitstag eine Abendschicht im Streifenwagen dranzuhängen. Dafür hatte sie sich den Vormittag freigenommen und würde erst kurz vor Mittag zur Arbeit gehen. Heute wollte sie sich zum ersten Mal seit dem Unglück auf die Wellen wagen.

Axel saß in Untersuchungshaft in Litla-Hraun, dem größten Gefängnis in Süd-Island, und wartete auf seinen Prozess. Beta hatte verkündet, sie würde im Herbst wieder nach Reykjavík ziehen, und angedeutet, Hildur könnte zur stellvertretenden Polizeichefin ernannt werden, bis man einen Nachfolger oder eine Nachfolgerin für Beta gefunden hätte. Das wollte Hildur auf keinen Fall. Der Gedanke, Vorgesetzte zu sein und Verantwortung für das Handeln anderer Menschen zu übernehmen, war ihr unangenehm. Sie wollte einfach nur ihre eigenen Aufgaben erledigen.

Hildur hatte das Surfbrett auf dem Dach ihres Land Cruisers befestigt und den Neoprenanzug in den Kofferraum gelegt. Bevor sie ans Meer fuhr, wollte sie bei Hlín vorbeischauen. Es war erst sieben Uhr, vermutlich versorgte ihre Freundin gerade ihre Pferde mit Heu. Die Tiere waren ihr wichtig, verursachten aber auch eine Menge Arbeit, obwohl sie sich sommers wie winters im Freien aufhielten.

Hildur parkte auf dem schlammigen Hofplatz in der Nähe des Stalls. Sie zog die Kapuze ihres Parkas über den Kopf und nahm einen dicken braunen Umschlag vom Beifahrersitz.

Die Pferde mampften ihr Heu unter dem Regendach am Südende der Weide. Hildur öffnete das Gatter und achtete darauf, sich keinen Stromschlag zu holen. Hlín hob grüßend die Hand.

»Es zieht dich also zurück. Soll ich die Sättel holen?«, schlug Hlín augenzwinkernd vor.

Hildur lachte auf. Sie lehnte höflich, aber entschieden ab.

Dann holte sie den braunen Umschlag hervor, den sie zusammengerollt und in die tiefe Brusttasche ihres Parkas gesteckt hatte.

»Erinnerst du dich an unser Gespräch über Hermann und seinen Sohn?«

»Wie könnte ich das Thema je vergessen?«

»Aber dies hier musst du vergessen«, sagte Hildur.

Hlín klopfte die Heureste von ihren Handschuhen ab und nahm den Umschlag entgegen. »Von mir hast du das nicht bekommen.«

Hlín warf Hildur einen Blick zu und schien zu verstehen, worum es ging.

»Okay. Das hat mir jemand anonym per Post geschickt. So was kommt ja gelegentlich vor«, sagte sie, öffnete den Briefumschlag und zog ein säuberliches, einige Seiten umfassendes Dokument heraus. Nachdem sie es einmal rasch überflogen hatte, kehrte sie zur ersten Seite zurück, um den Text genauer zu lesen. Sie stieß einen leisen Pfiff aus und blickte fragend zu Hildur auf.

»Es wurde bei einer Mordermittlung zufällig gefunden.«

»Das ist … das ist einfach erschütternd«, hauchte Hlín und senkte den Blick wieder auf die Papiere.

»Ja. Und gleichzeitig eine riesige berufliche Chance für dich.«

Hlín schien sofort erkannt zu haben, dass die Story gewaltiges Aufsehen erregen würde. Sie würde bestimmt auch im Ausland zitiert werden. Hildur wusste, dass kein einziger Sponsor oder Besitzer eines Fußballklubs es sich leisten konnte, bei so etwas ein Auge zuzudrücken.

Hlín steckte den Umschlag unter ihren wetterfesten Overall, um ihn vor dem Regen zu schützen.

»Danke. Schön, dass du die Pferde besucht hast.«

»Nichts zu danken«, erwiderte Hildur und ging zu ihrem Wagen. Sie stieg ein, nahm die Kapuze ab und schnallte sich an. Vom Stallweg bog sie nach links ab und gleich hinter dem Fluss noch einmal nach links, zu der Tunnelöffnung in der Bergwand.

Die Wellenprognose versprach lange, flache Wellen in einer bestimmten Bucht. Für dieselbe Bucht waren auch früher schon hervorragende Surfbedingungen vorhergesagt worden, doch Hildur hatte bisher nie darauf geachtet, hatte die Bucht gemieden, als gäbe es sie gar nicht. Doch jetzt war sie auf dem Weg dorthin. Zum Surfen nach Kotsdalur, zum Strand hinter ihrem Elternhaus. Sie wusste, dass sie es heute wagen würde, dem Meer zu begegnen.

62

MAI 2020 SIURANA, KATALONIEN

DÍSA

Dísa hatte ihren Campingstuhl unter einen großen Baum gestellt. Die weit ausladenden Äste schützten vor der Mittagssonne. Vögel sangen, und irgendwo in der Ferne schrie ein Esel. Auf dem Campingplatz ging es um diese Tageszeit ruhig zu. Außer Dísa hielt sich nur eine Frau mit ihren Kindern hier draußen auf. In gut einer Stunde würde sich die kleine Cafeteria des Campingplatzes füllen, wenn die Kletterer Mittagspause machten.

Das winzige Dorf mit nur einigen Dutzend Einwohnern war bei Sportkletterern beliebt. Die Kalksteinfelsen in der Umgebung lockten Jahr für Jahr Tausende Kletterer aus der ganzen Welt an. Hier war man daran gewöhnt, dass ständig Menschen kamen und gingen. Niemand achtete auf Dísa. Sie verschmolz mit der bunten Schar, zu der sowohl Familien gehörten als auch Paare, Cliquen und Einzelreisende. Zwischen den auf den Felsen chillenden Kletterhippies und den durchtrainierten Profikletterern stach niemand besonders hervor.

Dísa war durch reinen Zufall in Siurana gelandet. In Málaga hatte sie zwei Weltreisende kennengelernt, die gerade erst nach Spanien weitergereist waren, weil in Italien die Corona-Einschränkungen verschärft wurden. Die Mädchen mit ihrem Hippiehalsschmuck hatten keine genaueren Pläne; sie wollten nach Katalonien, weil sie in der Gegend einige Hausbesetzer kannten, bei denen sie vorübergehend wohnen wollten. Dísa hatte sie bis nach Tarragona begleitet. Dort hatte sie eine Reklame für das Klettergebiet Siurana gesehen und war ins Binnenland getrampt. Der Besitzer des Campingplatzes hatte gerade eine Aushilfe für Handlangerarbeiten gesucht. Dísa war genau im richtigen Moment gekommen. Sie putzte jeden Abend ein paar Stunden in der Gaststätte und den öffentlichen Räumen des Campingplatzes und bekam dafür freie Unterkunft.

Sie hielt sich schon seit einigen Wochen hier auf. Wie lange sie bleiben würde, wusste sie nicht. Irgendwann würde sie bestimmt nach Hause zurückkehren wollen, aber noch war es nicht so weit. Jetzt wollte sie die Wärme und den Duft des anbrechenden Sommers genießen und die Wanderwege rund um den Campingplatz erkunden.

Dísa betrachtete das Tagebuch auf ihrem Schoß und griff nach ihrem Stift. Sie wollte diese Stimmung möglichst genau festhalten. Doch bevor sie über ihre Spanienreise zu schreiben begann, las sie die vorigen Seiten durch. Die letzten Aufzeichnungen waren kurz vor ihrer Abreise in Island entstanden.

Über all den Dreck, den man achtlos hinter sich liegen lässt, stolpert spätestens die Putzfrau. Ich weiß nicht genau, wann ich das Ganze leid wurde. Irgendwann habe ich angefangen, den ganzen Dreck an seine wahren Verursacher zurückzuschicken. Das war einfach ein fantastisches Gefühl!

Ha, dieses arrogante Paar an der Autovermietung! Die beiden waren bestimmt überrascht, als sie endlich zu ihrem Mietwagen kamen und der eine Hinterreifen platt war. Ganz versehentlich hatte ihn irgendein spitzer Gegenstand getroffen. Wie ärgerlich. Hahaha.

Und die Schlampe, die sich auf dem Klo die Lippen angemalt hat ... Die würde sicher nie auf die Idee kommen, dass ich es war, die der Finanzauf-

sicht einen Hinweis auf ihre Umtriebe gegeben hat. Ich verfolge die Nachrichten und weiß, was Missbrauch von Insiderinformationen bedeutet. Auf der Webseite der Finanzaufsicht gibt es ein Formular für anonyme Anzeigen. Es war ein verdammt befriedigendes Gefühl, als ich das Bild der Frau später in der Zeitung gesehen habe, in einem Bericht darüber, dass die Staatsanwaltschaft eine Untersuchung über ein bedeutendes Insiderdelikt eingeleitet hat. Booom!

Und dann dieser picklige unfreundliche Kerl in dem Lebensmittelladen. Der mich an der Kasse gedemütigt hat. Ihm ist die Kacke, die er von sich gegeben hat, buchstäblich vor die Füße gefallen. Nachdem ich seine Adresse herausgefunden hatte, habe ich bei einem Reitstall zweihundert Kilo Pferdemist in den Garten seines Reihenhauses bestellt. Der Verkäufer hat sich zuerst über die Lieferadresse im Stadtgebiet gewundert, aber als ich gesagt habe, ich würde einen großen Garten für den Sommer vorbereiten und bräuchte unbedingt guten Dünger, hat er nicht mehr weiter nachgefragt, sondern versprochen, die Ware schleunigst zu liefern.

Liebes Tagebuch, wenn man nur anfängt, die Dinge ein bisschen zu ordnen, dann kommen sie auch überraschend oft in Ordnung.

Dísa trank einen Schluck von ihrem eiskalten Erfrischungsgetränk, schlug eine neue Seite in ihrem Tagebuch auf und begann, die Ereignisse ihrer gestrigen Wanderung aufzuschreiben. Sie lächelte zufrieden. Natürlich hatte sie nicht alles in ihrem Tagebuch notiert. Es war besser, nicht jedes Geheimnis zu enthüllen.

Es gab nur zwei Menschen auf der Welt, die wussten, was im Spätwinter wirklich passiert war. Dísa und ihr Vater hatten alles gemeinsam geplant und durchgeführt. Ihr Vater hatte ihr ein neues Leben ermöglichen wollen, und das war ihm gelungen. Dísas neues Leben hatte in dem Moment begonnen, als sie den Benzintank aufgeschraubt hatte.

63

ENDE MAI 2020 FÄRÖER-INSELN

Axel Jónasson wurde am 16. August 1962 in Hnífsdalur geboren. Er verstarb nach schwerer Krankheit am 20.5.2020 in Eyrarbakki.

Seine Eltern waren der Schmied Jónas Karlsson (geb. 2.7.1930, gest. 10.10.1992) aus Ísafjörður und die Hauswirtschaftslehrerin Anna Jónsdóttir (geb. 28.9.1942, gest. 3.11.2008) aus Borgarnes. Ihre Kinder waren Axel Jónasson, Svala Jónasdóttir und Kristján Jónasson. Der Buchhalter Kristján verstarb am 4.4.2018 und die Köchin Svala am 17.12.2009.

Axel lebte in eheähnlicher Gemeinschaft mit Anna Hilmarsdóttir. Anna verstarb 2005.

Axel und Anna bekamen ein Kind, Dísa Önnudóttir. Sie wurde am 29.1.1987 geboren. Dísa wohnt in Reykjavík.

Axels Beerdigungsfeier findet am 10. Juni 2020 um dreizehn Uhr in der Kirche von Eyrarbakki. statt.

Mein Vater war ein guter Mensch. Er war hilfsbereit und seinen Freunden ein guter Freund. Ungerechtigkeit ertrug er nicht. Mein Vater hielt sich gern in der Natur auf und ging zur Jagd. Als ich klein war, war es eine seiner Lieblingsbeschäftigungen, seine Beobachtungen der Zugvögel aufzuschreiben. Wir sind oft zusammen gewandert. Bestimmt hat er weiterhin Vögel beobachtet, nachdem ich das Elternhaus verlassen hatte. In jedem Frühjahr sagte er, es gebe zwei Stimmen, die er über alles liebe: die des Goldregenpfeifers und meine Gesangsstimme.

Die letzten Lebensjahre meines Vaters waren nicht leicht. Er wurde schwer krank und musste Ungerechtigkeit und Leid ertragen. Er kam jedoch auf seine Art damit zurecht.

Ruhe in Frieden, lieber Vater, ich vermisse dich.
Dísa.

Als Hildur bei der letzten Zeile des Nekrologs angelangt war, faltete sie die Zeitung *Morgunblaðið* zusammen und legte sie auf den Tisch des Cafés. Im Abflugterminal von Keflavík war es ruhig. Sie war vorsichtshalber schon drei Stunden vor dem Start zum Flughafen gekommen. Die Pandemiesituation hatte sich etwas gebessert und die Färöer-Inseln hatten ihre Einreisebeschränkungen gelockert. Endlich konnte sie die seit März geplante Reise antreten.

Im Lauf des Frühjahrs war viel passiert. Hlíns Zeitungsartikel hatte voll eingeschlagen. Ari Hermannsson hatte seine Sponsoren verloren und keine Spielzeit mehr bekommen. Der Fußballverein hatte seinen Vertrag gekündigt. Nach Hlíns Veröffentlichung waren ähnliche Geschichten über einige andere isländische Fußballstars aufgepoppt. Verdacht auf Vergewaltigungen, auf Delikte gegen Minderjährige, Misshandlungen. Hildur vermutete, dass diese Skandale die Fußballszene des Landes noch eine ganze Weile beschäftigen würden. Hlín würde im Herbst ihre neue Stelle als Investigativjournalistin bei der angesehensten Tageszeitung Islands antreten.

Die Flugzeit von Keflavík zum Flughafen Vágar betrug nicht einmal zwei Stunden. Der Flughafen befand sich auf der gleichnamigen Insel. Die Landschaft, die sichtbar wurde, als sich die Maschine dem Flugplatz näherte, wirkte vertraut. Meer, grüne Inseln, schroffe Felsen und hier und da kleine Dörfer. Hildur hatte sich frühzeitig über die praktischen Schritte informiert und wusste, wohin sie gehen musste. Sie nahm am Flughafen ein Taxi und gab dem Fahrer, der eine Schirmmütze trug, die Adresse. Die Fahrt an den Rand der Hauptstadt Thorshavn würde ungefähr vierzig Minuten dauern.

Hildur lehnte den Kopf ans Fenster und blickte hinaus. Überall sah sie unterschiedlich geformte grüne Hügel. Das Licht des Vormittags war fast gnadenlos hell. Die Aussicht erinnerte an ihren heimatlichen Fjord. Die Landschaft leuchtete regelrecht, der Himmel war weit weg. Ein Wasserfall am Straßenrand gischte so heftig, dass der Taxifahrer die Scheibenwischer einschalten musste.

Häuser mit Grasdächern, Schafe, eine endlose grüne Landschaft. Als der Wagen die Brücke überquerte, die Vágar mit dem Osten der Inselgruppe verband, sah Hildur endlich das Meer aus der Nähe. Tiefblaue Fluten tosten unter der Brücke. Die Wellen schlugen kraftvoll gegen die Ufer. Ein Teil des Wassers blieb in den kleinen Aushöhlungen der Felswände zurück.

Hildur schrak aus ihren Gedanken auf, als das Taxi hielt. Sie warf einen Blick auf das Haus. Schwarzes Dach, weiße Wände. Blumen neben der Haustür. Viele Schafe auf den Wiesen rundum. Das musste es sein.

Nach langwierigen Nachforschungen hatte sie Hulda ausfindig machen können. Hulda hatte eine große Schafzucht und viel Ackerland gehabt. Allerdings wohnte sie nicht mehr auf ihrem Hof, sondern war schon seit einigen Jahren auf der Alzheimer-Station des Stadtkrankenhauses von Thorshavn untergebracht. Die dortigen Pflegekräfte hatten Hildur telefonisch keinerlei Auskünfte geben dürfen, weil sie nicht als nahe Angehörige registriert war. Als Nächstes hatte sie bei der örtlichen Polizeidienststelle angerufen und sich nach Huldas Bauernhof erkundigt. Wer versorgte die Tiere, während Hulda in der Klinik war? Ein freundlicher Polizist hatte ihr von Björk erzählt, die den Hof ihrer Mutter weiterführte.

Die Sonne kam zwischen den Wolken hervor. Die Umgebung strahlte so hell, dass Hildur kurz die Augen schließen musste. Sie hörte das Taxi abfahren. Auf der Dachrinne zwitscherte ein Vogel.

Hildur blieb auf der Vortreppe stehen, holte tief Luft und klopfte an die Tür. Stille. Eine Wolke schob sich vor die Sonne, es wurde dunkler. Irgendwo blökte ein Schaf. Hildur wechselte das Gewicht auf das andere Bein und klopfte erneut.

Die Klinke bewegte sich nach unten und die Tür ging auf. Eine Frauenstimme sagte etwas auf Färöisch. Hildur nahm an, dass es sich um einen Gruß handelte, und wollte ihn erwidern, wusste aber plötzlich nicht mehr, was sie sagen sollte. Sie starrte nur stumm auf die dunkelhaarige sommersprossige Frau, die im Türrahmen stand. Die Frau hielt eine Tüte Trockenfutter für Katzen in der Hand und sah Hildur fragend an. Hildur stammelte auf Englisch:

»Hulda … Das ist doch Huldas Haus? Wohnen Sie hier?«

Die Frau schlug eine Hand vor den Mund und riss erschrocken die Augen auf.

»Mutter! Was ist mit ihr? Ist im Pflegeheim was passiert? Warum haben Sie nicht sofort angerufen, statt hier …«

Hildur unterbrach den Wortschwall, indem sie beruhigend die Hand hob.

»Nein, nein. Hulda dürfte nichts passiert sein.«

Die Besorgnis verschwand vom Gesicht der Frau. An ihre Stelle trat Neugier.

»Ich komme nicht vom Pflegeheim. Das werde ich hoffentlich später besuchen. Hulda ist … na ja, also, sie ist … Sie ist meine Tante.«

Nun musterte die Frau Hildur genauer. Dabei legte sie den Kopf ein wenig schief und kniff die Augen zusammen. Hildur spürte einen Stich in der Brust. Diese Miene hatte sie früher schon gesehen. Vor sehr langer Zeit.

»Ihre Tante? Ich verstehe nicht ganz …«

Die Frau sprach schnell. Hildur sah, wie ihre Augen Einzelheiten aufsogen. Sie spürte den Blick über ihre Haare, ihre Augen und ihre Nase wandern. Hildur gingen viele Fragen durch den Kopf, doch keine schien vernünftig. Und keine schien passend für diese Situation.

Hildur betrachtete den schräg gelegten Kopf und den gleichzeitig abschätzenden und neugierigen Blick. Sie erinnerte sich, dass sie genau diesen Blick gesehen hatte, als sie am Küchentisch Weihnachtsschmuck gebastelt hatten.

»Du bist Björk, oder?«

Es dauerte einen Moment, bis die Frau die Frage verstand. Sie starrte Hildur an. Ihr Kopf legte sich noch etwas weiter nach links und die Muskeln rund um die Augen spannten sich an. Hildur versuchte sich vorzustellen, was ihr gerade jetzt durch den Sinn ging.

»Du erinnerst dich vielleicht nicht mehr, das alles ist ja so lange her. Aber ich bin Hildur, ich bin deine Schwester. Wohnt Rósa auch hier bei dir?«

Die sommersprossige Frau schüttelte den Kopf. Ihre Arme sanken kraftlos herunter, und Katzenfutter prasselte auf den Fußboden. Eine langhaarige graue Katze sprang hinter der Tür hervor. Sie hatte ihre Chance gewittert und schnappte nach den Bröckchen.

Hildur betrachtete ihre kleine Schwester wie ein verzerrtes Spiegelbild. Irgendwie bekannt und doch völlig fremd. In gewisser Weise waren sie beide ja genau das. Sie kamen von verschiedenen Seiten derselben Wirklichkeit, zwischen ihnen lag eine hölzerne Schwelle.

Björk wankte einen Schritt zurück und gab die Tür frei.

»Willst du reinkommen?«, fragte sie mit leiser Stimme.

NACHWORT DER AUTORIN

Hildur könnte meine Freundin sein, doch sie ist Fiktion. Die meisten Schauplätze dieses Buches existieren wirklich, aber alle Ereignisse und Personen sind erfunden.

Eventuelle Übereinstimmungen zwischen der Geschichte und der Wirklichkeit sind reiner Zufall. Aber so ist das Leben ja: zufällig! Wir irren umher, und hin und wieder kommt es zu Zusammenstößen und Begegnungen. Manchmal haben diese Begegnungen Folgen, die niemand genau vorhersehen kann.

Mein herzlicher, aufrichtiger Dank gilt allen hilfsbereiten Menschen, die mich während des Schreibprozesses unterstützt haben.

Danke, Ingibjörg Elín Magnúsdóttir und Aldís Hilmarsdóttir, für eure Bereitschaft, meine Fragen über die Polizeiarbeit zu beantworten.

Ich danke meinen Instagram-Followern, die mir unter anderem bei Fragen zum Fußball weiterhelfen konnten.

Meiner Bürogenossin, der Pulloverdesignerin Sigríður Sif Gylfadóttir, danke ich für ihre Auskünfte über Einzelheiten des Strickens – und dafür, dass sie Jakob geholfen hat, einen Pullover für Hildur zu stricken! Er wurde wunderschön.

Falls sich Fehler in das Buch eingeschlichen haben, gehen sie allein auf mein Konto.

Ich danke meinem Verlag WSOY. Anna-Riikka Carlson, Verlegerin für finnische Literatur: Danke für dein Vertrauen und dafür, dass du meine Begeisterung für Hildur, Rósa und Björk geteilt hast.

Verlagsleiterin Hanna Pudas – den allergrößten Dank der Welt! Ich weiß nicht, wo ich ohne dich wäre. Jedenfalls nicht hier. Meiner Lektorin Lea Peuronpura danke ich für die fachkundige Hilfe bei der Fertigstellung des Manuskripts. Meiner Namensvetterin Satu Sirkiä, Brand Managerin bei WSOY, danke ich für ihren großartigen Einsatz bei Marketing und Öffentlichkeitsarbeit zur »Hildur«-Reihe – und dafür, dass sie sich auch um mein Wohlergehen gekümmert hat.

Den Umschlag der finnischen Ausgabe hat Ville Laihonen entworfen. Danke, Ville! Das Cover ist unglaublich schön geworden – wieder einmal. Meiner Literaturagentin Eleonoora Kirk bei Bonnier Rights danke ich dafür, dass sie die »Hildur«-Reihe auch einem internationalen Publikum zugänglich gemacht hat. Dank an Lippo Luukkonen für die Hilfe in Rechtsfragen.

Das Wichtigste zum Schluss: Ich danke meiner Familie und meinen Freunden. Ich bin glücklich, dass ich gerade euch begegnen durfte.

Im Februar 2023
Satu Rämö